Lord of fire

나를 사랑한 스파이

Lord of Fire

Lord of fire

나를 사랑한 스파이

갤런 폴리 | 한혜연 옮김

큰나무

한 혜 연
서강대학교 영어영문학과 졸업. 한국 브리태니커 근무.
역서로 『사랑의 침입자』, 『내 사랑 내 곁에』 등이 있다.
현재 로맨스 전문 번역가로 활동 중이다.

나를 사랑한 스파이

초판 인쇄 | 2003년 9월 4일
초판 발행 | 2003년 9월 9일

지은이 | 갤런 폴리
옮긴이 | 한혜연
펴낸이 | 한익수
펴낸곳 | 도서출판 큰나무

등록 | 1993년 11월 30일(제5-396호)
주소 | 120-837 서울시 서대문구 충정로 3가 3-95 2층
전화 | 02) 365-1845 · 1846 팩스 | 02) 365-1847
e-mail | btreepub@chollian.net
홈페이지 | www.bigtreepub.co.kr

값 9,500원

ISBN 89-7891-170-6 03840

"당신을 사랑하는 내 마음이 그런 것들 때문에 바뀔 수도
있는 척한 건 못할 짓이었어요. 내 진심은 그렇지 않아요.
당신에게 상처를 주어서 미안해요. 사랑해요.
그리고 당신을 원해요."

가상의 왕국 어센션에서 벌어지는 강렬하고 애절한 사랑 이야기로 독자들을 사로잡았던 갤런 폴리가 이번에는 나폴레옹 전쟁 이후의 혼란기라는 역사적 배경을 가지고 찾아왔습니다. 호크스클리프 공작 가문의 선남선녀들이 음모와 반역과 분규로 가득 찬 19세기 초의 유럽을 배경으로 각자 자신의 천생연분을 찾아간다는 것이 기둥 설정이며, 이 작품은 호크스클리프 가문의 아들들 중 쌍둥이 동생인 루시언 나이트의 사랑 이야기입니다.

이 작품의 남자주인공 루시언 나이트는 과거에서 기인한 어두운 그림자에 관해서는 둘째가라면 서러울 사람입니다. 그에게는 공작부인이면서도 천하의 바람둥이로 '창녀'라는 별명까지 얻은 어머니―소위 '호크스클리프 시리즈'의 남자주인공들에게 어두운 그림자를 안겨 주려는 작가의 의도적인 설정이겠지요―에 그 어머니의 법적인 남편은 당연히 루시언의 아버지가 아닙니다.

그것만으로도 모자라서 루시언에게는 잘난 쌍둥이 형이 있습니다. 쌍둥이란 희극에서는 엎치락뒤치락 헛소동을 유발시키는 유용한 장치이지만 진지한 작품에서는 하나이면서도 둘이라는 쌍둥이의 특성 때문에 주인공이 느끼는 정신적 부담과 경쟁 의식, 혈육간의 진한 유대감 등등이 주로 표현되는데 이 작품 역시 그런 기본 노선을 충실하게 따라갑니다.

하지만 그럼에도 갤런 폴리의 작품에서는 로맨스 소설에서 자주 볼 수 있는 남녀주인공간의 소모적인 오해를 찾아보기 힘듭니다. 사랑한다는 말 한마디를 듣지 못해 끝까지 고집을 피우고 독자의 진까지 빼놓기 마련인 여타 주인공들과는 달리, 폴리의 남녀주인공들이 주고받는 사랑은 그 무엇으로도 뒤흔들 수 없을 만큼 애틋하고 절절하며, 육체적인 불꽃 못지 않게 서로에게 가장 중요한 신뢰를 바탕으로 합니다.

주인공들의 사랑은 혼탁한 역사의 수레바퀴 속에서 더욱 빛을 발하며 갖은 방해와 술수에도 불구하고 서로에 대한 믿음을 잃지 않은 채 로맨스 소설답게 필연적인 해피엔딩을 향해 숨가쁘게 나아갑니다.

브라우닝의 시구를 빌리자면 '그리하여 이 세상은 평화롭도다.'겠지요.

현재 호크스클리프 시리즈에는 공작가의 큰아들이자 현재 공작 로버트, 루시언의 쌍둥이 형으로 19세기판 〈7월 4일생〉이라 할 만한 대미언, 유일한 여자 형제인 레이디 제이신다의 이야기가 나와 있습니다. 그 중에서도 특히 인상적인 주인공들과 흥미진진한 이야기 전개로 영어권 독자들의 절찬을 가장 많이 받았던 이 작품 〈나를 사랑한 스파이〉를 여러분들도 즐거 주시기 바랍니다.

한 혜 연

갤런 폴리
Lord of Fire

1

1814년 런던.

어둑어둑한 높은 발코니에서 인파로 가득한 무도회장을 지켜보는 그의 예리한 옆얼굴은 그림자가 드리워져 마치 조각 같았다. 벽에 선반처럼 붙은 촛대에서 펄럭이는 불빛 때문에 그의 모습은 훤칠하고 우아한 유령인 양 불빛 속에서 실체가 생겨났다 사라졌다 하는 것처럼 보였다. 기민하고도 재빠르게 번득이는 수은빛 눈과 칠흑 같은 검은머리에 빛이 펄럭여 광채를 더했다.

인내심을 가져. 모든 게 계획대로다.

준비만이 최고였기에 그는 사소한 부분까지 세심하게 챙겼다. 골똘히 생각하는 표정으로 루시언 나이트 경은 부르고뉴산 포도주가 담긴 크리스털 잔을 입으로 가져가 잠시 감칠 맛 나는 향을 음미했다. 그는 아직 적들의 이름이나 얼굴을 알지 못했지만 그들이 자칼 무리처럼 가까이 거리를 좁혀오고 있다는 것은 느낄 수 있었다.

알 게 뭐람. 그는 준비가 끝난 상태였다. 덫을 놓고 미끼까지 완벽하게 준비했다. 어느 스파이도 끌리지 않고는 못 배길 정도로 온갖 죄악과 섹스와 마녀의 속삭임으로 위험한 정치적 행동을 포장해 두었다.

이제 남은 것은 지켜보면서 기다리는 것뿐이었다.

전쟁은 20년 동안 지속되다가 나폴레옹이 패배해 지중해에 있는 엘바 섬으로 귀양 감으로써 지난 봄 비로소 끝났다. 이제 가을이 되자 유럽의 지도자들은 평화조약을 체결하기 위해 빈에 모여들었지만 루시언의 생각은 회의적이었다.

조금이라도 정신이 있는 사람이라면 보나파르트 나폴레옹을 더 안전한 곳, 즉 저 멀리 대서양 한복판에 데려다 놓지 않는 한 전쟁이 반드시 끝난 것은 아니라는 사실을 알리라.

엘바는 이탈리아 반도에서 돌만 던져도 닿을 거리였고 평화에 반대하는 무리들은 엄연히 존재했다. 부르봉 왕조의 루이 18세가 프랑스 왕좌를 되찾아 봤자 별 재미가 없다는 그 작자들은 나폴레옹을 다시 불러들이고 싶어했다.

영국 왕실의 가장 노련한 비밀 첩보원으로 손꼽히는 루시언은 외무성 대신 캐슬리 자작으로부터 직접 명령을 받은 몸이었다. 전에도 그랬듯이 평화조약이 비준되기 전까지 파수병 역할을 하라는 명령이었다. 즉 영국 땅을 어지럽게 만들려는 어둠의 세력들을 저지하는 것이 그의 임무였다.

포도주를 한 모금 더 마시자 그의 은빛 눈에 섬뜩한 빛이 일렁였다. 올 테면 오거라. 그는 여태껏 다른 자들에게도 그랬듯이 그 자들을 찾아내 유인해서 붙잡아 파멸시켜 버릴 터였다. 아니, 사실은 그들 쪽에서 먼저 다가오도록 할 것이다.

갑자기 환호성이 아래쪽 무도회장에서 터져 나와 파도처럼 군중들 속에 퍼져 나갔다.

좋아, 좋아, 정복자 영웅께서 납셨군. 상체를 내밀고 팔꿈치를 발코니 난간에 괸 채 일그러진 냉소를 지은 루시언은 자신의 일란성 쌍둥이 형인 대미언 나이트 대령이 보무도 당당하게 무도회장으로 입장하는 모습을 지켜보았다.

그의 주홍색 제복 차림은 드래곤을 처치하고 막 돌아온 대천사 미카엘처럼 드높은 위엄과 엄격함을 더해 주었다.

번쩍이는 예복용 장검과 황금색 견장 때문에 주위에 찬란한 후광이 흩뿌려지는 느낌이었지만, 명성이 자자한 대령의 표정에는 웃음기 하나 없었다.

그래도 그에게 매료된 여인네들이며 열광하는 부관들, 신참 장교들, 영웅이라면 사족을 못 쓰고 알랑대는 녀석들이 즉시 그의 주위에 파리 떼처럼 몰려들었다.

루시언은 속으로 고개를 절레절레 흔들었다. 입술은 쓴웃음으로 일그러졌고, 흔들림 없이 지켜보는 오만한 눈길 뒤에서는 고통이 어른거렸다.

전쟁터에서 세운 용감한 무훈만으로도 부족한지 대미언은 조만간 다소 복잡한 혈연 관계상 백작이 될 몸이었다. 루시언을 괴롭히는 것은 질투심이 아니었다. 그보다는 세상 누구보다도 믿음직한 아군에게서 버림받았다는 서글픔이었다.

대미언은 루시언을 실로 깊이 이해하는 유일한 사람이었다. 31년이라는 세월의 대부분을 쌍둥이 나이트 형제는 뗄레야 뗄 수 없는 사이로 지내 왔다. 방탕했던 젊은 시절에 둘은 친구들에게서 루시퍼와 디먼이라고 불렸다. 귀부인들은 사교계에 갓 데뷔한 딸들에게 '악마 패거리 한 쌍'을 조심하라고 경고했었다.

하지만 즐거웠던 웃음과 우정의 나날은 이제 저 멀리 사라졌다. 루시언이 형의 군인정신을 거슬렀기 때문이었다.

대미언은 2년 전, 전역하여 외무성의 비밀 첩보국에 들어가겠다는 루시언의 결정을 절대 인정하지 않았다. 일반적으로 정도를 걷는 장교들은 첩보 행위를 불명예스럽고도 신사답지 못한 짓거리로 간주했다.

그렇기 때문에 대미언과 그 동료들에게 있어서 첩보원이란 뱀보다 하등 나을 것이 없는 족속이었다. 대미언은 확실히 타고난 전사였다. 전쟁터에서 활약하는 그의 모습을 본 사람이라면―화약 검댕과 피로 얼룩진 얼굴을 본다면―누구도 그 점에 대해 의문을 품지 않았다.

하지만 루시언이 목숨의 위험을 무릅쓰고 규정을 어기며 끊임없이 흘려보내 준 적의 위치, 전력, 숫자, 예상 공격계획 등의 정보가 아니었다면 그 수많은 승리가 모두 존재하지는 못했을 것이다. 하지만 루시언은 그 점을 알지 못했다.

첩자인 동생의 도움이 없었더라면 자신의 영광이 오롯이 존재하지 못했으리라는 사실을 알게 될 때, 위대한 사령관의 자존심이 얼마나 뭉개질지는 불을 보듯 뻔했다.

알 게 뭐야, 루시언은 냉소를 머금으며 생각했다. 전쟁 영웅의 거인급 자존심을 루시언보다도 더 교묘하게 자극할 줄 아는 사람은 아직까지도 전혀 없었다.

"루시언!"

숨가쁜 목소리가 갑자기 아래에서 들려왔다.

돌아선 그는 문간에 드리워진 캐로의 육감적인 실루엣을 보았다.

"이런, 친애하는 레이디 글렌우드."

그는 음흉하게 속삭이며 음험한 미소와 함께 그녀에게 손을 내밀었다. 대미언은 이 일로 화를 내겠지?

"당신을 찾아 사방팔방 돌아다녔어요!"

그녀가 검은 공단을 바스락거리며 그에게로 뛰어들자 인형처럼 얼굴 양쪽에 곱슬곱슬 내려뜨린 머리채가 연지를 바른 볼에 부대꼈다.

그녀는 그의 손을 잡았고 그가 가까이 끌어당기는데도 별 저항 없이 교활한 미소를 지었다. 그 사이로 틈새가 살짝 벌어진 두 개의 귀여운 앞니가 보였다.

"대미언이 왔어요……."

"누구?"

그는 중얼거리며 그녀의 입술을 자신의 입술로 더듬었다.

그녀는 그의 키스 아래 나직이 신음하며 그에게 녹아 붙듯 찰싹 다가들었다. 그녀의 검은 공단 드레스가 하얀 양단으로 된 그의 정장 조끼에 관능적으로 마찰했다. 지금과는 달리 어젯밤에는 옷 따위는 입지 않은 맨살과 맨살의 만남이 있었다.

스물일곱 먹은 남작부인은 남편의 죽음 때문에 상복 차림이었지만 루시언이 보기에는 그녀가 눈물 한방울이라도 흘린 적이 있을까 의심스러웠다. 캐로 같은 여자에게 있어서 남편이란 단지 쾌락을 추구하는 데에 걸림돌이 될 뿐이었다.

그녀의 검은 공단 드레스에 달린 보디스는 품이 작았기 때문에 터질 듯한 가슴 골짜기를 거의 내비치는 수준이었다. 칠흑 같은 색깔의 옷감이 그녀의 피부를 설화석고처럼 강조했고 위로 틀어 올린 초콜릿빛 갈색 머리칼에는 주홍빛 입술색과 어울리는 장미가 꽂혀 있었다. 잠시 후 캐로는 장갑을 낀 손으로 그의 가슴팍을 짚으며 키스를 끝내려 했다.

그녀가 살짝 몸을 뒤로 빼자 그는 만족스러운 그녀의 표정을 보았다. 상기된 얼굴에 건포도처럼 까만 눈망울이 요염한 승리의 기색으로 번득였다. 캐로가 수줍다는 듯 속눈썹을 내리깔며 그의 검은 연미복 옷깃을 어루만지자 루시언은 오만한 미소를 감추었다.

그녀는 다른 경쟁자들이 결코 해내지 못했던 불가능을 이루어냈다고 믿는 게 확실했다. 자기 혼자만이 나이트 쌍둥이 형제를 둘 다 꼬여내 정복했으며, 이제는 자기 허영심을 충족시키기 위해 둘 다를 갖고 놀 수 있다고 말이다. 가엾게도, 앞으로 이 여인에게는 놀랄 일이 무궁무진이리라.

그가 알기에도 그 자신은 나쁜 놈이었지만 그녀를 좀 가지고 놀고픈 마음을 떨쳐버릴 수가 없었다. 그는 그녀를 응시하며 입술을 핥다가 어둠에 감싸인 근처의 벽 쪽을 유혹하듯 슬쩍 곁눈질해 보였다.

"저기라면 아무도 보지 못할 거야, 내 사랑. 생각 있나?"

그녀는 특유의 목쉰 웃음소리를 토해냈다.

"이 사악한 악마. 나중에 더 큰 걸 해 주죠. 지금은 둘이서 같이 대미언을 보러 가고 싶어요."

루시언은 완벽하게 몸에 밴 연기를 하며 한쪽 눈썹을 치떴다.

"둘이서 같이?"

"그래요. 우리 사이에 숨기는 게 눈곱만큼이라도 있다는 느낌을 대미언에게 주고 싶지 않아요."

그녀는 속눈썹을 내리깐 채 교활한 눈길로 흘끔 쳐다보며 그의 하얀 비단 크러뱃을 다독였다.

"자연스럽게 연기해야만 해요."

"노력은 해 보지, 셰리."

"좋아요. 그럼 가요."

그녀는 장갑 낀 손을 그의 팔꿈치 안쪽에 밀어 넣고 무도회장으로 내려가는 소용돌이 모양의 작은 계단 쪽으로 그를 밀었다. 그녀를 따라오는 그의 걸음걸이는 뭔가 다른 속셈이 있다는 인상을 줄 만큼 지나치게 협조적이었다.

"대미언한테 말 않겠다고 맹세하는 거죠?"

"우리 천사, 난 한마디도 뻥긋하지 않겠어."

일란성 쌍둥이란 정보 교환을 위해 굳이 말이 필요치 않은 사이라는 말을 그는 덧붙이지 않았다. 그들은 눈길 한 번, 웃음소리, 모습만으로도 수없는 사연을 전할 수 있었다.

정말이지 이 교활한 바람둥이가 미모를 이용해 대미언을 결혼이란 덫으로 꾀어들이기 일보 직전이라니 생각만 해도 몸서리가 쳐졌다. 전쟁 영웅에게는 실로 다행이었다.

그의 극악한 첩자 동생이 이번에도 또 극도로 중요한 정보를 알아내 다시금 그를 구출하러 와 준 것이다. 캐로가 시험을 통과하지 못했다는 정보 말이다.

루시언은 그녀의 귓가에 대고 은밀히 물었다.

"이번 주말에 같이 레벨 코트로 가는 건 확실하지?"

그녀는 초조한 듯 그를 슬쩍 훔쳐보았다.

"그게, 사실, 달링. 잘…… 모르겠어요."

"뭐야?"

그는 멈춰 서서 인상을 팍 쓰며 그녀를 돌아보았다.

"왜 못 간다는 거지? 당신하고 같이 가고 싶은데."

입술을 살짝 벌린 그녀는 그의 요구에 반응해 절정에 오른 것 같은 모습이었다.

"루시언."

그의 주장에 도움이 될 만한 연인의 뜨거운 밀어와는 거리가 멀었지만, 아름다운 여자야말로 적의 첩자를 꾀어 들이기에 유용한 도구라는 점만은 단순 명료한 사실이었다.

"당신은 이해 못해요!"

그녀는 입술을 삐쭉 내밀었다.

"가고야 싶지요. 그런데 오늘 마침 천사표한테서 편지를 받았단 말이에요. 그 계집애가……."

"누구?"

그는 어리둥절하다는 표정으로 그녀의 말을 자르며 물었다. 그의 기억이 정확하다면 올리버 골드스미스의 고진 이동용 책에도 그런 인물이 있었다.

"앨리스 말이에요. 내 시누이죠."

그녀는 짜증난다는 듯 손사래를 쳐댔다.

"어쩌면 글렌우드 파크로 돌아가야 할지도 몰라요. 앨리스 말로는 애가 아프다네요. 집에 돌아가서 해리를 간호하지 않았다가는 앨리스한테 잡아먹힐지도 몰라요. 뭐 그렇다고 내가 그 꼬맹이 하나 다루는 법을 모른다는 건 아니지만요."

그녀는 흥 하고 코웃음을 쳤다.

"그놈이 날 보고서 하는 짓은 꽥꽥대는 것밖에 없어요."

"흠, 아이한텐 유모가 있잖아. 안 그래?"

그는 혐오스럽다는 듯 물었다. 그는 캐로에게 전남편과의 사이에서 낳은 세 살짜리 아들이 있다는 사실을 알고 있었다. 캐로 쪽에서는 거의 대부분 그 사실을 잊고 사는 것처럼 보였지만 말이다.

대미언이 이 혼담에 지극히 관심을 갖는 이유에는 그 아이도 포함되어 있었다. 본 적도 없는 아이에게 해괴하게도 부성애를 느끼는 것은 둘째치고, 일단 대미언은 아들을 낳을 수 있는 능력이 증명된 여인을 아내로 원했다. 사실 백작이라면 후계자가 필요했다.

하지만 불행하게도 캐로는 루시언의 유혹에 머리부터 발끝까지 굴복했으므로 자신이 괜찮은 여자라는 사실을 증명하지 못한 셈이었다. 실상을 알게 되면 대미언은 자존심 때문에 노발대발하겠지만 그렇다고 옆에서 찔러본다 해서 다른 사람에게 사랑을 바치는 따위의 여자를 대미언과 절대 결혼시킬 수는 없었다.

대미언을 얻을 만한 여자라면 루시언의 유혹을 거절하는 지조 있는 여자라야 했다.

"물론 유모야 있죠. 하지만 앨리스 말로는 아이한테…… 그러니까, 내가 필요하대요."

캐로는 힘없이 말했다.

"하지만 나도 당신이 필요한 걸, 셰리."

그는 달래듯 살짝 미소지으며 속으로는 그의 어머니였다면 살아생전에 이런 양심의 가책을 한번이라도 느껴 본 적이 있었을지 궁금해 했다. 그의 어머니 호크스클리프 공작 부인은 어찌 된 여자였는지 만나는 남자의 절반은 정복해야 직성이 풀리는 추문의 화신이었다.

쌍둥이 형제의 아버지는 그들 어머니의 남편이 아니라 강력하고도 베일에 싸인데다 여러 해 동안 애인에게 헌신적인 애정을 바쳤던 카너선 후작이었다. 후작은 얼마 전에 죽으면서 엄청난 재산과 악명 높은 별장인 레벨 코트를 루시언에게 남겼다. 바스에서 남동쪽으로 십여 킬로미터 떨어진 곳이었다.

캐로를 빤히 바라보고 있자니 루시언은 왜 대미언과 이 여자의 결혼을 그토록 말려야 한다는 심정이 강하게 들었는지 알 것 같았다. 그는 대미언이 어머니와 똑같은 아내를 맞는 꼴을 두고 볼 수 없었다. 그는 휙 돌아서서 캐로를 그 자리에 남겨 두고 떠나려 했다.

"뭐 됐어. 그럼 그 꼬맹이한테나 가라고."

그는 중얼거렸다.

"다른 사람을 찾으면 돼."

"하지만 루시언, 나도 가고 싶다고요!"

그녀는 공단 옷자락을 바스락거리며 서둘러 그를 따라잡았다.

그는 계속 앞만 보면서 발걸음을 옮겼다.

"아이가 당신을 필요로 한다는 건 잘 알 텐데."

"아니에요. 천만에요."

워낙 썰렁한 어조였으므로 루시언은 미심쩍은 눈으로 쳐다보았다.

"그 애는 날 알아보지도 못하는 걸요. 그 애가 사랑하는 건 앨리스뿐이에요."

"당신 생각이야 그렇겠지."

"사실이니까요. 난 무능한 엄마예요."

그는 머릿속이 복잡해서 한숨을 쉬며 고개를 저었다. 이 여자가 자기 자신을 속이고 싶다 한들 그가 상관할 바 아니었다.

"그럼 가자고. 대미언이 기다리고 있어."

그는 그녀와 팔짱을 끼고 그녀의 운명이 기다리고 있는 무도회장으로 갔다.

구형 유리 샹들리에의 밝은 불빛 덕에 무도회장은 잘 모르는 사람이 보면 고상한 장소로 보일 정도였다. 하지만 루시언에게는 거대한 체스판처럼 흑백 사각형이 늘어선 대리석 바닥에 지나지 않았다. 그는 자신이 만들어 낸 퇴폐주의자의 가면을 쓴 채 조심스레 인파를 지켜보면서, 자신의 본능이 가리키는 사람이나 사물을 놓치지 않기 위해 모든 감각을 날카롭게 일으켜 세웠다.

뻔한 것은 아무 것도 없다. 바로 그것 때문에 그는 편집증에 가까울 정도로 능력을 연마시켰고 어느 누구도 신뢰하지 않았다.

그의 경험상 평범해 보이는 사람이야말로 가장 위험한 배신자로 귀결되는 경우가 제일 일반적이었다. 별난 사람들은 오히려 보통 무해하기만 했다. 사실 그는 일정한 틀에 고정되기를 거부하는 족속이라면 가리지 않고 호감을 품었다.

이런 그의 습성 때문에 평판 나쁜 작자들, 아웃사이더들, 온갖 쾌락을 좇는 자들, 반항아들, 왕립 과학협회의 지저분한 천재들, 온갖 종류의 괴짜들이 그에게 고갯짓으로 인사를 보내는 한편 남몰래 존경의 표시까지도 하고 있었다.

그래, 저 졸개들은 레벨 코트로 가서 잔치를 즐기고 싶어 몸이 달았지, 그는 그들의 속물근성에 질려 버렸다. 하지만 겉으로는 티 내지 않으며 서늘한 미소로 그들의 인사를 받아 주었다. 그는 두텁게 화장한 얼굴을 부채로 가리고 인사하는 귀부인에게 눈을 찡긋했다.

"사악한 사람."

그녀는 유혹적인 눈빛을 던지며 속삭였다.

그는 고개 숙여 인사했다.

"봉주르, 마드무아젤."

곁눈질해 보니 캐로는 입술을 살짝 벌린 채 홀린 듯한 눈초리로 그를 응시하는 중이었다.

"뭐지, 귀여운 사람?"

그녀는 그에게 인사하는 벨벳 옷차림의 난봉꾼들을 흘끔 쳐다보더니 교활한 눈초리로 그의 눈을 들여다보았다.

"그저 천사표 양께서 당신 옆에 있으면 어찌 될지 궁금했을 뿐이에요. 당신이 그 계집애를 타락시키는 광경을 지켜본다면 너무나 재미있겠네요."

"언제 한번 데려오라고. 내가 최선을 다해 보지."

그녀는 히죽거렸다.

"앨리스는 아마 당신이 쳐다보기만 해도 기절할 거예요."

"젊은가?"

"별로 그렇지도 않아요. 이제 스물하나니까."

캐로는 잠시 사이를 두었다.

"사실 당신이 앨리스의 상아탑에 흠집 하나 낼 수 있을지 의문이에요. 내 말뜻 알죠?"

그는 영문을 모르겠다는 듯 눈살을 찌푸렸다.

"설명해 보라고."

캐로는 어깨를 으쓱하며 조롱하듯 입꼬리를 말아 올렸다.

"나도 모르겠네요, 루시언. 쉽지 않을 거예요. 앨리스는 당신이 악한 것 못지 않게 선하거든요."

그는 한쪽 눈썹을 치켜뜨며 잠시 속으로 곱씹어 보더니 호기심을 이기지 못하고 계속 그 문제를 파고들었다.

"앨리스는 정말로 그 정도로 미덕의 화신인가?"

"우욱, 그 계집애랑은 같이 있기만 해도 게울 것 같다니까요."

캐로는 인파를 지나가던 도중 마주치는 사람들에게 여기저기 목례를 건네면서 낮게 대꾸했다.

"앨리스는 소문을 지껄이시 잃아요. 거짓말도 하지 않고. 어떤 여자의 웃긴 차림새에 내해 내기 아주 완벽하게 재치 있는 말을 던져도 앨리스는 절대 웃지 않아요. 사치는 생각도 못하죠. 교회를 빼먹는 일도 절대 없어요!"

"맙소사, 그런 괴물과 한 지붕 아래에 살아야 했다니 동정심이 솟구치는군. 그런데 그 여자 이름이 뭐라고 했지?"

그는 온화한 어조로 물었다.

"앨리스예요."

"성은 몬테규라고?"

"그래요. 가엾은 글렌우드의 여동생이죠."

"앨리스 몬테규라."

그는 생각에 잠긴 어조로 그 이름을 입에 담았다. 남작의 따님에 현숙하고 미혼이라. 꼬맹이 돌보는 데도 선수고. 그는 곰곰이 생각했다. 대미언의 신붓감으로는 그만인 것 같았다.

"예쁜가?"

"참고 봐줄 만은 하죠."

캐로는 그의 시선을 피하며 쌀쌀맞게 말했다.

"흐음. 그래?"

그녀의 얼굴을 슬쩍 뜯어본 그는 남작부인의 고운 얼굴에 새겨진 질투의 흔적을 보고 눈에 장난기를 품었다.

"참고 봐줄 만하다니, 어느 정도지? 정확히 말해 봐."

그녀는 기죽이려는 듯 째려보며 대답을 거부했다.

"자아, 말하라니까."

"그 계집애 따위는 잊어요!"

"그저 호기심 때문에 그러는 거야. 당신 시누이 눈이 무슨 색이지?"

그녀는 깃털 터번을 쓴 숙녀에게 고갯짓으로 인사하며 그를 싹 무시했다.

"아아, 캐로."

그는 놀리듯 중얼거렸다.

"스물한 살짜리 풋내기 매력덩어리에게 질투하는 건가?"

"웃기는군요!"

"그럼 해 될 것도 없을 텐데?"

그는 그녀를 자극하며 끈질기게 우겼다.

"앨리스의 눈이 무슨 색인지 말해 보라니까."

"파래요."

그녀는 톡 쏘듯 대답했다.

"하지만 썩은 생선 눈알이죠."

"그럼 머리카락은?"

"금발. 빨강. 몰라요. 그게 무슨 상관이죠?"

"내 호기심을 충족시키기 위해서."

"세상에 더 없는 말썽꾸러기 같으니! 꼭 알아야겠다면 말인데, 앨리스는 머리카락이 최고 자랑거리예요. 허리까지 닿는데 딸기색 금발이랄 수도 있겠죠."

그녀는 뾰로통하게 덧붙였다.

"하지만 그 머리는 항상 아이가 아침에 먹는 머핀 부스러기 천지예요. 아주 역겹죠. 라푼첼처럼 치렁치렁하게 머리를 늘어뜨려 봤자 완전히 구닥다리 유행일 뿐이라고 내가 백 번도 넘게 말해 줬지만 앨리스는 내 말을 싹 무시할 뿐이에요. 그러기를 좋아하거든요. 이제 만족했나요?"

"입맛 당기는데."

루시언이 그녀의 귀에 속삭였다.

"그 아가씨를 당신 대신 레벨 코트에 데려갈 수 있으려나?"

캐로는 몸을 뒤로 빼고 검은 레이스 부채로 그를 찰싹 때렸다.

그녀가 분노하자 루시언은 껄껄대며 붉은 외투 차림의 군인들 무리 속으로 터덜터덜 걸어갔다.

"자아, 보시오, 레이디 글렌우드."

그는 비아냥대는 어조로 밝게 말했다.

"여긴 내 친애하는 형이라오. 안녕, 악마 친구. 형한테 소개시킬 사람이 있어."

그는 검은 바지 주머니에 양손을 찔러 넣고 껄렁한 태도로 발뒤꿈치를 까딱거렸다. 앞으로 펼쳐질 쇼를 기다리는 그의 입술에 냉소가 어른거렸다.

대비언의 부하 장교들은 루시언을 깔보는 듯한 눈초리로 쳐다보더니 상관에게 우물우물 작별 인사를 던지며 예상대로 자리를 피했다. 자기들의 명예가 오염이라도 될까 봐 저러나. 루시언은 심드렁하니 생각했다. 전쟁으로 단련된 용모와 사자처럼 정갈한 모습을 한 대미언은 기대어 서 있던 널따란 기둥에서 몸을 일으켜 캐로에게 허리를 굽혀 뻣뻣이 인사했다.

"레이디 글렌우드. 다시 뵙게 되어 기쁘군요."

그는 낮고 단조로운 음성으로 퉁명스레 말했다. 루시언이 보기에 그런 엄숙한 태도는 자신이 선택한 여성에게 인사를 한다기보다는 전쟁터에서 상관에게 전술을 브리핑할 때에나 더 걸맞아 보였다. 사실 전쟁 동안 중요한 전투마다 빠지지 않고 참가하다시피 한 대미언은 전쟁이 끝나자 냉혹하고 차가운 눈이 되어 돌아왔으므로 루시언은 그 점이 자못 걱정스러웠다.

하지만 대미언 쪽에서 거의 말을 붙이지 않는 한 루시언이 형을 도울 수 있는 길은 없었다.

"오늘 저녁의 여흥이 마음에 드신 게 분명하군요, 레이디."

그는 남작부인에게 위엄 있게 말했다.

캐로는 대미언에게 인내심과 정욕이 묘하게 뒤섞인 미소를 보냈고 그동안 루시언은 딱딱하게 격식을 차리는 형의 태도를 보고 어이가 없어 허공을 쳐다보고 싶은 충동을 억눌렀다.

대미언은 검을 한 번 휘두르기만 해도 적의 머리를 베어 넘길 수 있는 남자였지만 아름다운 여자만 옆에 있다 하면 이 강철같은 눈길의 대령은 키만 멀뚱한 소년처럼 수줍어하며 주뼛거리곤 했다.

사교계의 귀부인들이 워낙에 설탕옷 입힌 과자 같은 존재였으므로 대미언은 손만 대도 자칫 그들이 부서져 버릴까 봐 노심초사하는 것 같았다. 세인트 제임스 파크의 억센 야간 일꾼조차도 이 전쟁 영웅에 비하면 훨씬 태도가 자연스러울 것이다.

아아, 뭐 고귀하신 내 형도 약점이 있다니 마음이 놓이는군, 루시언은 속으로 고개를 절레절레 저었다. 그가 재미있어 하며 바라보고 있자니 대미언은 뭔가 할 말을 찾아 정신없이 궁리하다가 갑자기 화제를 찾아냈다.

"해리의 상태는 좀 어떻지요?"

루시언은 잠시 눈을 질끈 감고 콧마루를 두 손가락으로 눌렀다. 이성에 대한 형의 둔해 빠진 사고 방식을 대하니 짜증이 났다. 저러느니 아예 새끼 잘 낳는 암말을 원하는 것뿐이라고 말하는 편이 나으리라. 듣기 좋은 입에 발린 소리도, 춤 신청도 없었다. 여자가 엄청난 모욕으로 여기고 불쾌해 하지 않는 것만도 놀랄 일이었다.

캐로조차도 그의 말을 듣더니, 자식이 있을 정도라면 곱고 앳된 시절은 이제 다 지났다는 사실을 지적 받는 것 같았는지 불편한 기색이었다. 그녀는 아들의 용태에 대해 굳이 언급하지 않고 대충 대답을 얼버무리더니 잽싸게 다른 문제로 화제를 몰고 갔다. 그 둘을 지켜보고 있던 루시언은 대미언이 캐로의 속 빈 수다에 주의를 기울이려면 엄청난 노력이 필요하리라는 것을 장담할 수 있었다.

"끔찍하게 지루하고 초라한 시즌이군요. 그렇지 않아요? 사교계의 핵심 인물들은 다들 사냥철이란 핑계로 시골 저택으로 돌아가거나 파리며 빈이며……."

금세 지루해진 루시언은 즉시 캐로의 허리에 슬쩍 팔을 두르고 휙 끌어당겼다.

"이 예쁜 아가씨를 어떻게 생각하지, 어때, 대미언 형?"

그녀는 얌전빼듯 새된 비명을 지르며 그의 가슴으로 엎어졌다.

"루시언!"

"이 아가씨가 형을 유혹하지 않았어? 내게는 아주 미칠 정도로 유혹적이던데."

그는 의미심장하게 중얼거리면서 그녀의 몸 옆선을 천천히 짓궂은 손길로 애무했다.

대미언은 충격 받은 듯 그를 바라보았다. 대체 무슨 짓이야? 그의 험악한 인상이 질문을 대신했지만 아마 그도 쌍둥이 동생의 매끄러운 목소리에서 사악한 기운을 감지했는지 순간 판단을 유보한 채 경계하듯 루시언을 가만히 바라보았다.

루시언에게 있어서 사물이란 겉보기대로인 적이 절대 없다는 사실을 그는 누구보다도 잘 알고 있었다.

"오늘 밤 이 아가씨 모습이 황홀해 보이지 않아? 형도 말 좀 해 보지 그래."

대미언은 캐로와 그를 번갈아 흘끔거렸다.

"그 말대로군."

불길한 한마디가 그의 가슴속 깊은 곳에서 머나먼 곳의 천둥소리처럼 울려 나왔다. 그는 초조해서 선웃음을 치는 그녀를 꿰뚫어 보기라도 하려는 듯 빤히 쳐다보았다. 대미언은 한번 보는 것만으로도 허식을 꿰뚫는 루시언의 재능을 타고나지 못했던 것이다.

"놔줘요, 루시언. 사람들이 보잖아."

캐로는 자신의 어깨가 그의 가슴에 스치는 것도 아랑곳 않고 불편한 듯 중얼거리며 벗어나려고 바둥거렸다.

"왜 그러지, 천사? 내 애무는 남몰래 받고만 싶다는 건가?"

그는 비단처럼 매끄러운 어조로 물었지만 그녀의 몸을 꼭 붙든 손아귀에는 가차없이 힘이 들어갔다.

그녀는 충격을 받고 그 자리에 얼어붙어 그를 응시했다. 갈색 눈이 더욱 짙어지는 것과 반대로 얼굴은 백짓장이 되었다.

"고해성사의 시간이 다가왔소, 내 사랑. 당신은 우리 쌍둥이 형제를 갖고 놀려고 했지만 소용없는 짓이야. 어젯밤 어디에서 지냈는지 형에게 말해 보라고."

"무슨 말인지 하나도 모르겠네요."

그녀는 억지를 썼다.

대미언은 그녀를 얼음 기둥으로 만들어 버릴 듯한 눈빛으로 쳐다보면서 나직이 욕설을 뇌까리더니 돌아섰다.

"대미언, 이 사람 말 듣지 말아요…… 이 사람이 거짓말쟁이라는 건 당신도 알잖아요!"

"내 동생과 잠자리를 같이 하고 나서도 나한테 교태를 부리겠소?"

그는 움켜쥐려는 그녀의 손을 떨쳐내며 격하게 속삭였다.

"하지만 난…… 그건 내 잘못이 아니라 이 사람 탓이라고요!"

"파렴치하군, 마담. 거기다가 바보이기도 하고."

그녀는 정신이 나가 버린 듯한 얼굴로 루시언을 홱 돌아보았다.

"저 사람이 나한테 뭐라고 했는지 들었죠? 저런 말을 지껄이게 내버려둘 수는 없어요!"

하지만 루시언의 유일한 대답은 낮고 다소 불길한 웃음소리뿐이었다. 그는 포도주를 한 모금 더 마셨다.

"이게 다 어떻게 된 거죠?"

그녀는 떨리는 목소리로 따져 물었다.

"캐로, 이 아가씨야, 이 친구는 바보가 아니라오. 내가 어젯밤 당신에게 깜박 잊고 말 안 한 게 있는데, 형은 당신에게 청혼할 생각이었지."

그녀의 입이 딱 벌어졌다. 순간 그녀는 화려하게 위로 올려붙인 가슴 때문에 숨을 제대로 못 쉬는 것처럼 보이더니 다음 순간 괴로운 듯한 눈으로 대미언을 흘끔 쳐다보았다.

"사실인가요?"

"내 확신하지만 그 말을 더 이상 꺼낼 필요는 없겠소."

그는 험익하게 대꾸했다.

"왜요?"

그녀는 울부짖었다.

"난 당신 아들이 아버지를 잃었으니 새아버지가 생기는 것도 괜찮겠다고 생각했던 것뿐이오."

대미언의 얼음장같은 시선이 그녀의 몸을 훑고 내려가 골반께에 어른어른 머물렀다.

"조금만 조심해서 바람기를 다스릴 수 있었으면 좋았을 텐데, 유감이로군."

분노에 찬 그의 시선이 이번에는 루시언에게로 돌아갔다.

"얘기 좀 할까, 너."

"형이 바란다면야."

"루시언…… 날 버리고 갈 수는 없어요!"

그녀는 수치심 따위 완전 내팽개친 채 그의 팔에 덥석 매달렸다.

"캐로, 귀염둥이."

그는 그녀의 손을 들어 입술에 갖다댄 다음 서서히 놓아주며 그녀에게서 멀어져갔다.

"형의 말이 맞소. 내가 보기에 당신은 시험을 통과하지 못했소."

"시험?"

그녀의 눈에 알아들었다는 빛이 깃들더니 다음 순간 분노로 변했다.

"이 악마! 개새끼! 둘 다 마찬가지야! 너희는 바로 그런 놈들이었어! 개새끼 같은 형제들!"

"뭐 그건 다들 알고 있는 사실이라오, 셰리."

루시언은 웃음을 머금은 채 대답했다.

"우리 어머니께서는 당신보다 훨씬 대단한 암캐였거든."

캐로는 끓어오르는 분노를 못 참고 고함을 지르며 빈 술잔을 그에게로 집어던졌다.

하지만 그는 고양이처럼 유연한 몸짓으로 술잔을 공중에서 잡아채 받은 다음 지나가던 급사의 쟁반 위에 살짝 올려놓더니 하얀 장갑을 낀 손으로 그녀에게 키스를 보냈다.

조롱하는 듯한 태도로 그녀에게 허리 굽혀 인사한 그는 돌아서서 대미언을 따라 무도회장을 나섰다.

조금 전의 불화에도 불구하고 나이트 가문의 쌍둥이는 자연스럽게 발을 맞춰 무도회장에 인접한 라운지를 가로질러서 1층으로 향하는 중앙 계단을 내려갔다. 지나가는 두 남자를 사람들이 쳐다보았지만 쌍둥이는 그런 반응에 익숙해져 있었다.

화려하게 치장된 휴게실을 몇 군데나 지나자 마침내 구석에 박혀 있는 당구실이 나왔다. 떡갈나무로 내장을 한 어둠침침한 남자들만의 성역으로 들어서자 대미언은 인상을 써서 방 안에 있던 사람들을 몰아냈다.

루시언은 시가를 끄고 서둘러 나가는 신사들에게 비아냥대듯 문을 열어 주며 서 있었다. 그들의 뒤에 남겨진 세 개의 당구대 위에는 불길한 연기 구름이 떠돌고 있었다.

루시언이 마지막으로 나간 사람에게 고갯짓으로 인사하며 바깥을 슬쩍 살펴보니 캐로가 멀찌감치 복도 저편까지 따라와 있는 모습이 보였다. 하지만 더 이상 가까이 다가올 배짱은 없는 모양이었다.

그녀는 장갑 낀 손으로 뻣뻣이 주먹을 쥔 자세였다. 까만 눈에서는 불꽃이 튀겼다. 욕설이 튀어나올까 봐 저어하는 듯 빨간 입술을 앙다물고 있었다. 그는 나직이 껄껄댄 다음 그녀를 따돌리듯 문을 딱 닫아 버렸다.

레이디 글렌우드의 행태 중 가장 웃기는 것은 이런 사태까지 있었는데도 몇 마디 달콤한 말로 토닥이기만 하면 예정대로 이번 주말 그의 별장에서 열리는 파티에 졸졸 따라오리라는 점이었다.

아이가 아프건 말건 상관없었다. 사실 캐로는 레벨 코트에서 열리는 모임이 소문에 들었던 대로 얼마나 대단한지 직접 눈으로 보겠다고 결심이 대단했다.

돌아선 그의 눈에 자신을 빤히 응시하는 대미언이 들어왔다. 반짝반짝 윤나는 헤센 장화*를 신은 발을 넓게 벌리고 양팔은 가슴 앞에서 팔짱을 낀 자세였다. 만만치 않아 보이는 대령은 골똘히 생각에 잠긴 모습으로 턱을 쓰다듬고 있었다.

---

* 무릎에 술이 달린 장화.

　루시언은 경계를 풀지 않고 가까운 당구대로 어슬렁어슬렁 다가가 녹색 벨벳 표면 위로 허리를 숙여 반짝이는 여덟 개의 공을 만지작거렸다. 그는 하얀 장갑을 낀 손으로 공을 팽이처럼 홱 회전시켜 뱅글뱅글 도는 그 모습을 지켜보았다. 하느님이 가학적인 짓을 하고 싶을 때 이런 심정으로 지구를 갖고 놀지 않을까? 이번에는 어디에 기근을 내릴까? 역병은?

　"다시는 한 여자를 끼고 맞붙지 않기로 약속을 했던 것 아니었어?"

　대미언이 물었다.

　"아아, 그랬지. 열여덟 살 생일 때였어. 똑똑히 기억한다고."

　"그래?"

　대미언은 설명을 기다렸다. 루시언은 그대로 내버려두었다.

　"그래서?"

　"이런, 왜냐고?"

　그는 시치미를 뚝 떼며 쌍둥이 형을 바라보았다.

　"아아, 이것 봐. 설마 진지한 건 아니겠지."

　"염병할, 그래, 진지하다고!"

　대미언의 벽력같은 노성은 지축을 뒤흔들고도 남을 정도였지만 루시언은 꾹 참는 듯한, 조금은 따분하다는 듯한 눈길을 보낼 뿐이었다.

　"미안한 생각이 들지 않는데 어떻게 사과를 하겠어."

　대미언의 눈이 강철같은 회색빛 줄처럼 가늘어졌다.

　"가끔은 네가 사악한 인간이란 생각이 들어."

　루시언은 온화한 웃음소리를 냈다.

　"이번에는 어떤 게임을 하는 거지?"

　대미언은 한 발짝 다가왔다.

　"뭔가 꿍꿍이속이 있군. 알고 싶어. 솔직한 대답을 해 줘. 아니면 때려눕히고 말겠어. 망할, 루시언. 네가 내 동생만 아니었다면 죽여

버렸을 거야."

"캐로 몬테규 때문에?"

그는 수상쩍다는 듯 물었다.

"넌 일부러 내게 모욕을 줬어."

"난 모욕당할 뻔한 형을 아슬아슬하게 구해낸 거야. 오히려 나한 테 감사해야 한다고."

그는 쏘아붙였다.

"이제 적어도 형의 천사 아가씨가 어떤 여자인지는 알았겠지. 세상에, 난 형이 잘되라고 그런 거야."

대미언은 콧방귀를 뀌었다.

"인정하시지. 넌 내 뒤통수를 치기 위해 캐로를 유혹한 거야. 앙갚음을 하려고 말이지."

루시언은 잠시 뜸을 들이며 간접적인 경고의 기색이 담긴 표정을 지었다.

"앙갚음?"

"내 말이 무슨 뜻인지 정확히 꿰고 있을 텐데. 작위 말이야."

"형의 빌어먹을 작위에는 관심 없어."

루시언의 눈에 불길이 확 일었지만 대미언은 그의 말을 무시한 채 비난을 계속했다.

"나를 원망할 이유 따윈 없잖아. 넌 카너선에게서 작위를 제외한 나머지 재산을 물려받았으니 그 돈도 한 재산이 돼. 솔직히 말해 장교의 퇴직금으로 평생을 살아갈 수 있으리라고는 생각 안 해. 난 이 백작위를 받아들였고, 넌 이제 그 돈을 쓰며 사는 법만 배우면 되는 거야. 말이 난 김에……."

겨우 한발 떨어진 곳에서 멈춰 서서 루시언을 냉담한 눈으로 지켜보는 대미언의 모습은 마치 적대적인 거울을 들여다보는 것과 흡사했다. 똑같은 검은머리, 똑같이 뭔가에 사로잡힌 듯한 회색 눈. 두 남자 다 너무나도 격렬하고 자존심이 강했으므로 서로 다른 길

을 걷는 와중에 둘 다 참전으로 인해 산산조각이 나 지쳐 버렸다
는 사실을 인정할 수가 없었다.

"그래서?"

루시언이 따분하다는 듯 물었다.

"내가 관심 갖는 여자마다 족족 네가 유혹할 계획을 품지 않기를
바라겠어. 이런 모욕을 두 번이나 참아 넘기지는 않을 테니까 말이
야. 상대가 너라 해도."

루시언은 믿지 못하겠다는 듯 한참 동안 그를 바라보았다.

"지금 날 위협하는 거야?"

대미언은 완고한 태도로 미동도 하지 않은 채 계속 그를 응시하
기만 했다. 루시언은 놀라움 때문에 기막혀 하며 돌아섰다. 그는
당황해서 순간적으로 머리카락을 흐트러뜨렸지만 다음 순간 낮고도
비통한 목소리로 껄껄대며 웃기 시작했다.

"명예에 눈 먼 사냥개 같으니! 그럼 형이 그 매춘부와 결혼해서
그 계집이 런던 전체를 휘젓고 다니며 바람을 피워도 묵묵히 바라
보도록 그냥 내버려둘 걸 그랬군. 그런 소리지?"

대미언은 어깨를 으쓱했다.

"좋아."

전광석화 같은 몸짓으로 루시언은 8번 공을 다른 공들 쪽으로
휙 밀었다. 난폭하게 따각 소리를 내며 명중하자 나머지 공들이 사
방으로 흩어졌고 몇 개는 포켓 안으로 거칠게 들어갔다. 그는 휙
돌아서서 문 쪽으로 성큼성큼 다가갔다.

내 인생이야 이렇지 뭐. 딱 들어맞지 않나? 그는 당구실을 가로
지르며 생각했다. 지난 2년 반 동안 그는 혼자서 임무를 수행했다.
새로운 일을 맡을 때마다 아메바처럼 매번 신분을 바꾸며 헤아릴
수조차 없이 많은 사람들의 삶 속에 유령처럼 들락거렸지만 결코
그들과 연관을 맺지는 않았다.

이제는 그의 쌍둥이 형조차도 그에 대해 더 이상 알지 못했다.

알지도 못했고 알고 싶어하지도 않았다. 그는 첩자이자 사기꾼이자 명예 따위 모르는 남자였기 때문이다.

신사다운 덕목을 갖춘 남자라면 그런 패거리를 무시하는 법이다. 스스로에 대한 혐오감이 그의 몸 속을 휘달렸다. 그리고 절망도. 대미언마저 그에 대해 더 이상 터럭만큼도 걱정해 주지 않는다면 과연 누가 걱정해 줄까? 아무도 없다. 그는 그 점을 깨닫고 뱃속 깊은 곳이 움푹 꺼지는 느낌을 받았다. 그는 완전히 혈혈단신이었다.

"한 가지 더 말해 두지."

대미언이 뒤에서 말했다.

루시언은 우아하고도 오만하지만 무시무시한 태도로 돌아보았다.

"뭔데."

대미언이 턱을 치켜들었다.

"너에 대해 이상한 소문을 들었어. 묘한 얘기들이더군."

"말해 봐."

"우리 아버지가 한때 가졌던 비밀 모임을 네가 다시 주도하고 있다던데. 말들이 많아…… 레벨 코트에서 점잖지 못한 일들이 벌어지고 있다고…… 이상한 의식을 벌인다면서."

"글쎄."

그는 온화한 어조로 중얼거렸다.

대미언은 그의 얼굴을 요모조모 살펴보았다.

"대부분의 사람들은 네가 난잡한 파티를 연다고 생각하지만 몇몇 사람들은 네가 일종의…… 이교도 숭배에 말려든 것 같다고 주장하고 있어. 예전의 헬파이어 클럽과 비슷하게 말이야."

"아주 흥미롭군."

루시언은 목구멍을 가르릉 울렸다.

"사실이야?"

루시언은 음험하면서도 지친 듯한 미소를 짓고는 돌아서서 바깥으로 천천히 나갔다.

　감미로운 가을날의 아침 햇살이 햄프셔의 시골 벌판을 비추며 글렌우드 파크의 아늑한 거실의 프랑스식 창문 너머로 새어 들어왔다. 앨리스는 약간 눈살을 찌푸리며 아침식사 때 해리가 먹었던 머핀 부스러기를 자신의 머리칼에서 집어내고는 아이를 업고 계속해서 부드럽게 노래를 불러주었다.

　그녀는 거실 안을 이리저리 오가면서 활 모양으로 불쑥 튀어나온 창가를 초조하게 곁눈질했다. 캐로의 마차가 오기를 이제나저제나 기다리고 있었기 때문이다. 아니 그녀는 적어도 캐로가 오기를 희망하고 있었다.

　최근 한 주 동안 해리는 유독 보채고 피곤해 했다. 그 전날에는 앨리스가 해리의 나무인형인 멋쟁이 웸블리 씨에게 줄 새 옷을 열심히 바느질하는 동안 아이는 엄지손가락을 입에 문 채 담요를 친친 휘감고 거실 바닥에서 곤히 잠들기도 했다.

　그리고 오늘 새벽 늙은 유모의 기우는 현실로 드러났다. 어린 글렌우드 남작은 주인답게 짜증을 내며 버럭 울음을 터뜨려 집안 사람들 전부를 깨웠다. 수두에 걸린 아이는 열이 펄펄 끓는 데다 몸이 좋지 않아 짜증을 냈다.

　아침을 먹은 뒤로도 계속 가렵다면서 보채고 울던 아이는 마침내 축 늘어져 앨리스의 등에서 선잠이 들었다. 장미꽃잎 같은 아이의 볼이 앨리스의 어깨에 놓여 있었다.

“엄마.”

아이는 아침 내내 그랬던 것처럼 칭얼댔다.

“엄마는 오실 거야, 귀여운 것.”

앨리스는 아이를 꼭 끌어당기며 속삭였다.

“지금 오시는 중이야. 내가 약속할게.”

“몸에 뭐 났어.”

"그래. 나도 너한테 뭐가 난 건 알아, 우리 귀여운 강아지. 다들 그렇게 된단다. 나도 너만할 때 그랬거든."

불행하게도 병세가 한풀 꺾이려면 아직 한참 있어야 했다.

"세 살."

"그래, 넌 세 살이지. 똑똑도 해라."

그녀는 등에 얼룩이 묻는 것을 개의치 않고 아이를 업은 팔에 힘을 꼭 주었다. 이제는 아이가 너무 커서 업고 다니기가 힘들었지만 아플 때면 젖먹이처럼 어리광을 피우고 싶어했고, 앨리스 역시 아이를 달래 주지 않은 채 괴로워하는 모습을 지켜보고만 있자니 견딜 수가 없었다.

"저기, 저기!"

해리가 갑자기 솜털이 보송한 머리를 들고 그녀의 어깨너머에서 창 밖을 가리켰다.

"뭔데?"

"엄마!"

"정말?"

창가로 다가간 앨리스는 아이를 고쳐 업고는 커튼을 젖혔다.

해리는 신이 나서 고사리 손으로 손가락질을 해 대더니 그날 들어 처음으로 함박웃음을 지어 하얗고 앙증맞은 이를 드러내 보였다. 앨리스가 보기에 아이의 미소는 구름장을 뚫고 나온 빛나는 햇살 같았다.

그녀는 하늘빛이 나는 아이의 눈을 사랑스럽다는 듯 지그시 바라보느라 다가오는 마차 소리를 한순간 잊고 말았다. 웃을 때의 해리는 그녀의 오빠인 필립을 완전히 빼박은 모습이었다. 그 생각을 하자 그녀의 눈시울이 붉어졌다.

"엄마! 엄마!"

아이는 악을 쓰기 시작하더니 세차게 발길질을 해 대며 목을 길게 뽑아 저 멀리에 있는 마차를 보려 했다.

"엄마가 오실 거라고 고모가 말했었지?"

앨리스는 안도감을 숨기며 아이를 놀렸다. 남작부인을 더할 나위 없이 믿음직한 사람이라고는 할 수 없었기 때문이다. 캐로는 제멋대로 아이의 생활에 불쑥 나타났다 사라지곤 했으므로 앨리스는 사흘 전 아이의 몸이 어딘가 이상하다고 경고하는 편지를 써야만 했다.

"나 갈래!"

해리는 꼼지락거려 그녀에게서 벗어나더니 담요를 자그마한 주먹에 꼭 쥐고 질질 끌면서 뒤뚱뒤뚱 방 안을 가로질러 입구로 향했다.

순간 앨리스는 복도로 사라지는 조카의 고함 소리와, 체구가 당당하고 다부진 유모인 페그 테이트가 상냥하게 아이를 말리는 소리에 귀를 기울였다.

아이가 화려한 낯선 이, 즉 자기 엄마를 보게 된다는 생각에 저렇게 기뻐 날뛰는 모습을 보자 앨리스의 마음은 찢어질 것만 같았다. 아이는 남작부인과 친해지기를 너무나도 절실하게 원했으나 캐로는 이곳에 올 때마다 해리가 조금 낯을 익힐락 말락 할 때쯤이면 떠나버리곤 했다.아이에게는 혼란과 분노만이 남았고 그 점이 앨리스의 미래에 혼란의 그림자를 드리웠다.

그녀는 나직이 한숨을 쉬며 돌아서서 자신이 대부분의 시간을 보내는 밝고 쾌적한 방 안을 오래오래 바라보았다.

그녀의 눈길이 애완동물인 카나리아를 넣어 두던 하얗고 창살이 촘촘한 대형 새장에서부터 그녀가 글렌우드 파크라는 안온한 시골의 분위기에 흠뻑 젖곤 하던 원탁까지를 쭉 훑어 내렸다. 그 원탁에서 그녀는 차분한 젊은 숙녀에게 어울릴 만한 온갖 다양한 수공예 작업에 열중했었다. 하지만 그녀는 삶이 그냥 흘러가 버리는 동안 자신이 덧없는 꿈에만 잠겨 산다는 느낌을 저버릴 수 없었다.

그녀는 자신도 정체를 모를 허기에 사로잡혀 있었다. 때로는 너무나 강렬한 그 허기 때문에 밤마다 잠 못 이루기도 했다. 그녀는 조카에 대한 애정이며 글렌우드 파크의 살림과 자기 자신의 삶을 찾아야 한다는 욕구 사이에서 갈팡질팡했다.

하지만 무엇보다도 제일 중요한 것은, 변덕이 날 때만이 아니라 언제나 항상 해리의 옆에서 버팀목이 되어줄 사람이 누군가 필요하다는 사실이었다.

아이의 어머니가 내팽개친 그 책임은 이제 앨리스의 몫이었다. 그녀는 앞치마 주머니에 양손을 넣은 채 꼼짝도 않고 서 있었다. 햇살이 그녀의 피부를 따스하게 달구고 붉은 기가 도는 밝은 금발에 광채를 더했다.

꽃이 원탁 중앙을 우아하게 장식하고 있었다. 그 옆에는 그녀가 런던의 친구들에게 크리스마스 선물로 주려고 바느질 중인 우아한 실크 지갑과 해리의 손에 닿지 않게 멀찌감치 밀어 놓은 섬세한 옻칠 도구들이 놓여 있었다. 그녀가 최근에 제작 중인 정교한 보석 상자는 절반쯤 완성된 상태였다.

그녀의 취미는 모두 공예 쪽에 쏠려 있었지만 사실은 단지 정신을 다른 곳에 팔기 위한 소일거리임을 마음속으로는 알고 있었다. 안절부절못하는 불안감을 떨쳐 버리기 위한 그녀 나름의 방편이었다.

남작부인의 마차가 장원 저택 앞에 멈춰 서는 기척이 들리자 앨리스는 인사를 하기 위해 창가로 향했다. 하지만 밖을 내다보았을 때 그녀의 눈은 공포와 충격으로 가득 찼다. 캐로의 세련된 노란색 4인승 사륜 마차가 아니었다.

우편마차였다. 그녀는 얼굴이 하얗게 되어 손으로 입을 가렸다. 이 상황이 뜻하는 바가 즉시 머릿속에 떠올랐다. 편지. 달랑 편지 한 통! 캐로는 오지 않는 것이다. 아예 신경도 쓰지 않는 것이다. 그 깨달음 때문에 앨리스의 머릿속이 멍해지면서 와락 분노가 솟구쳤다.

그녀의 짙푸른 눈이 가늘어졌고 창가에 서 있던 하얗고 갸름한 몸매는 봇물처럼 와락 터져 나온 분노로 가득 찼다. 그 분노는 그녀의 온화한 겉모습 아래 깊이를 알 수 없는 곳까지 뻗어갔다. 그녀는 말없이 고개를 저었다.

안 돼요, 그녀는 격노해서 생각했다.

이번만은 안 돼요, 캐로. 새언니가 저 아이에게 이런 짓을 하도록 내버려두지 않겠어요. 참는 것도 정도가 있어요.

그녀는 창가에서 몸을 떼고 휙 돌아서서 거실을 나와 현관으로 향했다.

그녀는 문간에서 우편배달부에게 요금을 치르고 접힌 편지를 슬쩍 쳐다본 다음 페그와 걱정에 싸인 시선을 주고받았다. 이미 페그는 일로 거칠어진 커다란 두 손을 앞치마에 닦으며 천천히 현관으로 나와 있던 참이었다.

해리의 유모인 페그 테이트는 필립과 앨리스의 어린 시절 유모이기도 했다. 앨리스에게는 하인이라기보다 가족과도 같은 존재였다. 마음씨 좋은 페그조차도 레이디 글렌우드의 행실에는 회의적이었다.

"좋은 소식이어야 할 텐데요."

페그는 볼멘소리로 말했다.

"새언니한테서 온 게 아니에요."

앨리스는 편지를 살펴보며 굳은 어조로 말했다.

"해터슬리 씨가 보낸 거예요."

해터슬리란 런던에 있는 글렌우드 저택의 집사로 그로브너 스퀘어 외곽 어퍼브루크 거리에 있는 몬테규 집안의 우아한 시내 저택을 관리하는 인물이었다.

"어머, 저런. 나쁜 일이 아니었으면 좋겠네요."

중얼거리는 페그의 주름살 투성이 미간이 걱정 때문에 더욱더 구겨졌다.

안 좋은 예감이 앨리스의 등골을 쫙 타고 내려갔다. 오래 전부터 그녀는 올케가 쾌락을 좇아 무모하게 굴다가 언젠가는 큰 코 다치지 않을까 싶어 내내 걱정하고 있었다.

"해리는 어디 있어요?"

그녀는 불안해져서 물었다.

"어머님이 오셨으니 세수해야 한다고 넬리가 씻겨 드리고 있어요."

앨리스는 끄덕이며 봉인을 뜯었다.

"친애하는 몬테규 양."

그녀는 나직이 읽어 내려갔다.

"그저께 보내주신 편지 받았습니다. 유감스럽지만 레이디 G께서 루시언 나이트 경과 동행하여 어제 런던을 떠나셨다는 소식을 전해 드립니다."

그녀는 거기에서 멈추고 깜짝 놀라 페그를 바라보았다.

"루시언 나이트? 하지만 내가 알기로는 대미언 나이트 경이라고…… 이런, 캐로!"

그녀는 신음했다. 무엇 하나 쓸모 없는 그 여인이 무슨 짓을 했는지 단번에 감이 왔다. 겨우겨우 괜찮은 남자를 하나 잡았나 했더니 그 형제 되는 사람과 도피 행각에 나서서 기회를 망쳐 버린 것이다! 그 남자는 해리에게 완벽한 새아버지가 되어 주었을 사람인데도!

몇 주 전 올케와 나누었던 대화가 아직도 뇌리에 남아 있었다. 그때 캐로는 국민적 영웅인 그 남자의 눈을 처음으로 끈 직후였다. 그때 들은 얘기로는 대미언 경이 외무성에 있는 루시언 경이란 남자와 일란성 쌍둥이라고 했다. 디먼과 루시퍼지, 캐로는 그렇게 말했다.

앨리스가 그 얘기를 똑똑히 기억하는 것은 남작부인이 묘하게도 넋 나간 눈빛으로 몸을 바르르 떨었기 때문이었다. 루시언 나이트의 근처에는 얼씬도 하지 않겠어, 캐로는 그때 말했었다. 난 그 남자가 무섭거든. 하지만 불꽃같은 여자 레이디 글렌우드가 무서워하는 사람이라고는 여태껏 아무도 없었다.

"해터슬리 씨가 또 뭐라고 썼나요?"

페그가 동요하며 물었다.

"세상에, 읽기가 두려워요."

앨리스는 편지를 들고 계속 읽어나갔다.

"그 두 분의 행선지는 신사분의 시골 저택인 레벨 코트입니다. 수소문해 본 바로는 바스에서 남서쪽으로 십여 킬로미터 정도 떨어진 곳이라는 것밖에 알 수 없었습니다. 레이디께서는 다음 주나 되어야 돌아오실 예정입니다. 남작부인은 아가씨께 입도 벙긋 말라고 제게 타이르셨으므로 저로서는 어떤 분란도 일으키고 싶지 않습니다. 어떻게 해야 할지 조언을 부탁드립니다. 당신의 종 J. 해터슬리."

페그는 무거운 침묵 속에서 뺨을 벅벅 긁었다.

오랫동안 앨리스는 바닥을 빤히 바라보면서 커져가는 분노 속에 고개를 가로 저었다. 골똘히 생각에 잠긴 눈으로 고개를 들어보니 페그가 침착하고도 근심어린 눈으로 참을성 있게 지켜보고 있었다. 한참 동안 페그를 응시하던 그녀는 울화가 더욱 치받자 눈을 가늘게 뜨더니 다음 순간 갑자기 편지를 건네주고 뒷일은 아랑곳 않은 채 계단 쪽으로 성큼성큼 다가갔다.

"새언니를 따라가겠어요."

"어머, 아가씨. 그러시면 안 돼요!"

페그가 외쳤다.

"그래야 해요. 이 파렴치한 짓을 말려야 해요. 지금 당장요."

"하지만 이 남자는 낯선 사람인데다 악당이잖아요. 전 두려워요! 레이디께서 체면 따위 상관없다고 생각하셨다면 그거야 레이디 사정이지요."

"그리고 내 사정이기도 해요. 오빠가 임종할 때 난 가족들을…… 둘 모두를 제대로 돌보겠다고 약속했단 말이에요. 해리 옆에는 엄마가 있어야 하고 새언니는 집으로 돌아와야 해요. 이 남자가 정말 새언니를 좋아한다고 생각해요?"

페그는 의심스럽다는 듯 어깨를 으쓱했다.

"내 생각도 마찬가지예요. 내가 보기에 이번에 새언니는 지나치게 정도를 넘었다가 형제지간의 시시한 경쟁 의식에 말려든 것 같아요."

앨리스는 잠시 사이를 두었다.

"게다가 이 일이 완전히 폭로되어 스캔들로 비화하면 내 평판에도 문제가 생겨요."

"하지만 바스까지는 거리도 멀잖아요, 아가씨."

"겨우 하룻길이에요. 게다가 난 길도 잘 알아요. 자주 가 봤거든요."

그녀는 프랑스식 창문 쪽을 흘끔 바라보았다. 카나리아 새장의 정교한 창살처럼 깔끔한 흰색 창문이었다. 저 거대하고 위험한 세상으로 자유롭게 날아오르려 하다니 너무 대담한 짓 아닐까?

그녀는 필립이 살아 있었다면 어떤 대답을 했을지 알고 있었다. 딱 잘라서 안 된다고 했으리라. 그녀의 오라버니였다면 곱게 자란 젊은 숙녀가 영국 국토의 절반은 되는 여행길을 갈 경우 적어도 남자 친척이나 결혼한 귀부인의 동행 정도는 있어야지, 그렇지 않고서는 생각조차 할 수 없는 일이라고 꾸짖었을 것이다.

하지만 지금 현재 앨리스에게는 어느 쪽도 없었다. 게다가 캐로의 무모한 연애 행각이 추악한 스캔들로 번지는 사태를 막기 위해서는 신속한 행동만이 유일한 방법이었다.

그녀는 걱정하고 있는 늙은 유모 쪽으로 다시 돌아섰다.

"날씨도 쾌청하잖아요. 지금 곧 떠나면 오늘 밤에는 도착할 테니 내일 저녁이면 새언니와 함께 돌아올 수 있어요. 전부 다 잘될 거예요."

그녀는 속마음과는 달리 자신 있는 것처럼 주장했다.

"마차야 미첼이 몰면 되고 넬리도 데려가겠어요."

"이런, 하지만 아가씨."

페그는 애처로운 목소리로 불렀다.

"아가씨도 저도 알지만 부인께서 계셔 봤자 방해만 될 뿐이에요. 우리끼리 있어도 해리 도련님을 돌볼 수 있다고요."

바로 그때 해리가 부엌에서 쏜살같이 뛰쳐나와 페그의 치맛자락에 덥석 매달렸다. 그리고는 계단 위에 서 있는 앨리스를 올려다보았다.

"엄마 어딨어?"

앨리스는 고통과 사랑이 뒤섞인 눈길로 한동안 아이를 지그시 바라보았다.

"엄마는 길을 잃으셨단다, 우리 강아지."

그녀는 페그와 의미심장한 눈빛을 주고받았다.

"하지만 난 엄마가 어디 계신지 알거든. 그러니까 고모가 가서 곧장 엄마를 데려올게. 약속해."

"나도 갈래!"

"안 돼."

"긁으면 안 돼요."

페그는 꾸짖으며 아이의 머리에서 손을 떼어냈다. 아이는 화가 난 새끼고양이처럼 칭얼대며 짜증을 부렸다.

아이의 얼굴에 볼품 없이 벌겋게 피어오른 반점을 지켜보자니 앨리스의 마음은 찢어지는 것만 같았다. 이런 상태인 조카를 놔두고 가려니 발길이 떨어지질 않았다. 아무리 아이의 떠돌이 엄마를 찾기 위해서라 해도 마찬가지였다.

하지만 그녀는 자기가 직접 나서서 제대로 된 길로 인도하지 않는 한 캐로가 집에 돌아올 리 없다는 사실을 알고 있었다. 그리고 페그를 곁에 붙여두면 해리의 안전을 걱정할 일은 없다는 것도 알고 있었다.

페그 테이트는 수두에 걸린 아이들이라면 수십 명을 간호해 본 경험이 있었고, 병간호에 대해서라면 뻐기는 게 전부인 시골 의사보다도 훨씬 해박했다.

"뭐어, 그렇다면요."

유모는 해리의 헝클어진 머리칼을 다독이며 말했다.

"빨리 출발할수록 돌아오는 것도 빠르겠지요. 미첼에게 마차 준비를 하도록 이르겠어요."

페그는 상체를 숙여서 아이를 들어올려 굵은 팔뚝으로 받쳐 안더니 아이가 잠깐이라도 한눈을 팔아 환부를 긁지 않도록 노래를 불러주며 얼렀다.

앨리스는 치맛자락을 들고 황급히 2층 침실로 달려갔다. 빠른 동작으로 그녀는 하룻밤 묵을 짐을 꾸린 다음 앞치마와 오전용 드레스를 벗고 짙푸른 모직으로 된 단정한 여행용 드레스로 갈아입었다. 어깨만 부풀리고 아래쪽은 좁다란 긴소매가 달렸으며 예쁘장한 리본을 단 끝에 댄 옷이었다.

거울 앞으로 다가가 목선이 높은 보디스의 단추를 차근차근 채우던 그녀는 손이 약간 떨리는 것을 보고 눈살을 찌푸렸다. 사실 그녀는 혼자서 여행을 해 본 적이 없었고 캐로를 꾀어낸 정체 모를 작자는 들리는 말만으로도 조금 무시무시하게 느껴졌다.

그 작자가 이런 내 행동을 마음에 들어하지는 않겠지, 그녀는 생각했다. 올게를 그의 품에서 빼앗기 위해 레벨 코트로 가는 참이 아닌가.

앨리스는 딱히 대담한 성품은 아니었지만 해리를 위해서라면 자신이 어느 누구와도 맞설 수 있다는 것을 알고 있었다.

깔끔한 흰색 장갑을 낀 그녀는 거울 속을 뚫어져라 노려보면서 어깨를 쭉 폈다. 전쟁터에 나갈 준비는 끝났다.

그동안 철없는 장난을 즐기고 계시라고요, 레이디 글렌우드. 이제 그런 짓거리도 막바지에 다다랐답니다. 당신도 마찬가지예요,

루시언 나이트 경. 당신이 누구인지는 모르지만, 경, 당신도 나 때
문에 엄청나게 골치 좀 아플 거예요.
　그 말을 가슴에 품고서 그녀는 짐 꾸러미를 집어들고 성큼성큼
방을 나섰다.

2

천 시간이 흘렀을까? 아니, 적어도 기분은 그랬다. 앨리스는 덜컹거리는 마차 안에 꼿꼿이 앉아 식은땀이 맺힌 손으로 가죽 손잡이 고리를 붙잡은 채 버티고 있었다. 목적지는 아직까지 보이지 않았다. 험하고 꾸불꾸불한 길을 인도해 주는 보름달은 마치 등불을 들고 런던 거리를 돌아다니며 돈 한닢에 길 안내를 해 준다고 까불대는 수상한 소년들과도 비슷했다.

앨리스는 끊임없이 창 밖을 내다보며 이대로 가다가는 자신과 두 하인들이 이 허허빌판 횡무지에서 강도를 만날 것이 분명하다는 확신을 가졌다. 그들은 멘딥 힐스에서 완전히 길을 잃고 말았다. 문명의 자취라고는 눈 씻고도 찾아볼 수 없이 외진 곳이었다.

지친 말들이 혹사당한 몸으로 비틀거리며 나아갔다. 주변에는 안개가 끼어 그들을 둘러싼 밤 공기는 축축하고 차가웠다. 이런 길을 얼마나 더 가야 하는지는 어느 누구도 알 수 없었다. 사실 앨리스가 유일하게 확신할 수 있는 것이라고는 이런 일을 겪게 만든 장본인인 캐로의 목을 졸라버리고 말 것이라는 사실뿐이었다.

　　그녀는 겁에 질린 하녀 넬리와 긴장된 시선을 주고받았지만 두 여자 모두 속내를 입에 담지는 않았다. 그냥 바스에서 하룻밤 묵을 것을 그랬다 싶은 생각뿐이었다.

　　이제 밤은 점점 더 칠흑처럼 어두워졌고, 그녀는 설령 레벨 코트를 간신히 찾아낸다 하더라도 그곳에서 하룻밤을 묵어야 한다는 사실을 깨닫고 불편한 마음이 되었다. 그들은 루시언 나이트의 호의를 받아들여 묵어야만 했다. 물론 그가 호의를 베풀 경우에 한해서 말이지만.

　　하지만 대관절, 형이 고른 숙녀를 유혹해 버린 남자에게서 무슨 기대를 할 수 있단 말인가? 그 남자가 한밤중에 여행객을 문전 박대할 만큼 교양 없는 사람이 아니기를 바랄 뿐이었다.

　　그녀는 여태까지 온 길을 돌이켜보며 고개를 절레절레 저었다. 바스를 떠난 이후 그들이 길에서 만난 사람들은 세상에 더없이 기괴한 여행객들이었다.

　　거의 스무 대에 가까운 마차가 무시무시한 속도로 앨리스 일행을 지나쳐 갔는데, 어떤 것은 현란했고, 어떤 것은 요란스럽게 호화로웠고, 어떤 것은 우아하기도 했다. 하지만 그 점과 상관없이 거기에 탄 사람들은 하나같이 정신이 나갔거나 술에 취한 것처럼 보였다.

　　그 남녀들은 다들 성인이었는데도 마차가 모퉁이를 돌다가 거리가 가까워지면 성질 나쁜 어린아이들처럼 앨리스 일행에게 대놓고 얼굴을 찡그리거나 혀를 내밀거나 욕설을 퍼부었다. 그녀는 아직까지도 영문을 알 수가 없어서 고개를 흔들 뿐이었다.

　　기괴하고도 장엄한 석회암층 노출부에 달빛이 내리깔려 뼈처럼 하얗게 빛을 냈고, 저 숲 위쪽으로 위태롭게 높이 뻗어 있는 한줄기 외길이 산 한쪽을 감싸듯 드리워져 있었다. 길 한쪽에는 끝도 없는 어둠이 입을 쩍 벌리고 있었다.

　　앨리스는 한쪽 구석자리로 옮겨가 현기증이 날 정도의 골짜기 아래로 후두둑 떨어지는 돌들을 물끄러미 내려다보았다. 돌을 던지면 영원히 언제까지나 떨어질 것만 같았다. 그녀의 시선이 헤아릴 길 없는 검은 심연과도 같은 숲 속의 한 켠을 바라보았을 때 갑자기 뭔가가 눈에 들어왔다. 멀리서 불길이 일렁이고 있었다.

"빛이에요! 넬리, 보여? 저기, 골짜기에!"

그녀는 흥분해서 그곳을 가리켰다.

"그래요, 보이네요!"

하녀도 손뼉을 치며 외쳤다.

"아아, 아가씨. 결국 레벨 코트에 왔군요. 그곳이 분명해요!"

"휘유, 10분만 있으면 도착하겠군요!"

마부 미첼도 고함을 질러댔다.

말들조차도 멀리서 풍겨오는 마구간 냄새를 맡았는지 속도를 높였다. 새로운 인생이 앨리스의 혈관 속으로 밀려들어오는 것만 같은 느낌이었다. 그녀는 서둘러 소지품 지갑에서 빗을 꺼내 곱게 머리 단장을 했다.

"아아, 따뜻한 침대가 너무 그리워."

그녀는 열렬한 어조로 말했다.

"내일 대낮까지라도 잘 수 있을 것 같아!"

"침대라뇨. 피잇! 전 두 시간 동안 화장실을 쓰고 싶어 죽을 지경이었다고요."

하녀는 살집 좋은 가슴 위로 외투 단추를 채우며 흥분한 목소리로 대꾸했다.

앨리스는 킥킥 웃었다. 골짜기 아래쪽으로 내려간 마차는 물살이 세찬 작은 강을 두툼한 목조 다리로 덜컥덜컥 건넜다.

그녀는 천연 그대로의 암석에서 작은 폭포가 쏟아져 나오는 것을 보고 놀랐다.

"저기가 집이네요."

넬리가 갑자기 반대편 창 밖을 손가락질하며 외쳤다.

앨리스는 열심히 바깥을 내다보았다. 제일 눈이 잘 뜨이는 위치에 커다란 쇠창살 철문이 보였고, 그 위에는 앞발을 들어올린 말들의 석상이 장식되어 있었다. 그 뒤편에 있는 안마당에서는 하인들이 밤색과 담황색 제복 차림으로 바쁘게 움직이며 십여 대 되는 마차를 돌보느라 소란스러웠다.

이곳 주인이 파티를 여는 모양이지, 앨리스는 그런 생각을 하자 마음이 불편해졌다. 아까 길에서 보았던 마차가 몇몇 있는 것 같기도 했다. 붉은 벽돌로 지은 튜더 양식의 건물이 담쟁이로 뒤덮인 채 U자형으로 안마당을 감싸고 있었다. 자갈 깔린 안마당 한가운데의 거대한 쇠 횃대에서는 불길이 펄럭이고 있었다.

이 불길 때문에 멀리서도 보였던 거구나, 그녀는 깨달았다. 검은 벨벳 같은 밤하늘에 닿을 듯 일렁이는 불꽃을 바라보고 있으려니 그녀가 그동안 몰래 갈망해 왔던 미지의 뭔가가 아주 가까이 있다는 더없이 묘한 직관이 강하게 들었다.

다음 순간 그녀의 상념은 대여섯 명의 무장 경비들에 의해 공포로 바뀌고 말았다. 덩치가 크고 위협적인 남자들이 길다란 검정 외투 차림으로 어둠 속에서 홀연히 나타나 그녀의 마차 쪽으로 조금씩 다가왔다. 다들 소총을 들고 있었다. 그들은 마차를 세우라고 마부에게 거칠게 고함쳤다.

미첼도 무장한 경비를 보고 앨리스 못지 않게 혼비백산한 모양이었다. 하지만 루시언 경의 부하들은 목소리를 낮추지 않은 채, 마차를 돌려 이곳에서 나가라고 계속 윽박질렀다. 엄청난 분노가 앨리스의 공포를 금세 잠재워 버렸다.

화가 난 앨리스는 마차에서 황급히 뛰어내려 길다란 털외투를 펄럭이며 마부를 옹호하기 위해 성큼성큼 다가갔다.

하루 종일 힘들게 여행한 끝에 화가 머리끝까지 치민 데다 배도 고프고 짜증도 났으므로 하인들의 무례한 실랑이 따위를 참고 견뎌줄 기분이 아니었다. 분위기로 보아하니 손님 명부가 따로 있는 모양이었고 물론 그녀의 이름은 거기에 없었다. 하지만 이것은 시작에 불과했고 경비병들은 들어가고 싶으면 암호를 대라고 윽박질렀다. 그녀는 대놓고 비웃었다.

"잘 들어요."

그녀는 양손을 허리에 척 걸치고 날카롭게 꾸짖었다.

"난 암호니 은밀한 악수 따위니 하는 허튼 수작 따위는 몰라요. 어쨌든 난 급한 일이 생겨서 레이디 글렌우드를 모시러 온 거예요. 레이디의 아이가 심하게 앓고 있단 말이에요. 솔직히 말하자면 레이디 글렌우드는 루시언 경의 정부라죠. 만약 당신들이 레이디를 데려가지 못하게 방해한다면, 그러니까 당신들이 날 쫓아낸다면 레이디 글렌우드는 머리끝까지 화가 날 거예요. 레이디는 당신들의 주인을 책망할 테고, 그 결과로 루시언 경은 당신들을 책망할 테죠. 그렇게 되고 싶나요? 듣기로는 그분은 섣불리 건드리지 않는 편이 좋을 사람이라던데요."

"넵, 아가씨. 우리도 바로 그게 걱정입지요. 이리들 와 보게나."

우두머리가 부하들에게 우물우물 일렀다. 문지기들은 짜증난다는 듯 구시렁대며 한쪽으로 물러가 문제를 논의했다.

앨리스는 걱정스러운 듯 빤히 쳐다보는 미첼과 넬리의 시선을 느낄 수 있었지만 실상은 남자들의 말다툼 내용에 귀를 쫑긋 세우고 있었다. 캐로를 데려가지 못한다면 여기에서 한 발짝도 움직이지 않겠어, 그녀는 턱에 힘을 꽉 주며 결심했다.

루시언 경의 부하들은 주인을 무서워하는 것이 분명했다. 결국 주인이 정부 때문에 곤란해지면 큰일난다는 그들의 공포 때문에 마침내 앨리스는 하인들과 함께 문을 통과했다. 넬리와 미첼이 그녀와 떨어져 하인 숙소로 가라는 재촉을 받았을 때는 불쾌했지만 그렇다고 불평을 했다가 다시금 쫓겨나면 큰일이었다.

체구가 떡 벌어지고 얼굴에 상처 자국이 있는 문지기가 저택 안으로 안내하더니 근엄한 회색 머리의 집사 고드프리에게 안내해 주었다.

경비병이 집사에게 뭔가 낮은 목소리로 그녀에 대한 이야기를 두런두런 은밀히 하는 동안 앨리스는 화려한 조각들로 장식된 현관 입구와 거기에 인접해 있는 컴컴하고 텅 빈 방들을 둘러보고 더욱 어리둥절해지고 말았다.

대체 손님들은 다 어디 있지? 1층은 섬뜩할 정도로 괴괴했고 소리가 울릴 정도로 텅 빈 방에는 겨우 촛불 하나만이 타고 있을 뿐이었다. 여기에서 뭔가 아주 이상한 일이 일어나고 있어, 순간 그녀는 생각했다.

여태까지 마차며 일개 중대라고 해도 좋을 하인들의 무리는 물론이고 그 엄선한 손님들의 목록까지 보지 않았던가. 그 때문에 오늘 밤 루시언 경이 파티를 연다는 사실을 알았던 것이다.

하지만 집 안에는 생명체의 흔적 따위 전혀 없었다. 다음 순간 집사와 경비병 사이에 오가는 대화가 언뜻 들려와 그녀의 호기심은 더욱 강하게 솟아올랐다.

"이 아가씨가 방에 얌전히 틀어박혀 있는지 잘 지켜보세요. 지하 동굴로 내려가는 일이 없도록 하시라고요."

"알겠네. 주인님께는 아침에 알려 드리도록 하지."

앨리스는 잽싸게 두 남자를 번갈아 흘끔거렸다. 몰래 관찰하는 그녀의 눈길을 느꼈는지 집사는 그녀에게 정중하게 허리를 숙였다.

"이쪽으로 오십시오, 몬테규 양. 방으로 안내해 드리지요."

집사는 벽에 꽂힌 촛대에서 촛불을 하나 빼들고는 그녀의 가방을 들고 어두운 떡갈나무 계단을 앞장서 올라갔다. 계단 기둥에는 기사며 성자의 목상이 새겨져 있었다. 16세기 풍의 더블릿*과 주름 장식을 착용한 귀족 남자의 커다란 초상화가 계단이 꺾어지는 부분의 벽에서 오만하게 내려다보고 있었다.

---

* 몸에 딱 붙게 입던 르네상스 시대의 남자용 웃옷.

꿰뚫을 듯한 강철같은 회색 눈에 검은 수염은 뾰족했고 교활하게 히죽대는 얼굴이었다. 마치 지나가는 그녀를 쳐다보고 있는 것처럼 느껴졌다.

"이 사람은 누구죠?"

앨리스는 불안한 눈초리로 초상화를 곁눈질했다.

"초대 카너선 후작님이십니다, 아가씨. 이 집을 지어 사냥 별장으로 쓰신 분이지요."

고드프리는 심란하다는 듯 땅이 꺼져라 한숨을 쉬었지만 그 이상은 입을 다물었다.

앨리스는 어둠에 잠긴 주위를 여기저기 둘러보며 삐걱대는 계단을 올라가 어슴푸레한 복도까지 고드프리를 따라갔다. 마침내 멈춰선 고드프리는 묵직한 열쇠다발을 꺼내 문을 열고 그녀에게 들어가라고 몸짓했다.

"이 방입니다. 저녁식사를 갖다 드릴까요?"

"아아, 그래요. 고마워요. 몹시 허기가 지는군요."

두터운 페르시아 양탄자와 덮개지붕이 달린 침대, 세련된 르네상스 양식의 회반죽 벽으로 장식된 방이었다. 누군가 그녀가 올 것을 예상이라도 했던 듯 난로에서는 불길이 자작자작 타오르고 있었다.

고드프리가 그녀를 위해 방 안의 초에 불을 붙여주자 지나치게 큼직한 엘리자베스 시대 풍의 옷장이 어둠 속에서 스윽 드러났다. 그녀는 옷장을 한번 흘끔거린 다음 다시 집사를 바라보았다. 호기심을 억누를 수가 없었다.

"레이디 글렌우드도 지하동굴로 갔나요?"

그녀는 시치미를 떼며 물었다.

벽난로 선반 위에 있는 초 두 개짜리 촛대에 불을 붙이던 고드프리는 깜짝 놀라더니 경계하듯 고개를 돌려 슬쩍 쳐다보았다.

"저기, 그렇습니다. 아가씨. 조금 전에요."

"그럼 루시언 경과 그곳에 함께 있나요?"

“그럴 거라 생각합니다.”

그녀는 의기양양해서 미소를 보냈다.

“나도 가도 되나요?”

“정말 죄송하지만 그럴 수는 없을 것 같습니다.”

그녀는 시선을 떨궜다. 거절당한다 해도 전혀 놀랄 일은 아니었지만 그녀는 원래부터 끈질긴 사람이었다.

“왜요?”

그녀는 밝은 어조로 물었다.

“주인님께서 불쾌하게 여기실 겁니다. 그게, 손님 목록은 아주 엄선해서 작성한 것이니까요.”

“그렇군요. 그럼 레이디 글렌우드에게 여기로 와 달라고 전해 주시겠어요?”

“노력은 해 보겠습니다만 주인님의 손님들은 보통 지하동굴에 들어간 뒤로는 방해받고 싶어하지 않으십니다.”

“그건 또 왜요?”

“모르겠습니다.”

그의 대답을 들으니 맥이 빠졌다.

앨리스는 쓴웃음을 그에게 지어 보였다. 그는 정말로 최고의 집사였다. 신중하고 주인에 대한 충성심도 강했다.

“고마워요.”

안도감이 그의 주름진 얼굴을 잽싸게 스쳐 지나갔다.

“감사합니다, 아가씨. 하인이 조만간 식사와 음료를 가져올 겁니다. 여기에 초인종 줄이 있으니 뭐든지 필요하시면 당겨주십시오. 그럼 이만.”

그는 허리 숙여 인사를 하더니 문을 꼭 닫고 나갔다.

그가 가 버리자 앨리스는 방 안을 한바퀴 돌아보며 어둠에 잠긴 구역을 탐색했다. 정말 흥미로운 장소였다. 여행으로 인한 그날의 피로는 혈기왕성한 호기심 앞에서 눈 녹듯이 사라졌다. 거대한 옷장 쪽으로 살금살금 다가간 그녀는 조심스레 빗장을 벗겼다.

나무문을 잡아당겨 열자 요란하게 삐걱대는 소리가 정적 속에 울려 퍼졌다. 안을 살짝 들여다보자 딱 한 벌의 옷만이 걸려 있었다. 대체 무엇에 쓰는 물건인지 몰라 어리둥절한 나머지 그녀는 올이 거친 갈색 모직 옷을 살짝 건드려보았다. 마침내 호기심이 이겼으므로 그녀는 모양새 따위 하나 없는 옷가지를 옷장에서 꺼내 불빛 쪽으로 가져가 살펴보았다.

도미노*였다. 중세의 수도사가 착용했음직한 가운으로 극히 깨끗한 새것이었다. 소매는 널찍하고 풍성했으며 커다란 두건이 뒤에 늘어져 있었고 끈으로 허리춤을 조이게 되어 있었다. 갑자기 사람들이 문 밖 복도를 지나가며 깔깔대는 소리가 들려왔다.

아하, 손님들이 죄다 사라져버린 건 아니로군, 그녀는 생각했다. 멀어져 가는 목소리를 듣고 그녀는 서둘러 문간으로 다가가 문을 빼꼼 열고 밖을 내다보았다. 두건을 쓰고 길다란 가운을 걸친 몇몇 사람들이 스르륵 지나가는 중이었다. 그들이 어둠침침한 복도 저편으로 사라지자 그녀는 다시금 소리 없이 문을 닫고 생각에 잠겨 입술을 잘근거렸다.

그래, 이 가운은 저렇게 쓰이는 물건이었군.

루시언 경의 야회 모임은 분명 일종의 가장무도회인 모양이었다. 사실 지금은 10월말이고 만성절도 머지 않은 때였다. 그 생각에 이르자 약간 뾰로통한 표정이 그녀의 얼굴을 스쳤다. 항상 그렇듯 그녀는 캐로가 온갖 재미를 다 보는 동안 혼자 기회를 놓쳐야만 했다.

부당하다는 생각에 발끈하면서도 그녀는 여행용 드레스를 벗고 아침에 입었던 편안한 옷으로 갈아입은 다음 머리를 풀어 내리고 빗질했다. 곧이어 하녀가 저녁을 쟁반에 담아왔다.

식사가 끝난 뒤 앨리스는 커다란 침대에 비스듬히 누워 긴 머리

---

* 두건과 작은 가면이 달린 가장무도회용 겉옷.

칼을 사방으로 흐트러뜨린 채 꾸벅꾸벅 졸기 시작했다. 술기운 때문에 몸이 따스하게 풀렸다.

그녀는 팔베개를 하고 누워 난로가에서 펄럭이는 불길을 빤히 들여다보면서 고드프리가 캐로를 언제 데려올지 기다렸다. 시간이 지날수록 초조한 마음은 점점 커지기만 했다. 그리고 슬슬 걱정이 되기 시작했다. 아마 집사는 그녀의 부탁을 잊었거나 그냥 무시하기로 했는지도 모른다.

앨리스는 자신의 올케에 대해 잘 알고 있었다. 만약 캐로가 가장 무도회에 참석했다면 고주망태가 되거나 두통이 심해 다음날 아침 동이 트는 대로 떠난다는 것은 생각도 못할 일이었다. 하지만 그날 안으로 햄프셔에 닿으려면 새벽녘에 출발해야만 했다.

홍, 루시언 경의 하인이 캐로를 데려오지 않겠다면 이 몸이 직접 무도회장으로 가서 찾아와야겠어, 이렇게 생각한 앨리스는 단호한 표정으로 벌떡 일어나 앉았다. 아무 장식 없는 오전용 가운 차림에 머리카락은 그냥 풀어 내린 채였으므로 모임 같은 곳에 가기에는 적당치 않은 차림새였다. 하지만 도미노가 그 점을 감춰줄 터였다. 게다가 겨우 몇 분이면 캐로를 찾고도 남을 것이다, 그녀는 그런 식으로 자신에게 둘러댔다.

잠시 후 그녀는 슬쩍 방을 빠져나왔다. 완벽하게 자신의 정체를 숨긴 채 다른 손님들이 사라진 방향으로 소리내지 않고 걸음을 옮겼다. 재미있는 모험을 한다는 생각에다 술기운 탓도 약간 있어 가슴이 쿵쾅거렸다. 다만 친구인 키티 패터슨이 곁에 없어서 아쉬울 따름이었다. 키티가 있었다면 수선 떠는 소녀들처럼 한발 한발 옮길 때마다 웃고 떠들었을 텐데. 사실 미로와도 같은 이 집은 조금 섬뜩했다.

혼자서 탐색을 계속한 결과 그녀는 여기저기 얽혀 있는 어둠침침한 복도에서 몇 번이나 길을 잘못 든 끝에 아까 고드프리를 따라 지나왔던 작은 계단을 찾아냈다. 계단을 살금살금 내려가자니 후작의 초상화가 공범자라도 되는 양 짓궂게 눈을 찡긋하는 것 같기도 했다.

그녀는 신경질적인 웃음이 새어나오려 하자 입술을 꽉 깨물었다. 자신이 이런 짓을 하고 있다니 믿어지지가 않았다. 아마 돌아가는 길은 절대 못 찾을 것이다. 계단 맨 아래쪽 현관에 서 있던 밤색과 담황색 제복 차림의 하인이 그녀를 가만히 바라보았다. 그녀는 풍성한 두건을 더욱 꾹 눌러써서 얼굴을 가렸다.

"지하동굴로 가십니까, 부인?"

하인은 그녀를 알아보지 못하고 정중하게 물었다.

앨리스가 끄덕이자 하인은 흰 장갑을 낀 손으로 왼쪽 복도를 가리켰다. 그녀는 고드프리 씨가 현관에 맞붙은 객실에서 하인 한 명을 닦달하는 모습을 곁눈질하며 자기가 방에서 빠져나왔다는 사실이 발각 나지 않도록 잽싸게 움직였다. 그 복도를 다 지나가자 또 다른 하인이 길을 알려주었다. 수수해 보이는 나무문 앞에서 세 번째로 마주친 하인이 그녀에게 문을 열어 주더니 그 안의 어둠을 몸짓으로 가리켰다.

"이쪽입니다, 부인."

앨리스는 조마조마한 심정을 안고 칠흑처럼 어두운 지하실 쪽으로 향했다. 그녀는 하인이 장난을 치는 것이 분명하다고 생각해 의심스럽다는 듯 흘끔거렸지만 하인의 친절한 미소는 전혀 사그라지지 않았다. 앨리스는 그 안을 빤히 들여다보았다.

문 저편에 좁다란 계단이 있었다. 아마도 추측컨대 레벨 코트의 지하 포도주 저장고로 이어지는 것이리라. 그때 갑자기 저 안쪽에서 웃음소리가 와락 터져 메아리처럼 울려 퍼지자 그녀는 이곳이 정말로 지하동굴의 통로라는 것을 깨달았다.

세상에, 상황은 갈수록 점점 묘하고 또 묘했다. 머릿속에서 작은 목소리가 물러나라고 경고했지만 그녀는 캐로를 찾아 돌아가기로 단단히 마음먹은 터였다. 그녀는 등줄기를 꼿꼿이 세우고 안으로 들어갔다.

그 즉시 축축하고 싸늘한 공기가 마치 개구리 왕자의 입맞춤처럼 그녀의 피부에 와 닿았다. 앨리스는 난간을 잡고 흑단처럼 새까만 어둠 속으로 내려갔다. 몇 걸음도 채 가지 않아서 마치 부드러운 숨소리처럼 끊임없이 웅웅거리는 속삭임이 귀에 들어왔다. 낯익은 소리였지만 그 정체를 뚜렷이 알 수는 없었다.

지하실의 흙바닥이 나왔을 무렵에는 아까 들었던 사람들의 웃음소리 따위는 흔적조차 없이 사라진 뒤였다.

제복 차림의 친절한 하인이 입을 쩍 벌린 동굴 옆에 보초처럼 서 있었다. 그는 그녀에게 인사를 하더니 동굴 입구 쪽을 손짓으로 가리켰다.

그녀는 등골이 오싹해졌다. 대체 올케를 이런 일에 끌어들인 남자는 어떤 부류의 인간일까?

앨리스의 불안감이 점차 커져갔다. 캐로의 말에 따르면 루시언 나이트는 세상 물정에도 훤하고 세련된 데다 위험할 정도로 머리 회전이 빨라 예닐곱 개 언어를 할 줄 알며 외무성의 공사 대리를 맡고 있다고 했다. 하지만 대체 어떤 남자가 자기 집 주위에 무장 경비병을 세워두고 암호를 대야만 통과시켜 주며 땅 밑 동굴에서 파티를 연단 말인가?

그녀가 동굴 안으로 깊이 들어갈수록 신비로운 소리는 점점 더 커졌다. 다음 순간 상쾌하게 흐르는 물 냄새가 났고 갑자기 정황이 파악되었다. 지하에 강이 흐르는 것이다. 아까 마차가 작은 목조 다리를 건넜을 때 폭포가 바위틈에서 흘러나오고 있는 것을 본 기억이 났다.

모퉁이를 돌자 강이 모습을 드러냈으므로 그녀의 추측은 사실로 굳어졌다. 그리고 마침내 사람 구경을 할 수 있었다. 하인들이 가운 차림의 손님들을 화려한 곤돌라에 태우고 있었다. 날렵하게 빠진 뱃머리에서 타오르는 횃불이 검은 마노처럼 번들번들한 지하 강물을 비춰 주었다. 하인 한 명이 앨리스더러 얼른 오라고 손짓했다.

"서두르십시오, 마담. 마담까지 자리가 딱 되는군요."

하인이 딱 부러지게 말했다.

심장 고동이 격하게 쿵쿵대는 가운데 앨리스는 머뭇거렸다. 저 곤돌라에 탄다면 돌이킬 길이라고는 이제 없었다. 하지만 그때 곤돌라 승객들이 아까 길에서 보았던 사람들처럼 난폭하고 성마른 태도로 그녀에게 고함을 지르기 시작했다.

"서둘러요!"

"저 여자 정신 나갔나? 이봐요!"

"거기 멍하니 서 있지 말라고! 안 그래도 벌써 늦었단 말야!"

수많은 사람들 앞에서 겁쟁이가 되지 않게끔 그녀의 등을 떠민 것은 오직 고집과 자존심이었다. 친애하는 오라버니가 이 광경을 보았더라면 무슨 말을 했을까?

그녀는 황급히 걸음을 옮겨 하인의 손을 잡고 곤돌라에 올라탔다. 그녀가 앉자 사공이 노를 저어 승객들을 석회암 동굴 안으로 천천히 데려갔다. 앨리스는 슬리퍼를 신은 발을 오도마니 모으고 양손을 얌전하게 무릎 위에 얹었다.

"이제 더 늦게 생겼군."

그녀의 뒤에서 누군가가 투덜거렸다.

앨리스는 불안해서 고개를 돌려 흘끔거렸다. 갑자기 겁이 나기 시작했지만 이제는 너무 늦은 뒤였다.

"신경 쓰지 말아요."

그녀의 옆자리에 앉아 있던 술 취한 뚱보가 잘 돌아가지도 않는 혀로 주절댔다. 땅딸막하고 머리까지 벗겨진 남자는 로빈 후드 이야기에 나오는 터크 수사 같은 모습이었다. 후줄근한 갈색 가운이 남산만한 배 때문에 팽팽했다.

"아마 예식은 놓칠지도 모르지만 내 개인적인 목적은 파티 참석이니까."

예식? 그녀는 동요하며 남자를 곁눈질했다.

그는 과음 때문에 축 늘어진 눈으로 그녀에게 미소지었다.

"당신은 어떻지요? 쾌락을 좇아 온 레이디요, 아니면 진정한 신자요?"

앨리스는 경계하는 눈으로 그를 쳐다보기만 하면서 조금씩 비켜나 앉았다. 곤돌라는 먹물처럼 새까만 강물 위를 우아하게 미끄러져 나아갔다. 그녀는 낯선 사람과는 말을 주고받지 않았다. 특히 지분대는 술주정뱅이와는 절대로. 게다가 이 남자가 하는 말을 하나도 알아듣지 못한다는 사실을 들키고 싶은 마음 따위는 결코 없었다.

그는 작은 갈색 눈을 영리한 듯이 반짝이며 그녀를 물끄러미 살펴보았다.

"날 오르페우스라고 부르시구려."

남자의 아르(r) 발음은 딱딱했으며 미국식으로 모음을 과장했는데 현재는 영국과 미국이 전쟁 중이니 만큼 묘한 부분이었다. 바로 그때 머리 위를 스쳐간 박쥐 몇 마리가 그녀의 주의를 흐트러뜨렸다.

위를 휙 올려다 본 그녀는 얼굴을 찡그리며 양팔로 자신의 몸을 끌어안았다. 그렇지만 다시 생각해 보니 박쥐보다는 오르페우스 쪽을 더 경계해야 했다. 그 뚱보가 욕정에 가득 찬 함박웃음을 히죽 지으며 그녀 쪽으로 가만가만 다가왔기 때문이다.

"신참이군요. 안 그렇소? 귀엽게도 수줍어하는군. 게다가 젊기까지 하고."

오르페우스는 그녀의 허벅지에 손을 올리며 속삭였다.

그에게서 벗어나려고 격렬하게 저항하자 배가 흔들렸다.

"이것 보세요!"

오르페우스는 여전히 껄껄대며 손을 거뒀다.

"겁낼 건 하나 없소, 꼬마 아가씨. 난 규칙을 알고 있지요. 아가씨를 제일 처음 맛보는 것은 드라콘이니까요."

그는 가운 안쪽에서 병을 꺼내 마개를 뽑았다.

"환각의 주인이자 기만의 군주인 드라콘, 아르고스, 프로스페로를 위하여."

그는 냉소하듯 말했다.

"그 작자가 당신을 속속들이 즐기리라는 건 의심의 여지가 없군."

앨리스는 충격을 받아 남자를 빤히 쳐다보았다.

"누구요?"

그녀는 불쑥 물었다.

"누구긴, 루시퍼지요, 아가씨. 누구겠소?"

그녀는 마른침을 꿀꺽 삼켰다. 심장이 급하게 두방망이질 치는 가운데 뱃사공이 완만한 언덕받이에서 배를 멈췄다. 배에서 내리는 것은 극히 경솔한 일 같았지만 같이 타고 온 사람들은 모두 신이 나서 내렸다. 그들은 넘어질 듯 곤돌라에서 황급히 내려 석회암에 새겨진 얕은 계단을 기분 좋게 올라갔다.

"와요, 이리 오라고요, 꼬마 아가씨. 꾸물대지 말아요!"

오르페우스가 그녀의 손목을 움켜쥐고 끌어당기며 다른 사람들 뒤를 따라갔다.

그녀는 아치형 문에 새겨진 조각을 본 순간 혐오감 때문에 움찔했다. 켈트 신앙에서 다산의 신으로 모시는 쾌활한 난쟁이 모습의 프리아포스가 새겨져 있었다. 실오라기 하나 걸치지 않은 채 히죽이 웃는 아래쪽으로는 남성의 그 부분이 우스울 정도로 엄청나게 크게 묘사되어 있었다. 마치 이 문안으로 들어오는 모든 사람들에게 비밀을 지키라고 당부하듯 입술에 손가락을 댄 모습이었다.

"왠지 나를 닮았군. 그렇지 않소?"

오르페우스가 키득거리며 물었다. 다음 순간 그들 앞에 있던 한 남자가 문을 활짝 열었다.

그러자 즉시 소리가 터져 나왔다. 음악 소리며 수많은 사람이 떠드는 말소리가 낮은 굉음이 되어 지하동굴에서 퍼져 나와 사람들의 귀를 덮쳤다. 어찌 들으면 단조로운 성가 같기도, 또는 전쟁터의 북소리 같기도 한 음악 소리를 듣고 그녀는 깜짝 놀랐다.

희미하게 들려오는 심벌즈 소리며 이국적인 터키풍의 악기에서 나는 단조로운 음색이 강약 효과를 주었다. 유향(乳香) 내음이 문 저편의 끈끈한 어둠 속에서 흘러 나왔다.

"이리 와요, 푸른 눈 아가씨."

오르페우스가 쾌활하게 말했다.

앨리스는 저 어둠 속으로 그를 따라가는 것은 어리석은 짓이라는 사실을 알고 있었다. 하지만 올케가 저 어둠 속 어딘가에 있다는 것을 알고 있는 한은 가야만 했다. 앨리스는 알고 있었다. 캐로가 어떤 상황에 처해 있더라도 그녀를 구해내는 것은 언제나처럼 자신의 두 손에 달려 있다는 사실을.

그녀는 용기를 잔뜩 내서 뚱보 미국인의 뒤를 따라 아치문 안으로 들어섰다. 순간 눈에 들어온 광경을 보고 앨리스는 그 자리에 얼어붙고 말았다. 충격과 경악 때문에 그저 쳐다보는 것이 고작이었다.

그녀의 전 생애가 레벨 코트에 오기 전의 순진하던 생활과 그 이후의 삶으로 보기 좋게 두 동강나는 순간이자 앞으로 평생 두고 두고 기억에 남을 순간이었다. 그녀의 눈이 또 다른 세계, 비밀의 세계가 존재한다는 사실 앞에 열린 순간이었다.

바로 루시언의 세계였다.

그 안은 유향 냄새로 가득 차 있었다. 종유석이 장엄하게 늘어선 사이로 사방에서 촛불이 타오르고 있었다. 저 아래쪽의 엄청나게 넓은 동굴에서 펼쳐지는 기괴한 난장판을 본 그녀는 충격에서 벗어나 정신을 가다듬으려고 애썼다. 마치 히에로니무스 보슈*의 그림

---

* 기괴하고 환상적인 작품을 주로 남긴 네덜란드의 화가.

이 살아서 움직이는 것만 같았다.

최면술을 거는 듯한 음악이 그녀를 친친 휘감듯 주술처럼 웅웅 울리는 탓에 감각이 무뎌지고 깜짝 놀라 곤두섰던 신경도 가라앉았다.

적어도 한 가지만은 확실했다. 이것은 가장무도회가 아니었다.

"이리 와요."

오르페우스는 신이 나서 앞장을 서더니 구멍이 숭숭 난 석회암에 끌로 파 놓은 계단을 내려가 엄청나게 큰 지하동굴로 들어갔다. 그곳에 몰려 있는 사람들은 가운 차림이었고 날카로운 엄니가 무시무시한 거대 드래곤의 석회암 조각에게 경배를 하듯 죄다 그쪽을 향해 서 있었다. 비늘 하나하나가 정교하게 조각되어 있었다. 벌건 숯이 든 금속제 화로가 드래곤의 눈처럼 박혀 있었다.

떡 벌린 드래곤의 입만 해도 사람 키에 맞먹었고 오목하게 들어간 검은 부분에서는 온천수가 보글보글 뿜어 나와 거대한 동굴 안을 흐르고 있었다. 천연 온천수에서 피어오른 김이 드래곤의 콧구멍 속으로 소용돌이를 그리며 빨려 올라가 마치 금방이라도 불길을 내뿜을 것처럼 보였다. 온천은 1미터가 조금 넘는 길을 따라 흐르더니 바스에서 보았던 것처럼 맑은 연못을 이루었다. 그 연못은 모자이크 타일과 고대 로마인이 세웠음직한 버팀목 없는 코린트식 기둥으로 장식되어 있었다.

앨리스는 이렇게 수많은 사람들의 알몸을 본 적이 없었다. 하지만 예술, 특히 초상화에 대한 그녀의 정열 때문인지 놀랍게도 도덕적 관념에서 기인한 충격과 분노는 금세 가라앉고 대신 순수한 예술적 호기심이 자리잡았다.

많은 사람들이 알몸으로 물 속에서 노닐고 있었지만 대부분은 갈색 두건으로 정체를 감추느라 아직 옷을 입은 채였다. 더욱더 익명성을 보장하기 위해 가면까지 쓴 사람도 있었지만 어쨌든 그들 모두는 무대 같은 연단에서 펼쳐지는 드라마에 몰입한 듯했다.

무대 위에서 제일 눈에 띄는 것은 석조 제단으로 그 뒤에는 키

가 크고 호리호리하며 창백한 젊은이가 사제 같은 가운을 걸치고
서 있었다. 두 손을 양쪽으로 들어올린 그는 맑고 가느다란 목소리
로 어느 나라 말인지 알 수 없는 성가를 불렀다. 아마도 전혀 뜻이
안 통하는 말일지도 몰랐다. 사람들은 마치 교회의 예배 의식을 흉
내내듯 규칙적으로 사이를 두어 대답했다. 앨리스는 심란해져서 진
저리를 쳤다.

계단을 다 내려가자 오르페우스는 즉시 빽빽이 들어찬 인파를
헤치고 나아가기 시작했다. 앨리스는 그의 어깨를 톡톡 쳤다.

"난 레이디 글렌우드를 찾아야 해요."

그녀는 천둥처럼 울려대는 북소리에 지지 않으려고 고함을 쳤다.

"그 부인을 아나요?"

"이름을 입에 담지 마시오, 아가씨!"

그는 언짢은 표정으로 야단치며 들은 사람이 없는지 주위를 흘
끔거리더니 고개를 그녀 쪽으로 숙였다. 문득 그녀는 그가 더 이상
전혀 취한 모습이 아니라는 사실을 깨달았다.

"여기서는 사람의 실명을 절대 입에 올리지 않는 법이오."

그의 말투는 날카로웠다.

"맙소사, 정말 신참이로군. 그렇지 않소? 아니, 난 그런 여자는
모른다오. 그러니 잠자코 날 따라오기만 하고 다른 사람에게는 절
대 말을 걸지 마시오. 내 말을 듣지 않았다간 엄청난 곤경에 처할
테니까."

움찔한 앨리스는 순순히 오르페우스를 따라갔다. 그는 백 명은
넘어 보이는 사람들을 헤치고 계속 전진했다. 오르페우스가 군중의
한가운데에 파고들어 자리를 잡는 동안 그녀는 주위에 있는 수많은
사람들의 얼굴 속에서 캐로를 찾아보았다.

갑자기 사람들이 멈춰 서서 무대 쪽으로 돌아섰다. 창백한 젊은
이의 가느다란 목소리가 더욱 커졌다. 사람들이 소리 맞춰 대답했
다. 그녀는 그들의 말을 알아들을 수 없었지만 사람들의 기대감이

고조되는 것만은 느낄 수 있었다. 뭔가 기묘한 주문을 두세 마디 읊은 다음 창백한 얼굴의 남자는 다시금 사람들 쪽을 바라보고 두 팔을 내밀었다. 흥분을 했는지 무슨 소리인지 모를 그의 말이 점차 빨라졌고 콧소리가 섞인 테너 음성도 점점 높이 올라갔다.

"비-네-이 밀-시트 드렌-사-일 드라콘!"

그 이름이 나온 순간 심벌스가 챙 울렸다. 무대 저 끝의 화로에서 사제의 보조원들이 등불 기름을 숯에 뿌리자 불길이 펄럭였다. 그러자 합창과 단조로운 소리가 싹 사라진 반면 북소리는 한층 부드럽게 계속되었고 사람들이 낮게 지저귀듯 노래하기 시작했다.

"드라콘, 드라콘."

무대 끝에 있던 한 쌍의 문이 벌컥 열렸다. 앨리스가 그 자리에 못 박힌 듯 응시하는 사이 훤칠하고 건장한 형체가 열린 문 안쪽에서 나타나 무대를 척척 가로질렀다. 얼굴에는 검은 비단 두건을 푹 눌러쓰고 있었다.

당당한 흑표범처럼 우아하게 무대 중앙으로 향하는 단호한 걸음걸이 뒤로 가운이 질질 끌렸다. 가운 앞섶이 벌어지면서 남자의 검은 바지와 장화, 헐렁한 하얀 셔츠가 엿보였다. 장식이 달린 옷자락 앞부분이 V자로 깊이 파여 있어 조각 같은 구릿빛 가슴이 일부분 내다보였다. 앨리스는 경이로운 심정 속에서 그를 응시했다. 드라콘은 멈춰 서서 군중들 쪽으로 돌아섰다.

그의 눈과 얼굴 절반 위쪽은 두건에 덮여 있었고 그녀는 조각처럼 윤곽이 뚜렷한 그의 강인한 턱을 홀린 듯 가만히 바라보았다. 다음 순간 그가 입을 열자 그윽하고 주술 같은 목소리가 타고난 위엄을 품고 동굴 안에 가득 흘러 넘쳤다.

"형제자매들이여!"

사람들이 경의를 표하듯 고래고래 환호성을 질렀다.

"오늘 밤 우리들은 타락하고 불명예스러운 우리들의 무리에 두 명의 신참을 받아들이기 위해 모였느니라."

군중은 그의 모욕적인 말을 듣더니 미친 듯이 환호했다. 그의 매혹적인 입술에 조롱하는 듯한 미소가 순간적으로 걸렸다.

"그 둘은 장로들에 의해 시험과 시식을 거쳤느니라. 그대들 모두가 그러했듯이."

그는 만족스러운 듯이 목구멍을 울렸다.

"그리고 우리의 무리에 합류할 가치가 있음을 증명해 보였노라. 신참들이여, 앞으로 나와서 마지막 의식을 행하라."

그가 두건을 벗자 악마처럼 아름다운 남자의 얼굴이 불길 앞에 드러났다.

앨리스는 숨을 죽이고 넋을 잃은 채 뭔가가 운명을 예감하듯 쿵쿵 울리는 것을 느꼈다. 루시언 나이트였다. 그의 모습을 보자 그가 누구인지 하는 의심은 싹 씻겨 나갔다.

그는 모험을 즐기는 멋쟁이처럼 대담하면서도 귀족적인 용모와 다이아몬드처럼 반짝이는 은빛 눈을 가지고 있었다. 흑옥처럼 검고 윤나는 머리카락 때문에 햇볕에 구릿빛으로 탄 피부색이며 하얀 이가 드러나는 사악한 미소가 더욱 돋보였다.

다음 순간 그녀는 완전히 벌거벗은 여자 두 명이 무대 위로 기어 나와 그에게로 다가가자 숨 넘어가는 소리를 냈다.

하느님 맙소사, 캐로가 아니어야 해요.

여자들은 그의 발치에 쭈그리고 앉았다. 앨리스는 둘 중 누구도 올케가 아니라는 것을 깨닫고는 하마터면 안도감 때문에 기절할 뻔했다.

드라콘은 두 여자의 머리에 하나씩 손을 얹고는 아까 그 창백한 젊은이처럼 여전히 알아들을 수 없는 말로 뭔가 주문을 외기 시작했다. 여자들은 신음하며 그의 몸을 손닿는 대로 마구 주물렀다. 앨리스는 그들의 손이 아무리 만져도 성에 안 찬다는 듯 그의 강인하고 늘씬한 몸 위에서 정신없이 헤매는 광경을 지켜보았다.

지하동굴 안에 똬리를 틀 듯 들어찬 관능이 그녀의 순진한 의식

세계를 꿰뚫기 시작했다. 그녀는 캐로의 아름답고 사악한 연인에게서 홀린 듯한 눈길을 뗄 수가 없었다.

사람들이 저 남자를 루시퍼 경이라고 부르는 것도 놀랄 일이 아니었다. 그는 유혹을 위해 만들어진 남자였다.

잠시 후 기도를 끝마친 그는 상체를 숙여 두 여자의 이마에 각각 입맞춰 주었다. 그들은 그의 입술을 갈구했지만 그는 잔인하고도 감미로운 미소를 살짝 지으며 그들을 물리쳤다. 그러자 창백한 젊은이가 두 여자를 하얀 가운으로 감싸주더니 데리고 나갔다.

드라콘의 신자들은 점점 초조해 하기 시작했다. 앨리스는 한층 심란해진 마음으로 주위를 흘끔거렸다. 사방에서 사람들이 둘씩, 혹은 더욱 이국적인 방식으로 짝을 짓기 시작했다. 여기저기에서 사람들이 포옹하고 키스하고 갈색 가운을 스르륵 벗겨내기 시작했다. 예식이 끝난 모양이었다.

그때 갑자기 오르페우스에게 팔을 붙잡히는 바람에 그녀는 화들짝 놀랐다.

"키스해 주오, 푸른 눈 아가씨."

불그레하니 둥글넓적한 얼굴에 땀방울이 흘러내리는 가운데 그는 거칠게 중얼거렸다.

그녀는 몸을 홱 뺐다.

"놔 줘요!"

"당신 뭐요, 처녀인가?"

"나한테서 손을 떼요!"

그들은 잠시 실랑이를 벌였다. 그는 다시금 키스하려고 덤벼들었지만 앨리스는 젖 먹던 힘까지 짜내 그를 떠밀어 버렸다. 오르페우스는 무례하게 욕설을 뇌까리더니 화를 내며 그녀를 혼자 두고 인파 속으로 섞여 들어갔다.

앨리스는 진저리를 치면서 살짝 떨리는 손으로 머리카락 몇 올을 넘긴 다음 주위를 흘끔거리며 까치발로 서서 방탕한 남작부인을 찾아 사방을 두리번거렸다. 단조로운 음색의 피리 연주가 다시 시작되었다. 파도치는 듯한 그 소리에 현기증이 나면서 몸 속이 단단하게 꼬여 뭉치는 것만 같았다.

발걸음을 옮길 때마다 갖가지 다양한 언어가 사람들 사이에서 들려왔다. 모두가 유럽 방방곡곡에서 온 사람들이라는 것을 그녀는 알아챘다. 그리고 그들이 타락한 행위를 마음껏 행하기 위해 점점 절제심 따위는 내팽개치는 중이라는 사실도.

가운들이 벗겨져 나갔다. 거대한 연못은 깔깔대는 님프며 사티로스로 가득 찼다. 동굴 벽에 연인들의 보금자리 마냥 움푹 파인 작고 어두운 구석 역시 마찬가지였다. 관능적인 탄성이 다른 세계의 꽃처럼 그녀의 주위에서 피어올랐다.

그녀는 가면을 쓴 귀족 여인이 한 남자를 코린트식 기둥에 묶어 채찍질하는 광경을 보았다. 두 손을 머리 위로 묶인 그 남자는 사람들이 지켜보는 가운데 여자에게 맨살 등을 승마용 채찍으로 맞을 때마다 몸을 꺾으며 쾌락의 신음을 내질렀다.

몇 걸음 더 가자 두 여인이 정열적인 키스에 정신없이 빠져 있는 것도 보였다. 그 자리에 있는 사람들 모두가 그녀로서는 상상조차 못할 행위를 주고받는 중이었다.

그녀는 이 모든 상황에 너무나 얼이 나갔지만 여기에 대해서는 나중에 곱씹어보아야만 한다는 것을 알고 있었다. 지금 당장은 해야 할 일에 정신을 쏟을 수밖에 없었다. 캐로를 찾아서 해리가 기다리는 집으로 돌아가야 했다.

조카 생각을 하니 머리가 맑아지면서 결심이 더욱 확고해졌다. 조카를 위해서 그녀는 한층 공격적으로 인파를 헤치며 나아가기 시작했다. 주위에서 정상과 비정상을 가리지 않고 행해지는 섹스 행위며 낯선 사람들이 수십 번은 던진 음란한 추파 따위를 일체 무시한 그녀는 마침내 거대한 연못가에 도달했다.

그녀는 온천에서 오르는 김 때문에 얼굴 주위에 축축한 머리칼을 늘어뜨린 채로 연못 속 사람들의 얼굴을 어스름한 불빛에 의지해 살펴보았지만 몇 분 뒤 올케가 그들 중에 없다는 사실을 깨닫고 마음이 무거워졌다. 그녀는 이마를 손으로 짚었다.

세상에, 만약 캐로가 루시언 나이트와 어딘가에 숨어서 사랑을 나누고 있다면? 그녀는 무대를 흘끔거렸다. 금발의 남자는 여전히 거기에 있었지만 드라콘은 사라진 뒤였다.

앨리스는 얼굴을 찡그리며 다시 손을 내렸다. 올케가 악마 같은 애인과 정사를 갖는 와중에 뛰어들어 방해해야 한다는, 상상도 못할 일이 제발 일어나지 않기를 비는 마음이 간절했다.

아니야, 상관없어, 그녀는 자신을 타일렀다. 필요하다면 캐로에게 그녀의 옷가지를 내팽개치고 귓불을 붙들어서라도 집까지 끌고 갈 것이다. 동굴에 즐비한 구멍이나 갈라진 틈새를 찾아봐야겠다고 마음먹은 앨리스는 휙 돌아섰다. 그 순간 어떤 남자의 근육질 맨 가슴에 정통으로 부딪혔다.

바로 그녀의 눈높이에 남자의 헐렁한 흰색 셔츠 앞자락이 열린 채로 있었으므로 깊은 V자 모양 사이로 벨벳처럼 매끄러운 피부가 내다보였다. 너무나 가까운 거리였으므로 그의 복부 근육이 조각처럼 울퉁불퉁한 모습을, 근사한 가슴을 이루고 있는 탄탄한 몸매를 하나하나 볼 수 있었다. 그의 피부에 번들거리는 땀에서 소금 맛이 실제로 느껴졌다.

잠시 후 상황을 알아채지미자 그녀의 신장이 목구멍까지 튀어나왔다. 여우의 침입을 받은 닭장 안의 병아리처럼 완전 제정신이 아니었다.

아아, 안 돼, 그녀는 숨 넘어가는 소리를 억누르며 생각했다.

천천히 눈길을 든 앨리스는 고개를 뒤로 젖히고 루시언 나이트의 조롱기 담긴 은빛 눈을 들여다보았다.

3

몇 분 전, 루시언은 인파 속을 어슬렁어슬렁 헤치고 다니면서 무심한 겉모습 아래에 감각을 최고조로 날카롭게 작동시켜둔 채 모든 것을 지켜보고 있었다.

그에게는 작전 수행을 보조해 주는 다섯 명의 팔팔한 젊은 부하 요원들이 있었다. 그들 중 네 명은 지하동굴의 ¼씩을 담당했고 나머지 한 명인 탤버트는 재능을 십분 발휘해 광대 기질과 허튼 소리로 '사제' 역할을 해내고 있었다.

여섯 명의 매혹적인 고급 창부들 역시 루시언의 종업원이었고 다들 자신들의 임무에 대해 정확히 꿰고 있었다. 외국 첩자를 술로 녹이고 그들에게 열심히 봉사해 정보를 빼 내는 것이다. 그 남녀들은 인파 사이에 쉽사리 섞여들어 자기들이 알아낼 수 있는 사항을 죄다 긁어내서 밤이 끝날 무렵이면 그에게 돌아와 보고할 터였다.

루시언의 역할은 지하동굴 안을 발길 닿는 대로 돌아다니며 모든 것을 감독하고 적과 관련된 어떤 실마리도 시야에서 놓치지 않도록 날카로운 감각을 유지하는 것이었다.

하지만 남자란 일만 할 수는 없는 법이다. 주위에서 일어나는 거침없는 성의 향연은 그의 피를 들끓게 했다. 그는 여자를 필요로 했다. 그것도 지금 당장. 하지만 캐로는 그 상대가 아니었다.

그는 런던에서 레벨 코트로 오던 기나긴 여행길 동안 언제부터인지 그녀에게 싫증이 나 버린 상태였다. 오히려 순종적인 신참 둘 중 하나가 나았다. 뭐 둘 다 상관 없으려나. 그때였다. 그 아가씨가 눈에 들어온 것은.

그녀는 아직까지 옷을 죄다 입고 있는 상태였다. 그 점이 우선 그의 주의를 끌었다. 그것부터가 있을 수 없는 일이었기 때문이었다. 두건으로 얼굴을 가리고 있어서 여자가 누구인지 알아보기가 불가능했지만 왠지 그는 그녀가 여기 들어올 사람이 아니라는 것을 즉시 알아챘다.

하지만 그건 불가능했다. 그는 지하동굴에서 일어나는 모든 일과 이곳의 모든 사람에 대해서 꿰고 있었다. 그의 지배력은 절대적이었다. 별것 아닌 꼬마 아가씨라 해도 그의 안전망을 뚫을 수는 없었다.

다음 순간 그는 그녀가 혼자라는 것을 눈치챘다. 그는 그녀가 약삭빠르게 몰래 인파를 헤치고 나아가는 모습을 조심스럽게 지켜보았다. 그녀는 그의 본능에 경종을 울렸다. 유일한 질문은 어떤 본능이냐 하는 것이었다.

더 자세히 살펴보려는 생각에서 그는 태연하게 인파를 헤치며 그녀의 뒤를 따라가기 시작했지만 맥박은 강렬하고도 원초적인 북소리를 울려댔다. 살과 살을 맞대고 격렬한 짝짓기를 하고 싶은 욕구가 혈관을 타고 용솟음쳤다. 자신이 정말로 필요로 하는 것은 세상에 존재하지 않는다. 그런 쓰디쓴 깨달음을 잊지 않는 한, 욕망만이 그가 바랄 수 있는 최상의 것이었다.

하지만 다른 것들과 마찬가지로 사랑 역시 시늉으로 모방할 수 있었다. 그는 지구상에 마지막 남은 남자처럼 포옹을 받고 싶었다. 땀으로 목욕을 할 정도까지 몸을 박아 넣고 싶었다. 정신없이 여인의 몸을 찬미하고 싶었다. 그러고 나서 아마 그를 감싸고 있는 이 괴리감 속으로 다시 곧장 돌아오게 되겠지만.

연못에 가까워질수록 둘 사이의 거리를 좁혀나가면서 그는 더없이 매혹적인 그녀의 걸음걸이를 감상했고 우아하게 흔들리는 그녀의 엉덩이에 자신의 몸이 반응하는 것을 느꼈다. 그는 그녀가 가운을 벗고 날씬한 알몸을 자신에게 보여주는 상상에 잠겼지만 그녀는 그러기는커녕 누군가를 찾는지 거기에 멀뚱하니 서 있을 따름이었다.

가까이 다가가면 그녀가 놀라 겁에 질리든가 아니면 황홀해하든가 둘 중의 하나일 거라는 생각이 그의 뇌리를 스쳤다. 어느 쪽일지 여전히 확신이 서지 않는 가운데 그는 그녀가 빠져나갈 길을 완전히 차단하고 앞을 막아서서 어두운 미소를 살짝 지었다.

그녀가 두건의 그늘 속에서 두려운 듯 올려다보자 그는 여지껏 본 적이 없을 정도로 너무나 푸르른 눈과 마주보게 되었다. 이렇게 그윽하며 꿈에서 본 것 같은 코발트색을 접한 것은 평생 딱 한 번, 샤르트르 대성당의 스테인드글라스 창문을 보았을 때뿐이었다. 주위의 인파라는 존재도 그녀의 눈에 담긴 푸른 바닷빛의 심연 속에 휩쓸려버리고 말았다.

당신은 누구지? 그는 입을 열지도, 그녀의 허락을 구하지도 않았다. 그는 이 동굴 안의 모든 여자에게 접근할 권리를 가진 남자답게 유연하고 자신감 넘치는 몸짓으로 그녀의 턱을 단호하지만 부드럽게 움켜쥐었다. 그녀는 그의 손길이 닿자 공포에 질린 눈빛을 언뜻 내보이며 펄쩍 뛰었다.

냉혹한 눈길이 그 모습을 보고 재미있다는 듯 잠시 부드러워졌지만 다음 순간 그의 희미한 미소는 자취를 감췄다. 그녀의 피부가 그의 손끝에 비단결처럼 느껴졌던 것이다. 다음 순간 루시언은 그가 여태껏 보았던 아름다움과는 전혀 다른 미녀와 마주치게 되었다는 사실에 비틀거렸다.

자신의 두뇌가 지나치게 활동하느라 빚어낸 산물이, 환상이 사라질까 봐 두려워서 숨을 죽인 채 그녀를 응시하는 동안 깊은 곳에 깃들인 그의 영혼은 경배하는 마음으로 점점 평화로워졌다.

새벽녘의 불타는 일출처럼 화려한 머리채와 겁에 질려 휘둥그레졌지만 천상의 아름다움으로 반짝반짝 빛나는 푸른 눈을 보고 한순간 그는 그녀가 길 잃은 천사임에 분명하다고 확신했다. 하마터면 그녀의 허름한 갈색 가운 아래에 은색 날개가 얌전히 접혀 있으리라는 상상마저 할 뻔했다.

그녀는 열여덟에서 스물둘 사이로 보였다. 그리고 순결하고 건전하며 처녀다운 아름다움을 간직한 채 그곳에 서서 바르르 떨고 있었다. 그는 즉시 그녀가 어느 누구의 손도 타지 않은 존재임을 알아챘지만 이곳에서는 불가능한 일이 아닐 수 없었다.

그녀의 얼굴에는 자존심과 경계심이 서려 있었다. 공단 같은 섬세한 피부가 불빛을 받아 창백하게 빛났으며 부드럽고 도톰한 입술에서는 욕망을 불러일으키는 기운이 샴페인처럼 보글보글 뿜어 나왔다. 그의 혈관에 스며든 그 달콤한 맛은 그가 사춘기 이래 맛 본 것 중 최고였다. 그녀의 섬세한 얼굴은 지적이고 용감해 보였다. 무방비 상태로 떨면서도 용기를 내는 그 모습에 그는 순결한 것들의 필연적인 운명을 떠올리고 고뇌했다.

귀족 처녀로군. 쾌락을 찾아 온 젊은이. 만약 그녀가 드래곤을 죽이러 왔다면 이미 그라는 드래곤의 검고 사악한 심장을 천상의 색채인 푸른 눈이라는 창으로 꿰뚫은 셈이었다. 그는 마치 눈길 하나만으로도 그녀에게 모든 것을 파악 당해버린 느낌을 받았다. 그가 다른 사람들의 전부를 파악하듯이 똑같은 방법으로. 겁이 난 그는 그 자리에 못이라도 박혀 버린 듯 멈췄다. 만약……

다음 순간 그가 처음에 느꼈던 놀라움은 사라지고 대신 현실이 뇌리를 강타했다. 그녀는 그가 모르는 여자였다. 아무리 호의적으로 생각하든 말든 한번도 본 적조차 없는 여자였다.

맙소사, 그는 갑자기 밀려드는 공포를 느꼈다. 그녀야말로 푸세가 그에게 보낼 만한 종류의 무기 바로 그 자체였다!

즉시 그는 그녀의 얼굴을 움켜쥔 손에 잔인하리만치 힘을 주었다. 사랑과 마찬가지로 순결 역시 연기로 가장이 가능했다. 그는 그녀의 눈에 가득 찬 공포를 보았다. 하지만 상관없었다.

"이거, 이거. 어떻게 된 거요? 아주 예쁜데. 안 그러신가, 우리 강아지?"

"놔줘요!"

그는 그녀가 저항하자 잔인한 웃음소리를 냈다. 그녀는 그의 손을 떨쳐내려고 두 손으로 그의 손목을 부여잡았다. 날개라, 나 참! 그는 자신을 비웃었다. 잠깐이나마 이성을 잃었다는 사실 때문에 더욱 울화가 치밀었다.

마치 사랑의 열병에 걸린 젊은이처럼 그녀를 멍하니 보고만 있었다니! 이 아가씨가 가운 밑에 유일하게 숨긴 것이 있다면 푸세가 그의 갈비뼈 사이에 푹 꽂으라고 쥐여 보낸 단검일 확률이 컸다!

자신의 게임판인데도 한순간이나마 그녀에게 속아넘어갈 뻔했다 싶자 크나큰 분노가 와락 치밀었다. 하지만 수많은 외국 스파이들이 있는 자리에서 그렇게까지 큰 소란을 피우고 싶지는 않았다.

그의 별장을 찾아온 방문객들은 합스부르크 황궁 뿐만 아니라 나폴리, 모스크바 등등 다양한 곳에서 온 사람들이었다. 심지어 미국의 이중 첩자인 가증스러운 배불뚝이 롤로 그린의 모습까지도 인파 속에서 보였다.

다행히 루시언은 주위의 눈으로부터 진실을 숨기는 재능이 특출났다. 일단 그녀를 다른 사람들과 떼어놓고서 그녀가 누구인지, 누구의 명령을 받고 활동하는지 알아내야만 했다.

그녀가 가운 아래 뭔가 무기를 숨기고 있다는 확신 아래 그는 그녀가 무기를 꺼내지 못하도록 양손목을 거칠게 움켜쥐고 등 뒤로

돌려 그녀의 몸을 자신의 몸 쪽으로 확 끌어당겼다. 앙칼진 새끼고
양이는 완강하게 저항하며 꼼지락꼼지락 몸을 뒤틀었다.
"놔줘요. 놔달라고 했잖아요!"
그는 욕정에 가득 찬 웃음소리를 내며 그녀의 골반을 자신의 남
성 쪽에 갖다대고 문질렀다.
"으음, 좋군."
그는 일부러 목소리를 팍 깔면서 그녀의 날씬한 몸을 자신에게
더욱 밀착시켰다.
"이 끔찍한…… 그만 해요!"
그녀는 고함을 질렀다.
"아프잖아요!"
"잘됐군."
그는 고개를 숙여 위협하듯 그녀의 눈을 잔뜩 노려보았다.
"자, 그럼 미녀 아가씨. 둘이서 조용한 곳으로 가 보실까?"
그녀는 갑자기 저항을 멈췄다. 푸른 눈이 휘둥그레졌고 사랑스러
운 얼굴은 홍조를 띠는 대신 창백해졌다.
그는 돌연 그녀의 몸을 바닥에서 들어올려 어깨에 걸머졌다. 여
전히 그녀의 양손목을 한 손에 움켜쥔 채로, 나머지 손은 그녀의
등을 굳게 내리눌러 떨어지지 않게 받쳤다.
그녀의 새된 비명은 사방에 포진한 사람들의 음란한 탄성에 묻
혀 전혀 들리지 않았다. 루시언은 야만인처럼 그녀를 떠메고 나아
갔다. 붉게 타오르는 드래곤의 눈 뒤에 숨겨진 그의 개인 감시실이
그 행선지였다.

그의 널찍한 어깨가 그녀의 배 아래에서 강철처럼 굳건하게 느
껴졌고 그녀의 전신은 분노 때문에 마치 용광로처럼 열기를 확확
뿜고 있었다. 앨리스의 현실 감각이 레벨 코트의 퇴폐적인 분위기
에 의해 일그러졌다고 한다면 그녀의 이성은 이곳의 악마 같은 주

인 때문에 완전히 혼비백산해 달아나 버렸다는 편이 옳았다.

사람들은 루시언 나이트가 단 한 가지 이유 때문에 그녀를 골라 잡아 데려간다고 생각해 환호성을 지르며 신바람을 내는 모양이었다. 앨리스는 그들의 생각이 들어맞을까 봐 무서웠다.

그녀의 발길질과 간신히 그의 손아귀에서 풀려나 연달아 퍼부은 주먹질도 그에게는 눈곱만큼의 영향조차 미치지 않는 모양이었다. 심지어 그녀는 심하게 저항하던 와중에 그의 검은 곱슬 머리칼을 거머쥐고 잡아당기기까지 했지만 그는 고작 그녀의 등줄기를 세차게 찰싹 갈겼을 따름이었다.

"감히 이런 짓을!"

그녀는 분노의 소리를 질렀다. 몸이 뻣뻣해지면서 눈시울이 뜨거워졌지만 그 일격으로 정작 상처를 입은 것은 등보다 자존심이었다.

"내 머리카락을 그냥 두지 않으면 다음에는 엉덩짝 차례요."

그의 무례한 위협을 듣자 그녀의 용기는 엄청난 분노와 울화로 확 바뀌어 버렸다. 소위 7개 국어를 한다는 남자의 언어생활은 비속어의 제왕이라 할 정도였다! 그녀는 평생 이렇게 화를 내본 적이 없었지 싶었다. 그의 힘센 팔에 눌려 옴짝달싹 못하자 무력감이 느껴졌다. 너무 싫었다. 아니 좀더 자세히 말하자면 이 남자가 싫었다.

아아, 오라버니가 살아 계시기만 하다면! 필립이 있었다면 이런 광경을 눈뜨고 보느니 이 남자에게 총을 쏴 버렸을 것이다. 처음에는 캐로를 끌어들이고 이번에는 그녀까지 이 지경으로 만든 이 남자에게!

그럼에도 드라콘은 거대한 조각 드래곤 쪽으로 성큼성큼 걸음을 옮겼고 앨리스는 순간적으로 몸부림을 그만두었다. 자기 쪽에서 육체적으로 완전히 끓리니 만큼 차라리 그가 내려놓기 전에 힘을 비축해 두는 편이 좋겠다는 생각이 들었다. 만약 그녀에 대한 이 악마의 탐욕을 저지시킬 희망이 조금이라도 있다면 그때를 대비해 정신을 차려둘 필요가 있었다.

길고 검은 외투 차림의 경비병이 드래곤의 앞다리 상부 관절 뒤에 있는 문을 그에게 열어주었다. 루시언 경은 성큼성큼 문안으로 들어갔다. 문이 닫히자 인파며 음악이 우릉대던 소리가 한풀 꺾였다. 그녀는 손으로 그의 허리께를 밀면서 몸을 틀어 앞을 보려 했다.

"어디로 가는 거예요?"

그녀는 떨리는 목소리로 따져 물었다.

"알고 싶소?"

그는 짓궂은 어조로 대꾸했다.

그녀는 그의 조롱하는 어조에 움찔했다. 그가 돌을 파서 만든 좁은 나선형 계단을 거침없이 오르기 시작하자 그녀의 몸이 거기에 따라 통통 튀었다. 그의 걸음걸이에는 지친 기색이 전혀 없었다. 계단을 다 오르자 또 다른 경비원이 문을 열어 주었다.

루시언은 앨리스를 여전히 어깨에 달랑달랑 걸머진 채 작은 돔형 방으로 당당히 들어갔다. 어슴푸레하고 후끈한 곳이었다. 의자 두 개가 딸린 나무 탁자와 소파가 있었고 타원형의 주홍색 스테인드글라스로 된 두 개의 유리창 너머로 지하동굴과 거대한 연못이 내다보였다. 놀랍게도 이곳은 드래곤의 머리 안이었다.

루시언은 허리를 숙여 그녀를 바닥에 내려놓았다.

"움직이지 말아요."

그 명령은 소용없었다. 그녀는 이미 행동에 들어가 약탈자 중에서도 가장 거친 자자에게 당하지 않기 위해 본능적으로 뒷걸음질치는 중이었다.

그는 셔츠 속으로 손을 넣어 권총을 꺼내더니 그녀의 미간에 냉담하게 갖다 댔다.

"움직이지 말라고 했잖소, 사랑스런 사람."

그녀는 그 자리에 얼어붙어 경악한 눈으로 총신을 빤히 내려다보았다. 뱃속이 공포로 푹 꺼졌다.

"무기를 내놓으시지."

"뭐라고요?"

충격을 받은 그녀의 눈길이 그의 얼굴로 홱 옮겨갔다. 스테인드글라스로 된 드래곤의 선홍색 눈빛이 그의 보기 좋은 볼과 이마에 고스란히 쏟아져 고상하게 우뚝 솟은 콧날과 각지고 단호한 턱선을 강조했다. 흑담비 털 빛깔을 한 그의 머리칼은 부드러운 어둠으로 자아낸 실 같았으며 지하 세계의 밤보다도 더 새까맸다.

"협조할 생각이 없군, 안 그렇소?"

그는 목소리에 위협을 담아 추궁했다.

"뭐 좋아, 셰리. 내가 당신 몸을 뒤지는 편이 훨씬 낫지. 가운을 벗어요."

"경!"

그는 권총을 흔들어 지시했다.

"벗으라니까."

강철 빛을 한 그의 눈을 들여다본 그녀는 권총을 가진 미친 사람과는 입씨름을 벌이지 말자고 즉시 결론 내렸다. 앨리스는 떨리는 손으로 허리끈을 풀고 갈색 가운을 벗어 방을 나오기 직전 갈아입었던 수수한 오전용 면 드레스를 내보였다.

그의 눈길이 낙인을 찍으려는 듯 열기를 품고 천천히 그녀를 훑어 내렸다.

"가운을 바닥에 떨어뜨리시지."

그녀는 그 말대로 했다.

"양손을 머리 위로 올려요."

"제발…… 당신은 지금 뭔가 착오를……."

그가 경고하듯 눈을 가늘게 뜨자 그녀는 즉시 입을 다물고 잽싸게 뒤통수로 손을 올려 깍지를 꼈다. 그는 총을 셔츠 안에 신중하게 감춰진 가죽 집에 거칠게 넣더니 그녀의 허리에 양손을 단단히 올리고 둘 사이의 거리를 좁혔다. 그는 그녀의 몸 옆을 탁탁 치며 검사하더니 다음 순간 그녀의 뒤로 돌아가 몸 구석구석을 계속해서

요령 좋게 수색했다. 그녀는 나지막이 비명을 지르며 팔을 내리고 그의 손길에서 벗어나려고 꼼지락거렸지만 그는 그녀의 두 손목을 부여잡고 다시 머리 위로 올리게 했다.

"협조하시지, 마드무아젤."

"이건 말도 안 돼요! 내겐 무기가 없다고요!"

그녀는 얼굴이 새빨개져서 상의했다.

"가만히 서서 조용히 하시지. 안 그랬다간 당신 옷을 홀딱 벗길 테니까. 그렇게 하면 꽤나 즐거울 걸."

그녀는 하마터면 숨이 막힐 뻔했다. 세상에나, 어쩌다가 이런 꼴에 말려들고 말았을까? 그냥 방에 얌전히 있을 것을! 입을 다문 그녀는 그의 큰 손이 자신의 몸을 사방팔방 더듬는 동안 움찔하거나 피하지 않으려고 최선을 다했다.

"당신이란 여자, 아주 입맛 돋우는군. 당신도 알겠지만."

그는 생각에 깊이 잠긴 말투로 입을 열었다.

"하지만 이런 초심자를 보냈다니 좀 기분이 상하는데. 그 작자들이 당신을 죽이려고 하던가?"

"무…… 무슨 소리인지 하나도 못 알아듣겠어요."

"오호라, 물론 그러시겠지. 이봐, 어떤 식으로 밀고 나갈지 머리를 잽싸게 굴리는 편이 좋을 걸. 왜냐하면 난 당신 같은 족속이라면 바닥까지 꿰뚫고 있으니까. 그 작자들이 당신을 보낸 이유도 물론 알고 있다오. 나와 잠자리를 같이 해서 내가 자는 사이에 단검을 푹 꽂으려는 거시."

그녀는 그의 말을 듣고 숨 넘어가는 소리를 냈다.

"하지만……."

그는 그녀의 복부를 양손으로 천천히 쓸어 올렸고 그의 입술이 그녀의 귓전에서 어른거렸다.

"하마터면 당신과 하룻밤을 보낼 만한 가치가 있다고 믿을 정도였다오."

그는 그녀의 가슴을 손바닥으로 받쳐 들었다. 그녀는 작게 비명을 지르며 홱 물러났지만 바로 뒤에 있던 그의 단단한 가슴에 부딪히고 말았다. 혼란과 흥분과 공포가 뒤섞여 그녀의 심장이 마구 공이질을 해 댔다.

그녀의 폐부가 크게 들썩였다. 가슴이 그의 손 안에 더욱 풍성하게 잡혔다. 하지만 그녀의 숨결은 엉킨 매듭처럼 목에 꽉 걸려 있었다. 말이 나오지 않았다. 그저 얇은 머슬린 드레스를 통해 전해지는 그의 뜨거운 손만이 느껴질 뿐이었다. 그의 힘찬 팔에 안겨 있자니 쇠꼬챙이 같은 그의 몸 구석구석이 그녀의 몸에 착 달라붙어 있는 것을 느낄 수 있었다. 그의 무릎뼈가 그녀의 다리 뒤쪽을 자극했으며 강인한 허벅지 선이 그녀의 엉덩이를, 깎아낸 조각 같은 배가 그녀의 등을, 근육질 가슴이 그녀의 머리를 지그시 눌러댔다.

"안됐군."

그는 속삭였다.

"우린 완벽하게 들어맞는 사이인데 말이오."

그의 말을 듣자 당혹스럽게도 그녀의 몸에 전율이 발끝까지 흘렀다. 그러더니 그는 몸을 움직여 탐색을 재개했다. 그가 그녀의 오른쪽 골반께에 쭈그리고 앉아 손을 치맛자락 아래로 넣자 그녀의 심장이 미친 듯 팡팡 뛰었다.

"뭐 하는 거예요?"

그녀는 힘없는 목소리를 쥐어짰다.

"바로 이거지."

그는 나른한 손짓으로 스타킹에 감싸인 다리를 훑으며 올라오더니 가터에 손가락을 걸고 그대로 허벅지 주위를 쓰다듬었다. 그녀의 온 몸이 괘씸하게도 바르르 떨렸다. 지글거리는 온기가 그녀의 하반신에 넘쳐흘렀고 그런 자신 때문에 타는 듯한 굴욕감이 느껴졌다.

"이름이 뭐지?"

그는 그녀의 무릎 뒤편을 살짝 간질이며 중얼거렸다.

그녀의 머리가 빙빙 돌았다. 무릎이 꺾이려 했다. 거짓말을 할까, 아니면 최후의 반항이라도 할까 하는 생각이 들었지만 전신을 오르내리는 그의 두 손 때문에 머리가 제대로 돌아가지 않았다. 뜨거워진 피부는 그의 애무 하나하나에 미치도록 민감하게 반응하고 있었다. 이런 악질에게 육체가 이렇게까지 반응을 보이다니 수치스러운 일이었다. 그가 시간을 끌며 손길을 멈추지 않자 그녀는 떨면서 돌연 몸을 확 뺐다.

"당신 이름을 대라니까, 셰리."

"앨리스예요."

그녀는 이를 악물고 대답했다.

"나한테서 손 떼요."

그는 갑자기 움직임을 딱 멈추더니 다시 고개를 들고 그녀를 빤히 응시했다.

"앨리스 뭐라고?"

"앨리스 몬테규. 난 캐로를 찾으러 왔어요…… 올케를 당신한테서 구해내기 위해서!"

충격이 그의 눈에 넘실거렸다. 그는 벌떡 일어나 그녀를 쳐다보았다.

그녀는 고개를 뒤로 젖히고 경악에 찬 그의 시선을 마주보았다. 그는 어깨도 그녀보다 곱절은 넓었고 키도 육 척 장신이나 되었기 때문이다.

"당신이 앨리스 몬테규?"

"그렇다니까요!"

그는 은빛 눈을 가늘게 뜨고 의심하는 듯한 표정으로 그녀의 길다란 머리채를 한 올 집어들었다.

"아얏."

그녀는 그의 가벼운 손길이 머리를 잡아당기자 중얼거렸다.

"내 머리카락 놓아줘요."

"조용히 해."

그는 중얼거렸다. 그는 그녀의 머리색을 오랫동안 관찰하더니 갑자기 손을 놓았다. 머리카락은 그녀의 어깨로 다시 떨어졌고 그는 양손을 허리에 올리더니 그녀를 노려보았다.

"왜요?"

그녀는 그를 피해 움츠리면서 걱정스러운 표정으로 물었다.

"당신이 앨리스로군."

비난조로 말하는 그의 매끄러운 음성은 묘하게도 목 졸린 듯했다.

"그래요."

"캐로의 시누이라."

"그래요."

"아들을 키워주고 있는 시누이지."

그는 크게 콧방귀를 뀌었다.

"그래요! 올케가 내 얘기를 하던가요?"

그의 은빛 눈이 새끼 양을 재보는 늑대의 눈처럼 가늘어졌다.

"잘난 앨리스 몬테큐라. 대체 내 집에는 무슨 빌어먹을 술수를 부려 들어왔지?"

그가 갑자기 말꼬리를 높이며 고함을 지르는 바람에 앨리스는 놀라서 펄쩍 뛰었다.

"나한테 욕할 필요는 없잖아요!"

그는 양손을 날렵한 허리에 척 걸치더니 조소기가 뚝뚝 떨어지는 무시무시한 눈길로 바라보며 그녀의 대답을 기다렸다.

앨리스는 두려운 기색을 내비치지 않기 위해 노력하며 그에게 인상을 쓰며 흔들리지 않고 맞받았다.

"말했잖아요, 캐로를 집에 데려가려고 왔어요. 당신 집 문지기들이 날 쫓으려고 했지만 다행히 내 용무가 급박하다는 점을 충분히 설명할 수 있었어요. 그런데 당신 집사가 캐로를 데려다 주겠다고 하고는 아무 소식이 없기에 내가 직접 나섰어요. 난 가장무도회가 열리는 줄 알았거든요."

그의 오른쪽 눈썹이 휙 올라갔다.

"가장무도회?"

"그래요."

그는 그녀의 엄청난 실수가 재미있는 모양이었다. 하지만 그의 미소는 친절한 것과는 거리가 멀었다.

"당신도 그 얘기를 증명하기가 극단적으로 쉽다는 건 알겠지. 난 그저 캐로를 이리로 데려와서 당신이 정말 앨리스인지 밝히기만 하면 되는 거요."

"나야말로 당신이 그래줬으면 싶군요. 난 올케를 데려가기 위해 주를 세 곳이나 지나왔다고요."

그녀는 피곤에 찌든 한숨을 내쉬었다.

"올케의 아이가 많이 아파요."

그의 냉소적인 표정이 즉시 잦아들었다.

"해리가? 그 애가 어떻게 됐소?"

"수두에 걸렸어요."

그녀는 그가 해리의 이름을 알고 있으며 눈곱만큼이라도 걱정하는 기색을 비쳤다는 점 때문에 깜짝 놀랐다.

"내내 엄마를 찾아 울기만 해요."

그녀는 아직도 경계하는 태세였지만 어느 정도 긴장을 풀었다.

"앞으로 며칠 동안 상태는 더 나빠질 거예요. 오늘 아침 발병했거든요."

"여기까지 오는 데는 엄청나게 힘들었을 텐데. 알려주지만 수두는 그렇게 심각한 병이 아니오."

"환자가 세 살짜리일 때는 심각해요."

그녀는 분개해서 쏘아붙였다.

"뭐 그 점에 있어서는 당신 말이 맞겠지."

그는 나직이 대꾸했다. 루시언은 고개를 흔들며 돌아서서 드래곤의 눈인 창문 아래쪽의 탁자로 다가갔다. 그는 나무 의자를 하나 빼내 그녀에게 권했다.

"앉지."

그는 명령하더니 성큼성큼 걸어가 문을 홱 열었다.

"즉시 레이디 글렌우드를 찾아서 데려와라."

그는 그곳을 지키고 서 있던 건장한 검은 옷차림의 두 남자에게 명했다.

"알겠습니다, 경."

앨리스는 그의 명령을 건성으로 들으며 상당한 안도감과 함께 의자에 푹 주저앉았다. 남자들은 그의 명령에 따르기 위해 자리를 떴다. 그녀는 양손을 초조하게 무릎 위에 겹치고 발을 동그마니 의자 밑으로 모은 채 그가 천천히 문을 닫는 모습을 불안 속에서 지켜보았다.

그는 잠시 그곳에 가만히 서 있었다. 고개를 숙인 그의 넓은 등과 운동 선수 같은 어깨 위로 붉은 빛이 어른거렸다. 그러더니 그는 돌아서서 피곤한 듯 문에 기댔다. 윤곽이 뚜렷한 얼굴은 그늘에 가려져 있었다.

그는 바지 주머니에 양손을 넣고 경계하듯 거리를 둔 채 그녀를 살펴보았다. 그녀의 뇌리에는 그의 손이 다리를 타고 올라오던 감촉이 아직도 생생했다. 그녀는 갑자기 고개를 푹 숙여 꿰뚫는 듯한 그의 시선을 피했다.

"천사표 아가씨."

그는 부드러운 어조로 조롱했다.

그녀는 몸을 굳히며 그에게 슬쩍 인상을 썼다.

"그렇게 불리는 건 좋아하지 않아요."

무례한 시선이 그녀의 전신을 훑고 지나갔다.

"당신이 꽤 갸륵한 성녀라는 말은 들었지."

"누구하고 비교해서요? 캐로?"

능글거리듯 차가운 그의 웃음은 그녀의 날카로운 대꾸에 미소로 변했다.

"오늘 밤 어느 정도 모험을 즐긴 것 같군. 그렇지 않소?"

"그보다는 시련이라는 편이 옳겠죠."

"뭐 그래도 아주 말짱한 정신으로 버텨낸 모양이군."

그는 문에서 몸을 일으켜 터덜터덜 그녀 쪽으로 다가왔다.

그가 다가올수록 그녀의 심장이 새삼스레 다시 쿵쾅거리기 시작했고, 둘 사이의 거리가 좁아질수록 그녀는 자신의 내면이 운명을 느끼고 전율하는 것을 다시금 감지했다. 까닭도 없이 소름이 우수수 끼쳤다. 그가 옆으로 다가와 멈춰 서자 그녀의 눈높이에는 날렵한 허리에 둘러쳐진 검은 바지의 허리끈이 있었다.

그녀는 감히 그의 시선을 맞받을 수 없었지만 그의 육체에서 퍼져 나오는 열기를, 그에게서 풍기는 남자다운 사향 내음을 감지할 수 있었다. 다음 순간 그의 바지 앞섶이 엄청나게 큰 원통형 모양으로 불룩해져 있는 것을 알아챘다. 사실 바로 눈앞이었고 기겁할 정도로 컸으므로 도저히 못 보고 지나칠 수가 없었다. 그녀는 그 부근에서 겨우겨우 눈길을 떼고 빤히 쳐다본 자신을 속으로 꾸짖었다. 하지만 그의 더없이 남자다운 부위를 보고 만 지금은 도저히 잊어버릴 수가 없을 것 같았다.

그녀는 그가 자신의 길다란 머리채를 한 움큼 거머쥐고 마치 공단 리본을 어루만지듯 천천히 쓸어 내리자 깜짝 놀랐다. 그의 손길에 짜증날 정도로 민감한 반응을 보이는 것을 자책하며 그녀는 화난 눈길로 그를 슬쩍 올려다보았다. 하지만 결과는 수술을 거는 듯 불타는 눈길로 빤히 보는 그의 표정에 사로잡혔을 뿐이었다.

입을 연 그는 그녀의 마음 제일 깊은 곳에 감춰진 비밀까지도 달래서 실토시킬 만큼 은밀한 속삭임으로 말을 걸었다.

"청아하신 앨리스 몬테규. 말해 보시오. 오늘 밤 여기에서 본 광경을 어떻게 생각하지?"

얼굴을 붉힌 그녀는 고개를 저으며 시선을 피했다.

"전혀 몰라요."

그는 그녀의 턱을 치켜들어 다이아몬드처럼 날카롭고 수정처럼 맑은 그의 눈을 억지로 마주보게 했다.

"그 광경을 보고 흥분했나?"

그녀의 눈에 충격이 확 번졌다. 그런 질문에는 대답할 생각이 없다고 말해야 하건만 목소리조차 나오지 않았다. 하지만 그는 그녀가 겨우 대답할 정신을 수습하기도 전에 선수를 쳤다.

"거짓말은 말라고."

그는 그녀가 움직이지 못하게 턱을 움켜쥔 채로 벨벳처럼 부드럽게 속삭였다. 그는 날카로운 수정 같은 눈으로 마치 그녀의 마음속 깊은 곳까지, 그녀가 어느 누구에게도 보여주지 않았던 것들까지—그녀의 세찬 정열, 그녀의 깊은 중심부에 깃들인 허기—도 살펴볼 수 있을 것처럼 응시했다.

"말해 보라니까."

그는 숨가빠하며 말했다.

"당신처럼 순결했을 때의 기억을 떠올리게 해 줘."

그는 잠시 사이를 두었지만 그녀는 대답하지 않았다.

"사랑을 나누는 남녀를 한번도 본 적이 없나?"

눈이 휘둥그레지고 숨이 턱 막혔다. 그녀는 용기를 내어 오랫동안 고개를 가로 저었다. 그는 하마터면 다정하다고 착각할 뻔한 표정으로 그녀를 지그시 내려다보았다. 남자의 눈에 이런 허기가, 이런 격렬하고 상처받은 듯한 고독이 서려 있는 광경을 본 것은 처음이었다. 그녀는 거기에 반응해 전율했다. 그가 그녀의 손을 들고 자신의 입술로 가져가자 더없이 기묘하고도 따끔거리는 느낌이 밀려들었다.

그는 그녀의 손바닥에 부드럽게 입맞춘 다음 자신의 조각상 같은 윗배에 그 손을 지그시 갖다댔다. 낮지만 날카로운 신음이 그녀의 입술에서 터져 나왔다. 단순히 그의 행위 때문이 아니라 손바닥에 느껴지는 그의 맨살 감촉 때문이었다. 전기가 찌르르 흐르는 것만 같았다.

그녀는 떨면서 무력하게 그를 올려다보았다. 목 졸린 듯 희미한 목소리는 항의치고도 더없이 힘없는 속삭임이었다.

"경……."

"쉬잇, 앨리스. 난 당신 눈에서 볼 수 있소. 계속해. 잡아먹지 않으니까. 이곳에서는 금기가 없소. 당신의 호기심은…… 아주 자연스러운 거지."

그는 거친 말투로 끝을 맺었다.

그녀는 구릿빛으로 탄 그의 강철같은 몸에 대비되어 더욱 하얗고 연약해 보이는 자신의 손을 머뭇거리며 곁눈질했다. 그녀는 입술을 깨물었다. 자신이 불장난 중이라는 것은 알았지만 솔직히 말해 그는 신화 속의 신처럼 아름다웠다. 그녀는 감히 그의 몸을 손으로 더듬어 볼 엄두도 내지 못했지만 그렇다고 손을 빼지도 않았다. 격렬하게 쿵쿵대는 그의 맥박을 의식하니 황홀해졌다.

"당신 심장이 마구 뛰고 있군요."

그녀는 그의 얼굴로 시선을 급하게 올렸다.

그의 눈이 별처럼 타올랐다. 그의 얼굴은 그늘져 있었다. 그는 그녀의 목을 위아래로 어루만졌다. 그의 손끝이 그녀의 동맥으로 다가와 머물렀다.

"당신도 그렇군."

아아, 세상에. 그녀는 그가 키스해 주기를 바랐다. 그녀는 이 탐닉이 순간순간 죄다 위험하다는 것을 알고 있으면서도 눈을 감고 자신의 목덜미에 얹힌 그의 크고 치명적인 손에서 풍기는 힘을 음미했다. 그를 부추기는 것은 미친 짓이었지만 그의 손길은 도저히 저항할 수 없을 정도로 다정했다. 순간 갑자기 문을 두드리는 소리가 들리면서 마법이 깨져버렸다. 그 소리에 앨리스는 퍼뜩 놀라 제

정신을 차렸다.

맙소사, 무슨 짓을 하고 있었단 말인가? 그녀는 숨 넘어가는 소리를 내며 마치 불에 데이기라도 한 듯 그의 가벼운 손아귀에서 빠져나왔다.

"대담하시군요, 경!"

"당신도 얼굴이 붉어졌군."

그는 매력적인 미소를 슬쩍 던지더니 문을 열러 갔다.

그녀는 얼굴을 찡그렸다. 정신없이 흥분해 버린 자신의 행동에 너무나 화가 치밀었다. 이런 느낌은 여태껏 가져 본 적이 없었다. 그녀는 루시언 쪽을 슬그머니 훔쳐보았다. 그는 한 손을 문손잡이에 얹은 채 고개를 숙이고 여전히 그 자리에 서 있었다. 다음 순간 그녀는 그가 그 자신의 당당한 육체를 자제하기 위해 분투하고 있음을 깨달았다.

그는 V자의 힘찬 등과 날씬한 근육질의 엉덩이에 와 꽂히는 그녀의 시선을 느꼈는지 천천히 고개를 돌려 눈을 마주보았다. 둘 다 머리가 아찔해질 정도로 강렬하면서도 전혀 예기치 않았던, 원치 않았던 이끌림에 휩쓸려 순간적으로 침묵을 지켰다.

"오늘 밤 당신을 찾아가도 되겠소?"

그가 아주 낮은 목소리로 물었다.

그녀는 숨 넘어가는 소리를 내며 눈길을 억지로 피했다. 심장이 두방망이질 쳤다.

"안 돼요!"

하늘이시여, 올케를 찾아내 이 사악한 곳을 빨리 떠날 수 있도록 도와주소서. 그녀는 동이 트자마자 글렌우드 파크로 돌아가 이 남자를 포함해 오늘 밤 이곳에서 보았던 것을 죄다 잊어버릴 작정이었다. 특히 이 남자에 대해서는 더더욱.

당혹스러운 듯, 눌러 참듯 내쉬는 그의 한숨 소리가 들렸고 다음 순간 그는 딸깍 소리와 함께 문을 열었다. 그가 문을 열자마자 캐로가 방으로 와락 들어와 그의 목을 끌어안았다.

"달링!"

평소에는 오만하던 남작부인의 흐트러진 모습을 본 앨리스는 눈썹을 획 치켜올렸다. 남작부인의 머리카락은 연못물에 젖어 있었고 갈색 가운이 늘어져 하얀 맨살 어깨가 훤히 보였다. 남작부인은 앨리스가 방 안쪽에 서 있다는 것을 눈치 채지 못한 채 루시언에게 휘감겨 붙었다.

"내가 보고 싶었어요? 내가 필요했어요? 우리 장난꾸러기?"

그녀는 그의 다리 사이로 손을 들이밀더니 좀 전에 앨리스가 차마 손대지 못했던 그 부분을 애무했다.

"질투했어요? 그래야죠."

그녀는 거나하게 취해 낄낄댔다.

"저 아래에 있으려니 정신이 다 나가더군요. 나 홀딱 빠져버렸어요! 하지만 봐요, 나한테 계획이 있어. 제일 좋은 건 마지막을 위해서 남겨두고 여태 천천히 준비하고 있었어요. 바로 당신 때문에."

앨리스의 인사말은 혀끝에서 사그라지고 말았다. 그녀는 올케가 루시언에게 찰싹 달라붙어 온몸을 비벼대는 광경을 충격 속에 바라보았다. 캐로는 아예 한쪽 다리로 그의 허벅지를 휘감고 그의 열린 셔츠 깃 사이로 손을 집어넣더니 그의 몸을 더욱 끌어당겼다.

"날 가져요, 루시언."

그녀는 그의 귓불을 잘근거리며 색색댔다.

앨리스는 손으로 입을 가렸다.

세상에나! 캐로를 구하러 왔다는 그녀의 말에 루시언이 비웃은 것도 당연했다. 이 무슨 구역질나는 광경인가! 굳이 말을 하자면 남작부인에게 잡아먹힐 루시언이야말로 구조가 필요한 쪽이었다.

그는 헛기침을 하면서 캐로의 거머리 같은 손을 하나하나 떼어냈다.

"저기, 레이디 글렌우드. 레이디를 찾아온 사람이 있습니다."

　그는 돌아서더니 마치 폴로 경기의 관람객처럼 앞으로 펼쳐질 상황에 대해 태연한 호기심밖에 느끼지 못한다는 몸짓으로 앨리스 쪽을 가리켰다.

　캐로는 그의 시선이 향하는 곳을 바라보다가 그곳에 서 있는 앨리스를 발견했다. 순간 그녀의 얼굴에서 욕정에 가득 찬 환희가 싹 걷히고 밀랍처럼 안색이 창백해졌다. 그녀는 괴롭다는 표정을 지으며 젖어서 헝클어진 머리칼에 자동적으로 손을 가져갔다.

　"앨리스! 대…… 대체 여기는 어쩐 일이지?"

　남작부인은 모기 소리만한 음성으로 더듬거렸다.

　올케와 눈을 마주칠 수 없어서 앨리스는 비참한 표정으로 루시언을 바라보았다. 이대로 땅이 갈라져서 안으로 꺼져버렸으면 싶었다. 그의 그윽한 회색 눈에 뭔가 신중하게 감춰진 감정이 스윽 스쳐 지나갔지만 그는 격렬한 침묵을 다독일 말 한마디 건네주지 않았다.

　이 남자는 이 모든 상황 따위 아랑곳 않는 거야, 앨리스는 깨달았다. 그는 아마도 재미있어하는지도 모른다. 그냥 집에 남아 해리를 돌보면서 캐로의 부정 따위는 전혀 모른 척 무시하고 지낼 것을! 이곳에 온 것은 분명 실수였다.

　"해리가 수두에 걸렸어요."

　그녀는 마침내 납덩이처럼 무거운 목소리로 대답했다.

　"언니는 집에 돌아가야 해요. 우린 새벽녘에 출발했어요."

　캐로는 당혹한 표정으로 그녀를 응시했다. 앨리스가 보기에 캐로는 산산조각 난 스스로의 겉모습 속에 숨어 있던 더없이 고통스러운 진실을 거울로 들여다보는 것만 같았다. 앨리스는 어찌 할 바를 몰라 루시언을 쳐다보았다. 그러나 그는 허리에 양손을 걸친 채 그저 바라보기만 할 뿐이었다.

　길고 공허하고 격렬한 침묵이 흘렀다.

　다음 순간 돌연 캐로가 분노를 폭발시키며 퍼부어 댔다.

"도대체 어떻게 여기 올 수가 있지?"

그녀는 분노로 얼굴을 와락 구기며 앨리스에게 악을 써댔다. 그녀는 시누이의 눈알이라도 파내려는 듯 앨리스에게 달려들려고 했지만 루시언에게 팔을 붙들려 제지당했다.

"저 계집애를 여기에서 내보내요, 루시언! 어떻게 저 계집애를 여기로 들일 수가 있어요? 내 맹세하는데, 앨리스. 나한테 한마디라도 한다면 널 영영 글렌우드 파크에서 내쫓아버릴 테야! 다시는 해리를 못 볼 줄 알아!"

"진정하시지."

루시언이 무뚝뚝하게 명령했다.

"놔줘요!"

그는 갖은 욕설을 퍼붓는 캐로를 문간으로 질질 끌고 가 경비병들에게 넘겨주었다.

"레이디 글렌우드가 과음을 하셨다. 방까지 모셔다 드리고 문을 잠가라."

"이 개새끼! 악마! 놓으라니까, 이 죽일 놈들!"

그녀는 경비병들에게 분노를 퍼부었다.

"내 꼴을 보고 감히 해죽거려, 이 마녀 같은 년!"

그녀는 자신을 제압하려는 경비병들과 몸싸움을 해 대며 앨리스에게 고래고래 악을 썼다.

"네 년은 그리도 깨끗히냐? 이 작자는 나랑 했어. 그리고 너하고도 힐 수 있을 걸! 그럼 너도 나보다 나을 게 없다는 걸 알 거야! 루시언, 저 년한테 보여주라니까요! 당신 장기대로 해 보라니까! 적어도 당신은 그 점에서는 대미언 못지 않잖아!"

루시언은 캐로의 면전에서 경첩이 흔들릴 정도로 문을 쾅 닫아버렸다.

앨리스는 덜덜 떨면서 이마를 짚었다. 방이 너무 후끈거렸고 여차하면 울어버릴 것도 같았다.

루시언 역시 말이 없었다. 그는 등을 보이고 있었지만 그녀는 그 힘찬 몸의 굳어진 선 하나하나에서 뿜어 나오는 격한 분노를 느낄 수 있었다.

"캐로는 취했소. 귀담아듣지 말아요. 그저 수치스러운 나머지 지껄인 말에 불과하니까."

앨리스가 말이 없자 그는 돌아서서 신중한 눈초리로 그녀를 흘깃거렸다.

"괜찮소?"

"내가 왜 이곳에 왔는지조차 모르겠어요."

그녀의 턱이 금방이라도 쏟아져 나올 것 같은 눈물 때문에 바들바들 떨렸다. 그녀는 충분히 울 만한 상황이었는데도 억지로 눌러 참았다.

"왜 이곳에 온 거요?"

그는 낮은 목소리로 물었다.

그녀는 말하고 싶지 않았지만 충격과 분노의 눈물이 왈칵 쏟아져 나오는 것과 동시에 말도 저절로 튀어나왔다.

"왜냐하면 오빠가 임종할 때 해리와 올케를 돌봐주겠다고 약속했으니까요. 내가 자초한 거죠! 올케는 내 삶을 망쳐놓고 있어요! 난 조카를 사랑하지만……."

눈물이 뺨으로 흘러내리자 그녀는 격한 말을 중간에서 돌연 끊고 그에게 등을 보였다. 그녀는 떨리는 손으로 눈물을 닦은 다음 다시 그에게로 휙 돌아섰다. 이건 다 이 남자 탓이었다.

"올케에게 무슨 짓을 한 거죠?"

그녀는 치미는 울화를 참지 못하고 덜덜 떨면서 따져 물었다.

"올케 말로는 당신이 뭔가를 했다던데요. 뭘 한 거죠?"

그는 턱을 치켜들며 냉혹한 눈길로 그녀를 쳐다보았다.

"캐로 스스로가 한 일이지."

"대체 왜 올케와 당신 형 사이에 끼어들어서 모든 걸 망쳐버렸나요? 왜죠?"

"뻔하지 않소? 당신도 캐로의 행동거지를 보았을 텐데. 난 형을 보호하려고 했던 거요."

"대미언 경은 다 큰 성인이에요!"

"형은 여자에게 있어서는 서툴지."

"그럼 당신은요?"

"때로는."

"그럼 당신 부인은요, 루시언? 당신을 사랑해 주는 사람은 어디 있죠?"

그녀는 독하게 몰아붙였다.

그의 얼굴이 흔들렸다. 순간 그녀는 그의 수많은 가면 뒤에 숨겨진 정확한 모습을 언뜻 보았다. 상처투성이에 길을 잃은 듯한 모습을. 누군가가 손을 내밀어주기를 절박하게 기다리는 모습을. 그는 격렬할 정도의 눈초리로 그녀를 응시하더니 다음 순간 눈길을 떨궜다.

"저런, 나한테 그런 사람은 없소, 앨리스."

좀 전의 비아냥대던 어조는 흔적만이 느껴질 뿐이었다.

"내 말의 요점은 말이에요."

그녀의 날카로운 말이 정곡을 찌른 것을 보니 죄의식이 느껴졌고, 그래서 그녀는 더욱 성이 났다. 그녀는 눈물을 잽싸게 닦은 다음 어조를 누그러뜨리려고 애썼다. 방황하는 영혼이니 만큼 그는 아마 무엇이 더 낫고 선량한지 그 자체를 단순히 모르는 것뿐일 수도 있다.

"사랑은 사람을 변화시켜요, 루시언. 사랑은 그런 역할을 하죠. 당신이 굳이 관여하지 않았다면 아마 대미언 경은 캐로가 좀더 나아지도록 도와줄 수 있었을지도 몰라요. 그럼 아마 해리도 좀더 안정적인 생활을 할 수 있었을지 모르죠. 아버지가 생긴다면 한 남자로 제대로 자라나도록 이끌어주었을 테니까요."

선이 날카롭고 뚜렷한 그의 얼굴이 갑자기 분노와 죄의식으로 확 붉어졌다.

"그거야 내가 알 바 아니오! 우선 대미언 형의 머릿속은 안 그래도 난장판이고 또…… 맙소사!"

그는 경멸하듯 그녀를 껄껄 비웃었다.

"정말이지 내게 사랑에 대한 설교라도 하려는 거요? 당신이 그 문제에 대해 뭘 안다고? 당신이 제대로 된 키스 한번 받아보지 못했다는 데에 내 저택을 걸어도 좋소! 기가 막혀서!"

갑자기 그는 단숨에 성큼 다가서더니 그녀를 거칠게 끌어안고 그녀가 미처 숨을 삼키기도 전에 입술을 빼앗았다.

상냥한 구혼자들에게서 시적인 키스를 받는다는 그녀의 소녀다운 상상은 거칠게 낙인을 찍듯 다가드는 그의 입술 앞에서 처참하게 무너졌다. 그의 왼손이 그녀의 머리칼을 마구 움켜쥐었고 나머지 손은 그녀의 몸을 으스러져라 끌어당겼다. 그녀는 미약하게나마 그의 가슴을 밀어냈지만 그는 그녀의 양발 사이로 비집고 들어오더니 자신의 무릎을 살짝 끼워 넣었다. 그동안에도 그의 양손은 그녀의 등줄기를 오르내렸다. 당황해서 몸이 뻣뻣이 굳어버린 그녀는 기절하지 않기 위해서라도 그에게 매달릴 수밖에 없었다.

그의 여위었지만 탄탄한 몸에서 풍기는 열기가 그녀를 감쌌다. 그녀는 그가 맛보이고 싶어하는 위험한 쾌락을 거부하기 위해 고개를 돌리려 했지만 그의 두 손이 등줄기를 계속 오르내리자 자신의 반응을 숨기기가 어려웠고 저항하기란 더욱 불가능했다.

어찌 해야 할 바를 몰라 그녀는 전율하는 와중에 서서히 저항을 그만두었고 천천히 입을 벌려 그의 혀를 자신의 혀로 주춤주춤 맞아들였다. 루시언은 목구멍에서 낮은 신음을 토해냈고 그의 힘차던 포옹은 즉시 한풀 꺾였다. 그의 키스는 더욱 속도를 늦추며 깊어졌고 그녀는 그의 품안에서 녹아 내렸다.

그는 한참 동안 움직이지 않다가 키스를 멈췄다. 하지만 그의 잘

생긴 입술은 그녀의 입술 근처에서 한동안 어른거렸다. 그녀와 이마를 맞대고 있는 그의 가슴이 그녀의 가슴과 닿을 정도로 거칠게 들썩거렸다. 그녀는 그의 가쁜 숨이 자신의 촉촉해진 입술에 부드럽고 따스하게 와 닿는 것을 느낄 수 있었다. 그동안 그의 두 손바닥은 그녀의 팔을 가볍게 문지르고 있었다.

"당신은 어떻지, 앨리스?"

그는 갈라진 목소리로 속삭였다.

"당신을 사랑하는 사람은 누가 있지?"

그녀는 휘몰아치는 듯한 감정이 담긴 그의 눈길을 망설이며 마주보았다.

"마…… 많아요."

"누구지?"

그는 거친 말투로 추궁했다.

"당신하고는 상관없는 일이에요……."

"난 당신에게 대답을 했어. 그러니 이제 당신이 대답을 해야지."

"조카가 있어요…… 해리 말이에요."

그녀는 말을 더듬었다.

"해리는 어린애야."

"해리도 사람이에요!"

"오늘 밤 당신 방으로 가도 괜찮을까?"

"당신 미쳤어요? 놔요!"

그녀는 그의 품에서 빠져나와 키스를 지우듯 손등으로 입을 닦으며 뒷걸음질쳤다.

그의 키스를 지워버리는 그녀의 모습을 보자 그의 눈 속에 지옥의 불길이 치밀었다. 그가 너무나 격노한 모습이었으므로 한순간 그녀는 그가 무슨 짓을 할지 알 수가 없었다.

순간적으로 그는 화난 늑대처럼 발끈했다. 선이 뚜렷한 그의 얼굴에 격한 표정이 시린 데다 빛나는 눈 저 깊은 곳에서 타오르는 순수한 욕구 때문에 그녀는 와락 겁에 질렸다.

다음 순간 그는 그녀를 무시하고 문 쪽으로 다가가더니 바깥에서 보초를 서고 있던 경비병들에게 거칠게 손가락을 튕겼다.

"몬테규 양을 방까지 안전하게 모셔다 드려라."

"알겠습니다, 경."

보초는 살짝 허리를 숙였다.

"아가씨. 따라오시겠습니까?"

앨리스는 거북한 표정으로 루시언을 바라보았다. 그는 적의와 욕망을 눈에 번득이며 그녀를 지켜보고 있었다. 하지만 그 눈빛보다는 그의 입술에 남몰래 걸린 어정쩡한 쓴웃음 쪽이 훨씬 무시무시했다.

"안녕히 계세요, 경."

그녀는 허세를 부리며 억지로 입을 열었다. 운이 좋다면 내일 아침 그와 얼굴을 맞대는 일 없이 이곳을 빠져나갈 수 있으리라.

그는 주머니에 양손을 찔러 넣고 문틀에 어깨를 기댄 채 그녀의 행동거지 하나하나를 지켜보았다.

"안녕히 주무시오, 셰리."

그녀는 그를 외면하고 보초를 따라 곁방을 지나갔지만 자신의 몸에 꽂히는 그의 타오르는 듯한 시선을 내내 느꼈다. 검은 외투를 걸친 보초가 좁다란 나선형 계단을 내려가기 시작했을 때 그녀는 루시언을 마지막으로 흘끔 돌아보았다. 그는 여전히 그 자리에 서 있었다. 훤칠하고 강인한 몸매가 어둠을 외투처럼 휘감고 있었으며 민활한 눈에는 계산적인 빛이 번득이고 있었다.

지하동굴에서는 오르페우스로 알려져 있던 필라델피아의 롤로 그린이 벗겨진 정수리에서 땀을 훔쳐내고 있었다. 과음을 한 데다 흥분 때문에 가슴이 심하게 들썩거렸다. 지하동굴은 워낙 찌고 후텁지근했기 때문에 심장이 멎지만 않아도 다행일 것 같았다.

루시언 나이트가 드래곤 조각 안에 몰래 설치된 본부에서 나오자 롤로는 근처에서 알몸으로 흔들어대던 아가씨에게서 간신히 눈길을 떼었다. 그는 루시언이 바로 조금 전, 푸른 눈의 젊고 사랑스러운 요정 아가씨를 데려가던 모습을 보았던 것이다. 바로 오르페우스가 그녀에게 경고했던 그대로의 상황이었다.

빠르군, 그는 히죽거리며 이 자리의 주인이 손님들 속으로 돌아와 쉽사리 인파 사이를 휘젓고 나아가는 광경을 지켜보았다. 롤로는 그 아가씨에게서 키스 한번 받아보지 못했지만 아쉽지는 않았다. 여자 문제에 있어서는 루시언 나이트 같은 외모와 매력을 가진 남자와 맞붙기란 힘들었지만 적어도 술수와 음모 쪽에서는 동등하다는 생각이 들자 기분이 좋아졌기 때문이다.

루시언 나이트와 그는 비록 전쟁 때는 적이었지만 프로답게 서로를 경계하면서도 이해하는 사이였다. 롤로는 쾌락주의자이자 세련된 외교관인 루시언 나이트가 암호명 아르고스로 암약하는 영국의 무자비한 첩보원이며, 외국 공사들을 덜덜 떨게 만들고 심지어 나폴레옹의 첩보 조직 우두머리인 푸셰마저 창백해지게 만드는 인물이란 사실을 아는 몇 안 되는 사람 중 하나였다.

롤로와 루시언은 서로가 적이라고 할 수는 없었다. 그들은 과거에도 몇 번이나 정보를 교환했었다. 하지만 그렇다고 친구 사이라고 할 수도 없었다. 롤로는 기품이나 위엄이라고는 전무하고 돈만 밝히는 자신의 방식을 루시언이 경멸한다는 사실을 알고 있었고, 그 쪽에서도 루시언의 오만함은 물론이거니와 육체적, 정신적인 우월성이 못마땅했다. 하지만 오늘 밤 롤로는 전지전능한 루시퍼 경마저도 모르는 뭔가를 알고서 기분 좋게 음미하고 있었다.

뭔가 큰 건을.

그리고 롤로 그린은 그 모든 사건의 바로 한가운데에서 만반의 준비를 갖춘 채 도사리고 있었다. 아마 그는 루시언 나이트 같은 부류를 패배시킬 만큼 거칠고 비열하지 않을지는 모르지만 모든 면에서 루시언과 동등한, 아마도 좀더 무시무시한 누군가를 위해 길을 닦아 놓는 중이었다.

그 남자 생각만 해도 심장에 차가운 그림자가 드리워지는 것만 같았으므로 롤로는 땀으로 칠갑을 하고 춤을 추는 아가씨에게서 추파를 애써 거뒀다. 그에게는 해야 할 일이 있었다. 인파를 이리저리 훑던 그의 시선에 그가 고용했던 명문가 태생의 말썽꾸러기 도련님이 잡혔다.

어너러블 이선 스태퍼드는 백작의 손아래 아들로 그들에게 이상적인 먹이감이었다. 잘생긴 동안에 금화처럼 반짝이는 금빛 고수머리를 한 그는 집안 좋은 멋쟁이로서 사교계의 소식통이었다. 하지만 사교계는 이선 스태퍼드의 비밀을 모르고 있었다. 그가 도박으로 스스로를 파멸시키고 있다는 사실을.

부유한 아버지에게 의절을 당하다시피 한 스태퍼드는 감옥에 집어넣겠다는 빚쟁이의 위협과 더불어 자신의 파산 사실이 세간에 알려지는 것을 피하고 있었다. 롤로에게 이런 사실들을 알려준 것은 냉혈 사채업자들이었고, 스태퍼드는 그런 지하세계의 비밀 인사들이 물어다 준 야릇한 일거리를 해치움으로써 위기를 넘기고 있었다.

다행히도 젊은 스태퍼드는 롤로가 인파를 헤치고 교묘하게 접근했을 때 곤드레만드레 상태가 아니었다. 대여섯 명의 젊은이들과 모여 서서 가면을 쓴 숙녀가 다음 번 노예로 자청한 남자를 채찍질하는 모습을 넋 놓고 쳐다보는 중이었다.

"죄송하오만, 선생!"

롤로는 스태퍼드의 주의를 끈 다음 목소리를 착 깔았다.

"당신이 일거리에 관심이 있을지도 모른다는 소리를 들었소."

곁눈질하는 젊은이의 시선이 날카로워졌다. 롤로는 용기를 북돋워주듯 고개를 끄덕였다. 스태퍼드는 경계하면서도 그를 따라왔다. 그들은 무리들에게서 떨어져 걷기 시작했다.

"당신이라면 믿을 수 있다고 들었소. 전에도 내 친구를 위해 심부름을 몇 번 해 주었다지."

"맞아요."

스태퍼드는 조심스럽게 대답했다.

가엾은 부잣집 도련님, 롤로는 생각했다. 번듯한 생활 없이는 살 수가 없는 게지.

"뭘 해 주길 바라는 거요?"

스태퍼드는 낮은 목소리로 따져 물으며 각진 턱을 오만하게 들어올렸다.

"내 선량한 친구 중 하나가 일주일 뒤쯤 프로이센에서 찾아올 거요. 그 친구가 사교계에 연줄이 좀 필요하다오. 자기를 런던 구석구석으로 데리고 다녀줄 사람 말이오."

"그게 다예요?"

스태퍼드가 수상쩍다는 듯 물었다.

롤로는 유쾌한 너털웃음을 터뜨렸다.

"그렇다오, 도련님. 그게 전부지!"

"그럼 보수는 얼마죠?"

"3백 파운드. 질문은 받지 않소. 1페니도 더 주지 않고."

"3백 파운드라고요?"

스태퍼드는 멍하니 되풀이했다.

"함정이 있는 거겠죠?"

"함정은 없소."

롤로는 쾌활한 어조로 말했다.

"내 친구는 아주 부자고 런던 사교계에 좋은 인상을 주겠다는 결심이 아주 대단하다오. 때가 오면 연락할 테니 잊지 말아요…… 쉬잇, 하는 걸."

롤로는 바깥문에 조각된 프리아포스처럼 입술에 손가락을 대고 젊은이를 비밀의 공모자로 만들었다.

스태퍼드는 끄덕이며 다시 친구들에게로 돌아갔다. 돌아선 롤로
는 루시언이 몇 발짝 떨어진 곳에서 몇몇 사람들과 대화하는 모습
을 보았다. 그는 눈치 채이지 않고 빠져나가려 했지만 루시언은 그
를 놓치지 않고 재미있다는 눈길을 슬쩍 던졌다.

"오늘 밤에는 부지런해 보이는군."

그는 낮고도 경쾌한 목소리로 조롱하듯 말했다.

"땅바닥에서 나는 소리라도 놓치지 않으려는 건가?"

"난 그저 여자들 때문에 온 거라네, 친구."

그는 시치미를 뚝 떼고 키득거렸다.

"자네 파티는 내가 마음껏 여자를 접할 수 있는 유일한 곳이거
든."

루시언은 껄껄대며 다른 곳으로 옮겨갔다.

"사냥 잘하게, 오르페우스."

"자네도."

롤로는 숭배하듯 몰려드는 손님들에게 인사를 던지며 어슬렁어
슬렁 사라지는 그의 모습을 지켜보았다.

롤로는 소풍 길에 늑대에게 들켰다가 기적적으로 무사히 풀려난
사람 같은 기분으로 긴 숨을 토해냈다. 이제 볼일을 마친 롤로는
술잔을 비운 다음 그 같은 뚱보라도 아랑곳하지 않을 만큼 곤드레
가 된 여자를 찾아 주위를 두리번거렸다.

루시언의 부하들이 마지막 낙오자까지 지하동굴에서 죄다 끌어
낸 것은 새벽녘이 다 되어서였다. 검은 외투 차림의 경비병들은 여
기저기 술에 취해 널브러져 있는 바보들을 끌어내 방으로 데려갔고
그동안 루시언은 감시실에서 두뇌 회전이 빠른 악동들이며 눈치 빠
른 매춘부들과 회의를 가졌다. 그들은 커피를 마시면서 소파나 의
자에 편하게 앉아 밤새 주워들은 소문 및 정보에 관해 의논과 입
씨름을 거듭했다.

루시언은 가슴 앞에 팔짱을 끼고 붉은 유리를 씌운 창가에 기대
선 채 부하들의 보고를 차례대로 들었다. 하지만 생각이 자꾸 앨리
스 몬테규 쪽으로 흐르면서 그에 수반한 욕망과 초조감 때문에 집
중하기가 꽤나 힘들었다.

감히 그의 키스를 지워버리다니, 어떻게 감히? 자기가 대단한 여
자라도 되는 줄 알고 있는 건가? 그리고 세상에, 대체 왜 그 여자
생각이 머릿속에서 떠나지 않는 것일까? 말이 되질 않았다. 그가,
루시언 나이트가 사슴 같은 눈망울을 한 자그마한 처녀에게 미친
듯이 끌리고 있다니. 그 아가씨는 까다로웠다. 캐로가 그녀의 고상
한 척하는 태도 때문에 미칠 뻔했다 해도 놀랄 일은 아니었다. 그
녀의 생색내는 듯한 말투가 아직까지도 그의 신경을 건드렸다.

그게 사랑이에요, 루시언. 사랑이란 그런 역할을 하죠.

사랑이라! 그는 경멸하듯 코웃음을 쳤다. 하지만 논리를 따르기
거부하는 그의 마음 한구석에서는 앨리스 몬테규가 조금은 두려웠
다. 그녀의 맑디맑은 시선과 투명할 정도로 솔직한 감정이 그의 냉
소적인 천성을 뒤흔들었다. 그는 오랫동안 참된 생활을 해 오지 못
했건만 그런 면에서 그녀는 정반대의 인물이었다.

그녀는 위험해, 위험하다는 건 그런 여자를 두고 말하지, 그는
생각했다. 여자들이란 무자비하기만 한 세상일에 대해 힘들게 얻어
낸 지혜를 위협하는 존재였다. 삶은 이상과 환상을 그에게서 싹 걷
어 가 버렸다. 하지만 그는 다시금 그런 환상을 믿게 만들어 줄 수
있는 누군가를 찾아낸다면 어떤 지급이라도 지불할 용의가 있었다.

하지만 그녀는 정말로 그렇게 숭고한 인간일까? 그는 속으로 코
웃음을 쳤다. 그런 인간이 있기나 하단 말인가? 사실은 아픈 곳을
찌른 그 아가씨에게 모욕을 주어 앙갚음을 할 생각도 어느 정도
있었다. 그녀가 뼛속 깊은 곳에서는 스스로의 상상과 달리 성인군
자가 아니라는 사실을 알려줄 참이었다.

그녀를 상처 입히고 싶온 마음은 없지만 결국 그는 그 천사표

아가씨 역시 다른 사람과 마찬가지로 잘못을 저지를 수 있는 존재일 뿐이란 것을 증명하기 위해 그녀에게 겁을 안겨줄 그릇밖에 되지 않는 인물이었다.

그녀에게서 떠돌던 순결한 분위기가 그의 양심을 자꾸 건드렸지만 그녀의 오만한 영역으로 기어올라 가려고 헛수고를 하는 것보다는 아예 그녀의 콧대를 팍 꺾어놓는 편이 한결 쉬울 터였다.

복잡한 생각이 그의 뇌리 한구석을 스쳤다. 만약 그녀를 시험에 들게 했는데 걸려들지 않는다면? 그녀 말대로 그가 틀렸다는 사실이 증명된다면?

방 안에서 터진 너털웃음 때문에 그는 상념에서 벗어났다. 다음 순간 마크가 오늘 밤 참석했던 다양한 스파이들의 목록을 그에게 건네주었다. 러시아, 오스트리아, 프로이센, 포르투갈, 그 외 기타 등등을 비롯해 영국의 동맹국 스파이들은 참석률이 뛰어났다. 루시언은 멍하니 목록을 살펴보면서 지금만이라도 앨리스 몬테규 생각을 몰아내기 위해 안간힘을 써댔다.

한마디로 요약해 소위 드래곤 기사단은 엘리자베스 1세 치하 때부터 발전을 거듭해 온 스파이 활동의 도구였다. 여왕의 충복이자 영국 스파이 역사의 창시자격인 월싱엄은 초대 카너선 후작과 개인적으로 친분을 갖고 있었다. 가운과 그 모든 신비스러운 엉터리 주문은 첩자 활동과 밀교를 적당히 뒤섞어 버무린 요소의 일부였다.

엉터리 밀교 의식은 반란자며 사기꾼이며 사교계의 반항아들을 불러모았다. 그리고 또 이런 사람들은 스파이를 불러모았다. 영리한 스파이는 죽이 맞는 한패거리를 찾으려면 낙오자와 불만 세력들을 뒤져야 한다는 사실을 알고 있었다.

애칭으로 동서남북이라 불리는 루시언의 부하들이 바로 이런 역할을 떠맡았고 물론 탤버트도 거기에 가세했다. 그들은 20대 중반으로 모두가 집안도 상당히 좋았다. 젊은 그들은 인파 속에 배치되어 지하동굴의 ¼씩을 담당하는 것만이 아니라 현명한 스파이가 뭔가 계책을 꾸밀 때 필요로 할 만한 정서 불안에 성질 급한 젊은 이 역을 연기했다.

젊은이들은 루시언에게 엄청나게 도움이 되었다. 왕실 직속 스파이를 양성하는 정식 훈련 과정 따위는 없었으므로 그는 바로 친아버지인 후작에게 배웠던 것처럼 전쟁 이후 자신이 아는 바를 그들에게 전수할 프로젝트를 구상했다.

그들은 젊고 아직도 이상을 품고 있었으므로 이 일에 보람 따위는 전혀 없다는 루시언의 경고를 흘려들었다. 그들이 이런 일을 하는 것은 끊임없이 아슬아슬한 줄타기를 하며 스릴과 모험 속에 살 수 있기 때문이었다.

"한 가지 더 있어요."

서쪽 구역을 담당하는 마크 스킵턴이 말했다.

루시언은 나오려는 하품을 참았다.

"뭐지?"

"러시아 황제의 첩자로부터 엿들은 게 하나 있어요. 그 작자 이름이 뭐였지요?"

"레오니도비치?"

"아, 그 사람이에요. 그 사람이 웬 오스트리아인에게 말하기를 클로드 바르두가 아직도 살아 있고 지금은 미국 쪽을 위해 일한다더군요."

루시언은 피가 싹 식는 것을 느끼며 마크를 응시했다. 루시언의 얼굴이 파리해지면서 순간 심장 고동이 멈추는 것만 같았다.

"살아 있어?"

루시언은 태연한 목소리를 내려고 고통스러울 정도로 용을 쓰며 억지로 입을 열었다.

"어떻게 그럴 수가 있었지?"

"레오니도비치 말로는 사실인지 아닌지는 모르겠다더군요."

마크는 무심하게 어깨를 으쓱하며 대꾸했다.

"하지만 듣자하니 파리 방화 사건을 저지른 것은 바르두 본인이라더군요. 자기가 죽은 것처럼 날조한 뒤에 미국으로 도망쳤다지요."

하느님 맙소사. 루시언에게 있어서 그 소식은 실제로 얻어맞는 것과 효과가 똑같았다. 동시에 아일랜드인인 패트릭 켈리의 풍상에 찌든 얼굴이 그의 눈앞을 마치 유령처럼 휙 스쳐 지나갔다. 그는 재빨리 시선을 떨구고 양손을 허리에 얹은 채 경악과 공포에 사로잡힌 자신의 반응을 숨기기 위해 동료들을 외면했다.

염병할, 바르두는 죽었다고 들었건만. 니폴레옹이 실각했을 때 살아남지 못했다고. 파리 방화 사건에 대해 들었을 때 루시언은 소장한 포트 와인 중 최상품으로 그 괴물의 사망에 축배를 들었었다. 유일하게 아쉬운 점이라면 자기 손으로 바르두를 처치하지 못한 것뿐이었다.

뒤에서 동쪽 구역 담당인 스튜어트 카일이 작은 소리로 휘파람을 불었다.

"바르두는 거의 전설이죠. 만약 그 자가 용병으로 전직해서 미국을 위해 봉사한다면……."

젊은이는 진저리를 쳤다.

"제롬 왕에 대한 반역죄 혐의로 베스트팔렌에서 개죽음 당한 상인 가족 얘기 기억나시죠?"

마크가 매서운 어조로 덧붙였다.

"바르두는 피바다에서 태어난 악마의 자식이에요."

"이제 그만."

탤버트가 딱 잘라 말했다.

"숙녀분들도 계시니까."

즉시 마크와 카일은 불안해하는 아가씨들에게 중얼중얼 사과했지만 루시언의 주의는 다른 곳에 쏠려 있었다. 뱃속에 묵직한 돌덩이가 얹힌 듯했고 식은땀이 전신에서 솟아났다. 손바닥의 땀을 허벅지에 닦은 그는 초조하게 방 안을 오가며 생각을 정리하려고 애썼다.

클로드 바르두, 트라이턴이라 알려진 프랑스 스파이는 스파이 조직의 우두머리인 푸셰의 오른팔이자 비밀 병기였다. 이 방의 젊은 이들은 모르는 일이었지만 루시언과 바르두 사이에는 깊은 사연이 있었다.

피로 얼룩진 사연이.

루시언은 대미언에게도, 캐슬리에게도, 아니 살아 있는 사람 중 그 어느 누구에게도 1년 반 전인 1813년 봄, 적의 손에 붙잡혀 고문을 당했던 얘기를 한 적이 없었다. 그는 바르두의 부하를 죄다 죽이고 탈출에 성공했으므로 지옥의 고문대 같았던 그의 고생을 현재 아는 사람은 딱 두 명뿐이었다. 그 고통을 안겨주었던 바르두와 그 고통을 견뎌냈던 루시언뿐.

루시언은 나중에야 알았지만 바르두는 눈에 띄는 상처를 내지 말라는 푸셰의 명령을 받고 교묘하게도 그의 영혼 가장 깊은 부분에 지워지지 않는 고통을 가했다. 루시언은 자신이 그때의 기억을 떨쳐 버렸다고 믿고 있었다. 특히 바르두가 죽었다는 소식을 들은 뒤에는 더더욱 그렇게 믿었다.

하지만 결국은 피상적인 일면에 불과했고 그 기억은 순식간에 악몽이 되어 눈앞에 떠올랐다.

맙소사, 패트릭!

그는 자제력을 잃지 않으려고 애쓰면서 생각했다.

만약 그 프랑스 놈이 정말로 살아 있다면 이제 내가 당신을 위해 복수를 해야겠군요.

어쩌면 미국은 이제 오합지졸이 된 나폴레옹의 스파이들이나 바르두처럼 영국을 공격하지 못해 환장한 진짜 광신도들이 갈 만한 유일한 피난처일 것이다.

2개월 전 영국군에 의해 거의 폐허가 된 미국의 새 수도 워싱턴

에는 포위 당한 상태에서도 매디슨 행정부가 버티고 있었으며 그들이라면 바르두의 무시무시한 기술을 지닌 부하들을 분명 환영할 터였다.

루시언은 딱딱한 대리석 가면을 쓴 듯한 얼굴로 부하들에게 돌아섰다. 막힘 없이 지시를 쏟아내는 그의 목소리는 낮은 불호령과 다를 바가 없었다.

"우선 그 진위를 가려내야 해. 카일, 손님용 건물로 가서 롤로 그린을 데려와. 미국인들 사이에서 뭔가 진행 중이라면 그 작자가 제대로 알고 있을 거야. 당근을 주면 입을 열 녀석이지."

"롤로 그린은 이미 떠났어요. 몇 시간 전에요. 퇴거 손님 명단을 보았거든요."

남쪽 구역 담당 로버트 젠킨스가 말했다.

루시언은 욕설을 뇌까렸다. 사리판단이 현명한 스파이는 꾀어내야만 은신처에서 나오는 사나운 들고양이와 흡사했다. 그들은 위치를 노출시키고 싶지 않을 때는 공기 중으로 홀연히 사라질 수 있었다. 특히 롤로 그린 같은 이중 스파이의 경우에는 자기들이 배신한 상대에게서 보복 당할 수도 있다는 끊임없는 공포 속에서 살아야 했으므로 더더욱 그랬다.

"말을 타고 가서 붙잡아 올까요? 그린은 런던으로 돌아가는 중일 테니 바스 행 길로 접어들었을 게 분명해요."

마크가 제안했다.

루시언은 오랫동안 궁리했다.

"그러게. 탤버트, 자네는 남아서 나와 함께 레오니도비치를 쥐어짜 보지. 나머지 넷은 계곡 밖으로 나가 보게. 하지만 웰스 로드까지 갔는데도 롤로 그린을 발견하지 못한다면 돌아오게. 덫일 수도 있거든."

"덫이라고요?"

마크가 어리둥절한지 물었다.

"자네들이야 스스로를 천하무적이라고 생각할지도 모르지만 만약 바르두가 근처에 있다면 그 자에게 절대 말려들어서는 안 돼. 어쨌든 앞으로 1주일 뒤에 다음 파티를 열 테니까, 만약 지금 그린을 찾지 못해도 그때 다시 보게 돼. 그때까지는 바르두가 부활했다는 소문에 대해 다른 정보원들을 쥐어짤 거야. 자, 그럼 가게."

그는 아가씨들 역시 내보내고 텔버트에게 레오니도비치를 데려오라고 지시한 다음 그를 사로잡는 악령들과 함께 혼자 감시실에 남겨졌다. 벼락맞을 염병할 클로드 바르두.

그는 자포자기한 눈빛으로 무거운 한숨을 토해 내며 자리에 앉았다. 생나무로 만든 탁자에 팔꿈치를 얹고 손끝으로 눈두덩을 지그시 문질렀다. 아아, 그때 일어났던 일들을 얼마나 잊고 싶었던가. 하지만 눈을 감으면 몇 주 동안이나 어둠과 고독 속에 갇혀 굶주림과 구타에 고통받았던 그 감옥이 떠올랐다.

더없이 독창적인 바르두의 고문으로 인해 입 안에 고였던 피 맛까지 느낄 수 있었다. 바르두는 루시언이 입을 열지 않자 어금니 두 개를 뽑았던 것이다. 하지만 육체적인 고통도 바르두가 마침내 패트릭 켈리라는 이름을 알아냈을 때 루시언이 느꼈던 수치심에 비하면 아무 것도 아니었다.

루시언은 고통스러운 죄의식으로 진저리를 쳤다. 죄의식은 마치 그의 영혼 중심부에 써레로 깊이 새겨진 것만 같았다. 미묘한 외교적 수완을 가르쳐 준 것은 아버지와 후작이었지만 그에게 스파이로서의 실전 기술을 전수해 준 것은 불굴의 아일랜드인이었던 켈리였다.

정신이 아득해질 정도로 고문을 받고 비몽사몽 지껄여 대던 가운데 루시언은 마침내 켈리의 소재지를 실토하고 말았다. 그가 겨우겨우 지하 감옥을 탈출했을 때에는 너무 늦은 뒤라 켈리에게 바르두의 추적에 대해 경고할 시간조차 없었다. 결국 그 이후 다시는 켈리의 모습도, 소식도 접할 수 없었다.

"경?"

눈을 뜬 그는 초점이 멍한 시선을 숨기려고 애쓰면서 살피듯 고개를 흘끔 돌렸다. 그의 부하 창녀 중 최고의 미모를 뽐내는 릴리가 유혹하는 자세로 벽에 기대 서 있었다.

"뭐 볼일이 있나?"

루시언은 냉담한 말투로 간신히 입을 열었다.

"혼란스러워 보이네요. 말벗이 필요할지도 모른다고 생각했어요."

그녀는 마녀의 눈길로 바라보며 가운 목선의 주름장식을 손끝으로 더듬었다. 그녀는 기대고 서 있던 자세를 곧추 세우더니 나른한 걸음걸이로 다가왔다.

그의 시선이 그녀 같은 부류로는 충족될 수 없는 엄청난 허기를 품고 그녀의 전신을 훑었다.

"릴리, 이 깜찍한 요부 같으니."

그는 고심해 지어낸 나른한 어조로 말했다.

"내가 일과 쾌락을 혼동하지 않는다는 건 알 텐데."

릴리가 그의 어깨에 한 손을 얹고 앞쪽으로 다가오자 그의 몸이 굳어졌다. 그는 무시무시한 분위기로 그녀의 얼굴을 쓱 훑어보았다.

그녀는 그의 목에 두 팔을 살짝 감았다.

"경, 경도 항상 하는 말이지만 규칙은 깨라고 있는 거예요."

"내가 정한 규칙일 경우에는 달라, 강아지."

"뭐가 수 틀렸는지는 모르지만 난 경의 기분을 돋워 줄 수 있어요. 경에게 필요한 건 누워서 내가 주는 즐거움을 누리는 것뿐이에요. 여기 일이 끝나면 경의 침실로 같이 가요."

릴리는 그의 뺨에 입맞추며 속삭였다.

"공짜 봉사라고요."

그녀는 반응 없이 돌덩이처럼 앉아만 있는 그의 목에 키스와 애무를 퍼붓기 시작했다. 그는 동요하며 눈을 감았다. 욕구 때문에 일어난 전율이 전신을 꿰뚫었지만 그의 머릿속에 가득한 것은 앨리스 몬테규뿐이었다.

그게 사랑이에요, 루시언. 사랑이란 그런 역할을 하죠.

　요즘 같은 세상에 대체 누가 사랑을 논한단 말인가. 아니 심지어 사랑을 믿는 사람이라도 있을까? 사랑이란 시인들의 몫이요 희망은 바보들의 몫이었다.

　릴리가 능란한 손길로 그의 바지 위를 훑어 내리자 그는 숨 넘어가는 소리를 냈고 육체도 즉시 반응을 보였지만 그의 마음은 절망으로 치달았다. 신이여, 도와주소서. 그는 이 제례의 무의미함과 공허함 속에서 허우적댔다. 더 이상 진행시킬 수는 없었다. 이 정도로는 더 이상 충분할 수가 없다는 느낌이 퍼뜩 들었다.

　그는 그녀의 팔을 움켜쥐고 두 손을 떼어 낸 다음 몸을 떨쳐냈다. 의자에서 일어난 그는 그녀에게서 떨어져 등을 돌린 채 붉은 유리를 입힌 창가 쪽으로 다가갔다.

　"난 런던에서 애인을 데려왔어."

　릴리는 대답하지 않았지만 그는 그녀의 분노와 실망을 느낄 수 있었다. 잠시 후 그는 그녀가 일어나 방에서 나가는 소리를 들었다. 치맛자락이 바스락거리는 소리와 비단 슬리퍼가 바닥에 파닥거리는 소리를. 그리고 그는 다시 혼자가 되었다.

　그는 슬픔에 잠긴 눈으로 붉은 유리창 너머의 우아한 기둥과 물이 조금씩 퐁퐁거리는 분수를 바라보았다. 그 물에는 영험한 치유력이 있다고 일컬어지고 있었지만 그에게는 아무런 효력도 없었다.

　그는 기슴 앞에 팔짱을 끼고 고개를 살짝 숙인 채 속으로 거칠게 자신을 다잡았다. 오늘 밤에 할 일이 아직 남아 있었다. 만약 오늘 밤 어떤 여자와 한 침대를 쓸 수 있다면 그 상대는 앨리스 몬테규가 될 것이다.

　당신을 사랑해 주는 사람이 있나요, 루시언? 그것이 그녀의 질문이었다. 꼴사나운 질문도 다 있지. 아무도 없소, 앨리스. 그의 무거운 한숨이 침묵 속에 메이리쳤다. 나에 대해 제대로 아는 사람조차

없는 걸.

탤버트가 돌아오자 루시언은 함께 레오니도비치에게 캐물었지만 아무 소득도 없었다. 그들이 심문을 마쳤을 때 마크와 동료들 역시 빈손으로 돌아왔다.

롤로 그린은 그들의 추적망을 빠져나간 것이다. 일이 끝나고 새벽이 되자 다들 뿔뿔이 흩어졌다. 젊은이들은 마구간 건물 옆에 군대 막사식으로 지어놓은 창고 숙소로 향했고 녹초가 된 루시언은 겨우 지하동굴을 떠나 다들 잠든 괴괴한 저택으로 돌아갔다.

우아하고 커다란 침실로 들어선 그는 동쪽으로 난 창문 앞을 지나가며 셔츠를 벗어 던졌다. 푸른빛이 감도는 연회색 여명 속에서 옷을 벗은 그는 침대에 누웠다. 너무 지쳐서 이불을 덮을 기력도 없었다. 아침이 되기 전까지 적어도 두어 시간은 쉬겠다고 단단히 마음을 먹었지만 눈을 감자마자 클로드 바르두의 추악한 얼굴이 나타났다.

때로는 패트릭 켈리의 껄껄 웃는 얼굴도 그 자리를 대신했다. 그는 젊고 싱그러운 앨리스 몬테규의 생각으로 고통스러운 두 영상을 몰아내려고 했다.

그녀의 수줍은 듯, 못 믿겠다는 듯한 미소는 좀처럼 떠오르지 않았다. 그렇기 때문에 한결 더 소중했다. 그리고 지금도 그 미소는 그를 매혹시켰다. 그녀에게는 그를 편안하게 만드는 건전함과 소박함이 있었다.

침대에 누워 있자니 그의 뇌리에 사악한 영감이 떠오르면서 시시각각으로 점점 형태를 뚜렷이 갖춰갔다. 천장을 빤히 응시하던 그의 눈이 커졌고 다음 순간 그는 돌연 일어나 앉았다. 생각만 해도 심장이 두근거렸다.

아니, 옳지 않은 짓이다. 부도덕하고 터무니없는 흉계였다. 하지만 이런 흉계 따위 그에게는 새삼스러울 것도 없었다. 굶주린 사람이 성찬을 마다할 수 있을까?

앨리스는 화를 낼 것이다. 마음에 들어하지 않겠지만 그건 그녀가 자초한 결과다. 그의 사악한 면이 이런 식으로 합리화를 시켰다. 애초에 자기 자리도 아닌 곳에 제 발로 밀고 들어온 것은 그녀였다. 그녀는 그의 집에, 그의 삶에 억지로 끼어들었으니 만큼 이제 그가 만족을 채우기 전에는 빠져나갈 수가 없었다.

그녀는 분명 동이 트자마자 떠날 계획을 세웠겠지만 그는 절대 그녀를 그냥 보내지 않을 작정이었다. 아마도 그가 둘.사이에 느끼는 신비스러운 유대의 끈은 아무 것도 아닐 수도 있지만, 어쩌면 모든 것에 대한 해답일 수도 있었다.

다시 베개를 베고 누운 그는 골똘히 생각에 잠긴 얼굴을 침실 창문 쪽으로 돌려 지평선에 희미한 여명이 감도는 광경을 지켜보았다. 그는 바로 그녀의 머리색과 흡사한 불꽃같은 금빛 일출을 머릿속에 그려보았다.

·

4

앨리스는 약에 취한 것처럼 꿈도 꾸지 않고 늘어지게 오래오래 잤다. 한나절을 자고 깨어나 보니 라벤더 향기가 감도는 침상에 얌전히 누워 있었다. 낯선 방이었다.

놀란 그녀는 팔꿈치로 상반신을 일으켜 세웠다. 순간적으로 자신이 어디 있는지를 잊었다가 다음 순간 전부 기억해 냈다. 그녀는 신음하며 다시 누워 베개에 얼굴을 묻었다.

루시언. 뇌리에 맨 처음 떠오른 것은 그였지만 그녀는 은빛 눈의 악마 생각을 머릿속에서 독하게 몰아냈다. 루시언 따위, 아니 그뿐만 아니라 어젯밤 일과 지하동굴의 타락상에 대해서는 생각도 하고 싶지 않았다. 이제 날이 밝았으니 글렌우드 파크로 날 듯이 돌아가서 그런 일이 있었다는 자체조차 잊어버릴 작정이었다.

하지만 맙소사, 오늘 펼쳐질 일들을 생각해 보면 끔찍하기만 했다. 앞으로 열다섯 시간을 마차의 밀폐된 공간 안에서 독이 잔뜩 오른 올케와 보내야 한다니 생각만 해도 등골이 오싹했다.

창 밖에서 시끄럽게 쩔렁거리는 소리가 들려 왔으므로 그녀는 무슨 일인지 알아보려고 침상이 높은 침대에서 일어나 미끄러지듯 내려왔다. 커튼 사이로 내다보니 손님들의 마차 몇 대가 질풍 같은 속력으로 요란하게 레벨 코트를 줄줄이 떠나가고 있었다.

그녀는 방 안쪽으로 홱 돌아섰다. 지금 몇 시람? 그녀는 미친 듯이 머리를 굴렸다. 지하동굴에서 농탕질을 하던 그 사람들이 벌써 일어나서 돌아다니고 있다면 이미 해가 중천임이 분명했다. 벽난로 선반의 시계가 그녀의 깨달음에 못을 박았다.

· 열한 시! 그녀는 시계를 보고 신음했다. 이제 그녀와 캐로, 하인들 모두 늦게 출발할 수밖에 없었다. 다시금 그들은 여행의 마지막 끝 무렵을 어둠 속에서 마쳐야만 할 지경이었다.

하지만 적어도 집으로 가는 길이니 만큼 '서머싯의 구릉지대보다는 한결 익숙할 것이다.

그녀는 서둘러 서랍장 쪽으로 다가가 도자기 대야에 물을 부었다. 그 와중에도 루시언 생각이 끊임없이 뇌리를 파고들었다. 그녀는 정신이 번쩍 들만큼 차가운 물로 세수를 하며 루시언에 대해서는 잊어버리자고 다짐했다.

그는 교활하고 위험한 악인이었다. 도대체 종잡을 수조차 없는 남자였지만 어쨌든 그녀가 듣던 바처럼 젠체하는 외교관과는 전혀 달랐다. 그는 호랑이처럼 사납고 독사처럼 잽쌌으며 여우처럼 교활했다. 그리고 마음만 먹으면 그 누구도 거부할 수 없을 정도로 매력덩어리 그 자체가 될 수도 있었다.

물 몇 방울이 그녀의 목을 관능적으로 타고 내려가 가슴 골짜기 사이로 흐르자 그녀는 진저리를 치면서도 계속 손을 멈추지 않은 채 얼굴과 가슴을 수건으로 닦았다.

그녀는 챙겨 온 새 속옷과 스타킹을 착용했다. 얇은 흰색 스타킹을 돌돌 말아올려 양말대님에 고정시키려니 허벅지 위쪽으로 그의 손이 능숙하게 타고 올라오던 흥분된 기억이 번득 떠올랐지만 무시하려고 노력했다.

무슨 생각을 하는 거야! 그녀는 가엾은 해리만을 생각하려고 애써 최선을 다했다. 집에서 그녀가 돌아오기만을 학수고대할 꼬마를.

그녀는 짙푸른 여행용 드레스로 갈아입기 위해 다시 한 번 자리를 떨치고 일어나면서 루시언과 앞으로 사교계에서 결코 마주치는 일이 없기를 빌었다. 특히 이번 시즌에는. 그때면 그녀도 스물두 살이니 사실 미혼의 아가씨로서 마지막 기회였다. 즉 오랫동안 기다려 준 구혼자들 가운데 최종적으로 남편감을 고를 때가 되었다는 의미였다.

이런!

그녀는 갑자기 얼굴을 찡그리며 멈춰 섰다. 어젯밤 루시언이 그녀의 질문을 역이용해 그녀를 사랑해 주는 사람이 있느냐고 질문을 던졌을 때에는 구혼자들에 대해 까맣게 잊고 있었다.

불행하게도 그녀는 그때 왜 그들의 존재를 잊고 있었는지 알고 있었다. 루시언과 나란히 놓고 보면 구혼자들은 빛 바랜 투명인간 같았기 때문이었다.

그녀에게 구혼한 세 남자는 성격이 서글서글했고, 젊고 성실하며 좋은 집안 출신에 전망도 괜찮은 신사였다. 모두가 그녀의 데뷔 이래로 흘러간 네 번의 시즌 동안 그녀에게 정석대로 정중하고도 예의바르게 구애했다.

로저는 똑똑했고, 탐은 용감했으며, 프레디는 재미있었다. 하지만 앨리스의 마음속 깊은 곳에서는 그런 미덕을 한 사람이 모두 다 갖추고 있다면, 아니 그 이상의 장점까지 갖추고 있다면 좋겠다는 소망이 있었다.

고맙게도 그들은 그녀에게 끈기 있게 구애했고 그녀가 마음을 정할 때까지 오래도록 기다려 주었다. 하지만 문제는 구혼자들에 대한 그녀의 미적지근한 반응만이 아니었다. 캐로가 지금처럼 개념 없고 무책임한 엄마 노릇을 한다면 해리를 남겨 두고 떠날 수가 없다는 사실 쪽이 더 큰 그림자를 불길하게 드리우고 있었다.

그녀는 조카를 하인들의 손에 무턱대고 방치해 둘 수 없었다. 페그와 다른 하인들이 아무리 솜씨 좋고 선량하다지만 그것과는 별개의 문제였다.

사람이란 가족이 주위에 있어야 제대로 자라날 수 있는 법이다. 이는 그녀 자신의 경험에서 우러나온 깨달음이었다. 그렇기 때문에 만약 캐로가 앞으로도 아들에게 제대로 된 엄마 노릇을 하지 않는다면 앨리스는 언제까지라도 글렌우드 파크를 떠나 다른 곳으로 시집갈 수 없었다.

그녀는 꽃병의 시든 꽃 신세로 생을 마감할 것이고 자기 아이를 낳아 귀여워할 수도 없을 터였다. 답답한 듯 한숨을 쉬며 그녀는 거울 앞 의자에 털썩 앉았다.

그리고는 머리를 시원하게 위로 틀어 올려 핀을 꽂고 곱슬머리 몇 가닥을 목 주위에 늘어뜨렸다.

바로 그때 문을 두드리는 소리가 들렸다. 그녀는 거울 속으로 문 쪽을 흘끔 바라보았다.

"들어와요!"

그녀의 말이 떨어지자 문이 열리면서 통통하고 명랑해 보이는 하녀가 아침식사 쟁반을 들고 들어왔다.

은으로 된 뚜껑을 열자 입에 군침을 돌게 하는 과자빵이며 갖가지 잼과 벌꿀이 딸린 토스트, 과일, 두툼한 제더 치즈 등 다양한 음식이 들어 있었다.

은식기 옆에 살짝 놓여 있는 분홍 장미 한 송이를 보고 그녀는 호기심과 기쁨으로 눈을 휘둥그레 떴다. 가시 돋친 줄기 아래에는 삼등분으로 접어 빨간 밀랍으로 봉한 리넨 종이가 있었다.

그녀는 하녀가 차를 따라 주는 동안 선뜻 종이를 집었다. 봉인을 뜯고 약간 떨리는 손으로 종이를 펴서 읽자니 그윽하고 노랫소리처럼 듣기 좋으면서도 너무나 태연하고 유혹적인 그의 목소리가 머릿속에 들려왔다.

잘 잤소, 앨리스. 시간이 나면 곧장 서재로 와요.

당신의 종
L.X.K.

명령이군! 홍, 왜 진작에 몰랐을까. 그녀는 그의 독단적인 태도에 분개했지만 다시금 그를 본다는 생각을 하니 현기증이 났다. 그 전갈을 다섯 번이나 거듭 읽었다.

그녀의 심장이 공포와 흥분으로 두방망이질 쳤다. 지금에 와서 왜 보자는 걸까? 그녀는 당당해지려고 애썼다. 아니, 그보다 만나자는 얘기에 왜 경계심을 품어야 하지?

이렇게 되고 보니 배를 든든히 채울 가능성은 싹 사라졌다. 얇은 토스트 한 조각에 잼을 발라 억지로 넘긴 것이 고작이었다. 솔직히 말하자면 루시언을 마지막으로 한 번 더 본다고 생각하니 강한 호기심이 일었다. 아마 그는 지난밤 그녀에게 그런 충격적인 접근을 한 것을 두고 사과하려는지도 몰랐다. 아니면 그저 다시 한 번 시도해 볼 속셈인지도.

그녀는 쓴웃음을 살짝 머금었다. 뭐 루시언에게 잠시나마 장단을 맞춰 준다 해서 해가 될 것은 없겠지. 어차피 그녀는 떠날 몸이었다. 사실 겁쟁이처럼 그의 눈을 피해 숨는다는 것은 그녀의 자존심이 용납하지 않았다.

몇 분 뒤 그녀는 하녀의 안내를 받아 미로처럼 얽힌 2층 복도를 지나 중앙계단에 이르렀다. 저택 현관에서 시끌벅적 부산스럽게 떠나가는 손님들의 무리를 초대 카너선 후작의 초상화가 액자 속에서 훔쳐보고 있었다.

앨리스가 하녀를 따라 조용한 복도로 접어들자 시끌벅적한 소음이 저 멀리 희미해졌다. 대낮에 보니 레벨 코트의 호화로운 엘리자베스 풍 실내 장식은 눈이 부실 정도였다. 햇살이 마름모꼴 창문으로 흘러 들어와 고색창연하지만 품위 있는 묵직한 정방형의 가구들 위에서 춤을 추었다. 사슴을 쫓고 매 사냥을 하는 내용의 낡았지만 푹신한 태피스트리 역시 햇살 덕에 따스했다.

파스텔톤의 방과 편안한 소파로 장식된 글렌우드 파크가 느긋하고 쾌적하고 밝은 느낌이라면, 이곳은 엄격하고 남성적인 분위기로 완전 딴 세계였다. 그러나 루시언의 집은 튼튼해서 편안한 느낌을 주었다.

그녀는 이 집에 풍기는 냄새—가죽 냄새며 윤나는 짙은 빛 목재에서 풍기는 밀랍 냄새, 신사의 파이프에서 날 법한 희미하게 톡 쏘는 듯한 담배 냄새—가 좋았다. 하녀가 중앙 복도 맨 끝의 닫힌 방문 앞에서 멈춰 섰다.

"여기가 서재입니다, 아가씨."

하녀는 살짝 허리 숙여 절을 하며 중얼거렸다.

"고마워요."

앨리스는 고개를 끄덕이고는 문을 열려 했다. 하지만 지난밤에 얻은 교훈 덕에, 초대받지 않은 곳에 발을 들여놓았다는 것을 상기하고는 용기를 내어 노크했다.

"들어와요!"

루시언의 힘찬 목소리가 대답하자 그녀의 심장이 덜컹했다.

그녀는 어깨를 꼿꼿이 펴고 문을 열었다. 방 제일 안쪽에 있는 그의 모습이 즉시 눈에 들어왔다. 창가의 책장에 편하게 기대 서서 얇은 가죽 표지의 책을 읽는 그의 칠흑 같은 검은머리에 아침 햇살이 반짝였다. 그 머리칼은 아침 몸단장 때문에 아직도 젖어 있었다.

그는 펼친 책 위로 고개를 숙인 채 그녀가 들어왔는데도 눈길을 들지 않았다. 순간적으로 그녀는 책을 쥔 그의 손길에, 손끝이 새끼염소 가죽 표지를 살짝 애무하는 듯한 그 모습에 한눈을 팔았다.

그는 훌륭한 손을 가지고 있었다. 큼직하고 남자다우며 힘이 넘쳐나지만 한편 형언할 수 없을 정도로 우아한 손이었다. 그녀는 그 부드럽고 따스한 손이 치마 아래로 미끄러져 올라오던 오싹하면서도 감미로운 추억을 더듬어 보았다.

"날 보고 싶어했다고요, 경?"

그녀는 문의 빗장을 놓지 않은 채 일부러 정중한 어조로 물었다.

"내게로 와서 연인이 되시오.
그리하면 우리는 새로운 쾌락을 낚아 올리리다.
황금빛 모래와 수정의 개울 속에서
실크의 낚싯줄과 은의 바늘로 말이오."

앨리스는 놀라서 눈을 깜박였다.

"뭐라고 했죠?"

그는 그녀의 경계심을 풀어 버릴 듯한 다소 교활한 웃음을 지으며 낮고도 주문 같은 목소리로 계속해서 읊었다.

"그곳에는 강물이 속삭이며 흐를 것이오.
햇빛보다도 따사로운 그대의 눈길로 따스해진 강물이
그리고 그곳에는 사랑에 눈먼 물고기가 살 것이오.
자기 몸을 바치겠다고 간청하면서

그대가 그 생기발랄한 물 속을 헤엄친다면
강바닥의 모든 물고기가 하나도 남김없이
요염한 자태로 헤엄쳐 올 것이오.
낚이는 것보다 그대를 낚는 것이 더욱 기뻐서."

그녀의 볼에는 그가 보냈던 장미에 못지 않은 진한 홍조가 감돌기 시작했지만 그녀는 일부러 눈썹을 치켜 뜨고 그를 쳐다보았다.

이 남자는 정말이지 이런 정도로 그녀가 넘어올 줄 알았단 말인가? 말도 안 돼!

"문 닫아요, 앨리스."

눈썹을 치켜 뜨고 선웃음을 치며 그 말에 따른 그녀는 양손을 등 뒤로 돌린 다음 계속 낭송 중인 그에게로 조심스럽게 다가갔다.

"만약 그대가 해와 달 앞에 모습을 내놓기 싫다면
그대는 해와 달의 빛을 모두 앗아버리겠지요.
만약 내가 그대를 볼 수 있도록 허락을 받는다면
나는 그들의 빛이 필요 없다오. 그대가 있음으로 해서."

"앤드루 마블인가요?"

"아니오."

"크리스토퍼 말로?"

"무식한 아가씨. 존 단이라오. 〈미끼〉라는 시지. 계속해도 좋겠소?"

그는 짐짓 곤란하다는 듯 물었다.

"좋다마다요."

그녀 역시 짐짓 엄숙하게 대꾸했다. 그는 아당에 비열한 작자였지만 나름내로는 정말이지 재미있는 구석도 있었다.

"남들 따위 낚싯줄에 휘감기고
조가비와 잡초에 발이 묶이게 합시다.
혹은 가엾은 변덕쟁이 물고기 따위
목을 죄어 오는 덫이나 그물의 창살에 갇히게 합시다."

"그물의 창살."
그는 고개를 절레절레 저으며 되풀이했다.
"이거 절묘하군."
"괜찮네요."
그녀는 시인했다. 그의 옆으로 조심스레 다가간 앨리스는 시집을
들여다보며 다음 부분을 소리내어 읽었다.

"진흙 둥지에서 뻔뻔하고도 난폭하게 손이 튀어나와
둔덕에서 잠자던 물고기를 잡아채게 합시다.
혹은 호기심 많은 배신자, 풀솜 파리들이
가엾은 물고기들의 방황하는 눈을 매혹하게 합시다."

"그대로 말하자면."

그는 꾸짖듯 그녀를 곁눈질하며 중간에 끼어들었다.

"그대에게는 그런 책략이 필요 없소.
왜냐하면 그대야말로 그대 자신의 미끼이니까.
그 미끼에도 잡히지 않는 그 물고기는
아아, 나보다 훨씬 현명하구려."

그녀가 미소지으며 책에서 눈을 떼어 그를 바라본 순간 그도 그
녀를 빤히 쳐다보고 있었다. 그의 은빛 눈이 산들바람으로 흐트러
진 호수의 수면처럼 광채를 내고 있었다. 그녀는 그의 시선을 마주
보았다. 그와 너무 딱 붙어 서 있다는 것도 아랑곳없었다. 그의 몸
에서 생생하게 풍기는 온기며, 압도적인 흡인력이 직격탄처럼 쏟아
지는 것을 느낄 수 있을 정도로 가까운 거리였다. 숨을 죽이고 있
다는 것도 깨닫지 못하고 있던 그녀는 그가 시집을 탁 덮는 소리

에 깜짝 놀라고 말았다.

그는 그녀의 손을 들어올려 손등에 정중하게 입맞췄다.

"앨리스."

그는 느긋하게 환영하는 태도로 입을 열었다.

"편히 쉬었으리라 믿소."

그는 그녀의 손을 당겨 자신의 팔에 끼우더니 창가에서 물러나 소파 쪽으로 다가갔다.

"충분히 쉬었어요. 고마워요."

그녀는 빨라지는 심장 고동과 더불어 그가 부적절한 접근을 다시금 시도하려 하지 않는 데 대한 희미한 실망감을 느끼자 스스로를 꾸짖었다.

"경은요?"

"루시언이라고 불러요."

그는 친밀한 미소를 살짝 머금으며 호칭을 정정해 주었다.

"격식을 차릴 단계는 지났다고 믿으니까. 앉지 않겠소?"

"고마워요."

그녀를 성이 아니라 이름으로 부르는 것은 전혀 적절치 못하다고 말해 줘봤자 쓸모 없어 보였다. 어차피 그런 호칭이 문제가 될 때까지 머무르지도 않을 터였고, 사정만 허락한다면 다시는 서로 얼굴을 맞댈 일도 없을 테니까 말이다.

그 생각을 하자 묘하게 쓸쓸해졌다.

그녀는 소파 가장자리에 불안정하게 앉았고 그동안 그는 모닝코트 뒷자락을 정리하며 그녀의 맞은편에 자리를 잡았다. 그는 피곤한 듯 고개를 젖혀 높은 가죽 등받이에 기대더니 그녀를 곰곰이 뜯어보았다.

그녀는 시선을 외면하며 위험한 남자와 단둘이 있다는 사실을 새삼 자신에게 일깨웠다. 그녀에게서 눈을 떼지 않을 샤프롱도 하녀도, 심지어 캐로조차도 없었다. 런던에서라면 이보다 더한 일로도 아가씨들의 평판이 무너지겠지만 분명 그녀는 지금 상식적인 규범이 더 이상 적용되지 않는 루시언의 세계에 있었다.

"날 만나고 싶었다고요?"

그녀는 운을 떼었다.

"그렇소."

그는 주먹으로 턱을 괴고 그녀에게 웃어 보였다.

그녀는 새침한 표정으로 그가 만남의 목적을 털어놓기를 기다렸지만 그는 그저 바라만 볼 뿐이었다.

"그래서요?"

그는 대답 없이 그저 그녀에게 미소만 지으며, 매력적인 입가를 손가락으로 가린 채 한쪽 팔꿈치를 의자 팔걸이에 얹고 있었다. 그의 시선 앞에서 그녀의 침착이 흐트러졌다. 그녀는 재빨리 시선을 피했다. 심장이 두근반 세근반 했다. 뭐 이런 무례한 짐승 같은 작자가 있을까.

"경, 빤히 보고 있군요."

"용서하시오."

그는 늘씬한 다리를 앞으로 쭉 뻗으며 장화 발을 엇갈려 꼬았다.

"왠지 당신은 내가 기억하고 있던 것보다 훨씬 더 육감적이고 유혹적이군."

그녀는 몸을 굳히며 새침하니 턱을 들었지만 볼에는 뜨거운 홍조가 확 퍼졌다.

"그것 때문에 만나고 싶어한 건가요? 괜찮으시다면 난 좀 바빠서 이만."

"당신에게 흥미가 생겼소, 앨리스. 그래서 우리 만남을 더 발전시키고 싶군."

그녀의 심장이 크게 요동쳤다. 그녀는 그를 응시하다가 다음 순간 고개를 떨궜다.

"경, 삼가 말씀드리지만 그건 불가능해요."

"잔인한 아가씨!"

그는 온화한 목소리로 탄성을 질렀지만 털끝만큼도 놀란 말투는 아니었다.

"대체 왜 안 되지?"

그녀는 제압하는 시선으로 그를 보았다.

"정말 꼭 물을 필요까지 있을까요?"

"우리가 서로에게 지극히 이끌리고 있다는 사실을 부인할 셈이오?"

그가 뻔뻔스러운 질문을 너무나 태연하게 던졌으므로 그녀는 거의 말문이 막힐 지경이었다.

"내 올케를 유혹해 놓고 나까지 무너뜨릴 수 있을 거라고 생각하다니! 아무리 상상이라도 그런 일이 가능할 것 같나요?"

"당신은 정말로 저항할 수 있을 것 같소?"

그는 은빛 눈을 사악하게 번득이며 되물었다.

그녀는 콧구멍을 벌름거리며 날카롭게 숨을 삼켰다. 당당하게 이 자리를 뜨기 위해 벌떡 일어났지만 그의 손이 총알처럼 날아와 그녀의 손목을 붙들었다. 그녀는 발끈해서 그에게로 돌아섰다.

"놔줘요! 괜찮은 사람일지도 모른다고 생각하자마자 당신은 내게 아주 벼락같은 충격을 다시 주는군요! 경, 당신은 지나쳐요! 당신이 한 말이나 삶의 방식 모두…… 당신은 괘씸하고 무례하고…… 나빠요!"

"알아요, 알고 있소. 그러니 내게 도움이 필요하다는 걸 모르겠소, 천사 아가씨? 분명 이 나라에서 최고로 엄격한 천사표 아가씨라면 날 갱생시킬 수 있을지도 모르지."

"당신을 갱생시킨다고요! 당신이 날 그저 갖고 놀기 위해 이리로 불러온 거라면 내가 당신하고는 어떤 관련도 맺고 싶어하지 않는다는 걸 알려 드리죠. 정말이지……."

그녀는 손을 홱 빼려 했지만 힘주어 잡아당길수록 그의 완력에도 더욱 끈기가 붙었다.

"만약 우리가 남들 앞에서 얼굴을 맞댈 일이 있다면 난 당신을 딱 잘라 무시할 거예요!"

"더없이 준엄한 벌칙으로 나를 위협하는구려."

그의 말투는 엄숙했지만 눈은 다이아몬드처럼 찬연한 광채를 뿜고 있었다.

"분명 난 갱생의 길을 걸을 필요가 있겠군. 하지만 무슨 수로? 기다려요…… 묘안이 떠올랐소."

"왜 그 말이 별로 놀랍지가 않을까요?"

그녀는 톡 쏘아붙였다.

그는 짐짓 성실해 보이는 시선을 위로 향하며 몸을 앞으로 내밀었다.

"아마 당신의 선량함이라면 내 죄를 씻어 낼 수 있을 거요. 아마 당신의 영향력이라면 나를 변화시키는 데 도움을 줄지도 모르지. 당신은 어젯밤 뭐라고 했지? 사랑에 대해서 말하지 않았소?"

"당신이 내 면전에서 내 말을 그대로 악용할 수준밖에 안 된다는 걸 왜 진작 몰랐을까요."

"당신이 어제 했던 말은 사실이었지. 그렇지 않소? 날 구해 주고 싶지 않소, 앨리스? 여자들은 항상 날 구해 주려 하지. 물론 여태껏 어느 누구도 성공한 적은 없지만. 난 당신이 한번 시도해 보겠다는 관심이라도 가져 주길 바라오."

그녀는 쌀쌀맞은 눈초리로 그를 보았다.

"그거 아주 근사하고도, 독창적인 아첨이로군요, 루시퍼 경. 하지만 난 바보가 아니에요. 당신은 변화를 원치 않아요. 그리고 사랑에 관해서라면 차라리 호수의 백조나 숲 속의 늑대들 쪽이 당신보다는 더 잘 알고 있을 거예요. 당신이 아무리 똑똑하다 해도 말이죠. 자아, 이제 실례하겠으니……."

"당신을 위해서 딴 사람이 되겠소. 당신이 내게 믿음을 주기만

한다면, 당신이 내게 선하게 살아야 하는 이유를 제시할 수만 있다면 말이오."

그는 그녀의 손을 매끈하니 면도한 볼에 지그시 갖다 댔다.

"가르쳐 주오, 앨리스. 난 열린 마음을 지녔다오. 당신도 그렇소?"

그녀는 위태롭게 동요하면서 그의 시선을 마주보았다.

"날 이렇게 가지고 놀다니 잔인하군요."

그녀는 간신히 말을 쥐어짰다.

"난 진심이라오."

그의 강렬한 눈빛에 그녀는 슬슬 겁이 나려 했다. 그녀는 손을 잡아 빼려 했지만 그의 손아귀 힘은 끄떡도 없었다. 그는 얼굴을 살짝 돌려 그녀의 손바닥에 입술을 갖다 대며 속눈썹이 길다란 눈을 감았다.

"내가 당신에게 빈손으로 왔다고는 생각지 마오. 난 정말로 당신을 돕고 싶다오, 앨리스."

그는 눈을 뜨고 부드러운 눈길로 그녀를 보았다.

"당신은 너무 어려서 깨닫지 못했겠지만 난 당신에게 무슨 일이 일어나고 있는지 알고 있소."

"안다고요?"

그녀는 그의 그윽하고도 수정처럼 영롱한 눈을 거북한 듯 응시했다.

"여태껏 수백 번이나 보았으니까. 다들 당신을 다른 사람들과 똑같은 판박이로 만들려 하지만 난 당신을 보호할 수 있소. 당신의 맑고 아름다운 영혼을 말이오. 당신은 새장에 갇혀 있지만 그 사실조차 모르지. 하지만 난 당신을 자유로이 풀어 줄 수 있소. 당신을 내 날개 아래 보듬어 보호하겠소. 당신만 허락한다면 그들을 따돌릴 방법을 가르쳐 주겠소. 그들이 당신을 리본과 프랑스제 비단으로 휘감아 예쁘장한 빈껍질로 타락시켜 버리도록 방관하지 않겠소.

당신은 그런 운명을 겪기에는 너무나 사랑스런 사람이니까."

그의 부드러운 말에 그녀는 동요했다. 마치 그는 그녀의 영혼을 들여다보고 그녀의 마음을 콕 집어내 읽은 것만 같았다. 그녀는 최면술에 걸린 듯 멍하니 그를 응시했다.

"내가 어떻게 하기를 바라는 거죠?"

"당신이 원하는 것과 똑같소, 귀여운 사람."

그는 부드럽게 안심시키듯 그녀의 손을 어루만졌다.

"우리 둘은 그저 있는 그대로의 우리를 받아들여 줄 사람을 원했던 거요."

"당신은 대체 누구죠, 루시언?"

그녀는 떨리는 목소리로 속삭였다.

"나와 같이 지내면서 직접 알아봐요."

"흥, 이럴 줄 알았지!"

문 쪽에서 사나운 고함 소리가 나는 바람에 두 사람은 퍼뜩 놀랐다.

"캐로!"

앨리스는 가볍게 잡혀 있던 루시언의 손에서 자기 손을 와락 빼냈다. 볼이 완전 홍당무가 되는 것이 느껴졌다. 그녀는 뭐가 뭔지 모르는 심정으로 루시언을 흘끔 바라보았다. 심장이 마구 두근두근거렸다.

그는 차분하게 그녀를 지켜보고 있었다.

"아아, 앨리스. 나도 이이가 부르기에 왔어. 하지만 내가 방해한 게 아니어야 할 텐데."

캐로의 말에서는 악의가 넘쳤다. 머리카락 하나 흐트러진 데 없이 완벽하고 우아하게 몸치장을 한 남작부인은 천천히 서재로 들어왔다. 하지만 그 눈에는 핏발이 서 있었고 덕지덕지 발라 댄 연지도 파리한 얼굴색을 숨겨 주지는 못했다.

"나야 두 분이 은밀한 만남을 끝낸 다음에 와도 좋지만 지금 우리 아들이 기다리고 있어서요. 앨리스, 갈 준비는 됐지?"

"가야죠……."

"그렇게 급작스럽게는 안 되지, 아가씨."

루시언은 자리에서 일어나며 얼굴에 나타났던 감정을 오만과 냉정의 가면 뒤에 자연스레 없애 버렸다. 그의 은빛 눈은 거울처럼 완벽하게 생각을 감추고 말았다.

"레이디 글렌우드, 이리 와서 앉으십시오. 진지하게 의논할 문제가 있어 두 분을 오시라 한 것이오."

올케가 루시언의 부름을 받고 서재로 온 건 정말인가 보지? 앨리스는 자신을 내버려두고 남작부인 쪽으로 성큼성큼 다가가는 루시언을 따라 고개를 돌렸다.

"아아, 그래. 내가 보기에도 엄청나게 진지해 보이네."

캐로는 중얼거렸다.

"그 헛바닥일랑 얌전하게 간수하는 편이 좋을 겁니다, 마담."

그는 남작부인의 팔꿈치를 잡더니 억지로 끌고 와 소파 맞은편의 의자에 앉혔다.

캐로는 앉으며 오만하게 경고하는 눈초리로 앨리스를 흘끔 쳐다보았다. 그러더니 팔꿈치를 의자 팔걸이에 괴고 이마를 손끝으로 짚었다. 광란의 밤을 보낸 여파로 괴로워하는 사람의 전형적인 초상이었다. 그래도 싸요, 앨리스는 반항기가 번득이는 눈으로 대꾸하듯 올케를 쳐다보았다.

"몬테규 양, 부디 앉아 주시오."

두 여자 사이에 서 있던 루시언은 턱을 높이 들고 어깨를 반듯이 폈다.

"급하게 떠나셔야 한다는 두 분 심정은 아오. 그러니 짧게 말하지요."

악마 같은 웃음기가 그의 입가에 감돌았다. 그는 돌아서서 근처의 체스 테이블 쪽으로 태평하게 다가갔다.

"난 요즘 들어 말동무가 필요하다는 것을 절실히 느끼고 있소. 그래서 얼마 동안 그 문제를 생각해 본 결과 한 가지 결론에 도달했다오."

그는 고개를 갸웃하고 체스판을 한동안 살펴보더니 다음 순간 흑의 나이트를 움직여 백의 퀸을 잡았다. 체스판에서 상아색 퀸을 들어낸 그는 캐로와 앨리스를 번갈아 바라보며 매끄러운 어조로 말했다.

"둘 중 한 사람만 떠나도록 허락하겠소."

두 여자는 무슨 소리인지 몰라 그를 빤히 쳐다보았다.

"뭐라고 했죠?"

캐로는 갑자기 제 목소리를 찾았다는 듯 느릿느릿 입을 열었다.

앨리스는 그 자리에서 미동도 않고 끔찍한 예감을 안은 채 그를 응시했다.

"무슨 뜻이죠? 우리들 중 한 명만 떠나도록 하겠다니?"

그는 눈 하나 깜짝하지도 않은 채 덤덤하기까지 한 친절한 눈초리로 그녀를 바라보았다.

"한 사람은 가도 좋고 나머지 한 사람은 내 말벗으로 한동안 여기에서 지내야 하오. 내게 유쾌한 기분 전환을 제공하는 의미에서지요. 이런 시골생활은 점점 따분해지는 법이니까요. 당신도 알겠지요. 하지만 결정은 당신에게 맡기겠소, 앨리스. 누가 해리를 돌보러 가고 누가 여기 레벨 코트에…… 내 곁에 남겠소?"

그녀의 얼굴에 어린 표정은 값을 따질 수 없을 정도였다. 루시언은 터져나오는 웃음을 겨우겨우 참았다. 그는 침착한 표정과 통 속내를 알 수 없는 눈을 유지했지만, 맙소사, 그는 그녀를 원하고 있었다. 자신이 하는 일이 터무니없이 잔인무도하다 해도 상관없었다. 그는 이미 마음을 정했으니 물러설 생각은 없었다. 그녀를 붙잡아 두어야 하는 것은 그에게는 너무나도 불가피한 일이었다.

그녀의 사랑스러운 얼굴이 파랗게 질렸다. 충격을 받은 듯했다.

루시언은 음험한 미소를 억눌렀다. 선량한 아가씨께서 정말로 고결하시며 진실하신지 알아볼 시간이 다가왔다.

그는 어떻게 하면 그녀를 덫으로 잡을 수 있는지 정확히 알고 있었다. 그녀가 오빠의 임종 때 했다던 약속과 조카에 대한 애정을 이용하면 된다. 바보처럼 그녀는 지난밤 자기 입으로 그에게 직접 열쇠를 쥐어 준 꼴이었다.

물론 그는 그녀를 시험하고 있었다. 그녀에게 칼날 위를 걷겠냐고 선택을 강요하고 있었다. 이 협박은 그녀의 사람됨이 실로 어떠한지 알아볼 확실한 방법이었다.

만약 이기적인 선택을 한다면 그녀는 꼬마 해리를 자신이 책임지고 보살펴야 한다는 핑계로 줄행랑을 칠 것이다. 이것은 결국 그녀의 말이 거짓이라는 증거가 될 터이니 그를 사로잡은 그녀의 신비스러운 베일은 별 어려움 없이 즉시 찢어지고 말 것이다. 그의 정신과 마음은 그녀의 주술로부터 곧장 풀려날 테고 그는 더 이상 입씨름 없이 두 여자를 곱게 보내 줄 작정이었다.

두 여자는 여전히 어안이 벙벙한 채로 그를 바라보고 있었다.

"아아, 당신은 악마야."

마침내 캐로가 두렵다는 듯 속삭였다.

"아니. 당신이야말로 악마 그 자체야."

그는 무관심한 눈초리로 그녀를 곁눈질했을 뿐, 허기에 찬 듯한 눈길로 다시금 앨리스를 바라보았다.

"자아, 누가 남겠소. 앨리스. 캐로요, 당신이오?"

당황하여 그를 빤히 올려다보는 그녀의 눈은 크고 그윽하며 짙푸른 색이었다. 엄격하게 딱 올려붙인 시뇽식 머리는 매끄러운 이마선과 높은 광대뼈, 자주 올라가곤 하는 턱, 그리고 늘씬하고 우아한 목에 이르기까지 그녀의 귀족적인 골격을 강조했다.

루시언은 그녀에 대한 자신의 의도가 순전히 성적인 것임을 암시하는 표정으로 바라보았다. 이렇게 하면 저 아가씨도 겁이 나서 진실을 토해 내고 말겠지, 그는 생각했다. 공포와 욕구와 무시무시한 희망이 그를 잔인하게 만들었다.

"경, 분명 농담이겠지요."

앨리스는 간신히 말했다.

"이 사람 진심이야."

캐로는 숨을 새근거리며 고개를 저었다.

"저렇게 번득이는 눈빛이 뭘 의미하는지 난 알고 있어. 이 사람의 머리 주위에는 심술궂은 악마가 활개치며 날고 있다가 자기 만족을 채우지 못하면 성질을 내지."

"어떻게 하겠소?"

"말도 안 돼요!"

앨리스는 분개한 듯 오만한 태도로 벌떡 일어났지만 그녀의 눈은 공포와 경악으로 짙은 쪽빛이 되어 있었고 상아색 피부에는 핏기 하나 없었다.

"이리 와요, 새언니. 여기에서 나가자고요."

"앉아요, 몬테규 양."

루시언은 엄격한 말투로 딱딱거렸다.

"루시언, 그만 해요."

캐로가 벌떡 일어나 그의 속내를 읽어 내려는 듯 얼굴을 훑어보았다.

"아이가 아파요. 난 가 봐야 해요."

"이제 와서 아들 걱정이 되나 보군."

그는 경멸하듯 그녀에게 고개를 휘휘 저어 보였다.

"앨리스에게 말하시지. 당신을 놓아줄 수 있는 건 앨리스의 힘에 달려 있소."

"그럼 당신이 노리는 건 앨리스로군요. 루시언, 앨리스는 처녀예요."

"그리고 앞으로도 처녀일 거요. 앨리스가 선택만 잘한다면."

문제의 그 아가씨는 깜짝 놀라 작게 숨 넘어가는 소리를 질렀다.

"무슨 이런 부적절한 대화가 있어요! 경, 우리 의사에 반해서 우리를 이곳에 붙잡아 둘 수 없다는 것은 너무나 잘 알 텐데요. 이건 실질적인 납치예요! 우리 둘이서 신고하면 당신은 체포될 수도 있어요!"

"아아, 뭐 별로 호들갑을 떨 일은 아니지."

캐로는 가슴 앞에 팔짱을 끼고 미심쩍은 눈으로 앨리스를 흘겨보았다.

"루시언 경은 널 그저 시험하고 있는 거야. 이런 짓을 당한 사람은 네가 처음도 마지막도 아니지. 내 장담하지만 루시언은 널 타락시킬 수 있는지 알아보고 싶은 거야. 이 악마는 그런 짓을 즐기니까. 사람들을 놀리고 자극해서 약점을 알아내는 짓거리 말이야. 만약 네가 조금만 실수하면 그걸로 끝장이야."

"자아, 자아, 레이디. 좀 막 나가는 것 아니오?"

그가 나무랐다.

"당신이 왜 이런 짓을 하는지 알아요."

앨리스는 도전적인 태도로 그에게 한발 다가서며 떨리는 목소리로 말했다.

"지하동굴에 침입한 죄로 내게 벌을 주려는 거죠. 하지만 그 부도덕한 예식에 대해서는 입도 벙긋하지 않겠어요! 내가 누구에게 그 얘기를 하겠어요? 입에 담는 것조차 수치스러운 일이라고요!"

"이런, 당신이 무슨 짓을 했든 간에 난 절대 벌을 내릴 생각이 없소, 앨리스."

그는 이성적인 어조로 대꾸했다.

"내가 대관절 누구기에 당신을 벌준단 말이오? 당신 부모? 당신 남편이나 되나?"

그녀는 그 말에 낯빛이 하얗게 질렸다.

"당신은 널 여기에 붙잡아 둘 수 없어요! 해리에겐……."

"엄마가 필요하지."

그는 앨리스의 말허리를 잘랐다.

"나도 필요해요!"

그녀는 침착을 찾기 위해 눈에 띄게 허우적댔다.

"경. 당신이 그렇게 우정에 목말라 하고 있다면…… 그럼 좋아요. 내년 봄에 런던의 우리 집을 방문해도 좋아요."

그녀의 말꼬리는 그의 음험하고 나지막한 웃음소리 앞에서 흐려졌다.

"그건 내가 생각하던 바와는 거리가 멀군, 셰리."

"하지만 내 평판은 땅에 떨어질 거예요!"

그녀는 울다시피 했다.

"자아, 자아, 아가씨. 연극배우처럼 굴 필요는 없어요. 아무도 당신 평판을 땅에 떨어뜨리지는 않을 거요. 내 자랑을 하나 하자면 비밀을 지키는 데는 어느 정도 일가견이 있다는 거지."

그는 겸손한 척 말했다.

"어느 누구도 당신이 이곳에 있었다는 사실을 모를 거요. 내 약속하지."

"당신이 약속을? 드라콘이? 웃기지 말아요!"

그녀는 문 쪽을 손가락질했다.

"복도에 있던 저 사람들은 다 날 보았어요. 그 사람들이 런던으로 돌아가서 내가 여기에 있었다는 얘기를 사방팔방 퍼뜨리면 어쩔 거죠?"

"우선 그 사람들은 런던으로 돌아가는 게 아니오. 다 각자 자기들 영지 저택으로 제 갈 길을 가지. 당신도 가을이면 사교계가 대부분 한산해진다는 걸 알 텐데. 둘째로, 설령 그 사람들이 당신을 알아보았다 해도 자기들 이름이 오르내리는 사태를 원치 않는 마음은 당신 못지 않을 거요. 이곳 레벨 코트에 관해서는 비밀 엄수가 철칙이니까. 당신이 두려워할 건 하나도 없소."

"이러지 말아요, 루시언. 간청할게요. 그럴 수 없다는 건 당신도 알잖아요!"

"왜지? 내가 사교계의 규범에 대해 눈이라도 깜짝할 거라고 생각하오?"

그는 문득 인내심을 내팽개치고 날카롭게 질문했다. 그녀의 명백한 거부 의사가 그의 가면을 두 동강 낸 것이다.

"인생은 그자들의 규율에 장단을 맞춰 주기에는 빌어먹게 짧소. 난 내가 원하면 하는 사람이오. 당신이 여기에 있었으면 하오. 그러니 선택하시오. 염병할."

충격 속에서 그를 응시하며 멍하니 서 있던 그녀는 얼굴이 창백해진 채로 떨면서 돌아서서 입구로 당당히 나아갔다.

"해리가 기다리는 집으로 가겠어요. 당신은 날 제지할 수 없어요. 레이디 글렌우드, 부디 따라오세요."

"내 부하들은 이미 명령을 받은 상태요."

루시언은 흥분으로 긴장한 채 그녀의 뒤에서 외쳤다.

"내 허가 없이는 당신을 통과시킬 리가 없지."

캐로는 그 자리에 계속 서서 그를 가만히 뜯어보고 있었다. 루시언은 그녀 쪽으로 눈길을 한 번 흘끗 주었을 뿐 곧바로 사냥감을 따라 밖으로 나섰다. 사실 믿어지지 않게도 앨리스는 아직까지 싫다고 말한 적이 없었다.

그녀는 그가 어느 정도 예상했던 것과는 달리 딱 잘라 거절하거나 즉시 캐로에게 의무를 떠넘기지도 않았다. 내키지 않지만 조금은 매혹 당한 상태로 그는 그녀의 날씬한 몸매를 지켜보았다. 그녀는 저만치 앞에서 판석이 깔린 어둠침침한 복도를 성큼성큼 지나가 현관문으로 향했다. 그는 태연한 걸음걸이가 흐트러지지 않도록 속도를 유지하며 그녀의 뒤를 좇았다.

그러는 동안 앨리스는 현관에 닿았지만 검은 외투를 입은 두 보초들은 그녀를 절대 통과시키려 하지 않았다.

"날 내보내 줘요!"

그녀의 고함에도 그들은 눈 하나 깜짝하지 않았다.

"정말 그러고 싶소?"

루시언은 계단을 다 내려와 그녀 옆으로 다가섰다.

휙 돌아선 그녀는 늘어뜨린 두 주먹에 힘을 주어 불끈 쥐며 그를 노려보았다.

"오라버니가 살아 계셨다면 당신을 가만두지 않았을 거예요."

"삶은 산 사람들의 것이지, 셰리."

그녀는 그의 눈을 들여다보았다.

"왜 내게 이런 짓을 하는 거죠?"

그는 그녀의 시선 앞에 알몸이 된 느낌을 받고 긴장했다. 그의 제일 깊은 속내까지 꿰뚫어 보고 저울질하는 듯한 그녀 때문에 너무나 당혹스러웠다. 그는 최고로 오만한 미소를 지어 그녀의 살피는 눈길을 떨쳐냈다.

"왜냐하면 재미있으니까. 대답을 자꾸 회피하지 마시오, 앨리스. 캐로요, 당신이오?"

그는 회중시계를 꺼내 시간을 흘끔 보았다. 이제 판돈을 더 올릴 때였다.

"10초 안에 대답하지 않는다면 당신들 둘 다 보내지 않겠소. 가엾은 꼬마 해리는 혼자서 앓아야겠지."

"악마한테 잡아먹혀버려요! 당신 말은 들을 필요도 없어요!"

그녀는 다른 쪽 복도로 성큼성큼 다가갔지만 무시무시한 보초들에 의해 다시금 길을 차단 당하고 말았다. 그녀는 펄펄 끓는 분노 속에서 돌아섰다.

"이 사람들을 물리쳐요, 루시언."

"싫소."

"이럴 수는 없어요!"

"착한 쌍둥이가 좋다면 대미언의 집으로 갔어야지. 10, 9, 8."

"새언니!"

앨리스는 복도로 따라온 캐로 쪽을 바라보았다.

"이 사람 미쳤어요! 남의 말을 이성적으로 들으려 하지 않아요! 이 남자 옆에는 언니가 남아 있어야 해요!"

아아, 이제 나오시는군, 루시언은 싱글거리는 얼굴 뒤로 날카로운 실망감을 느꼈다.

"하지만 해리에겐 내가 필요하다는 걸 앨리스도 알잖아. 그래서 여기에 온 것 아냐? 난 그 애 엄마야. 그러니 그 애 옆에 있어야지."

"이제 와서 해리를 돌보겠다고 나오는 건가요?"

"어떻게 감히 그런 말을! 난 아들을 사랑해! 너야말로 문젯거리였어, 앨리스. 항상 우리 모자 사이에 끼어들기나 하고!"

"7, 6."

그는 약간 떨어져 서서 계속 세었다.

앨리스는 너무나 화가 나서 입도 다물지 못한 채 남작부인을 바라보았다.

"말도 안 돼요! 언니는 나 몰라라 집을 나가서 해리가 있다는 사실조차 잊고 살았잖아요. 만약 내가 없었더라면 해리의 옆에는 하인들밖에 없었을 거라고요!"

"5, 4……."

그가 해리의 나이였을 때 누가 그의 어머니에게 대놓고 이런 말을 해 주기만 했던들. 루시언은 냉소적으로 생각했다. 그랬다면 그와 형제들은 지금과는 사뭇 다른 사람이 되었을 것이다.

"언니가 해리에게 했던 태도는 비열해요. 언니가 떠나 버린 뒤 해리가 오랫동안 얼마나 혼란스러워 했는지 알아요? 해리가 일단 울기 시작하면 그건 언니가 떠나 버렸을 때부터라고요. 하지만 언니는 해리가 언니 때문에 운다는 걸 모르죠?"

앨리스는 입 밖에 내고 나서야 자기 말의 중대성을 깨달았다는 듯 얼굴을 석고상처럼 굳혔다.

앨리스의 선이 고운 얼굴에서 감정이 사투를 벌이는 광경에 홀린 나머지 루시언은 수를 세던 것을 늦췄다.

"3······."

캐로 역시 앨리스를 바라보다가 고개를 떨구고 시선을 피했다.

"이번 한번만은 내가 아들을 돌보게 해 줘. 이번에는 다를 거야. 약속할게."

"진심이죠? 약속한 거예요."

앨리스는 쓰디쓴 어조로 다짐을 받았다.

"그래."

"2······."

앨리스는 올케를 꿰뚫는 듯한 시선으로 오랫동안 쳐다보며 잠시 한숨을 돌렸다.

"1."

회중시계 뚜껑을 탁 닫는 소리가 손에 잡힐 듯 복도에 가득 찬 침묵 속에 마치 포성처럼 울려 퍼졌다.

그는 숨을 죽였다.

"그럼 좋아요."

앨리스는 기어들어가는 목소리로 말했다.

"내가 남겠어요."

그녀가 도끼눈을 하고 갑자기 휙 돌아서는 바람에 루시언은 믿을 수 없다는 듯한 표정을 미처 감추지 못했다.

"하지만 내 의지에 반해서 나한테 손가락 하나라도 댄다면 난 주저 없이 당신을 신고하고 법정에 세우겠어요. 경이 그렇게도 스캔들을 원한다면 소원대로 될 거예요."

그는 기가 막힐 정도로 경악했지만 자신을 추스르며 음흉하고도 의미심장한 미소를 천천히 얼굴에 머금었다. 지금 막 그의 세계는 전복되었지만 그의 심장은 불꽃놀이처럼 제멋대로 솟구쳐 올랐다.

"충분히 알아들은 걸로 하겠소."

"이 남자는 법 따위 두려워하지 않아."

캐로는 경멸하듯 그를 째려보았다.

"그래. 만약 이 남자가 나쁜 짓을 하거든 시간 낭비할 것 없이 신고하라고, 앨리스. 대미언에게도 알려야지."

명예에 목숨 건 쌍둥이 형의 이름이 나오자 루시언은 움찔했다. 그는 분연히 노기를 띠며 캐로에게 험악한 인상을 지어 보였다. 대미언의 엄격하고 정직한 얼굴이 뇌리를 슬쩍 스쳤다. 대미언의 목소리가 머릿속에 울리는 것만 같았다.

감히 그 아가씨를 붙잡아 둘 생각 말아. 넌 네 말이 옳다는 걸 증명했잖아. 이제 아가씨를 보내 줘.

루시언은 상상 속의 대미언이 하는 명령이야말로 유일하게 적절한 행위라는 것을 알고 있었다. 하지만 앨리스를 잃어야 한다는 생각만으로도 갑자기 공포가 밀어닥쳤다. 그녀가 진품이라는 사실을 알아낸 지금 어떻게 그녀를 놓아 보낸단 말인가? 그녀를 풀어 주겠다는 말은 혀끝에서 더 이상 밖으로 나오지 않을 터였다.

이건 어리석은 짓이야, 그의 제대로 된 이성이 질책을 가했다. 그에게는 할 일이 있었다. 클로드 바르두가 아직 살아서 활개를 치고 있지 않은가? 이 여자와 있다가는 방심하기 딱 좋을 뿐이었다.

하지만 루시언은 바르두의 부활 소식과 그에 대한 고통스럽고 무시무시한 기억으로 인해 약해진 참이었으므로 이 아가씨에게 손을 뻗을 수밖에 없었다. 그는 더 이상 혼자서 견뎌 낼 수 없었다. 자신의 명예를 불길 속에 던져 넣는 한이 있더라도 상관없었다. 그녀의 육체와 영혼을 차지하기 위해서라면 그래도 괜찮았다.

자신의 양심을 달래기 위해 그는 결심했다. 만약 일주일 안에 그녀를 손에 넣지 못한다면 곱게 보내 주겠다고. 물론 그는 영리한 흥정꾼이었으므로 자신이 실제 얻어내리라 예상했던 것보다 기간을 더 길게 잡아 불렀다.

"2주일 뒤에 앨리스를 내 마차에 태워 집으로 돌려보내지. 전혀 해를 끼치지 않은 상태로 말이오."

"2주일!"

앨리스는 공포 때문에 숨이 넘어갈 지경이었다.

"절대 안 돼요! 최대한 하루예요!"

루시언이 그녀를 돌아보았다.

"열흘."

"이틀!"

"아아, 이런. 재미있어지겠군, 셰리. 여드레 동안 있어 봐요."

"사흘. 그 이상은 한 시간도 어림없어요!"

그녀는 공포에 질려 외쳤다.

"그럼 일주일. 그리고…… 당신을 유혹하려고 용쓰지는 않겠소."

그는 사악한 미소를 어정쩡하게 머금었다.

"일주일?"

앨리스는 절망에 빠져 그를 바라보았다.

"웬만한 선에서 타협하는 게 좋을 거야, 앨리스. 루시언은 일단 마음을 먹으면……."

캐로는 의미심장한 태도로 한숨을 지었다.

앨리스는 올케의 경박한 말투에 발끈한 기색을 역력히 내비치며 쏘아붙였다.

"이 상황 전부가 아주 재미있어 죽겠나 봐요. 안 그래요?"

캐로는 어깻짓을 했다.

"내가 언제 앨리스더러 여기 와 달랬나? 애시당초 오는 게 아니었어."

앨리스는 정말 못 믿겠는지 올케를 응시했다.

"난 언니를 도우러 온 거예요!"

"글쎄, 앨리스가 와서 우리 둘 다 민망하기만 했는 걸."

"이 남자가 내게 이렇게 대하는 데도 어떻게 방치할 수만 있죠?

언니야말로 남아야 하는 쪽이잖아요!"

"과연 그럴까나."

캐로는 조심해서 할 말을 고르는 듯 천장을 흘긋 올려다보았다.

"하지만 연장자이자 샤프롱으로서 솔직히 말하겠는데, 너는 내게 제대로 된 존경심 따위 품고 있지 않아. 머리끝까지 짜증나는 일이지. 그래서 말인데 너에게 자기 분수를 가르쳐 줄 사람으로 루시언 나이트보다 더 나은 스승은 없다고 봐. 난 네가 무슨 성인군자인 척하는 분위기를 풀풀 풍기면서 돌아다니는 그 꼬락서니 따위 이젠 지겨워서 못 봐주겠어. 너는 자기가 나보다 훨씬 나은 사람이라 생각하겠지만 루시언의 손을 거치고 나면 네가 얼마나 고상하고 대단한지 우리 모두 알 수 있을 거야."

"언니는…… 언니는 루시언보다도 더 못된 사람이에요!"

"내가? 과연 그럴까나."

캐로는 상냥한 목소리로 대꾸했다.

"앨리스에게 살 집과 끼니를 대주는 게 누구인지 우리 모두 잊지 말자고, 귀여운 아가씨."

그녀는 루시언을 흘끔 쳐다보았다.

"당신 말이에요, 달링, 사람들의 삶에 어설프게 끼어들겠다면 모르지만, 한 가지만 확실하게 못 박아두자구요."

"무엇 말이오, 셰리?"

그는 대범한 미소를 지으며 캐로에게 돌아섰다.

"만약 앨리스를 임신시킨다면 둘은 결혼해야 해요."

그의 미소가 사그라졌다. 심장 고동이 귓전에서 왕왕거렸다. 그는 따분하고 무심한 듯한 가면을 죽어라 유지하며 이글거리는 눈으로 캐로를 노려보았다.

"그 정도면 공평한 조건이겠지."

그는 대꾸했다.

전혀 머뭇거리지 않은 그 반응이 루시언 자신에게는 충격을, 그리고 앨리스에게는 공포를 안겨 준 듯했다.

　워낙 숨 넘어가는 소리가 날카로워서 루시언은 앨리스가 기절하지 싶었다. 루시언이 조심조심 곁눈질로 보자 그녀는 휙 돌아서서 치맛자락을 들더니 그를 피해 계단을 콩콩콩 올라갔다. 싱글거리는 후작의 초상화가 루시언을 빼박은 그 은빛 눈으로 ‘잘했다, 애야.’ 라고 짓궂게 축하하는 듯 했다.

　루시언 역시 조상의 의견에 더없이 동감이었다.

5

앨리스는 한번도 발걸음을 늦추지 않고 방으로 달려 들어와 문을 쾅 닫고 잠근 다음 거기에서 그치지 않고 나무 의자로 방어막까지 쳤다. 심장이 마구 공이질치는 가운데 그녀는 양손으로 머리카락을 휘저으며 격한 발걸음으로 방 안을 서성댔다. 이런 일이 벌어지다니 말도 안 된다! 앞으로 어떻게 해야 하지?

분노 때문에 뜨거운 눈물이 왈칵 솟았다. 그녀는 베개를 후려쳐 극히 숙녀답지 못한 분풀이를 해 댔다. 이 베개가 루시언 나이트의 아니꼽고 잘난 얼굴이었으면 하는 심정도 반쯤은 있었다.

잔인하고 부정하고 사악한 남자! 어떻게 이런 스캔들 퍼질 짓을 할 수 있을까? 하지만 드라콘에게 달리 어떤 기대를 할 수 있단 말인가? 천 가지 질문이 그녀의 머릿속에서 소용돌이쳤다.

만약 앨리스를 임신시킨다면 두 사람은 결혼해야 해요…… 결혼해야 해요…….

그 끔찍한 말이 마치 죽음을 알리는 종처럼 뇌리 속에서 울려 퍼졌다. 그녀도 물론 언젠가는 자신의 아이를 갖고 싶었지만 그 상대는 절대 지하 세계의 제왕 따위가 아니었다!

몇 분 뒤 자갈길 위를 굴러가는 마차 바퀴 소리가 나자 그녀는 창가로 달려가 손을 짚고 내다보았다. 그녀는 고뇌로 일그러진 표정을 한 채 자신의 집 마차가 레벨 코트의 쇠창살 문을 통과해 떠나가는 모습을 지켜보았다. 마부인 미첼은 떠나가면서도 걱정스러운 듯 미간을 찌푸리고 어깨너머로 돌아보았다.

앨리스는 주의를 끌기 위해 손을 흔들려 했지만 미첼은 다시 앞쪽의 도로로 시선을 돌렸다. 앨리스의 부재에 관해 배신자 캐로가 하인들에게 어떤 환상적인 이야기를 지어내 들려주었는지는 단지 추측에 의거할 수 있을 뿐이었다.

마차가 사라져 버리자 그녀는 여전히 그 자리에 선 채 숨겨진 골짜기에 외따로 서 있는 레벨 코트의 완전한 정적을 천천히 의식하게 되었다. 손님들은 모두 떠났다. 복도는 적막했다. 유능한 하인들의 무리는 튜더 양식의 장원 저택 안에서 소리 없이 움직였다.

이제 이곳에는 루시퍼 경과 그녀뿐이었다. 전율이 그녀의 전신을 훑고 지나갔다. 그녀는 침대로 다가가 털썩 주저앉아 머리판에 몸을 기댔다. 무릎을 모아 세워서 양팔로 끌어안은 그녀는 그 은빛 눈의 악마가 흥미를 잃을 때까지 방에 틀어박혀 있겠다고 결심했다. 운이 좋다면 달아날 방법을 찾게 될지도 모른다.

갑자기 복도에서 수선스러운 소리가 나는 바람에 그녀의 시선이 돌연 침실 문으로 쏠렸다. 심장 고동이 빨라졌다. 묵직한 발소리는 귀가 먹먹할 정도의 침묵을 자박자박 가차없이 꿰뚫으며 복도 저쪽에서 가까이 다가왔다.

그래, 그는 그 사이를 못 참아 오는 것이다. 문을 영원히 잠가 그를 물리칠 수 없다는 것쯤은 그녀도 알았다. 소리 없이 침대에서 내려온 그녀는 혹시 필요할지도 모른다는 생각에 정조를 지켜 줄 만한 무기를 찾아 헤맸다.

그녀는 까치발을 한 채 난로가로 다가가 부지깽이를 잡은 다음,

의자로 버텨 둔 문 쪽으로 살금살금 옮겨갔다. 그가 문을 똑똑 두 들기자 그녀는 숨을 죽였다.

"아아, 앨리스, 우리 강아지. 나와서 같이 놉시다."

그녀는 땀이 흥건한 손으로 부지깽이를 더욱 세게 움켜쥐었다.

"꺼져요! 당신 따위 보고 싶지 않아요!"

"이런, 이런, 아가씨. 당신이 삐쳤다는 건 알지만……."

"삐쳐요?"

그녀는 화가 나서 문으로 한발 더 다가갔다. 그가 그녀에게 다가오지 못한다는 사실에 조금 힘을 얻었기 때문이었다. 혹은 그가 어떻게든 접근한다면 정수리를 후려 갈겨 줄 수 있기 때문이기도 했다.

"삐쳤다는 말로 내 기분을 묘사하려면 턱도 없어요, 루시언 나이트! 당신이란 사람은 대체 뭐죠? 나한테 총을 겨누는가 싶더니 다음 순간에는 나한테 시를 읊어 대고!"

"하지만 난 당신이 시를 좋아하는 줄 알았는데."

"잘 알면서 엉뚱한 소리 말아요. 내 삶의 주도권을 빼앗아 버린 주제에 내가 당신한테 넋이 나가 기절이라도 할 줄 알았나요?"

"그게, 당신이 기절한다면 완벽하게 환영할 만한데……."

"어떻게 감히 이런 일을 두고 농담을 할 수 있죠?"

그녀는 벽력처럼 노성을 질렀다. 화를 주체하지 못한 그녀의 얼굴이 빨개졌다.

잠시 침묵이 흘렀다.

그리고 그녀는 초조한 듯한 그의 한숨 소리를 들었다.

"앞으로 일주일 동안 겁쟁이처럼 거기 숨어 있을 거요?"

갑자기 그는 지루하다는 듯 착 가라앉은 말투로 질문했다.

"당신이 뭐라고 지껄이든 상관없어요. 이 혐오스러운 사람. 난 여기에 일주일이나 있지 않을 거니까요."

"알았소. 달링, 날 모욕할 작정이라면, 거기다가 자기가 한 맹세까지 깨뜨릴 요량이라면 적어도 이리 나와서 얼굴을 보고 직접 말해요."

"흥! 내가 그런 꾀에 속아넘어갈 만큼 바보인 줄 알아요? 난 당신이 뭘 바라는지 정확히 꿰뚫고 있어요. 이 문을 열면 날 능욕할 작정이죠?"

"아니, 이것 봐요."

그는 화가 난 듯 말했다.

"난 여태껏 살면서 나 싫다는 여자에게는 손 하나 댄 적이 없소. 아니면 혹 내가 손을 안 댈까 봐 두려운 거요? 당신의 속마음은 그런 거요? 날 원하는 건가?"

그는 문틈에 대고 매끄러운 목소리로 약을 올렸다.

"이런 형편없는 사람! 내가 당신을 경멸한다는 건 알 텐데요!"

그는 한가로이 웃어대며 한숨을 쉬었다.

"아아, 그런가? 어쨌든 날 불쌍히 여겨주오, 엘리스. 방에서 나와요. 잡아먹지 않겠소. 아니면 날 들여보내 주면 더 좋고."

"여기로요?"

그녀는 숨을 삼켰다.

"이리 나와요, 귀여운 사람. 얌전히 굴겠다고 약속하리다."

그는 육중한 떡갈나무 문틈으로 그녀를 살살 꾀었다. 그녀는 문짝을 노려보았다.

"나하고 바깥을 거닐어 봅시다. 날씨가 곧 차가워질 테니 따스하고 맑은 날이 이제 얼마 남지 않았소. 바깥을 한번 보았소? 단풍이 화려하고 풀밭은 에메랄드빛인데다 하늘은 당신 눈망울처럼 푸르지. 솔깃하지 않소?"

당신 목소리에 비하면 어림없어요, 그녀는 살짝 떨면서 생각했다. 공단처럼 매끄러운 그의 속삭임은 순수한 유혹 그 자체였다.

"이곳에서 우린 자유롭소, 엘리스. 전적으로 자유롭지."

자유롭다고? 자유가 뭔데? 그녀는 위험한 마법 같은 그의 매력에 대항해 싸우며 뒤쪽의 창문을 흘끔 돌아보았다. 다음 순간 문득 묘안이 떠올랐다.

"말을 타고 돌아다닐 수 있게 준비해 준다면 또 모르겠군요."

"아주 빈틈없군, 아가씨."

그는 부드럽고 그윽한 웃음소리를 내며 꾸짖었다.

"말을 마련해 주면 당신은 경마 기수처럼 햄프셔까지 줄달음쳐 달아날 테지."

그녀의 입꼬리에 팽팽한 주름이 잡혔지만 그 광경을 떠올려 보니 웃음을 억누를 수가 없었다. 그녀는 겉과 속이 다른 자신의 욕망에 당황해서 고개를 저었다. 어느 정도는 사실 그와 함께 있고 싶기도 했던 것이다. 그녀는 기를 쓰고 계속 저항했다.

"당신도 알겠지만 지난밤 우리 대화를 곱씹어 보니 당신에게 하고 싶은 말이 생각나더군요."

"말?"

"그래요. 우리를 사랑해 주는 사람에 대해서 얘기를 나눴잖아요. 기억나나요?"

"아아, 나는군. 그런 사람이 없다는 얘기 아니었던가?"

그녀는 부지깽이를 내려놓고 까치발을 푼 다음 눈을 반짝반짝 빛내며 나무 의자에 앉았다.

"알려주지만 나한테 홀딱 반해 있는 남자친구도 상당수예요."

잠시 침묵이 흘렀다.

"분명 그렇겠지, 셰리."

순화하면서도 우월하다는 듯한 말투였다.

그녀는 진심에서 우러나오는 미소를 지었다. 그의 오만한 콧대를 꺾어 준 것이 기뻤다. 이제야말로 그녀 쪽에서 그를 비웃어 줄 차례가 온 것이다!

"우선 로저 매너스가 있어요. 러틀랜드 공작님의 조카죠. 그이는 세 번이나 내게 청혼을 했어요. 장점이라면 너무 많아서 꼽기도 어려울 정도고 검은 눈이 너무나 아름다워요. 내 몸이 완전 녹아 내

리는 것 같거든요. 그리고 프레디 폭섬도 있어요. 사교계의 총아이
자 끝내 주는 익살꾼이죠. 그리고 멋쟁이 보 브룸멜의 절친한 친구
이기도 해요."

"어이구, 그거 자랑할 일이군."

"그리고 톰 드 비어도 있어요. 참가하는 여우 사냥마다 꼬리 장
식 상품을 휩쓸다시피 하죠. 그 사람들은 모두 내가 사교계에 데뷔
한 이후로 헌신적인 애정을 바쳐 왔어요. 다들 완벽한 신사랍니다.
날 납치하는 짓은 절대 하지 않을 사람들이죠."

"그거야 당신을 원하는 그 작자들의 마음이 나보다 못한 거지."

그는 문틈에 대고 격하게 으르렁댔다.

그녀의 눈이 휘둥그레졌고 심장 고동도 흐트러졌다.

"적어도 그 사람들의 구혼은 고상했어요!"

"그래? 그럼 왜 그 셋 중에 골라잡지 않았소?"

그녀가 신랄한 말대꾸를 하기 위해 머리를 쥐어짜며 문을 노려
보고 있으려니 그의 목소리가 부드러워지면서 그녀를 유혹하고 저
항을 무너뜨렸다.

"난 이유를 알지. 왜냐하면 당신은 그 이상을 원하는 거요. 당신
은 그 작자들이 당신의 진정한 가치를 몰라본 것을 감지했으니까.
당신이 얼마나 훌륭한 보석 같은 사람인지 알아챈 남자가 있다면
그 누구도 망설이지 않고 오늘 내가 한 것과 똑같이 했을 거요. 당
신을 차지할 유일한 방법이, 그래, 당신 말대로 납치뿐이라면 말이
오. 참회하라고 하지 말아요, 앨리스. 왜냐하면 난 절대 후회하지
않으니까. 이리 나와요, 앨리스. 얌전히 굴겠다고 맹세하리다."

그는 잠시 사이를 두었고 그녀는 문을 가로막느라 갖다 놓았던
의자에 앉았다. 그녀는 의자 등받이에 팔꿈치를 괴고는 뺨을 손으
로 받치고 창 밖에 완벽한 그림처럼 펼쳐진 가을날의 풍경을 내다
보며 갈피를 못 잡고 망설였다.

자유라…….

"당신은 지금 당신에 대한 내 관심이 순전히 육체적인 것이라고
만 지레짐작하고 당신 자신과 날 부당하게 취급하고 있소. 말했지
만 난 서로에 대해 더 많이 알고 싶은 마음이 간절하다오. 당신의
사고 방식도 알고 싶소. 당신이 인생에서 원하는 것에 대해서도.
당신의 꿈도."
그는 망설였다.
"앨리스, 난 당신의 신뢰를 얻어낼 거요."
"내 평판을 그렇게 철저히 위태롭게 한 당신을 어떻게 신뢰하라
는 거죠?"
"당신에게 해를 끼치지도 않을 거요. 나 때문에 당신이 해를 입
을 일도 없게 하겠소. 난 내 행동에 자신 있소."
"당신은 이기적이에요."
"그래, 그래요. 그거야 이미 유명한 사실이지."
그는 초조한 듯 말했다.
"하지만 당신이 날 알게 된다면…… 내게 기회를 줘 본다면……
내 행동의 원인을 아마 이해할지도 모르지."
그녀는 고개를 숙이고 잠시 침묵을 지켰다.
"난 당신을 알고 싶지 않아요."
나지막한 말투였다. 하지만 그 말을 하면서도 그녀는 거짓이라는
사실을 알고 있었다. 변명조의 새빨간 거짓말.
"그렇군."
그녀는 힘차고 징닌기가 어려 있지만 상처 입은 기색이 너무도
역력한 그의 목소리를 듣고 움찔했다. 지난밤 그녀가 그의 키스를
지워 버렸을 때 격분하던 그의 얼굴이 전광석화처럼 뇌리를 스치고
지나갔다. 그때의 그 행동이 그의 분노를 불러일으킨 데 그치지 않
고 상처까지 입혔음을 그녀는 알았다. 그래서 지금 또다시 똑같은
짓을 저질러 버린 것만 같았다.
사실 여기 숨어서 뭐 할 거지? 그녀는 지친 듯 이마를 짚으며

생각했다. 겁쟁이 짓을 해 봤자 해결되는 것은 하나도 없었다. 지금 그녀의 행동은 그에게 공정하지 못했다.

뱃속이 마구 울렁거렸지만 분노와 불신이 그 이유의 전부여야 마땅할 이 시점에서 꼭 그렇지만은 않았다. 그녀는 자신을 마구 꾸 짖었지만 마음속의 쾌씸한 한구석에서는 그와 다시금 공방전을 벌일 수 있다는 생각에 가슴 설레어 하고 있었다. 그와 전술 면에서는 상대가 되지 못하겠지만 자존심 면에서는 둘 다 호각이었다. 그리고 고독하다는 점에서도.

그녀는 자리에서 일어나 손을 쥐어짜면서 방 안을 서성대며 고민했다. 그녀 스스로가 문제를 이 지경까지 몰고 온 것이 아닌가? 어떻게든 그에게 틈을 보여준 꼴이 아닌가? 확실히 그녀는 지난밤 그의 키스에 넘어가지 않았던가.

"앨리스?"

그녀는 문 쪽으로 휙 돌아섰다. 치맛자락이 부드럽게 날렸다.

"왜요?"

그녀는 겨우 목소리를 짜냈다.

"내 손에 뭐가 있는지 알고 있소?"

"모르는데요."

"맞혀 보겠소?"

"쇠스랑이겠죠."

그녀는 좀 전처럼 그의 장난기를 다시 불러올 수 있을까 싶어 장난스럽게 말하려 했지만 딱딱한 말투만이 나올 뿐이었다.

"아니오, 아가씨."

그는 메마른 어조로 대꾸했다.

"당신 방 열쇠지."

"뭐라고요?"

그녀는 겁에 질려 숨가쁘게 외쳤다.

"꼭 열쇠를 사용해야만 하다니 싫군."

"이 방 열쇠를 갖고 있다고요?"

"으음."

그녀는 문 쪽으로 한발 다가섰다. 공포가 목구멍 안에서 치솟아 올랐다.

"거짓말이죠?"

"증명해 보이길 원하는 거요?"

"아니에요!"

하느님, 도와주소서!

그녀는 벽을 등지고 섰다. 그의 말대로 해야만 하리라. 어차피 그는 그녀에게 손끝 하나 대지 않겠다고 맹세했다.

그녀는 비록 그를 눈곱만큼도 믿지 않았지만 위협 섞인 그의 말에 따를 수밖에 없었다.

품위를 유지하는 유일한 방법은 그에게 동조해 제 발로 방에서 나가 얼굴을 맞대는 것뿐이었다. 온몸이 걷잡을 수 없이 적대적인 흥분으로 따끔거리는 가운데 그녀는 의자를 치우고 문으로 다가가 빗장을 벗겼다.

문 옆 벽에 기대어 서 있던 그는 매력적인 미소를 던졌다.

"나타나셨군, 아름다운 손님 아가씨. 망토를 입지 않겠소, 아가씨? 이 지방 날씨는 변덕이 심하다오."

"산책을 하자고요?"

그녀는 화가 나서 실눈을 히머 따져 물었다.

"해요. 좋디미다요. 뭐든지 좋을 대로 하시죠, 경. 당신에겐 겨우 며칠밖에 없어요. 그러니 그동안을 만끽하라고 권유해 드리고 싶군요. 기한이 끝나면 다시는 날 볼 수 없을 테니까요."

그녀는 거구에 근육질인 그를 밀어젖히고는 어둠침침한 복도로 성큼성큼 나갔다.

"뭐든지 좋을 대로?"

그가 짓궂은 어조로 뒤에서 물었다.

그녀는 너무나 기가 막히다는 듯 허공을 쳐다보고는 계속해서 걸음을 옮겼다.

잠시 후 그녀를 따라잡은 그는 그녀의 털외투를 들고 있었다. 그녀는 잠시 동안 멈춰 서서 그의 도움을 받아 소매에 팔을 꿰었다. 여전히 그녀의 눈길은 매서웠지만 그는 다 안다는 듯 살짝 미소만 보낼 뿐 아무 말도 하지 않았다.

루시언이 레벨 코트의 주인이 된 것은 그리 오래 전 일이 아니었으므로 주변의 숲을 제대로 손질하고 돌보는 것은 둘째치고, 방치된 정원을 다시 가꾸는 일조차 아직은 시기상조였다. 아직까지는 그저 마구간을 제대로 돌아가게 하는 것만으로도 충분했다.

정원과 주위의 숲 모두 지난 이삼 년 동안 카너선 후작의 건강이 천천히 악화되기 시작한 것과 때를 맞춰 황폐해진 상태였고, 조경 일은 구석으로 밀려나 있었다.

후작은 이 꽤나 특이한 영지에 관해서는 영지 관리인을 믿지 못해 자신이 손수 관리했던 것이다.

루시언이 중앙 정원으로 통하는 이끼 낀 계단 세 개를 내려가 원형 분수 쪽으로 향하자 앨리스는 뒤를 따랐다. 그들이 다가가자 분수의 웅장한 돌 항아리 위에 앉아 있던 비둘기 두 마리가 구구대며 포로록 날아갔다.

앨리스는 분수 옆에 멈춰 서서 아득히 먼 곳을 보는 표정으로 수련을 물끄러미 내려다보았다. 이 장면을 기억해 두려는 듯 빤히 응시하는 그녀를 루시언은 가만히 지켜보았다. 바람이 그녀의 옷자락과 깔끔한 머리두건에서 비어져 나온 머리칼을 희롱했다.

붉은 금빛 고수머리와 푸른 눈, 상아색 살결, 품위와 차분함을 갖춘 초연한 얼굴은 바다 속의 커다란 조가비에서 빠져나온 보티첼리의 비너스 그림을 연상시켰다.

"갈까요?"

그가 중얼거렸다.

수련을 바라보며 골똘히 명상하던 그녀는 멍하니 돌아섰다.

"정원이 아름답군요."

그는 어깨를 으쓱하며 주위를 흘깃 곁눈질했다.

"초목이 너무 무성하지."

"그래요. 하지만 숲 속에서 길을 잃은 듯한 괴괴한 분위기가 아주 마음에 들어요. 수채화 도구를 가져올 걸 그랬어요."

루시언은 양쪽 눈썹을 치켜올렸다.

"호오, 당신은 젊은 여류 화가요, 몬테규 양?"

그녀는 머뭇머뭇 미소를 머금었다.

"취미 삼아 조금 하는 정도예요."

그는 사실을 알고 기분이 좋아져서 부드러운 웃음소리를 냈다.

화가라. 물론 그렇겠지! 저 고운 손을 보라. 저 꿰뚫는 듯 날카로운 눈길도. 냉담하고 침착한 모습 아래 숨어 있는 들끓는 정열 역시도.

"어떤 그림을 제일 즐겨 그리지?"

"얼굴 스케치죠."

"정말이오?"

"장기는 목탄 초상화지만 수채화도 좋고, 공예라면 다 좋아해요. 옻칠 공예나 자수도요."

그는 그녀 쪽으로 갑자기 돌아섰다.

"풍경화도 즐겨 그리는 거요? 이 골짜기에는 당신 같은 화가들의 눈을 즐겁게 해 줄 장관이 있지. 하지만 좀 걸어야 하는데. 왕복 4, 5킬로미터요. 괜찮겠소?"

그녀는 흥미를 느끼고 끄덕였다.

"건강을 위해 매일매일 산책 습관을 들였거든요."

"좋아! 그럼 갑시다. 내가 길을 안내하지."

그는 자신의 들뜬 마음을 억제하려고 애쓰며 지나치게 무성한 회양목 울타리 사이의 입구로 그녀를 안내했다. 사향장미 덤불 두 그루가 가시 투성이 출입문을 이루고 있었다.

그들은 멈춰 서서 사향장미의 근사하고 감미로운 향기를 가슴 깊이 들이마셨다. 철 늦은 장미의 아름다움에 진심으로 기쁨을 느낀 앨리스는 탄성을 지르며 크림색 봉오리 하나를 장갑 낀 손으로 우아하게 감쌌다.

그는 한 송이를 꺾어 그녀에게 내밀었다. 그녀는 그의 얼굴을 경계하듯 살피며 아무 말 없이 꽃을 받아 들고는 돌아서서 계속 걸음을 옮겼다. 루시언은 자신이 아무 실수도 하지 않기를 바라며 그 자리에 가만히 서서 그녀를 지켜보았다.

그들이 숲 속을 천천히 나아가는 동안 순간 순간은 마치 쓰러지는 도미노처럼 가차없이 흘러갔고, 시간은 미끄럼을 타듯 지나갔다. 가속이 붙은 듯한 시간의 흐름은 마치 늦은 오후의 하늘에서 시시각각으로 모양을 바꾸며 끊임없이 움직이는 흐릿한 구름처럼 그를 아찔하게 했다. 하지만 천천히, 천천히 그녀는 그에게 마음을 열기 시작했다.

일상적인 화제를 논하면서 각양각색의 꽃들이며 때때로 출몰하는 숲 속의 동물들을 서로 손가락질하는 동안 앨리스는 그에게 더욱 자주 미소를 보이기 시작했다.

그들은 나무 등걸 안의 토실토실한 다람쥐며 덤불 속의 뇌조, 그늘 속을 소리 없이 미끄러져 나아가는 수컷 꽃사슴과 수줍고 가녀린 암사슴 등을 구경했다.

그는 세 번이나 그녀의 시선이 필요 이상으로 자신에게 오래 머무는 순간을 포착했다. 풍요로운 가을날의 오후를 즐기는 그녀를 보고 있자니 그의 머릿속은 산란해지는 동시에 황홀했고, 고통스러울 정도로 활기를 느꼈으며, 그녀의 금발에 감도는 선명한 구릿빛은 그의 눈을 부시게 했다.

그녀의 순진함은 그를 사로잡았고 꾸밈없는 천진난만함은 어느

새 그의 영혼을 치유하고 있었다. 하지만 그의 영혼에 걸린 병은 질투하듯 그를 휘어잡고 놓지 않았다. 전에도 자주 그러했듯 차가운 암운은 유령처럼 머리 위를 맴돌며 주변 풍경을 오염시키고 앨리스에게마저 암울한 어스름을 드리울 것이다.

그래서 그는 그녀를 끌어당겨 안고 싶었다. 하지만 그러지 않았다. 아직은 너무 일렀다. 그녀는 멈칫하며 물러날 것이다. 그는 열쇠로 방문을 열겠다는 위협에 의지해 그녀를 방에서 끌어낸 데 불과하다는 점을 똑똑히 알고 있었다. 그녀에게 재차 겁을 주어 멈칫하게 만들 수는 없었다.

그러는 동안 태양은 수전노가 떨어뜨린 동전처럼 빠른 속도로 서쪽을 향해 나아갔다. 하루 해가 저물고 있었다. 한 해 역시 저물고 있었다. 그가 꾸불꾸불한 오르막 숲길을 앞서 가는 앨리스의 뒤를 따라 걸음을 옮길 때마다 발 밑에서 부드럽게 풀썩대는 낙엽 냄새가 그 사실을 상기시켜 주었다.

그녀에게 그 자신에 대한 신뢰감을 심어 주겠다고 결심한 그는 그녀가 고개를 슬쩍 돌려 쳐다보자 초조한 기색을 서글서글한 미소로 가렸다.

"따라오긴 하는 건가요, 게으름뱅이?"

기운차게 말을 던지는 그녀의 뺨은 선선한 공기와 오르막길 때문에 장밋빛이었다.

"게으름뱅이?"

"그런 대체 뚝 떨어져서 뭐 하는 거죠? 발 밑의 돌멩이 수라도 세나요?"

계속 길을 타고 올라가기 위해 다시금 고개를 돌린 그녀는 치맛자락을 들어 저도 모르게 그에게 잘 빠진 종아리 선을 언뜻 보이고 말았다.

"그냥 경치 감상을 하는 거요."

그는 그녀의 엉덩이가 조신하게 흔들리는 광경을 음미하며 대답

했다. 하지만 자신의 감상이 위험할 정도로 유혹적인 생각 쪽으로
옮겨가자 그는 그녀를 살짝 밀어젖히고 단호하게 앞장섰다. 그의
두꺼운 흑색 모직 코트 자락이 걸음에 따라 휘날렸다.

"속도를 떨어뜨리지 않는 게 좋소, 막내. 뒤처지면 보급품은 없
으니까."

"막내라고요?"

"신참을 칭하는 군대 속어요. 서둘러요, 거의 다 왔소. 아마 일몰
시간에 딱 맞출 수 있을 거요."

"군대에 있었나요?"

그녀는 놀라서 물으며 발걸음을 재촉했다.

"5년 동안."

"농담이죠!"

"아닌데."

그는 한숨을 쉬었다.

"농담이라면 나도 좋게."

"당신이 군대에?"

그녀는 까르르 웃었다.

"상상하기가 어려워요."

"나도 마찬가지요."

"내가 보기에 당신은 명령을 따를 부류 같지 않아요. 어느 연대
소속이었죠?"

"보병 136연대였소."

"저런."

그녀는 반신반의하는 눈초리를 던졌다.

"알고 있소. 그다지 인기 있는 연대는 아니었지."

그는 그녀에게 손을 내밀어 길 중간에 가파른 계단을 이루고 있
는 나무 뿌리를 타넘도록 도왔다.

"우린 근위 기병대에 들어갈 예정이었지. 하지만 대미언은 런던

에서 근사한 제복이나 떨쳐입고 거드름 피우느니 실제로 전쟁터에서 싸우고 싶어했소. 내 단언하지만 근위 기병대야말로 내게는 완벽하게 들어맞는 일이었을 텐데 말이오."

"두 사람이 같이 입대했나요?"

그는 끄덕였다.

"처음 파병지는 덴마크였고 그 뒤 이베리아 반도로 갔소."

그녀는 믿을 수 없다는 듯 깔깔 웃어댔다.

"계급은 뭐였나요?"

"대위."

"루시언 대위!"

그녀는 되풀이하더니 더욱 세찬 웃음을 터뜨렸다.

"돈 주고 샀나요, 아니면 노력해서 얻은 건가요?"

불시에 허를 찔려 당황한 그는 놀라움과 분개심이 반반 섞인 심정으로 너털웃음을 웃었다.

"이 건방진 아가씨! 장담하지만 노력해서 얻은 거요. 알려주자면 우리들 쌍둥이는 우리 연대 최고의 엘리트 측면 중대를 지휘했소. 난……."

"아니, 말하지 말아요! 내가 맞혀 볼게요."

재미있다는 듯 그를 곁눈질하며 그녀는 생각에 잠겨 입술을 새초롬하니 다물었다.

"선발 보병은 아니었을 거예요. 선발은 거구에 건장한 사람들이 뽑히니까요. 제일 먼저 전장에 뛰어드는 거잖아요. 어쨌든 내가 듣기로는 그랬어요."

그는 모욕인지 아닌지 알 수가 없어 한쪽 눈썹을 치켜올렸다.

"아니에요."

그녀는 결론을 내렸다.

"당신은 분명 경(輕) 보병 중대장이었을 거예요. 머리가 잘 돌아가고 명사수여야 하니까요."

"어떻게 추측했소?"

"그런 것에 대해서는 좀 알고 있어요."

그녀는 점잔을 빼며 말하더니 돌아서서 다시 걷기 시작했다. 자신의 지식이 기특한 모양이었다.

루시언은 미소를 띤 채 그녀의 뒷모습을 지켜보았다. 하느님 맙소사, 그는 완전히 홀딱 반해 버렸다.

"연대가 어떤 식으로 돌아가는지는 어떻게 알았소?"

"물론 오라버니 덕이었죠. 오라버니는 43연대 출신이었어요."

그녀는 자랑스러운 듯 대답했다.

"영예로운 43연대지."

루시언도 감탄해서 시인했다.

"비토리아에서 글렌우드 경이 세운 무공에 대해서는 들었소. 용감한 사나이이자 뛰어난 장교였지."

"그리고 좋은 오라버니였어요."

그녀는 한결 부드러운 어조로 덧붙였다.

"당신도 비토리아에 있었나요, 루시언?"

"아니. 그 전 해에 바다호스 전투를 치른 뒤 떠났소."

"바다호스라."

그녀는 엄숙한 표정이 되어 중얼거렸다.

"필립 오라버니 말로는 전쟁 중 최고로 끔찍했던 전투랬어요."

루시언은 그녀가 오빠에게서 어느 정도까지 이야기를 들었는지 확신할 수 없었다. 잠시 후 그녀가 그의 팔에 부드럽게 손을 얹자 그는 그녀가 자기 의사에 따라 그에게 손을 댄 것은 이번이 처음이라는 것을 깨달으며 침묵 속에 내려다보았다.

"루시언 대위님. 갑자기 표정이 아주 냉혹해졌군요."

그녀는 중얼거렸다.

"그 전투 때 고생을 많이 했나요?"

"모두에게 고생이었지."

그는 어깨를 으쓱하며 외면했다. 대충 둘러대 넘기려는 자신의 습관적인 행동에 짜증이 났다.

"포위 작전 그 자체야 뭐 힘들지는 않았소. 힘들었던 건…… 그 뒤였지."

그는 억지로 입을 열었다. 그리고 그녀의 얼굴을 살폈다.

"오빠가 거기에 대해서 조금이라도 얘기를 했소?"

앨리스는 우울한 시선으로 그를 바라보았다.

"조금은요."

"보통은 젊은 숙녀에게 할 종류의 이야기가 아니오…… 하지만 난 당신에게 세상의 참된 이치를 숨기지 않겠다고 약속했지. 그렇지 않소?"

그녀는 끄덕였다.

"난 알고 싶어요."

"바다호스 시가 함락되었을 때 우리 측 군대는 수많은 사상자가 난 것 때문에 분노를 걷잡지 못하는 상태였소. 모두들 제정신을 잃었지. 그들은 우리 군대…… 영국인이었지만 짐승으로 변해 버렸소. 군대는 도시를 약탈했지. 물건을 빼앗고 강간에 학살을 자행했소. 우리 장교들은 사흘이나 걸려서 겨우 군대의 기강을 다시 바로잡았지."

그는 그녀의 얼굴을 지켜보았다. 겉보기에는 수월하게 받아들이는 것 같았다. 혼란스러운 표정이었지만 히스테리를 일으키는 것은 전내 아니었다. 그리고 그의 입장에서는 누구에게든 고해성사를 할 필요가 있었다.

"우린 교수대를 세워 놓고 최악의 범죄자들을 목매달았소. 그 이후 난 제대했지. 더 나은 길이 분명 있을 거라고 생각했거든."

"그래서 그 뒤에 외무성에 들어갔군요?"

그는 끄덕였다.

그녀는 생각에 잠겨 입을 다문 채 한동안 그를 뜯어보았다.

"당신의 그런 점은 훌륭하다고 생각해요."

그녀는 갑자기 단언했다.

"당신의 수많은 전우들은 그 선택을 비하하겠지만 외교란 전쟁보다는 훨씬 덜 야만스러워요. 대다수의 의견을 거부하다니 당신의 의지력은 엄청난 게 분명해요. 오라버니도 당신 같은 선택을 했다면 좋았을 텐데요. 아니 그보다도 당신과 똑같은 의지력을 가졌더라면 더 나았을 거예요…… 오라버니가 왜 참전했는지 이야기해도 될까요?"

"내게는 뭐든 말해도 좋소."

그는 입으로는 이렇게 대답하면서도 속으로는 그녀가 엉뚱한 오해로 한 칭찬을 받아들인 데 대한 죄의식과 가책을 교묘하게 피했다. 외무성에서 그가 하는 일은 평화와는 완전히 거리가 멀었지만 물론 스파이라는 자신의 진짜 역할을 그녀에게 털어놓을 수는 없었다. 생각만 해도 진저리가 쳐졌다.

만약 그녀가 진실을 안다면 분명 멀어질 것이다. 대미언이 그에게서 멀어졌듯이. 루시언은 그런 위험을 무릅쓸 수가 없었다. 게다가 이 사실이 알려지면 위험했다. 그녀 쪽에서는 모르는 편이 안전했다.

"캐로는 오라버니의 남자다움이 의문스럽다고 말하곤 했어요."

말을 잇는 그녀의 섬세한 이목구비에서 쓰라린 표정이 언뜻 스쳐 갔다.

"하지만 캐로는 그저 오빠가 주위에 없기를 바랐던 거예요. 그래야 등 뒤에서 지켜보는 남편 없이 런던에서 마음껏 부정을 저지를 수 있었으니까요. 불행하게도 오라버니는 캐로의 수를 꿰뚫어 보지 못했어요. 오라버니는 그 말을 진심으로 받아들였어요. 그래서 참전했죠."

루시언은 고개를 절레절레 흔들었다.

"남자들이란 자존심 때문에 어리석은 짓을 저지르곤 하지."

유감스럽다는 말투였다.

"오라버니는 칼에 찔린 중상이 감염되어서 병상에 누운 채로 돌아왔어요. 페그—우리 남매의 유모였고 지금은 해리를 돌보는—와 난 오라버니를 밤낮으로 간호했지만 회복되지 못하리라는 걸 알고 있었어요. 오라버니도 알고는 있었지만 적어도 해리를 다시 만나기 위해, 그리고 우리에게 작별 인사를 하기 위해 귀향할 때까지 견뎠던 거예요."

"당신들 남매는 친했소?"

그녀는 끄덕였다.

"조실부모했기 때문에 사이가 좋았죠."

루시언은 긴장해서 그녀의 얼굴을 훑어보았다.

그녀는 눈길을 돌렸다.

"오라버니는 사흘 동안 버티다가 눈을 감았어요. 스물아홉이었죠."

"유감이오."

그는 속삭였다.

그녀는 그를 재보듯 오랫동안 가만히 쳐다보았다. 바람이 그들의 머리칼과 옷자락을 흩날렸다. 다음 순간 그녀는 쓴웃음을 지었다.

"그런 말 말아요. 오라버니가 살아서 이 모든 상황을 겪었다면 당신에게 결투를 신청해 사살해 버렸을 거예요."

"아하."

그는 원통하나는 듯 말했고 그녀는 꾸짖는 듯한 미소를 지으며 돌아서서 걸음을 재개했다.

잠시 후 그녀를 따라잡았을 때 루시언은 조금은 뉘우치는 기분이 되어 있었다. 그는 앞장서서 산마루 길을 찬찬히 올라가 눈에 띄는 표식을 찾아보았다. 옹이 투성이에 속이 텅 빈 늙은 나무 등걸을 지나친 그는 그들의 목적지인 석회암 노출부 위에 올라섰다. 그곳은 언덕에서 삐죽 튀어나와 있어 계곡의 경관이 훤히 보였다.

놀랄 만큼 아름답고 오색찬란한 10월의 장관이 지금 막 저물기 시작한 불덩이 같은 태양 아래 빛나고 있었다.

"잘 보십시오, 마담."

잠시 후 그녀가 운동의 여파로 장밋빛 볼을 한 채 나타나자 그는 연극배우처럼 한쪽 팔을 위엄 있게 저으며 말했다.

"우리 선조가 남겨 준 유산이랍니다."

그는 돌아서서 그녀에게 손을 내밀었다. 그녀는 절벽 쪽을 불안한 듯 곁눈질하더니 그의 손을 잡고 천천히 다가왔다. 그는 그녀의 손을 잡고 끌어당겨 옆에 나란히 세웠다.

"어머나, 루시언. 기막히게 아름답군요."

그녀는 부드럽게 말하며 노란색, 적갈색, 약간 바랜 주황색, 주홍색 옷을 색색깔로 떨쳐입은 구릉지대를 빨아들일 듯 응시했다.

"정말 그 말대로요."

그는 중얼거리며 눈부신 빛을 받고 있는 그녀의 섬세한 옆모습과 새하얀 우윳빛 피부를 가만히 응시했다. 다음 순간 그는 정신없이 쳐다보고 있다는 사실을 그녀에게 들키지 않기 위해 다시 계곡 쪽을 흘끔 쳐다보았다.

"내 이름 뒤에 어쩌다가 이런 성이 붙었는지는 모를 일이지만 어쨌든 그 덕에 생활은 안락하더군."

그녀는 이마에 손으로 그늘을 만들고 태양을 올려다보았다.

"카너선 후작가가 당신네 호크스클리프 공작가와 연관이 있는 줄은 몰랐어요."

"연관 따윈 없소."

그는 메마른 어조로 말했다.

"자세히 말하자면 카너선의 이름을 지닌 영주는 이제 존재하지 않소. 슬프게도 혈통이 끊긴 거지. 10대 후작이 죽자 적자 혈통이 끊겼기 때문에 그 작위는 소멸되었소."

"그럼 서자 혈통은 있단 말이에요?"

그는 양팔을 똑바로 내렸다.

"지금 당신 눈앞에 있소."

그녀의 눈이 커졌고 손이 입가로 올라갔다.

"어머나! 정말 미안해요……."

"그럴 것 없소."

솔직한 심정에서 나온 대답이었다. 그는 그녀의 당황한 모습을 보고 즐거워졌다.

"우리 아버지는 카너선 후작가의 마지막 적자인 에드워드 메리언이었소. 괴짜 양반이었지. 난 서출이든 아니든 간에 그 양반 핏줄이라는 게 자랑스럽소. 카너선 가문에 대대로 내려오던 웨일스의 토지와 두 곳의 커다란 재산은 혈통이 끊기자 왕권에 귀속되었지. 하지만 내겐 다행스럽게도 레벨 코트는 세습 재산이 아니었소. 그래서 아무나 그분 마음대로 고른 사람에게 이곳을 남겨 줄 수 있었지. 충격을 받은 표정이군."

"그게…… 그래요! 난 호크스클리프 공작님이 당신 아버지인 줄 알고 있었거든요."

"내 출생 증명서에도 그렇게 씌어 있지."

그는 어깨를 으쓱하며 대꾸했다.

"물론 허위지만."

"그럼 지금 당신 말에 따르면 당신은…… 사생아로군요."

그녀는 마지막 말을 속삭이듯 내뱉었다.

그는 빙그레 웃었다.

"그래요. 그래서 어쨌단 말이오? 어쨌든 좋은 가문 아니오. 카너선의 영주들은 자신들의 옛 웨일스 구전 문학을 은근히 뻐기기까지 하지. 아버지 말씀으로는 우리가 마법사와 광폭한 전사의 후예라던가. 아버지가 어머니께 말씀하시길 대미언과 나는 우리 가문 혈통의 마지막 꽃이라고 하시더군. 당신도 알겠지만 쌍둥이란 마력을 갖고 있는 존재지."

　그녀는 어정쩡한 조소를 흘리면서 마치 믿어야 좋을지 어쩔지 모르겠다는 듯 그를 눈여겨보았다.

　"정말이오, 사실이지. 대미언과 난 옛날부터 그 미신을 믿었소. 아주 어릴 때부터 그런 생각을 품고 자라났거든. 둘이 같이 있으면 천하무적이고 서로가 가까이에 있으면 그 무엇도 우리에게 해를 입힐 수 없다고 말이오. 내가 입대한 유일한 이유는 바로 그거였소. 난 내가 옆에 없으면 대미언이 죽을지도 모른다고 확신했지. 하지만 내가 제대한 뒤에도 대미언은 혼자서 오히려 더 자기 앞가림을 잘할 수 있다는 걸 증명하더군."

　그는 다소 서글프게 웃었다. 쌍둥이 형과 떨어진 것 따위야 최고의 고민거리가 절대 아니라는 듯한 웃음소리였다.

　그녀는 그가 놀리는 것인지 진심인지 종잡을 수가 없는 모양이었다.

　"그래서 당신은 어느 쪽인가요? 마법사인가요, 전사인가요?"

　"뭐 그건 옛 농군들의 민담에 불과하오, 셰리."

　그는 짐짓 수줍은 듯한 미소를 지으며 그녀의 손을 자신의 입술로 가져가 스쳐가는 바람인 양 살짝 손등에 입술을 댔다.

　"하지만 생각하면 묘하지. 어느 날 밤 우리 어머니가 지하동굴로 내려가 아버지를 만나고, 거기에서……."

　그녀의 숨 넘어가는 소리가 그의 말허리를 잘랐다. 그녀는 손을 거칠게 잡아 뺐다. 그가 다시금 쳐다보았을 때 그녀의 눈은 도자기 접시처럼 동그랬다.

　"당신 어머니도 지하동굴에 가셨던 적이 있다고요?"

　"그럴 거요. 거꾸로 생각하자면, 만약 어머니가 가시지 않았다면 내가 존재할 리가 없지. 그렇다면 난 누구겠소? 공작부인 조지아나는 자유분방하고 화려한 데다 닳아빠진 여자였소. 하느님이 그분의 영혼에 안식을 주시기를. 어머니는 속에 있는 말을 전부 해 버리는 여자였고 자기 자신에게 솔직했소. 기인이었지. 그 점은 칭찬할 만하오. 당신은 아직도 충격 받은 얼굴이로군."

그녀는 당혹스러운 눈초리로 그를 응시했다.

그는 상체를 숙여 그녀에게 가까이 가져오더니 공모라도 하듯 목소리를 깔았다.

"좋소, 친애하는 몬테규 양. 당신에게 가문의 비밀을 알려 드리리다. 뭐 사실 사교계 사람들이야 다 아는 비밀이지만. 우리들 남매 중 제일 맏이로 현재 호크스클리프 공작인 로버트와 여동생인 레이디 제이신다만이 공작가의 진짜 혈통이오. 나머지 형제들은 사람들의 말대로라면 다른 새 둥지에 들어앉은 뻐꾸기 새끼랄까. 어머니의 법률상 남편이 우리를 자식으로 인정한 건 단지 부정한 아내를 가졌다는 모욕을 뒤집어쓰지 않기 위해서였소."

그녀는 오랫동안 눈 하나 깜빡 않고 그를 쳐다보다가 시선을 돌렸다.

"내 생각에 이젠 차 마실 시간이 된 것 같군요."

그녀의 말투는 엄숙했다.

그의 미소가 사라졌다. 그는 장갑 낀 손을 두터운 코트의 깊고 풍성한 주머니에 찔러 넣은 다음 자신이 신은 검은 장화의 반들반들한 앞부리를 내려다보았다.

"당신은 내 혈통을 알게 되자 날 업신여기는군."

"아니에요……."

"아니야, 내 말이 맞소. 당신 얼굴에 씌어 있어."

"아니에요, 루시언. 그렇지 않아요. 난…… 당황해서 그래요."

그는 경계하는 눈초리로 그녀를 빤히 쳐다보았다.

"당신이란 사람을 어떻게 생각해야 할지 모르겠어요."

그녀는 고개를 저으며 명료하게 말했다.

"확실히 당신은 그런 사연 때문에 고통스럽고 평생 고통을 받았을 텐데도 웃고 있어요. 난 이해할 수 없어요. 그리고 그런 얘기를 그렇게 태연하게, 특히 거의 알지도 못하는 사람과 나눈다는 건 내게 익숙지 않은 일이에요."

"앨리스."

그는 그녀 쪽으로 돌아서서 그녀의 눈을 지그시 들여다보며 주머니 속에 손을 그대로 두도록 자신을 다잡았다. 하지만 그녀를 품에 안고 싶었다. 뭔가 묻는 듯한 그녀의 눈길은 너무나 진지했고 너무나 상처 입기 쉬워 보였다.

"부디 당혹스러워 하지 말아요. 그럴 뜻이 아니었소. 당신과 얘기를 나누는 게 좋았소."

그녀는 망설이듯 미소지었다. 바람이 그녀의 곱슬거리는 잔머리를 희롱했다.

그는 그녀의 미소에 미소로 답하며 주머니에서 한 손을 천천히 빼내 머리카락을 부드럽게 얼굴에서 걷어 올려 주었다. 그러자 그녀의 미소가 더욱 밝아졌고 홍조가 뺨에 퍼졌다.

"누가 그 점을 탓하겠소?"

그는 중얼거렸다.

"평생을 알고 지내도 사실은 잘 모를 것 같은 사람이 있지. 하지만 어떤 사람들은……."

유혹을 이기지 못한 그는 그녀의 우아한 얼굴선을 가죽에 감싸인 손등으로 깃털처럼 가볍게 애무했다. 코발트빛인 그녀의 눈 중심부가 그 애무에 반응해 빛났지만 그녀는 아무 말도 하지 않고 그의 말 한마디 한마디에 집중했다.

"하루를 알아도 그 즉시 평생을 알고 지낸 것 같은 느낌을 주지."

그녀는 그의 눈을 여전히 마주보며 그의 손길에서 뺨을 빼냈다.

"얼마나 많은 여자들에게 이런 대사를 읊어 줬죠?"

그는 돌연 치미는 분노에 움찔하며 미간을 모았다. 하지만 그런 말을 들어도 싸다는 것을 모르는 바가 아니었다.

"난 당신을 갖고 노는 게 아니오."

낮고 강렬한 어조였다.

"아마 그랬던 때가 없었던 건 아니겠지만 난 더 이상 소년이 아니오. 난 여태껏 너무나 많은 죽음과 고통을 목격했기 때문에 이제 바라는 건……."

그의 말꼬리가 흐려졌다.

"뭔가요, 루시언? 바라는 게 뭐죠?"

그녀는 속삭였다.

그는 푸른 눈 깊숙이에서 소용돌이치는 욕망과 혼란을 언뜻 포착했다. 그는 눈을 감고 고개를 숙여 그녀의 입술을 자신의 입술로 애무했다. 그는 그녀를 조심스럽게 끌어안고 그녀의 우아한 몸이 그의 몸에 닿자마자 민감하게 반응한 순간, 그 마법과 같은 경험에 전율했다. 그녀는 입술을 벌려 그의 혀를 따스한 꿀맛이 나는 자신의 감미로운 입 안으로 받아들였다. 열락과 열망이 그의 몸을 날카롭게 할퀴어 댔다.

그는 그녀의 얼굴을 장갑 낀 두 손으로 감싸 쥐고는 들이마시듯 그녀의 키스를 탐닉했다. 그녀가 순결하다는 것을 알고 있기 때문에 부드럽게 그녀의 입술을 음미했다. 그녀는 그에게 매달렸다. 바로 절벽 위에서.

"제발."

그녀는 신음하며 얼굴을 돌리려 했다. 그녀의 안색은 붉은 장미와 똑같았고, 보랏빛 속눈썹 아래의 푸른 눈에는 뜨거운 열기가 넘실거렸다.

"날 봐요."

그는 그녀의 턱을 받쳐들고 굶주린 듯한 시선을 그녀의 눈에 맞췄다.

"당신을 아프게 하지 않을 거요."

그녀는 확신을 못하겠다는 듯 그의 눈을 들여다보았다.

"난 절대 당신에게 상처를 주지 않아."

그는 속삭였다.

"그러느니 죽고 말지."

"왜 내게 키스를……?"

"왜냐하면 당신이 키스해 줄 때까지 참고 기다릴 수가 없으니까."

여태껏 그녀가 자신의 운명을 계속 한탄할 셈이었다면, 그의 노골적인 대답은 눈에 띄게 그녀의 허를 찌르고 말았다.

"정말로 내가 당신에게 키스할 거라 예상했나요?"

그녀는 분개해서 숨가쁜 어조로 쏘아붙였다.

"예상했냐고? 아니. 열망했냐고? 맞소."

그는 나른한 미소를 엉거주춤 지어 보였다.

"온몸으로 절실하게."

그가 다시금 손을 뻗으려 하자 그녀는 팔을 쭉 뻗어 단호히 그의 가슴을 밀쳐 내고 거리를 유지했다.

"안 돼요."

그녀의 눈이 코발트빛 불길로 활활 타오르며 물러나라고 경고했다. 촉촉해진 입술은 벌에 쏘인 듯 화끈거렸고 뺨은 장밋빛이었다.

"그 정도면 충분해요."

그녀는 가슴을 심하게 들썩이며 헐떡거렸다.

명성이 자자한 그의 교활함은 어디론가 자취를 감췄다. 권모술수의 대가인 그의 머릿속은 욕망 때문에 텅 빈 상태였다. 그녀의 맛에 취한 나머지, 달변인 그조차도 그녀를 다시금 품안으로 끌어들일 만큼 제대로 된 대사 한마디를 입에 올릴 수 없었다. 그녀는 그의 가슴에서 손을 떼고 팔을 내리더니 불안정한 걸음걸이로 성큼성큼 멀어져 갔다.

"앨리스."

그는 헐떡이며 불렀다.

그녀는 계속해서 걸음을 옮겨 다시금 빽빽한 숲으로 향했다. 그는 잠시 사이를 두고 콧마루를 두 손가락으로 지그시 누르며 누더기가 된 이성을 기워 맞추기 위해 애썼다.

"앨리스!"

대답이 없었다. 심지어 그녀는 걸음을 멈추지도 않았다.

"기다려!"

그녀는 그가 부르는데도 싹 무시하고 성가시다는 듯 어깨를 추썩했다. 그녀를 따라잡기 위해서는 거의 줄달음을 쳐야만 했다. 겨우 따라잡게 되었을 때도 그녀는 문득 빤히 쳐다보는 그의 눈길을 무시했다. 가차없는 그녀의 걸음걸이를 따라 짙푸른 치맛자락이 순풍을 안은 돛처럼 크게 부풀었다.

"앨리스?"

그는 매우 신중하게 불렀다.

"나한테서 떨어져요."

그녀의 볼에 어린 주홍색 홍조를 본 그는 그녀가 욕망에 몸부림치며 반응을 보인 것 때문에 굴욕감을 느낀다는 사실을 깨달았다. 그의 얼굴에 바람둥이 특유의 웃음이 씨익 퍼졌다.

"달링, 당황할 이유 따위는 없소……."

"해리를 돌보겠다고 오라버니에게 했던 약속이 깨진 건 당신 때문이에요. 그 점을 깨달았나요? 아니 신경 쓰긴 했나요?"

그는 그녀의 팔을 움켜쥐고 멈춰 세웠다. 그녀는 휙 돌아섰다.

"그만 하지."

그는 나직이 명령했고 그녀의 눈에 쏜살처럼 스쳐간 두려움을 보았다. 하지만 그 두려움의 대상은 루시언이 아니라 그녀 스스로의 감정이었다. 그녀는 자신의 정열을 인정할 준비가 되어 있지 않았다. 적어도 그에게 느끼는 정열에 대해서는.

"난 이런 사람이 아니에요! 난 당신의 노리개가 아니라고요……."

"다시는 그런 말 말아요. 난 당신이 노리개가 아니라는 걸 알고 있소. 앨리스, 말했지민 난 진심이오. 이렇게 진지한 건 내 평생 처음이지. 아니면 바로 그것 때문에 두려운 거요?"

"당신 때문에 두려운 거예요! 루시언…… 아니 드라콘…… 이름과는 상관없이 당신이란 사람 때문에요! 당신은 당신 소중한 것밖에 몰라요. 당신의 쾌락밖에! 자기가 얼마나 이기적인지는 알기나 하나요? 그런 현실을 볼 수나 있나요?"

그녀는 그의 손아귀에서 팔을 빼냈다.

"모른다면 말인데, 당신이 날 여기 붙잡아 둔 건 내 의사에 완전 반대되는 행위라는 걸 일깨워 드리죠. 당신은 날 강제로 이런 상황에 몰아넣었어요. 난 여기 있고 싶지 않았고, 유일한 소원이라곤 날 욕보이는 것밖에 없는…… 막되어 먹은 난봉꾼과는 얽히지 않을 거예요!"

그녀는 그가 주었던 하얀 사향장미를 단춧구멍에서 빼내 바닥에 던져 버린 다음 저쪽으로 가기 시작했다.

"난 외롭소, 앨리스."

그의 날카로운 말은 그 자신조차 놀라게 했고 평지에 다다른 그녀의 발길을 묶어버렸다. 그녀는 멈춰 서서 경계하듯 고개를 돌려 쳐다보았다.

그녀의 길다란 그림자가 시든 풀밭 위에 드리워져 있었다. 그의 몸은 딱딱하게 경직되어 있었고 그녀를 노려보듯 응시하는 눈길은 매서웠다. 그는 그녀의 앞에서 알몸이 된 느낌이었다. 초조함과 욕구불만도 느껴졌지만 스스로를 멈출 수가 없었다. 왠지 그녀에게 이해를 시켜야만 했다.

"모르겠소?"

그는 말 속에서 애원조의 우울한 기운을 억눌렀지만 낮게 내리깔린 절망감을 말투에서 몰아낼 수는 없었다.

"내게 필요한 건…… 하지만 내게 뭐가 필요한지는 모르겠소. 그저 아는 건 내가 외롭다는 거요. 너무나…… 외롭소."

말하고 말았다. 자신의 가슴 밑바닥에 깔려 있는 감정을.

그는 영혼 전부를 그녀의 처분에 맡긴 채 그녀의 눈을 마주보았
다. 그는 그녀가 전율로 흔들리는 것을 보았다. 또한 그녀가 스스
로와 맞붙어 싸우는 모습을 보았다. 하지만 그녀는 미덕으로 이루
어진 상아탑이었다. 그녀는 꺾이지 않았다.

그녀는 가차없는 통렬한 눈길로 그를 한번 흘끔거렸다.

"놀라울 것도 없군요."

그는 움찔하며 시선을 떨궜다.

그녀는 휙 돌아서서 멀어져 갔다.

6

    몇 시간 뒤 루시언은 안달루시아산 종마를 타고 레벨 코트의 쇠창살 문을 지나 바람이 휘몰아치는 깜깜한 밤하늘 아래로 달려갔다. 말발굽 소리가 목조 다리 위에 천둥처럼 울렸고, 말은 힘차고 보폭이 긴 걸음으로 발을 거의 땅에 대지 않은 채 언덕을 기운차게 달려갔다.

    농부들의 말마따나 유령이라도 나올 것 같은 밤이군, 루시언은 생각했다. 달도 없이 깜깜하고 음산한 밤하늘은 그의 기분과 흡사했다. 싸늘한 밤 공기와 빠른 종마의 발걸음은 미처 낫지 않은 그의 상처와 분노를, 발산되지 못한 채 아직까지도 핏속에서 불타고 있는 정열을 누그러뜨리는 데 도움이 되었다.

    앨리스의 말은 그에게 깊은 상처를 남겼지만 그런 와중에서도 그는 그녀가 방에서 나오기를 바보처럼 기다리며 몇 시간 동안이나 세금 물품 목록에 매달려 있었다. 그렇지만 도무지 집중을 할 수 없었다.

잠시 후 하녀가 와서 아가씨께서는 저녁식사를 방에서 들겠다 하셨다고 전했다. 그는 물론 아직도 열쇠를 가지고 있었으므로 순식간에 전투에서 승리를 거둘 수 있었다. 하지만 그것은 영예로운 승리라 하기 힘들었다. 그녀의 방에 우격다짐으로 밀고 들어간다면 그에 대한 그녀의 혐오감만 더욱 커질 것이다. 그는 평상시의 방법으로는 절대 이길 수 없다는 것을 조금씩 느끼고 있었다. 대체 그에게 어떤 악마가 씌인 것일까?

반시간쯤 말을 달리자 그의 목적지가 시야에 들어왔다. 외따로서 있는 마부들의 선술집으로 조지스 헤드라 불리는 곳이었다. 석판 지붕과 좁다란 창문에 창틀이 하얀 장방형 석조 건물로 왠지 빼기는 듯한 인상이었다.

조지스 헤드는 이 지방에서 제일가는 맥주를 내놓는 몇 안 되는 집이었다. 루시언이 이곳을 스파이 활동의 우편함으로 삼은 것은 외진 위치와 신중해서 믿음직한 주인 거스 모건 때문이었다. 캐슬리 경의 비밀 성명서며 각지에 퍼져 있는 연락원들의 전갈은 다 이곳으로 모이게 되어 있었다. 선술집에 가까워질수록 그의 몸은 긴장했고 경계심이 바짝 들었다. 적의 첩자가 잠복할 가능성이 상존한다는 것은 삶의 일부로서 그가 터득한 교훈이었다.

건초가 여기저기 쌓여 있는 마당으로 들어서자 말발굽을 피해 닭들이 꼬꼬대며 흩어졌다. 그는 주변을 재빨리 훑어보며 말에서 내렸고, 십대인 모건의 아들이 서둘러 다가와 그의 말을 맡았다. 건물 입구로 다가갈수록 농부들의 목선 웃음소리가 들려왔고, 난로에서 불타는 장작 냄새와 새 구이 냄새가 났다. 문을 연 루시언이 불빛 따스하고 천장 낮은 방 안으로 들어서자 절대적인 침묵이 돌연 내리 깔렸다.

그는 더없이 수수한 업소 안을 힐끗 둘러보았다. 대략 스무 명 정도의 소작인과 농장 노동자 등 이 지방 사람들이 탁자를 둘러싸고 모여 있었나. 그들은 루시언이 누구인지 속속들이 잘 알고 있었으며 마치 악마라도 되는 듯 그를 빤히 쳐다보았다.

건장하고 다부진 몸집의 주인은 불그레한 얼굴로 벗겨진 정수리에서는 땀을 흘리고 있었다. 그는 루시언이 다가가자 튼튼한 팔뚝으로 바를 짚은 채 고개를 까딱해 보였다.

둘 다 절차를 알고 있었다.

"맥주 1파인트 드릴깝쇼, 나리?"

모건이 때맞춰 물었다.

"쓴 걸로."

그는 고갯짓을 하며 대답하고는 방 안과 입구가 훤히 보이는 각도로 자세를 잡은 채 가까운 걸상에 엉덩이를 비스듬히 걸쳤다. 잠시 후 모건이 백랍 잔을 앞에 갖다 놓자 루시언은 입가로 가져가 진하고 향기로운 맥주를 음미했다.

농민들은 천천히 숨통을 틔우기 시작하더니 다시 움직이기 시작했지만 대화 소리는 속삭임 수준으로 잦아들었다. 모건은 부엌으로 성큼성큼 다시 들어가 요리사에게 지시를 내렸다.

루시언은 시무룩하니 한숨을 쉬며 맥주 잔을 들여다보았다. 하마터면 순간적으로 자신이 동정심 많은 술집 주인에게 여자 문제를 털어놓는 종류의 남자였으면 좋겠다고 생각할 뻔했다. 하지만 그것은 그와 거리가 먼 얘기였다.

언제 어디서든 죽음이 항상 저 앞에서 손짓한다는 사실을 알면서 살아온 남자라면, 눈앞에 솔깃한 것이 있을 때 손을 뻗을 수밖에 없다는 사실을 그녀가 이해할 수 있을까? 아마 그의 생각이 이치에 닿지 않을지도 모르지만 그는 그녀가 조건 없이 그에게 팔을 벌려 주기를 바랐다. 그 남자가 이교도 무리의 우두머리인 드라콘이라 하더라도, 그녀를 자기 집에 가둬 놓고 애지중지하는 남자라 하더라도.

만약 그녀가 그의 최악의 결점이라도 사랑할 수 있다는 것을 보여준다면 그도 역시 그녀를 신뢰하고 목숨을 그녀의 손에 맡기게 될 만한 정보를 알려줄지도 모른다.

마침내 그는 빈 잔을 바에 내려놓았다.

"잘 마셨네, 모건."

모건의 벗겨진 정수리가 진심을 담은 고갯짓으로 까딱거리자 그 중 네모진 부분이 불빛을 받아 반짝였다.

"그러믄요, 나리. 서부 최고의 맥주랍니다."

그는 씩 웃었다.

"오늘 밤 메뉴는 뭔가?"

"셰퍼드 파이*입죠, 나리."

그는 그 대답에 커다란 만족감을 느꼈지만 겉으로는 드러내지 않았다. 그 말은 전갈이 도착했다는 뜻이었다. 평소 때라면 모건의 대답은 "생선과 감자 튀김입니다."였는데, 이는 아무 것도 온 게 없다는 의미였다.

"한 접시 드릴까요, 나리?"

"고맙지만 됐네."

몰래몰래 뜯어보는 선술집 손님들의 시선이 뼈저리게 의식되었다. 그는 바에 맥주 값으로 후한 돈을 내려놓은 다음 장갑을 끼며 천천히 입구 쪽으로 다가갔다. 그는 바람이 거센 밤하늘 아래로 나갔다. 맥주를 마신데다 도착한 소식 때문에 호기심이 잔뜩 고조되어 몸이 후끈했다.

선술집 앞마당을 지나 말을 빌려주는 마구간 쪽으로 다가간 그는 나무문을 밀어 열고 어둠침침한 안으로 들어섰다. 아까 그의 말을 맡았던 말라깽이 소년은 아직도 그의 검정 종마를 길들이려고 애쓰는 중이었다.

"아버지가 찾고 계시던데, 얘야."

그는 말을 돌봐 준 사례로 동전 몇 닢을 주었다.

---

* 다진 고기에 으깬 감자를 입혀 구움.

"고맙습니다, 나리!"

소년은 허리를 꾸벅 숙이더니 그의 곁을 지나 쏜살같이 선술집 안으로 들어갔다.

루시언은 말의 목덜미를 토닥이며 뱃대끈을 살펴보았다. 조금 있으려니 마구간 문이 다시금 스르륵 열리는 소리가 들렸으므로 그는 통로로 나섰다. 모건이 전갈을 가져온 것이다.

"엄청나게 훌륭한 맥주였네, 모건."

그는 미소지으며 금화 20소브린이 든 작은 주머니를 선술집 주인의 손에 찔러 주었다.

거구의 대머리는 고개를 꾸벅 숙였다.

"마음에 드셨다니 기쁩니다, 나리."

"고맙네. 이거면 됐네."

모건은 다시금 끄덕이더니 서둘러 부엌으로 돌아갔다. 모든 것이 아주 깔끔하게 비밀리에 처리되었다.

루시언은 작게 접어 봉인을 찍어 놓은 편지를 마구간의 창 쪽으로 들고 보았다. 구름이 언뜻언뜻 흩어지는 사이로 엷은 달빛이 가끔씩 흘러 들어올 뿐이었지만 그것으로 충분했다. 슬쩍 보인 발신인 주소가 에스파냐였으므로 그의 얼굴에 미소가 퍼졌다. 발신인 이름은 산체스였지만 그것은 그의 오랜 친구 가르시아 신부의 수많은 가명 중 하나에 불과했다.

오늘날까지 루시언은 가르시아 신부가 진짜 사제인지 아닌지도 몰랐다. 혹자는 그의 본명이 산티아고로 진짜 안달루시아 백작이며 어센션 왕가와 혼인으로 맺어진 친척이라고 했다. 하지만 루시언이 아는 것이라고는 그가 엄청난 투사라는 사실뿐이었다.

가르시아 신부와 그의 거친 반란군 무리들은 조국을 위해 영국군을 도와 나폴레옹을 스페인에서 몰아냈다.

가르시아는 많은 정보원들을 거느리고 있었으며 그의 정보는 보통 한치의 오차도 없이 정확했다.

겁을 모르는 스페인 친구 생각에 루시언은 쓴웃음을 지으며 주머니에 편지를 집어넣고 말을 밤하늘 아래로 데리고 나갔다.

앨리스는 깜짝 놀라 숨 넘어가는 소리를 내며 심장이 쿵쾅거리는 가운데 침대에서 벌떡 일어났다. 방은 깜깜했다. 몸에서는 열이 났고 허벅지 사이의 처녀지는 열망으로 후끈후끈 욱신거렸다. 그녀는 마른침을 꿀꺽 삼키고 떨면서 현실로 천천히 돌아왔다.

아아, 맙소사, 그녀는 노도처럼 밀려드는 수치심 때문에 손으로 얼굴을 가렸다. 음탕한 꿈의 세세한 부분이 머릿속을 생생히 돌아다녔다. 그녀는 머리카락을 어루만지며 육체를 추스르기 위해 갖은 애를 썼다.

이곳에서 나가야 한다. 그렇지 않으면 조만간 캐로의 경솔하고 무모한 짓거리에 맞먹는 행위를 저지르고 말 것이다.

시트에서 풍기는 라벤더 향기와 너무나 보드라운 침대보가 그녀의 굶주린 듯한 욕망을 더욱 자극했다. 그녀는 담요를 거칠게 젖히고 따스한 침대에서 일어났다. 난로의 불은 꺼져 재가 된 뒤였지만 오히려 썰렁한 공기가 격해진 심정을 다스려 주었다.

곤히 자다 깬 뒤라 목이 말랐으므로 그녀는 저녁식사 쟁반을 두었던 침실용 테이블로 다가갔다. 저녁 때 남긴 식은 차를 한 모금 마셨다. 바닥에 남아 있던 설탕즙이 혀에 감기면서 루시언의 감미로운 입술이 생각나자 전율이 온몸을 훑고 지나갔다.

부인해 봐야 소용없었다. 그녀는 그 혐오스러운 작자를, 그의 육체와 영혼 모두를 원했다. 그래서 겁이 났다.

난 외롭소, 그는 그렇게 말했었고 그녀는 성의 없이 대답했다. 마치 거짓말쟁이처럼, 겁쟁이처럼.

만약 상대가 이 세상의 누구든 간에 루시언만 아니었다면 그녀는 결코 그렇게 차가운 대답을 하지 않았을 것이다. 하지만 그가 그녀 앞에 서서 그나지도 숨막힐 듯한 진실한 모습으로 자신을 내

보였을 때, 자신을 제대로 봐 달라고 청했을 때 그녀는 무기력해지고 말았다. 그를 생각하자 그녀의 눈에 비탄과 수심이 떠올랐다. 그녀는 이마를 손끝으로 누르고 눈을 질끈 감았다.

환장할 일은, 음탕한 꿈이나 저 야외의 전망 좋은 절벽 위에서 나누었던 격렬한 키스보다 그에게 잔인한 말을 퍼부었던 것이 훨씬 더 수치스럽다는 사실이었다. 그녀는 자신을 갖고 논다고 그를 비난했지만 그의 말 없는 눈길에서 그녀의 육체가 주는 쾌락 이상의 훨씬 더 근원적인 것을 갈구하고 있다는 사실을 뼈저리게 알았다.

그녀가 지금 정말로 후회되는 것은, 속살처럼 노출된 그의 감정 때문에 그녀 자신의 감정에 충실하지 못했다는 점이었다. 그녀는 루시언 나이트에게 끌리고 있었다. 마음속 깊이.

멀리서 천둥이 우르릉거리더니 비가 본격적으로 퍼붓기 시작했다. 그녀가 어둠침침한 방 안을 초조하게 거닐다가 멈춰 서서 금색, 주황색, 푸른색, 녹색의 자잘한 불꽃이 통나무 위로 기운차게 타오를 때까지 부지깽이로 난로 안을 쑤석거리고 있는데 안마당에서 말 발굽 소리가 들려왔다. 부지깽이를 그 자리에 내버려두고 창가로 슬쩍 다가가 내다보았더니 루시언이 덩치 큰 흑마를 타고 저택의 정문을 지나 쏜살같이 들어오고 있었다.

안마당에 세워 둔 횃불은 퍼붓는 빗속에서도 전혀 꿈쩍하지 않았다. 그녀는 타는 듯이 붉은 빛으로 물든 그와 말의 모습을 경탄하며 남몰래 지켜보았다.

검은색 옷차림을 한 그의 표정은 폭풍우 치는 밤하늘 아래 매섭고 서글퍼 보였다. 빤히 지켜보는 그녀의 시선을 의식하지 못한 채 그는 말에서 풀쩍 뛰어내려 고삐를 마부에게 건네준 다음 잠깐 걸음을 멈추고 주인으로서 감사의 뜻을 전하듯 말의 콧잔등을 애정 어린 손길로 한번 안아 주었다.

빗줄기가 더욱 거세지면서 돌바닥을 세차게 때렸다. 그는 재빨리 돌아서서 하인이 내미는 우산도 거절한 채 집 안으로 뛰어 들어왔다. 그가 집에 왔다는 것은 그가 오늘 밤 그 열쇠를 써서 그녀의 방으로 들어올지 아닐지 그녀로서 다시금 걱정해야 할 시간이 도래했다는 뜻이었다.

하지만 달리 생각하면 그런 잔인한 말을 들은 그가 이제 와서 그녀와 어떤 관계도 맺고 싶어할 것 같지는 않았다.

빌어먹을. 무엇 때문에 또 방에 숨어 있는단 말인가? 오늘은 토요일 밤이었고 그녀는 그와 함께 있고 싶었다. 그의 말이 옳았다. 그녀는 자유롭지 못했다. 여태껏 자신이 원하는 것을 감히 실행에 옮기지 못했던 것이다. 그녀는 무슨 일이 일어날지 두려웠다. 무슨 일이 일어날 때 자신을 막지 못할까 봐 두려웠다. 그가 그녀에게 어떤 갈망을 불어넣을지가 두려웠다. 그는 너무나 위험했다.

루시언 나이트는 그녀의 심장을 기쁨으로 설레게 만드는 일을, 다른 어떤 남자도 하지 못한 일을 해냈다. 그런 마당에, 그가 진부한 절차를 밟아 구애하는 대신 약간 삐딱하게 시작했다 해서 단지 그 이유만으로 차갑게 거절하다니 어떻게 그럴 수 있단 말인가? 오히려 진부한 남자야말로 여태껏 그녀의 영감을 전혀 불러일으키지 못했다.

그래, 좋아!

그녀는 초조한 가운데에서도 결심했다. 자신의 건전한 이성에 조금은 기회를 주기로 했다. 그 사람에게 기회를 주어야겠어. 그녀는 아침이 되면 새로이 시작하기로 했다. 아무리 은빛 눈의 악마라도 일요일에는 선해지는 법이다. 그녀는 당당하게 침대로 돌아와 누웠지만 잠들지는 못하고 비 내리는 광경을 물끄러미 바라보며 말똥말똥한 눈으로 내일이 오기를 기다렸다.

잘 지냈나, 친구.
이 편지가 무사히 자네 손에 들어가기를 비네. 내가 이 편지를 쓰는 건 클로드 바르두가 멀쩡히 살아 있다는 사실을 알려주기

위함이네. 그 자가 보수파 무리를 소규모로나마 모으고 있다는 정
보를 얻었네. 그들 때문에 내 정보원들의 연락 조직은 와해되고
말았네.

　들리는 말로는 바르두가 빈 회의 때 공격을 시도할 생각이라더
군. 또 다른 말로는 바르두가 구조대를 편성해 엘바 섬에서 나폴
레옹을 구해 내려 한다더군. 어느 쪽이든 대비가 꼭 필요하네. 신
의 가호가 있기를.

가르시아

다락방의 사무실에서 편지 해독을 끝낸 루시언은 턱을 어루만지
며 의자에 깊숙이 몸을 묻었다. 그의 눈길이 딱딱해졌다. 낮지만
단호한 숨결 때문에 촛불이 펄럭거렸다. 가르시아는 레오니도비치
가 말했듯 바르두가 미국 쪽에 붙었을지도 모른다는 이야기는 전혀
언급하지 않았다.

간접 정보란 게 다 그렇지, 그는 생각했다. 즉시 펜을 든 그는
이탈리아와 오스트리아에 포진 중인 동료들에게 편지를 쓰기 시작
했다. 나폴레옹이 몰래 엘바 섬에서 빠져나와 프랑스로 돌아온다고
생각하니 끔찍했다.

하지만 회의가 위협 당한다는 생각 쪽이 한층 더 심란했다. 루시
언의 가족 중 자그마치 네 명이 그곳에 있었기 때문이었다.

그의 큰형인 호크스클리프 공작 로버트는 캐슬리를 보좌하는 파
견 의원 자격으로 현재 빈 회의에 참석하고 있었다. 로버트와 갓
결혼한 새색시 벨은 남편과 함께 그곳에 가서 회의장 주변의 화려
한 축제를 즐기고 있었다.

루시언의 여동생인 레이디 제이신다와 말벗인 리지 칼라일 역시
동행 중이었다. 리지는 로버트의 후견인으로 나이트 집안 형제들에
게는 제2의 여동생과도 같은 존재였다. 심장이 공포로 쿵쿵대는 가
운데 루시언은 되도록 제일 강한 말투로 위험을 알리는 편지를 로

버트와 캐슬리에게 암호로 썼다.

편지를 다 쓰고 봉인한 다음 그는 소피아 보젠스키와 접촉을 해보면 어떨까 생각했다. 그녀는 어쩌면 바르두의 새로운 임무나 그자의 최근 소재지를 알지도 모르는 일이다. 거무스레한 용모의 그 미녀는 러시아 황제 알렉산드르의 부하 중 가장 위험한 독종이었다. 그 러시아 스파이의 예전 임무 중 하나는 바르두를 유혹해 그가 어떤 명령을 내렸는지 알아내는 것이었다.

바르두와 소피아는 러시아와 프랑스 사이의 5년 동맹을 보장하는 틸지트 조약 체결 이래 손을 잡았다. 두 나라는 그 뒤 다시금 적이 되었지만 이후에도 바르두는 소피아의 강력한 매력에서 벗어나지 못했다. 소피아는 거칠고 무자비한 여자였지만 그런 그녀조차도 바르두의 맹목적인 열정에서 온전히 벗어날 수는 없었다. 루시언이 그 사실을 아는 것은 그 역시 한때 그녀와 잠시나마 관계가 있었기 때문이었다.

그는 고개를 저으며 소피아를 찾아보는 것은 그만두자고 결정내렸다. 그랬다간 소피아에게 너무 위험했다. 바르두는 그녀에게 거의 광기에 가까운 집착을 보였다. 게다가 루시언은 전부터 그녀를 완전히 믿지 못했다.

쓰디쓴 기억이 뇌리를 어지럽히는 가운데 그의 생각은 앨리스에게로, 그녀의 품안에서 안식을 갈구하고 싶다는 바람으로 돌아갔다.

그녀의 빛으로, 순수함으로, 확고부동한 부드러움으로 그 자신의 영혼을 씻어 내고 싶은 그의 마음이 그 얼마나 간절한지!

하지만 그 아가씨는 오늘 그를 딱 잘라 내쳤다. 그는 촛불의 작은 불꽃을 물끄러미 들여다보며 생각했다. 남자에게는 자존심이란 게 있다. 다음 번에는 기필코 그녀 쪽에서 그에게 다가와야 하리라.

건물로 빼곡한 런던의 대기가 축축한 안개에 감싸인 가운데 롤로 그린은 웨스트민스터 다리 바로 아래쪽의 램버스 석탄 화물부두에서 초조하게 기다리고 있었다. 조각배의 각등이 칠흑 같은 템스 강의 번득이는 물결 위로 약한 빛살을 흩뿌리며 안개를 뚫고 다가오는 광경을 볼 수 있었다.

예정대로 정각이로군.

조각배가 선창가로 다가오자 그는 입술을 축이며 초조감과 불안감을 숨기고 미국인답게 사람 좋고 서글서글한 미소를 지었다.

그 미소는 엄청난 거구의 윤곽선이 각등으로 밝아진 안개 속에서 불쑥 나타나자 싹 사그라졌다. 조각배의 이물에 서서 시가를 꼬나문 그 남자는 키가 190센티미터에 몸무게도 100킬로그램이 훨씬 넘을 게 분명해 보였다.

하느님 맙소사!

시가 끝이 어둠 속에서 붉게 타오르고 있었다. 다음 순간 뱃전을 밟고 오른 그 괴물은 고깃배 전체가 흔들릴 정도로 방파제에 성큼 뛰어올라 무시무시할 정도로 잽싸게 착지했다. 그는 바위 같은 어깨에 멘 잡낭을 위로 한번 쓱 추켜 올렸다.

롤로는 금발에 각진 얼굴의 거인이 약간 다리를 절면서도 가차없이 쓱쓱 다가오자 소리 죽여 마른침을 삼켰다. 롤로는 정신을 차리고 땅딸막한 몸집을 쭉 펴면서 프랑스인에게 다가갔다. 쾌활한 함박웃음은 순전히 공포에서 기인한 것이었다.

"무슈 바르두이신가요?"

거인은 깔보듯 그를 흘끔 쳐다보았다. 연푸른 눈은 표정이 메말라 있었고 음흉했다. 롤로는 허리를 숙여 인사했다.

"롤로 그린이라 합니다. 존경하는 버지니아의 친구들에게서 무슈를 보조해 드리라는 임무를 받았습니다."

롤로의 지팡이를 눈여겨보는 바르두의 눈치로 보아 그 안에 무기가 숨겨져 있다는 것을 알아챈 듯했다. 하지만 그렇다고 딱히 그 사실에 마음 쓰는 기색은 아니었다. 그는 물고 있던 시가를 빼내 연기를 한줄기 뿜어내더니 꽁초를 부두 위에 던져 버렸다.

"내 명령서는 받아 보았나?"

그는 깔깔하고 단조로운 목소리로 물었다. 롤로의 예상보다 프랑스 사투리가 강했다.

소문에 의하면 바르두는 시골 소작농 집안 출신이지만 프랑스의 혼란기를 틈타 용케 출세했으며 어느 정도 학문도 닦았다고 했다.

고릴라가 신사 흉내를 내려면, 특히 독일 신사 흉내라면 그 정도라도 충분하겠지, 롤로는 생각했다.

영국 귀족 계급은 워낙 어수룩해서 속아넘어가기 일쑤였고, 특히 상대가 프로이센의 역전의 용사인 블뤼헤 장군의 친척이라고 자칭한다면 더할 나위 없었다.

"준비는 완료되었습니다, 무슈. 마차에 타신다면 호텔로 모셔다 드리지요. 런던 최고의 호텔인 풀트니에 객실을 예약해 두었습니다. 러시아 황제께서도 지난 여름 이곳에 오셨을 때 거기에 묵으셨지요."

바르두는 못 미덥다는 눈길로 그를 바라보더니 마차 안까지 꼼꼼히 살펴본 다음 올라탔다.

"적국에 발을 들이니 기분이 묘하시겠지요, 안 그렇습니까?"

롤로는 마차가 움직이기 시작하자 유창한 프랑스어로 한마디 했다. 그는 포도주 병과 잔 두 개를 꺼내더니 조심스레 따라 한 잔을 바르두에게 내밀었다.

"무슈의 고국에서 온 것입니다. 무슈에 대한 존경의 뜻으로 가지고 왔지요."

그는 미소를 지으며 열심히 권했다.

"버지니아의 친구들은 무슈에게 독을 드리면 별로 좋아하지 않겠지요, 바르두 씨. 저를 언제든지 부려먹어 주십시오."

바르두는 미심쩍다는 듯 잔을 받아 들었지만 롤로가 먼저 마실 때까지 입을 대지 않았다.

"내 신분 위장에 대해서는 준비해 됐나?"

"네, 물론이지요, 무슈. 프로이센의 카를 폰 다네커 남작이란 이름으로 런던 사교계에 입성하실 겁니다. 무슈를 최고급 모임들만 골라 모시고 다니겠다는 연줄 좋은 젊은 신사도 이미 포섭해 두었습니다."

"자금은?"

"계좌에 있습니다. 전부 준비해 두었습니다."

웨스트민스터 다리를 건너게 되자 한동안 바르두는 창 밖을 내다보았다.

"그리고 나의 소피아는."

그는 한결 누그러진 어조로 물었다.

"아직 런던에 있나?"

"지난주에 복스홀에서 보았습니다. 여전히 아름답더군요."

롤로가 한숨을 내쉬었다.

"복스홀이라니, 그건 뭔가?"

"강 위에 조성한 위락 공원입니다. 극장에 무도회장에 불꽃놀이 대회장도 있지요. 나중에 구경시켜 드리겠습니다. 기분 전환이 되실 겁니다."

"소피아가 있어야 해."

바르두는 말했다.

"소피아는 항상…… 쓸모가 있거든."

롤로는 미간에 주름을 잡았다. 클로드 바르두는 영국군이 저지른 워싱턴 방화 때문에 앙심을 품은 매디슨 대통령의 친구들이자 분노한 유력 신사 농장주들에게 고용된 몸이었다. 그 버지니아 사람들이 바르두가 외부의 도움을 끌어들인다는 데 대해 어찌 생각할지는 알 수 없었다.

"바르두 씨. 죄송하오나 무슈의 수고비는 이미 얘기가 끝난 상태입니다. 정말로 마담 보젠스키가 도움을 주겠다고 나설 거라 생각하십니까?"

"소피아는 내 말대로 할 거야."

바르두는 롤로의 눈을 바라보았다. 롤로 역시 똑같이 하는 게 제일이라는 말이 필요 없는 암시였다. 그는 포도주를 또 한 모금 마셨다.

롤로는 남자의 연푸른빛 눈에서 표정이 싹 사라지자 얼굴이 하얗게 질렸다. 이 순서에서는 화제 전환이 최고였다.

"독일어는 어디에서 배우셨습니까?"

그는 어정쩡한 말투로 물었다.

"베스트팔렌에서. 한동안 제롬 왕을 보호하는 임무를 맡았을 때였지."

"오호, 나폴레옹 황제의 어린 동생 말이지요, 맞습니까?"

바르두는 끄덕였다.

"루시언 나이트 경을 아나, 그런?"

롤로는 무엇 때문에 거짓말이 덥석 나왔는지는 알 수 없었지만 자신의 본능이 알려올 때면 그 말대로 하곤 했다. 그는 고개를 저었다.

"들어본 적은 있지만 아는 사이는 아닙니다. 왜 그런 질문을?"

그저 쳐다보기만 하던 바르두의 얼굴이 길목에 있던 가로등 불빛을 언뜻 받아 잔인하게 빛났다.

또 어색한 침묵이 흘렀다. 롤로는 헛기침을 하면서 지나치게 많은 질문을 해서는 안 된다는 뜻을 똑똑히 되새겼다. 그도 그 편이 좋았다. 그는 억지로나마 쾌활한 척을 했다.

"바르두 씨. 무슈의 계획을 언제쯤이면 제대로 알 수 있을까요?"

바르두는 창 밖으로 지나가는 웨스트민스터 대사원을 내다보며 그의 질문을 곱씹어 보았다.

"15년 동안 봉사했어."

그는 중얼거렸다.

"그런데 이젠 고향으로 돌아갈 수 없게 되었지. 돌아갔다간 재판을 받고 처형될 테니까. 난 아무 것도 잘못한 게 없어. 난 조국을 위해 일했다고. 내 처지를 짐작이라도 하나, 그런? 패배란 아주 쓰디쓴 잔이야. 자존심만 강하고 오만한 이 영국놈들도 그 맛을 봐야 해."

"저기, 그렇습니다."

이거 교묘하게 대답을 피하시는구만, 그는 생각했다. 롤로는 영국에 대해 사실 악감정이 있는 것은 아니었다. 그의 선조도 사실은 근면한 콘월 사람이었다. 그는 그들의 음식과 여자와 술이 좋았다.

바르두는 포도주를 또 마셨다.

"자네의 첫 임무는 폭탄 제조자를 찾아오는 거야. 자네가 토목기사라고 하면서 새 다리 건설을 위해 그 전에 노후한 다리를 폭파해야 한다고 둘러대게. 초석 주문을 넣어. 분량은 내가 목표물을 본 다음에 알려주겠네."

"호오, 이미 목표물을 정해 두셨습니까?"

롤로는 놀라서 물었다.

"뭔데 그러십니까?"

바르두는 그저 차갑게 미소지을 뿐이었다.

7

하녀가 정시에 딱 맞춰 왔을 때 앨리스는 이미 일어나 옷도 다 입고 하루를 시작할 열의에 넘쳐 있었다. 하지만 통통한 하녀의 손에는 아침식사 쟁반이 없었고 대신 이제부터 아가씨의 방으로 식사를 나르지 말라는 경의 명령이 있었다는 전갈뿐이었다.

오호, 이제 날 굶겨 죽이려고 작정을 하셨군, 앨리스는 나직이 웃으며 생각했다. 그리고 그녀의 나긋나긋한 태도를 보고 그가 얼마나 충격을 받을지 빨리 보고 싶어서 몸이 근질근질했다.

앨리스는 하녀를 따라 아래층으로 내려가 현관으로 향했다. 하녀는 그곳에서 일하던 제복 차림의 현관 짐꾼과 교대했다.

"경께 모셔다 드리겠습니다, 아가씨."

하인은 앨리스에게 꾸벅 절을 하더니 현관문을 열었다.

"이쪽으로 오시지요."

"바깥에 계시나요?"

"경께서는 지금 연습실에 계십니다. 매일 아침 일과시지요. 겉옷을 갖다 드릴까요?"

"한참 걸어야 하나요?"

"아닙니다, 아가씨."

"그럼 그냥 안내해 주세요."

하인은 고개를 끄덕이더니 밖으로 그녀를 안내했다. 청명하고 쌀쌀해 하루가 잔뜩 기대되는 아침이었다. 그녀는 팔을 싹싹 문질렀다. 입김이 쏟아져 나왔다.

"연습실이라니 정확히 뭐 하는 데죠?"

"체력 단련실입니다, 아가씨. 경께서는 그곳에서 검술과 권투 연습을 하시지요."

"권투! 세상에나. 그럼 내가 거기 가는 건 분명 적절치 못해요!"

젊은 숙녀는 남성적인 힘을 겨루는 전당에 들어가는 게 아니었다. 일요일 아침이니 만큼 그녀가 가야 할 곳은 독신 남자의 사설 권투 연습장이 아니라 교회였다.

하인은 동정하듯 침울한 표정으로 그녀를 슬쩍 쳐다보았다.

"그렇지만 아가씨. 경께서는 그곳에 아가씨의 아침식사를 차리라고 명령하셨습니다."

정말이지 그는 다시금 그녀에게 도전을 청한 것이다. 치즈로 생쥐를 꾀듯 그녀를 유혹해 스캔들이 날지도 모르는 자유 쪽으로 유혹하는 것이다. 넌덜머리가 난 그녀는 어깨를 으쓱했지만 다른 젊은 숙녀들이라면 절대 구경도 못할 세계를 보고 싶은 호기심에 군말 없이 하인의 뒤를 따라갔다.

앞장을 선 하인은 자갈 깔린 안마당을 가로질러 집 주위를 둘러싼 도로로 접어들었다.

앨리스가 하인의 뒤를 좇아 발걸음을 재촉하려니 흙내가 물씬 섞인 마구간 냄새가 산들바람을 타고 흘러왔다. 저택과 마찬가지로 붉은 벽돌로 지어진 대형 말 사육장으로 다가갈수록 그녀의 기대감은 점점 부풀어올랐다. 하인이 루시언의 체력 단련실로 통하는 문을 열기도 전에 앨리스의 귀에는 금속 검이 날카롭게 부딪히는 소리가 들려왔다.

외국 억양이 강한 남자 목소리가 일정한 사이를 두고 날카롭게 뭔가를 외쳐 아침의 정적에 방점을 찍듯 울려 퍼졌다. 하인이 그녀에게 문을 열어 주었다. 앨리스는 망설였지만 실내를 살짝 들여다본 순간 과자빵과 반짝이는 은제 다기가 놓인 테이블로 즉시 눈길이 갔다.

호오, 미끼라 이거지! 그녀의 이성은 들어가지 말라고 애걸복걸했지만 그녀는 캐로 같은 사람들에게 순결한 미덕으로 오인 받곤 하는 자신의 수줍은 성격을 극복하기로 마음먹은 참이었다. 루시언은 그녀를 처음으로 꿰뚫어 본 사람이었다. 용기를 낸 앨리스는 마치 모자 가게에 들어가는 것처럼 태연하게 보이려고 애쓰면서 실내로 들어갔다.

가무잡잡한 검술 선생과 쾌활해 보이는 귀족 청년 다섯 명이 루시언과 함께 연습을 하고 있었지만 어느 누구도 그녀 쪽으로 눈길 한번 주지 않았다. 마치 그녀가 올 예정이지만 싹 무시하라는 당부를 사전에 받은 것만 같았다. 루시언의 엄청난 집중력 역시 그녀의 등장 정도로는 전혀 흐트러지지 않았다. 그녀는 그의 얼굴을 한번 슬쩍 보았다. 맹렬하게 번득이는 은빛 눈은 다이아몬드처럼 영롱하게 불타고 있었으며 아침 햇살은 그의 검에 부서져 반짝 빛났다.

식사 시중을 드는 하인이 의자를 빼 주었고 앨리스는 주전자에서 차를 따랐다. 그녀는 침착하게 보이려고 최선을 다했지만 뱃속은 혼란의 도가니였다. 이 빨개지는 볼만이라도 어떻게 해 볼 수 있다면! 그녀는 의지력을 모아 수전증을 누그러뜨리며 차에 설탕을 약간 넣고 접시와 잔을 집어든 채 점잖은 표정으로 신사들 쪽을 지켜보았다. 하지만 루시언을 보자 그녀는 다리가 왠지 솜방망이가 된 것 같아 나무 의자에 풀썩 주저앉았다.

그가 연습 때도 저렇게 난폭하다면 전심전력으로 싸우는 그의 모습 따위는 절대 보고 싶지 않았다. 실내에 칼날이 챙챙 부딪는 소리가 울려 퍼졌다. 가무잡잡한 스페인 검술 선생은 옆으로 비켜 서서 무뚝뚝하게 지시를 내리며 명령하고 있었다.

루시언과 훈련 중인 다섯 명의 청년들은 루시언을 둥글게 둘러 싸고 일정한 거리마다 배치되어 있었다. 루시언은 그들의 공격을 막아내는 입장에 서서 눈부신 속도로 그들 사이를 유연하게 뚫으며 앞뒤로 움직이면서도 그중 어느 누구에게도 절대 등을 보이는 일이 없었다.

그는 구슬땀을 흘리고 있었고 딱 붙는 검정 바지가 그의 운동선 수다운 다리선을 낱낱이 드러내고 있었다. 그는 헐렁한 흰 셔츠 위 에 보호장구로 가죽 조끼를 착용해 남자다운 어깨에 끈을 휘감고 날씬한 허리 양쪽에서 단단히 졸라매고 있었다.

앨리스는 숨을 멈추고 있었다는 사실도 잊은 채 그의 모습에 넋 이 나가 있다가 마침내 연습이 끝난 뒤에야 다시 숨을 토해 냈다.

루시언은 상대편에게 자연스럽게 경례를 하더니 무기를 넘겨주 었다. 그의 가슴은 들썩거리고 있었다. 검술 선생은 훌륭한 솜씨였 다면서 칭찬했다.

앨리스는 잔뜩 기대하며 기다렸지만 루시언은 그녀에게 다가오 기는커녕 연습실의 저 안쪽 끝에 있는 벤치로 다가가 한쪽 끄트머 리에 앉더니 커다란 쇠 아령을 집어들고 팔꿈치를 허벅지 안쪽에 받친 채 오른팔 운동을 시작했다.

어머나, 세상에! 그녀는 감탄했다. 그녀는 그가 아령을 다시 바닥 에 쨍강 내려놓는 것을 보았다. 그는 두 팔을 머리 위로 올리더니 거대한 표범이 여유롭게 움직이듯 어깨 운동을 했다. 왼팔도 같은 요령으로 운동을 하더니 벤치에서 가볍게 일어나 대기 중이던 하인 에게서 작은 수건을 받아들고 땀을 닦았다. 검술 선생은 그동안 그 에게 몇 가지 훈련상의 주의점을 일러주고 있었다.

앨리스는 대체 그가 자신을 완전 무시할 셈인가 싶어 점점 초조해졌지만 계속 기다렸다. 하지만 어제 그녀가 던진 매정한 말 때문에 그녀에게 말도 못 걸 정도로 화가 났다면 무엇 때문에 굳이 여기로 그녀를 불렀을까?

자신이 너무나 빤히 쳐다보고 있었다는 것을 깨닫고 그녀는 억지로 시선을 돌려 다섯 명의 청년 쪽을 보았다. 두어 명은 왠지 낯익은 듯했다. 런던에서 만난 적이 있는 걸까, 아니면 지하동굴에서 처음 본 걸까 궁금했다.

루시언이 그녀의 존재에 완전 관심을 끊은 것 같아 슬슬 절망이 들려던 바로 그때, 그는 검술 선생에게 인사를 하더니 수건으로 목을 훔친 다음 어깨에 걸고는 그녀에게 다가왔다.

"몬테규 양. 예기치 않았던 즐거움이군요."

다른 하인이 그가 지나가자 물통을 주었다.

"그리고 아주 인상적인 솜씨였고요."

그녀는 그가 다가오자 장난스럽게 웃으며 대답했다.

"고맙소. 그런데 오늘 나하고 같이 누구를 좀 만나러 갔으면 좋겠소."

"누구인데요?"

"나이 든 현자라오."

그는 은빛 눈을 희미한 광채로 번득였다.

"여기 일이 다 끝나려면 아직 30분은 더 있어야 하니 앉아서 구경해요. 그래야 당신이 곤란을 겪지 않는지 내가 지켜볼 수가 있으니. 괜찮소?"

앨리스는 대답하지 않았다. 그의 명령을 받고 느낀 즐거움 때문에 당황했던 것이다. 그는 보호용구인 가죽 조끼 끈을 풀더니 머리 위로 벗었다. 그는 그녀에게 눈을 찡긋하더니 다시 일행에게로 돌아가 연습의 다음 단계로 들어갔다.

검술 선생은 땅딸막하고 다부지고 부루퉁하게 생긴 남자였는데 알고 보니 전직 권투 선수로서 권투를 가르치기도 했다. 세상에!

그녀는 움찔했다. 검술 연습은 또 몰라도 루시언과 동료들이 멍 투성이에 정신이 아득해질 때까지 서로를 때리고 맞는 광경을 참고 볼 수 있을지 자신이 없었다. 그때 루시언이 셔츠를 벗어 던지자 그녀의 머릿속이 하얗게 변했다.

그녀는 화가의 안목과 여인의 욕망이 깃들인 시선으로 그의 멋진 구릿빛 등근육을 홀린 듯 응시했다. 그의 팔뚝은 우람했고 깎은 듯 매끄러운 가슴에서는 윤이 흘렀다.

여태껏 그림을 그려왔지만 뭐니뭐니해도 제일 고전적인 소재, 즉 남성의 누드를 그려볼 기회가 전혀 없었다는 생각이 문득 앨리스의 뇌리를 스쳤다. 레벨 코트로 오기 전에는 아마 그런 생각만 하더라도 각성제 소금을 찾아야 했겠지만 루시언 나이트를 만난 이후로는 세상에 불가능할 일이 없어 보였다.

권투 연습이 시작되자 그녀는 그 폭력성을 보고 움찔해 시선을 돌려봤지만 아무 소용이 없었다. 소리를 안 들을 수도 없는 노릇이었고 오히려 가죽에 감싸인 주먹이 살에 부딪히는 둔중한 소리, 복부를 크게 얻어맞고 괴로운 듯 낮게 신음하는 소리 등이 효과면에서는 더 고약했다. 루시언은 서의 턱을 깨끗이 날려 쓰러뜨렸다.

다음 선수는 남이라고 불리는 붉은 머리의 청년이었다. 그는 링으로 돌진해 루시언의 뺨에 어찌어찌 한방을 먹이기는 했지만 그 대가로 바닥에 뻗어 버리고 말았다. 이런 상황이 몇 번이나 더 되풀이되자 앨리스는 더 이상 참을 수가 없었다.

그녀는 벌떡 일어났다.

"그만!"

모두가 그 자리에 딱 굳어지더니 어리둥절한 표정으로 그녀를 돌아보았다.

"진짜 다치는 사람이 나오기 전에 다들 그만둬요."

그녀는 홍당무가 되어 주뼛주뼛 말했다.

루시언은 왕년의 일류 선수였던 선생과 즐거운 듯한 시선을 교환했고 나머지 청년들은 헛기침을 하면서 웃음을 삼켰다. 루시언은 팔뚝으로 눈썹에 맺힌 땀을 닦으며 다가왔다. 그녀는 그의 번득이는 가슴으로 내려가는 시선을 거둘 수가 없었다. 그녀는 더욱 홍당무가 되었다.

"다치는 사람은 아무도 없을 거요, 내 사랑. 이건 그냥 운동 경기거든."

"잔인하잖아요."

"하지만 남자란 이래야만 자기가 섬기는 레이디의 명예를 흔들림 없이 지킬 수 있지."

그의 눈이 반짝였다.

"당신이 내 안전을 그렇게까지 걱정해 준다니 말도 못할 만큼 감명 받았소."

"저 사람들이 더 걱정돼서 그런 거예요."

그녀는 두 사람의 설전을 대놓고 엿듣는 청년들을 고갯짓으로 가리키며 쏘아붙였다. 그녀가 그쪽을 바라보자 그들은 씩 웃었다.

"무슨 소리. 당신은 날 걱정한 게 분명해."

그는 분개해서 받아쳤다.

"난 혼자서 다섯을 상대한데다 저 까부는 애송이들은 다들 나보다 적어도 다섯 살은 젊단 말이오. 그거야말로 저 친구들에게 엄청난 이점이지."

"뭐 저 사람들이 당신을 납작 때려눕히는 광경도 보고 싶지는 않았어요."

그는 음흉한 미소를 날렸다.

"그렇지? 당신도 걱정했던 거요. 당신 역시 자기 뜻과는 반대로 슬슬 날 좋아하게 된 것 같군. 이제 앉아서 권투의 참된 정신을 흠뻑 누려보라고."

두 주먹을 서로 맞부딪히더니 휙 돌아선 그는 거드름을 피우며 동료들에게 돌아갔다.

"아가씨께선 내 얼굴을 치지 말라고 하시는군, 친구들. 특히 내 입술에 멍이 드는 사태가 없도록 하라고 자네들에게 주의를 주셨네."

혈기왕성한 젊은이들은 낄낄거리더니 소위 그녀의 제안에 분개한 척을 했다. 앨리스는 나오려는 웃음을 애써 억누르며 인상을 써 보였다. 정말 이렇게 괘씸한 사람은 둘도 없다니까, 그녀는 생각했다. 나지막한 한숨이 터져 나왔다.

한밤중에 천사가 앨리스를 찾아가 루시언의 뜻에 따라 달라고 애원을 하지 않은 다음에야 이럴 수는 없었다. 무슨 기적이 일어나기라도 한 것처럼 그녀는 오늘 그에게 너무나 잘해 주고 있었다. 이렇다면 작전 변경이 필요했다. 그녀가 그에게로 한 걸음 다가올 수만 있다면 그는 그녀를 맞으러 기꺼이 양말 바람으로 뛰쳐나갈 참이었다.

루시언은 서두르는 와중에도 목욕을 말끔히 마치고 새 옷으로 갈아입은 다음 그녀를 안내해 어제 산책을 나섰던 그 숲길로 나갔다. 비가 온 뒤라 길이 상당히 진창이었다. 그들의 목적지는 루시언의 어린 시절 가정교사였던 시머 휘트비 노인이 사는 계곡의 작은 오두막 촌락이었다.

오늘 루시언의 발걸음이 조금 느린 것은 운동을 한 뒤라 온 몸이 이미 뻐근했기 때문이었다. 바르두가 어딘가에 살아 있다는 사실은 그를 극한까지 내몰았다. 물론 그녀 역시 감시당하고 있을 것이다.

두 사람은 편안한 침묵 속에서 숲길을 나아갔다. 안 그래도 욱신거리는 루시언의 왼쪽 어깨에는 책이 든 가죽 가방이 걸려 있었다. 모두 그가 휘트비 노인을 위해 런던의 단골 서점에서 주문한 두꺼운 최신간이었다.

한편 앨리스가 든 바구니에는 머핀 대여섯 개와 스펀지 케이크,

레벨 코트 지하의 온천에서 길어 올린 광천수 항아리가 들어 있었다. 휘트비는 그 물의 효능을 굳게 믿는 사람이었다. 그의 말에 따르면 그 광천수는 관절염에 경이로운 효력을 발휘한다고 했다.

루시언은 희망에 차서 그녀 쪽을 흘끔 쳐다보았지만 그녀는 그 시선을 느꼈으면서도 마주보지 않았다. 속으로 빙긋 미소지은 그는 잔잔한 기쁨을 느끼며 그녀를 찬찬히 살폈다.

긴 속눈썹이 너무나도 우아했다. 입술은 이슬을 머금은 분홍 장미와 같은 색깔이었다. 다시금 그녀를 거세게 포옹하고 싶다는 욕망에 사로잡히자 그는 재빨리 정신을 차리고 충동을 굳게 다스렸다. 절대 일을 그르치지 않겠다고 단단히 결심하지 않았던가. 오늘 그는 자신도 마음만 먹으면 아주 착해질 수 있다는 것을 그녀에게 보여주겠다는 각오가 이만저만이 아니었다.

"루시언?"

그녀가 곰곰이 생각에 잠긴 목소리로 불렀다.

그녀의 혀끝에서 흘러나온 그의 이름은 상쾌한 산들바람처럼 기분 좋은 전율을 그의 전신에 가져다주었다.

"왜 그러지?"

"뭐 하나 물어도 될까요?"

"괜찮소."

그는 조심스럽게 대답했다.

"궁금해서 그래요. 당신 아버지는 왜 당신에게만 레벨 코트를 남기고 대미언 경에게는 아무 것도 남기지 않으셨죠?"

"사실 대미언은 우리 아버지의 혈통 덕에 백작위를 얻었다오."

"정말이에요?"

"그렇소. 내가 말했듯이 카너션에게는 적법한 후계자가 없었지. 그분은 바람둥이인 우리 어머니에게 몸도 마음도 바치신 분이라 평생 독신으로 사셨으니까. 4백년간의 혈통이 끝장난 거요. 하지만 아버지에게는 그 상황을 지켜본 상원의원 친구들이 많으셨지. 아버지가 돌아가시자 그 친구분들은 합심해서 국왕에게 청원했소. 카너선이란 이름은 사라질지언정 유서 깊은 핏줄까지 끊어지는 건 아니니 새 작위를 만들어서 하사하십사라고 말이오. 대미언이 작위를 받게 된 건 나보다 12분 먼저 태어났기 때문이었소. 물론 그런 결정이 내려지기까지는 형이 훈장을 받은 전쟁 영웅이고 용맹하며 고결하다는 평판 역시 큰 역할을 했지. 형과 그 자손들이 3대에 걸쳐 보수당 표밭이 될 거라고 수상에게 넌지시 귀뜸해 준 건 둘째치고 말이오."

"그렇군요. 당신 아버지는 집안의 대를 사랑 때문에 포기할 만큼 당신 어머니에게 완전히 빠지셨던 거군요."

앨리스는 뭔가 엄청난 로맨스라는 듯이 말했다.

"맞소. 두 분은 어머니가 아직 젊은 아가씨였던 시절, 호크스클리프 공작부인이 되기 전에 만나셨소. 하지만 그때는 아버지 쪽에서 별 관심이 없으셨다지. 이 얘기를 들은 건 작년에 그분의 임종을 맞았을 때였소."

"어머나, 유감이에요."

"그렇게 말해 주니 고맙소. 하지만 그게 최선이었소. 병세가 몹시 심하셨거든."

"당신이 아버지 곁을 지켰다니 다행이네요. 대미언 경도 함께 있었나요?"

"아니, 형은 이베리아 반도를 떠날 수가 없었소. 게다가 형은 우리의 친부모 따위는 무시하고 그저 호크스클리프의 친아들로 행세하는 편을 더 좋아했거든."

그녀는 안됐다는 듯 움찔했다.

"대미언 경은 백작인데 당신은 그렇지 못하다는 사실 때문에 신경 쓰이지 않나요?"

"전혀 아니오."

그는 즉시 대답했다.

"형은 그런 대접을 받을 자격이 있소. 게다가 난 형의 그림자에 묻혀 사는 데 익숙하다오. 정말로 신경 쓰지 않소."

"루시언. 내가 확신하지만 당신은 절대 대미언 경의 그림자가 아니에요."

"아니, 그림자가 맞소. 당신은 그저 예의상 말하는 것뿐이지. 난 예전부터 항상 그랬소."

그녀가 진흙탕을 돌아오느라 시간이 걸리자 그는 멈춰 서서 기다려 주었다.

"루시언, 정말이라니까요."

"내 말은 사실이오. 아무나 붙잡고 물어 보시오. 저기 대미언과 그 동생이 있군. 난 항상 '그 동생'일 뿐이었소. 하지만 난 정말이지 마음 쓰지 않는다오. 뭐 하나쯤 인정하자면 왠지 여분의 존재 같다는 느낌은 들지만."

그를 따라잡은 그녀는 낮고 부드러운 웃음소리를 내며 그의 등을 어루만져 주었다.

"난 당신이 여분의 존재라는 생각 따위 전혀 하지 않아요. 위안이 될지는 모르겠지만 내게 있어서는 대미언 경이야말로 '그 형'이에요."

"이런, 너무나 큰 위안이 됐소, 몬테규 양."

그는 안쓰러워 보이는 웃음을 씩 지었다.

"정말이지 아주 커다란 위안인데."

"잘됐네요."

그녀는 생기발랄한 미소를 던졌다. 너풀대는 나뭇잎이 보드라운 상아색 피부에 그림자를 팔랑팔랑 드리웠다. 그녀는 그를 앞장섰다.

"자, 갈까요?"

"당신은 어떻지?"

"내가 뭘요?"

"어느 누구도 모르는 앨리스 몬테규에 관해 얘기해 봐요."

그녀는 인상을 쓰면서 그를 쳐다보았다.

"아무도 모르는 엄청난 비밀 말인가요?"

"그래, 바로 그거요!"

"미안해요. 그런 건 하나도 없답니다."

자신에게는 그것보다도 더욱 크나큰 비밀이 있다는 말을 하려다가 꿀꺽 삼킨 루시언은 미소지으며 다시 발걸음을 성큼성큼 옮겼다.

"그럼 뭐 좋은 면이라도 얘기해 봐요. 태어나서 제일 좋았던 날은 언제였소?"

"그거야 쉬워요. 열 살 때 생일이었죠. 아버지께서 내게 처음으로 말을 주셨어요. 조랑말이 아니라 진짜 말이요. 내가 정말로 많이 컸다는 뜻이었거든요. 모두가 그 자리에 있었어요."

"모두라고?"

"어머니, 아버지, 필립, 유모 페그까지요."

그녀는 어깨를 으쓱했다.

"그 생일이 지난 뒤 어머니는 병석에 누우셨어요."

그는 그녀의 음성에서 조심스럽게 절제한 슬픔을 감지하고 번쩍 고개를 들었다.

"어머니가 무슨 병에 걸리셨기에?"

그녀가 애처로우면서도 초연한 미소를 지으며 흘끔 바라보자 그의 가슴은 미어졌다.

"어머니는 생기발랄하고 활동적이고 아름다운 분이셨어요. 서른여섯이란 나이에 갑자기 감기에 걸리셨는데 몇 달이 지나도 계속 병세가 악화되기만 했어요. 결국은 계단을 조금만 오르내려도 숨을 헐떡이게 되셨죠. 의사들도 어쩌지를 못했어요. 나중에야 병명이 밝혀졌죠. 가슴에 종양이 생겼는데 잘 보이지 않아 방치해 두었더니 폐부로 번지고 말았던 거예요."

"정말 유감이오, 앨리스."

그 역시 가슴 아파하며 부드럽게 말했다.

"아버지는 그로부터 2년 뒤 낙마해서 돌아가셨어요. 잔뜩 취한 채로 사나운 말을 타고 울타리를 뛰어넘으시다가 말이에요."

루시언은 멈춰 서서 그녀를 응시했다. 그녀는 머뭇거리며 더 이상 말을 해야 할지 어떨지 모르겠다는 듯 그를 곁눈질했다.

"계속해요."

그는 부드럽게 재촉했다.

"아버지는 어머니가 돌아가신 다음에 폐인이 되셨어요. 두 분은 너무나 서로를 사랑하셨거든요. 아버지는 결국 어머니 뒤를 따라가게 되어 기쁘셨을 거예요. 두 분이 너무나 그리워요."

그녀는 시선을 돌렸다.

"해리를 보면 아직도 두 분 모습이 떠올라요. 눈이 꼭 닮았거든요. 해리가 있어서 난 정말 기뻐요, 루시언. 그 애를 위해서라면 난 뭐든지 할 거예요."

끝 무렵에 가서 목소리가 갈라지면서 눈물이 샘솟았다.

"나도 알고 있소."

그는 속삭이며 그녀를 문득 품으로 끌어당겼다. 그는 한동안 그녀를 세차게 껴안고 있었다. 산들바람에 휘날린 갈색 낙엽이 주위에서 흩날렸다. 그는 눈을 감고 그녀의 머리칼에 열렬한 키스를 퍼부었다.

그렇게 그녀를 안고 있으려니 순간 그의 내면 깊은 곳에 있던 무언가가 바뀌었다. 그도 그 정체가 무엇인지는 확신할 수 없었다. 조금 전까지는 그녀의 고통을 덜어 줄 방법을 신에게 간구했건만 지금은 마치 그가 심장 주위에 둘러쳤던 더없이 크고도 두터운 벽이 거대한 망치에 의해 뻥 뚫린 느낌이었다. 그 사이로 빛이 쏟아져 들어왔다. 몸을 근질근질하게 만들며 활력을 주는 빛이었다.

그는 약간 거리를 두고 그녀의 섬세한 얼굴을 양손으로 감싸 위쪽으로 들어올려 눈을 마주치게 했다. 그는 엄지로 그녀의 볼에 흐르는 눈물을 닦아주었다.

"당신이 뭔가를 필요로 할 때면, 그게 무엇이든 간에."

그는 격렬한 목소리로 속삭였다.

"나한테 와 줬으면 좋겠소. 이해하오?"

"아아, 루시언……."

그녀는 빠져나가려고 했다.

그는 그녀를 부드럽지만 단호한 손길로 꼭 붙들었다.

"진심이오. 당신은 외톨이가 될 필요가 없소. 난 당신 친구고 언제까지나 당신을 위해 그 자리에 있을 거요. 그리고 해리를 위해서도."

"왜요?"

그녀는 약간 떨리는 목소리로 반항하듯 속삭였다.

"무엇 때문에 우리에게 마음을 쓰는 거죠?"

그녀의 질문을 듣자 그는 그녀가 그를 신뢰하기에는 아직 어림도 없다는 것을 새삼스레 깨달았다. 그는 고개를 저었다. 평소에는 청산유수였던 그의 언변이 그녀와 있으면 항상 그렇듯 이번에도 소용없어지고 말았다.

"왜냐하면 당신을 좋아하니까."

그는 명료하게 말했다.

"당신은 나에 대해서 거의 아는 게 없잖아요."

"충분히 알고 있소. 지금 당장은 날 믿어 줄 필요가 없소, 앨리스. 때가 되면 당신도 내 말이 진실이라는 걸 알 거요. 갑시다."

그는 잠시 어색한 사이를 둔 다음 그녀를 안은 팔을 억지로 풀며 퉁명스레 말했다. 그는 그녀를 어떤 위험에서도 보호하고픈 자신의 격렬한 욕망 때문에 충격을 받았다.

"거의 다 왔소."

잠시 후 앨리스는 그의 놀랄 만한 맹세 때문에 여전히 얼떨떨한 채로 루시언의 뒤를 따랐다. 그는 그녀 앞을 성큼성큼 걸어갔다.

어깨는 넓었고 보폭이 큰 걸음걸이에는 당당하면서도 주위에 군림하는 분위기가 있었다.

그녀에 대한 그의 관심은 너무나 강렬했지만 그녀는 무서워해야 할지 기쁨에 펄쩍펄쩍 뛰어야 할지 알 수가 없었다. 성실을 맹세하는 그의 말 따위 그녀는 전혀 믿지 않았지만 그가 보호 대상에 해리까지 포함시켜 준 사실만은 제외였다. 그것은 예상치 못한 말이었다.

숲에서 뻗어 나온 흙길은 저 멀리 보이는 대여섯 채의 오두막 무리 쪽으로 이어지고 있었다. 훈훈한 난롯불 냄새가 바람을 타고 그들에게까지 날아와 나뭇가지 사이를 조근조근 스쳐갔다. 숲에 가려져 보호받고 있는 곳이구나, 그녀는 생각했다.

"오래 있지는 않을 거요. 비가 올 것 같군."

그는 문을 두드렸지만 대답이 들릴 때까지 기다리지 않았다. 문을 연 그는 집 안으로 상체를 들이밀고 흘끗 살펴보았다.

"휘트비 선생님?"

"이런, 루시언."

힘없고 약하지만 극히 고상한 목소리가 안에서 들려왔다.

"들어와라! 내가 깜박 졸았던 모양이구나."

앨리스는 루시언의 뒤에서 엿보려고 했지만 그의 널찍한 어깨가 가리고 있어서 거의 볼 수가 없었다.

"주무시는데 깨웠군요. 죄송합니다."

"그렇지 않아, 애야. 전혀 아니야."

"선생님 책이 도착했습니다. 그리고 소개시켜 드릴 사람도 있어요."

"그래?"

그는 문을 좀더 열고 옆으로 비켜서서 앨리스를 안으로 들였다. 호기심과 기대감을 가득 안고 그녀는 루시언을 지나쳐 오두막 안으로 들어갔다. 연약해 보이는 노인이 안경을 쓰고 푹신한 안락의자에 앉아 지적인 눈으로 그녀를 바라보고 있었다.

"휘트비 선생님, 글렌우드 남작의 따님인 앨리스 몬테규 양이에
요. 몬테규 양, 내 비참했던 어린 시절의 영웅을 기쁘게 소개해 드
리겠소."

루시언은 냉소적으로 말했다.

"내가 제일 존경하는 선생님인 시머 휘트비 씨요."

앨리스는 무릎을 예의바르게 굽혀 인사했다.

"처음 뵙겠습니다."

휘트비 씨는 지팡이에 의지해 힘겹게 비틀비틀 일어났다. 앨리스
는 자신이 들어왔다고 해서 굳이 일어설 것까지는 없다고 말리려
했지만 루시언은 그녀의 팔을 살짝 건드리면서 고개를 저었다. 순
간 그의 의중을 깨닫고 그녀의 가슴이 죄어들었다.

신사는 언제까지나 신사일 뿐이다. 설령 백 살이 먹었다 해도.
그녀는 노인에게로 다가가 악수를 하는 척하면서 부축했다. 그는
그녀에게 기대며 손을 지그시 잡아 주었다.

"뵙게 되어 반갑습니다."

그녀는 따스한 어조로 말했다.

그는 턱을 들고 안경을 통해 날카로운 눈매로 그녀를 살펴보았
다. 그의 얄팍한 입매가 천천히 풀어지면서 진심이 담긴 미소가 깃
들였다.

"이런, 아가씨. 예쁜 만큼 마음씨도 곱군요. 차 한잔 같이 해도
괜찮겠소? 지금은 가정부가 교회를 갔지만 우리끼리도 어떻게든 할
수 있을 겝니다. 문부터 닫아라, 루시언."

"죄송합니다."

그는 씨익 웃으며 중얼거리더니 문을 홱 밀어 닫았다.

"지난 25년 동안 저 녀석에게 여러 가지를 가르치려고 애썼지
요."

휘트비 씨는 푸른 눈을 반짝이며 앨리스에게 말했다.

"미적분, 그리스어…… 저 애는 하나를 보면 열을 알았지만 문 닫는 법만은 배우지를 못하더군요."

아주 즐거워진 앨리스는 쿡쿡 웃으며 루시언에게 미소를 살짝 던졌다. 나이든 신사는 거친 손으로 지팡이 머릿부분을 고쳐 쥐었다.

"휘트비 선생님께서는 우리 형제들이 학교에 입학하기 전에 가정교사를 맡으셔서 아주 혼쭐이 나셨다오."

"정말 힘드셨겠어요!"

앨리스는 탄성을 질렀다.

"헤라클레스에게는 열 두 가지 노역이 있었고 내겐 나이트 집안의 다섯 형제들이 있었지요."

그녀는 재미있어서 까르르 웃었다.

"그렇다니 해 주실 얘기가 많을 것 같아 무척 기대되네요. 하지만 우선 앉으세요. 차를 마시면 좋을 것 같네요. 제가 준비할 테니 꼭 허락해 주세요. 제가 꼭 하겠어요. 좋아하실 만한 머핀과 스펀지 케이크도 가져왔답니다. 그리고 선생님의 학생도 책 몇 권을 가져왔죠. 여기요, 등을 좀 받쳐 드릴까요, 휘트비 씨? 루시언, 소파에서 그 쿠션 좀 집어 줘요."

루시언은 잽싸게 그녀의 말대로 했다. 그녀가 쿠션으로 등을 받쳐 주자 노인은 다시금 의자에 편안히 앉았다.

"불가로 더 가까이 안 가도 괜찮으시겠어요? 루시언, 선생님 의자 좀 옮겨 드려요."

"아아, 아가씨. 나 때문에 신경 쓸 것 전혀 없다오."

휘트비 씨는 말렸지만 어미닭 같은 그녀의 배려에 즐거운 기색이 역력했다.

"천만에요."

그녀는 부드럽게 대꾸했다.

루시언은 잠시 그녀와 시선이 마주치자 진심 어린 깊은 감사의 인사를 눈으로 보낸 다음 그녀의 말에 따랐다.

　남자들이 책 얘기를 시작하자 앨리스는 휘트비 씨의 부엌으로 들어가 보았다. 마치 일 잘하는 가정부가 해 놓고 간 것처럼 물이 담긴 대형 가마솥이 약한 불 위에 올려져 있었다. 주위를 둘러보니 주방용 풀무가 있었으므로 물을 다시 끓이기 위해 불을 더 세게 지폈다. 캐로 같았으면 자기보다 아랫사람들이나 하는 일이라면서 질겁을 했겠지만 앨리스는 개의치 않았다. 그녀는 남들을 보살피는 일을 즐겼다.

　"지난밤 바람이 엄청났지요?"

　그녀가 다기를 가지러 거실로 다시 들어갔을 때 루시언은 노인에게 묻고 있었다.

　"뭐 덧창이 하나 날아갔지."

　휘트비 씨가 알려주었다.

　"그랬군요. 어디죠?"

　"바로 저기. 거실 밖이란다. 말론 부인이 오늘 아침 주워다가 집 옆에 세워 놓았지."

　루시언은 일어났다.

　"손을 보고 오지요."

　휘트비 씨는 제자를 말리려 했지만 루시언은 손사래를 치며 듣지 않았다.

　앨리스는 기특하다는 듯 루시언에게 미소지었다.

　"차가 금방 다 끓을 거예요."

　"금방 돌아오겠소."

　그가 고개를 돌려 미소를 보내자 그녀의 몸 속 깊은 곳까지 온기가 전해졌다. 그는 문을 닫고 나갔다. 휘트비 씨가 가만히 살펴보고 있는 것을 깨달은 그녀는 그제야 자신의 볼이 빨개진 데다 입술에 희미한 미소까지 걸려 있다는 사실을 알아챘다.

　"흠, 이거 아주 흥미롭군요."

　노인은 안경을 끌어내리며 그녀를 눈 여겨 살펴보았다.

"뭐가요, 선생님?"

당혹감을 숨기려 들면서 그녀는 일부러 바쁜 척 스펀지 케이크와 머핀을 늘어놓았다.

"여태껏 루시언은 내게 젊은 아가씨를 데려온 적이 한번도 없었다오."

그는 하얀 털투성이 눈썹을 치켜올리면서 기대에 찬 시선으로 그녀를 가만히 뜯어보았다.

"아직 저 애가 말을 안 꺼냈소?"

"잘 못 들었는데요."

"아직 청하지 않았소? 결혼 신청 말이오, 아가씨."

앨리스는 화들짝 놀라 그를 쳐다보았다. 경이로 인한 흥분 때문에 마음이 들뜨면서 전신이 짜릿해졌다. 그녀는 떨면서 시선을 내리깔았다. 얼굴이 새빨개졌다. 자신이 루시언의 상대가 된 미묘한 속사정을 감히 설명할 용기가 나지 않았다.

"휘트비 씨. 루시언 경과는 그저 친구 사이일 뿐이에요."

그는 코웃음을 쳤다.

"그럼 아가씨는 저 애가 어떤 눈으로 쳐다보고 있는지 모르는 거로군요. 몬테규 양. 분명 아가씨는 저 애의 여우같은 수법 따위에 정신이 산란해지지 않았겠지요?"

그녀는 그를 쳐다보다가 마지못해 한숨을 지으며 웃었다.

"그이의 모든 행동은 절 산란하게 만들어요."

"나도 인정하지만 저 녀석은 가끔 직선적으로 행동하기가 어려운 모양이오. 하지만 그건 자기가 이 세상에 과연 제대로 태어났는지 한번도 확신을 가져보지 못해서일 거요. 대미언과 비교되는 그 역사 깊은 사연 때문이지요."

그는 묻는 듯한 그녀의 눈길을 보고 대답했다.

"루시언은 한번도 대미언과 동등하다는 생각을 해 본 적이 없었다오. 특히 어렸을 때 대미언이 더없이 건강했던 반면 저 애는 몸시 병치레를 했으니까."

"루시언이 병치레를 했다고요?"

그녀는 놀라 되물었다.

"그랬소. 살아남은 게 행운이었지. 그 애에게 못 들었나요?"

그녀는 눈을 휘둥그레 뜨고 고개를 저었다.

"이런. 내가 말했다간 그 애에게 늙다리 참견꾼이라는 핀잔을 들을 테지만 우리 사이니까 말하겠는데, 루시언은 어린 시절에 천식을 앓았다오. 그래서 어린 시절의 대부분은 대미언이나 다른 형제들과 같이 지낼 수 없었지요. 하지만 이것 한 가지는 확실한데, 그 덕에 루시언은 엄청나게 많은 양의 독서를 할 수 있었다오. 그래서 이튼에 갔을 무렵에는 동급생들보다 3년 정도는 학업이 앞서 있었지요. 대미언이 힘이라면 루시언은 머리라고 할 수 있지요."

그는 공모자라도 된 듯 미소지으며 말했다.

그녀는 꽤나 큰 충격을 받은 나머지 노인을 빤히 바라보았다.

"루시언이 아직도 아픈 건 아니겠죠? 그렇죠?"

"그래, 그래. 하늘의 보살핌 덕에 십대가 되면서 나았다오."

그는 슬픈 듯 고개를 저었다.

"하지만 그때부터 일정한 틀이 생겨났다오. 대미언은 오래 전부터 루시언의 보호자라고 자처해 왔지요. 쌍둥이는 언제나 서로에게 지극 정성이었으니까. 하지만 아가씨도 상상이 갈 테지만 루시언의 자존심은 그것 때문에 땅에 떨어진 셈이었지. 그래서 그 애는 건강해진 이후에 모든 활동에서, 특히 운동에서는 더더욱 자기 자신을 가차없이 몰아붙이고 있다오. 다른 사람들과 동등하다는 것조차도 그 애에게는 충분치 않은 거라오. 아니, 자존심 때문에라도 다른 이들을 능가해야만 하는 거요."

"자기 자신의 가치를 증명하기 위해서요?"

그녀는 중얼거렸다.

"바로 그거라오. 그러니 아가씨도 알겠지요. 그 애에게는 아주 다정하고 참을성 있게 대해 줘야 한답니다. 하지만 그 애에게 그럴 만한 가치가 있다는 건 내 장담하오. 그 애가 자기 사람으로 받아들이거나 애정을 쉽사리 주는 경우는 그다지 많지 않지만 막상 그렇게 되면 확고부동하다오. 내가 가르친 제자들은 한 명 한 명이 다 소중하지만 털어놓자면 루시언은 처음부터 가장 총애하는 제자였지요. 하늘만이 아시겠지…….”

그는 한숨을 쉬었다.

“그 애가 누군가의 총애하는 대상이 되고 싶어할 날이 올지는…….”

그녀가 그 말을 곰곰이 되씹고 있으려니 문이 열리면서 루시언이 삭풍 한줄기를 몰고 들어왔다.

“이번엔 문 꼭 닫았습니다.”

그는 문을 탁 닫았다.

“덧문도 고쳤어요, 선생님. 불행하게도 날씨가 점점 나빠지고 있지만요.”

그는 긴 코트를 벗더니 소파로 던졌다.

갑자기 부끄러워진 그녀는 루시언에게 차를 줄 때에도 눈을 마주칠 수가 없었다. 노인은 다 안다는 듯 미소지으며 두 사람을 지켜보았다. 앨리스는 자리에 앉아 차에서 오르는 김을 들이마시면서, 남자들이 책 애기를 하는 동안 얌전히 지켜보았지만 속으로는 휘트비 씨가 애기해 준 루시언의 어린 시절에 관해 계속해서 곱씹어보았다.

휘트비 씨의 설명을 듣고 마음속에 생겨난 압도적인 감정 때문에 손이 살짝 떨렸다. 외롭다던 루시언의 말에 얼마나 깊은 진심이 담겨 있었는지 이제야 깨달은 그녀는 갑자기 목이 메이는 것을 느꼈다. 전날 그에게 상처를 준 것이 후회 막심이었다.

이제 그녀는 그가 누군가에게 진심으로 다가가기가 얼마나 힘든지를 알게 되었다. 그는 그녀를 선택해 주었건만 그녀는 무슨 짓을 했던가? 자기가 겁쟁이라는 이유로 일부러 그의 접근을 딱 잘라 거절했다. 지금 그녀는 불가에 가만히 앉아 있는 그에게로 달려가 꼭 안아 주고 싶은 충동을 꾹꾹 눌러 참는 것이 고작이었다. 문득 그가 바라보자 그녀는 당황했다. 그녀의 진심이 눈에 고스란히 담겨 있었던 것이다.

"날씨가 더 나빠지기 전에 이만 가야겠어요."

루시언은 의미심장한 눈초리로 창 밖을 내다보았다. 볼을 붉히며 그의 시선을 따라 창 밖을 내다본 앨리스는 바깥이 정말로 어두워진 것을 깨달았다.

그녀는 말없이 고개를 끄덕이고는 최선을 다해 혼란한 감정을 숨기며 휘트비 씨에게 작별 인사를 건넸다. 루시언은 노인을 위해 장작을 하나 더 난로불에 던져 넣었다. 할아버지 같은 노인의 종잇장처럼 얇은 볼에 키스를 하려니 앨리스의 가슴이 뭉클해졌다.

밖으로 나서자 루시언은 코트 깃을 더욱 세우고는 불안한 듯 하늘을 올려다보았다.

"기온이 떨어지는군. 폭풍우가 칠지도 모르겠는데. 어쩌면 그냥 여기에서 폭풍우가 지나가기를 기다려야 할지도 모르겠소."

"휘트비 씨는 우리가 찾아온 것 때문에 피곤하실 거예요, 루시언. 분명 지나가는 비일 거예요."

그는 골똘히 생각하는 표정으로 그녀를 보더니 고개를 끄덕인 다음 정원 사이의 길을 지나 정문으로 서둘러 발걸음을 재촉했다. 바람이 세차게 변한 것이 마치 앨리스가 지금껏 알던 여태까지의 인생을 날려 버리려는 듯 기묘하게 느껴졌다. 빗방울이 산발적으로 뚝뚝 떨어지기 시작했다. 그들은 놀라 서로를 쳐다보았다.

"이리 와요."

책과 바구니를 든 루시언은 그녀의 손을 잡았다. 바람이 그의 검은머리를 펄럭였다. 빗줄기가 점점 거세어지는 가운데 그들은 손을 잡고 달려나가 컴컴한 숲 속으로 뛰어들었다.

8

"이리 와요, 이리 와."

그는 그녀의 손을 잡고 이끌었다. 그들은 숲 속을 마구 내달렸다. 쓰러진 나무를 뛰어넘고 언덕받이에서 돌출된 석회암 지층을 잽싸게 피해 지나갔다.

"올라가요!"

그는 가파른 경사길이 나오자 그녀를 뒤에서 밀어 올려 주었다.

처음에는 머리 위에 펼쳐진 나뭇가지들이 보슬비를 기려 주었다. 하지만 바람이 점점 기세를 올리면서 모든 것이 움직어 댔다. 나무들은 윙윙 흔들렸고, 낙엽은 흩어졌으며, 나뭇가지는 서로 부딪혀 딱딱 소리를 냈다. 앨리스는 불안해지지 않기 위해 계속 루시언을 쳐다보고 있었다.

그는 흔들리지 않는 눈매와 힘찬 기세로 검은 코트 자락을 꼬리처럼 휘날리며 숲 속을 성큼성큼 걸어나갔다. 마치 그 자신이 폭풍우를 불러내기라도 한 양 침착한 것으로 보아 초현실에 가까운 분위기마저 감돌았다.

레벨 코트까지 절반쯤 갔을 무렵 갑자기 아무런 전조도 없이 보슬비가 완전 장대비로 바뀌었다. 그들은 뛰었지만 완전히 퍼붓듯 쏟아지는 빗속에서 금세 홀딱 젖고 말았다. 빗줄기는 카펫처럼 깔린 낙엽을 귀가 먹먹해질 정도로 두드려 댔고, 그들이 힘겹게 터벅터벅 걷고 있던 가파른 오르막길은 진흙탕으로 변해 버렸다.

앨리스는 적어도 1~2킬로미터는 더 가야 피난처가 나온다는 사실을 믿을 수가 없었다. 이미 뼛속까지 흠뻑 젖은 상태였고 털 코트며 드레스, 장갑, 장화 등 전부가 엉망일 정도로 망가졌다. 또한 그녀가 지금 샤프롱도 없이 루시언 나이트의 집에 묵고 있다는 사실을 누구 다른 사람에게 들키기라도 한다면 그녀의 평판 역시 마찬가지 신세가 될 거라는 거북한 생각이 들었다.

다음 순간 머리 바로 위에서 귀가 멀 정도로 엄청난 천둥이 내리쳤다. 그녀는 겁이 나서 작게 비명을 지르며 본능적으로 루시언에게 달라붙었다.

그는 그녀의 몸에 팔을 두르고 꼭 잡아 주었다.

"괜찮소."

그녀는 그에게 매달렸지만 바람에다 천둥소리 때문에 그가 나직이 안심시켜 주는 말을 거의 들을 수가 없었다. 그녀는 잿빛이 된 얼굴을 들고 그를 쳐다보았다.

"빨리 가요!"

그는 끄덕이며 그녀의 손을 굳게 잡았다. 바람이 마치 악마 떼처럼 어두운 숲 속을 헤집고 다니며 그들을 몰아댔다. 낙엽과 자잘한 나뭇가지가 그들에게 덮쳐들면서 부러진 나뭇가지가 길 위에 우수수 쏟아졌다. 그들은 다음 오르막에 닿자 속도를 늦췄다. 거의 계단에 가깝게 가파른 경사였는데 줄줄 흘러내리는 진흙탕 속에 다행히도 커다란 바윗돌이 마치 섬처럼 여기저기 흩어져 있어 발판 역할을 했다.

루시언이 앞장을 섰다. 그는 그녀보다 앞서 고갯길을 올라가면서 걸음을 옮길 때마다 그녀의 손을 끌어주었다. 앨리스는 추위에 이빨을 딱딱 부딪히고 공포로 몸놀림이 굼뜬 가운데 기어오르다시피 걸음을 옮겼다. 얼굴은 진흙 범벅이 되었고 무릎은 후들거렸다.

번개가 하늘을 가르고 번쩍이면서 천둥이 마치 세상을 두 쪽 낼 듯 울려 퍼졌다. 앨리스는 무서워서 작게 비명을 지르며 흠칫하다가 그 바람에 진흙밭에서 미끄러졌다. 그녀는 발 디딜 곳을 잃고 루시언의 이름을 외쳤다.

하필 팔이 닿지 않는 곳에 떨어져 있던 그는 그녀가 균형을 잃은 순간 획 돌아섰다. 뒤로 넘어지면서 진흙탕을 굴러 오르막길 맨 아래로 떨어지는 그녀의 눈에 언뜻 보인 것은 그의 겁에 질린 표정뿐이었다.

다음 순간 루시언은 놀랍게도 전광석화처럼 그녀의 곁으로 기어 내려왔다. 그녀는 경악한 얼굴에 빗줄기를 맞으며 모로 누워 늘어져 있었다.

"앨리스!"

그는 그녀의 옆에 무릎을 꿇고 앉았다. 그의 손이 와 닿은 순간에야 그녀는 다시 숨을 쉴 수 있었다.

그녀는 날카롭게 숨을 헉헉 들이키면서 공포와 비참한 굴욕감 속에서 허우적대며 그를 바라보았다. 하얗게 질린 그의 얼굴 표정은 사납기까지 했다.

"움직이지 말아요. 그냥 숨만 쉬라고."

그는 억지로 침착을 유지하며 지시했다.

그녀는 숨을 들이쉬면서 떨림과 동시에 눈물이 왈칵 나오려 했다. 억지로 몸을 일으켜서 진흙과 찐득찐득한 낙엽 투성이인 자기 모습을 살펴보니 혐오감이 느껴졌다.

"일어나지 말아요……."

"나 지금 너무 지저분해요!"

"당신 목이 부러지지 않은 것만 해도 고마운 일이오."

그는 속삭였다.

"머리를 부딪히지는 않았소?"

"아뇨, 부딪힌 건 어깨예요."

그녀는 떨리는 입술로 말하고는 손을 뻗어 왼쪽 어깨를 문질렀다.

"부러지지 않았나 어디 좀 볼까."

그는 무뚝뚝하게 말했다.

그녀는 그가 혼신의 집중력을 쏟아 어깨뼈와 쇄골에서부터 목줄기에 이르기까지 이리저리 만져보자 작게 비명을 질렀다. 그의 단호한 얼굴이 빗물로 얼룩졌고 숨결은 김이 되어 나왔다. 앨리스는 비참한 심정으로 그를 지켜보았다.

안도감이 딱딱하게 굳어 있던 그의 입매를 누그러뜨렸다.

"어디 더 아픈 데는 없소?"

"무릎이 아파요."

그녀는 너무 동요하고 있던 터라 그가 치마를 무릎까지 걷어올리는데도 저항도 하지 못했다. 앨리스가 두려움 속에서 바라보는 가운데 그는 입술을 꼭 다물며 하얀 스타킹의 오른쪽 무릎께에 스민 핏자국을 지켜보았다.

"움직일 수 있겠소?"

그녀는 몇 차례 열심히 다리를 구부렸다 폈다 한 다음 고개를 끄덕였다.

"심하게 부딪힌 게 분명해."

루시언은 그녀의 팔다리에서 시선을 거둬 서로 마주보았다가 그녀의 눈물을 발견했다. 그의 표정이 즉시 부드러워졌다.

"귀여운 사람."

그는 속삭이며 그녀를 품에 보듬었다.

"쉬잇. 울지 말아요."

그가 빗줄기와 폭풍우로부터 그녀를 보호하듯 끌어안아 주자 그녀는 그의 심장 고동을 느낄 수 있었다.

"세상에, 당신 때문에 어찌나 겁이 났는지."

그는 포옹을 풀고 조끼 주머니에서 흠뻑 젖은 손수건을 꺼냈다. 그가 그녀의 얼굴에 묻은 진흙을 닦아주는 동안 그녀는 침울한 표정으로 그를 응시했다. 그녀의 눈가에서 빗물을 살살 훔쳐 주는 그의 손이 살짝 떨리고 있다는 것을 알 수 있었다.

"내 몸에 팔을 둘러요."

그는 퉁명스럽게 명령했다.

말투나 그녀의 시선을 피하는 것으로 보아 그녀의 바보짓 때문에 정나미가 떨어졌거나 화가 난 게 아닐까 싶었지만 그녀는 너무 비참한 심정이라 물어 볼 수조차 없었다. 그녀는 입 한번 뻥긋하지 않고 명령에 따랐다. 그는 그녀를 안아 들고 일어났다. 단호한 표정으로 그는 잠깐 동안 오르막길을 살펴보더니 지친 기색도 전혀 없이 힘차고 확신에 찬 걸음걸이로 언덕을 오르기 시작했다.

그녀는 감사와 경외감이 담긴 눈으로 그를 빤히 쳐다보았다. 그의 볼은 추워서 빨갰고 검은머리는 흠뻑 젖어 있었다. 오르막의 맨 꼭대기에 오르자 그는 잠시 멈춰 서서 숨을 고른 다음 눈을 가늘게 뜨고 빗속을 살피다가 새로이 힘을 내서 걷기 시작했다.

그녀는 그의 목을 끌어안고 넓은 어깨에 머리를 기대고 있다가 천둥이 칠 때마다 더욱 바짝 그에게 달라붙었다. 마침내 그들은 전망 좋은 바위에 도달했다. 그가 바위 쪽으로 계속해서 다가가자 앨리스는 미간에 주름을 잡았다.

"루시언. 지금은 경치 감상이나 할 때가 전혀 아니라고 봐요."

"쉿. 조용히 해요."

뭐 하는 거냐고 그녀가 채 물을 틈도 주지 않고 그는 전망대 바위 주변의 위태위태한 오솔길을 내려가기 시작했다. 그런 길이 있다는 것을 그녀는 이제야 처음 알았다. 경사가 거의 수직이었다. 그녀는 눈을 휘둥그렇게 뜨고는 그의 목을 꼭 끌어안았다. 저 아래는 낭떠러지로 계곡이 크게 입을 벌리고 있었다. 그녀는 현기증과 공포 속에서 벼랑 끝을 흘끔 쳐다보았다. 여기서 보니 바위 아래쪽에 내려설 곳이 있었다. 그곳이 그들의 목적지가 분명했다. 그래, 피난처로군, 그녀는 생각했다.

하지만 맙소사, 만약 루시언이 미끄러진다면, 조금이라도 발을 헛디딘다면 둘 다 죽고 말 터였다. 그 혼자라면 떨어지는 중간에라도 멈출 수 있겠지만 그녀를 안은 채로는 둘 다 벼랑 아래로 떨어질 것이 뻔했다.

루시언은 걱정하지 않는 기색이었다. 그녀는 머리털이 쭈뼛 설 듯한 순간을 그 뒤로도 두세 번 더 접하고 숨을 죽였지만 결국 그는 바위 아래쪽의 목적지에 내려섰다.

"봐요."

그는 그녀의 뒤쪽을 가리켰다. 얼굴은 진흙 범벅이었지만 은빛 눈은 반짝이고 있었다.

돌아선 그녀의 눈앞에 나타난 것은 동굴의 입구였다. 전망대 바위가 그 입구의 지붕 역할을 하는 셈이었다.

"이곳은 레벨 코트의 지하동굴과 연결되어 있소."

루시언은 숨을 몰아쉬며 설명했다.

"무덤 속처럼 깜깜하군. 하지만 적어도 천재지변으로부터 몸은 피할 수 있지. 어깨는 좀 어떻소?"

"쑤셔요."

그는 눈살을 찌푸리더니 동굴 입구로 고개를 쓱 들이밀고 구비되어 있던 각등에 불을 밝혔다. 그동안 그녀는 옷이 찰싹 달라붙을 정도로 젖은 채 서서 덜덜 떨었다. 그는 각등을 한 손에 들더니 나머지 손을 그녀에게 내밀었다.

"걸을 수 있을 것 같소, 아니면 내가 안고 갈까?"

"걸을 수 있어요. 무릎은 그렇게 많이 아프지 않아요."

"필요하면 기대요. 20분도 더 걸릴 테니까."

“정말 어둡네요.”

앨리스는 중얼거리며 그와 팔짱을 끼고 움푹 패인 석회암 동굴 안을 살짝 들여다보았다. 희미한 각등 불빛으로는 한치 앞도 제대로 보이지 않았다.

“겁먹지 말아요.”

그는 속삭였다. 잠시 생각하더니 그는 긴 코트를 벗어 그녀에게 걸쳐 주었다.

“루시언, 당신도 코트가 있어야 해요.”

그녀는 말렸다.

“그러다 큰일나면 어쩌려고…….”

“쉬잇. 당신 이빨에서 딱딱 소리가 나잖소. 갑시다. 바싹 붙어요.”

그녀는 두터운 모직 코트에 아직도 남아 있는 그의 온기를 음미하며 그 말대로 따랐다.

“발 조심하고.”

그는 각등을 높이 들어올렸다.

그들은 축축하고 미끌미끌한 동굴 길을 힘들게 따라갔다. 뭔가가 머리 위에서 퍼덕거리는 소리가 들리자 앨리스는 그에게 달라붙어 움츠렸다. 그 정체가 무엇인지 물을 필요조차 없었다.

“제일 좋아하는 노래가 뭐요?”

루시언이 그녀의 불안감을 감지하고 쾌활한 어조로 물었다.

“그게, 몰라요. 왜 물어요?”

“글쎄, 내 지식에 의거하자면 양가집 아가씨들은 전부 디너 파티에서 음악적 재능을 뽐내기 위해 적어도 자신 있는 노래 하나 정도는 다들 가지고 있을 게 분명하거든. 당신도 그런 고난을 겪은 적이 분명 있을 테지, 몬테규 양.”

앨리스는 겨우겨우 미소를 지었다.

“내 장담하지만 만약 그런 여흥에 불려 나가게 되었다면 도망갔을 거예요.”

"아무리 그래도 나보다는 낫겠지. 난 음치라오."

"안 믿어요!"

"똑똑하군. 거짓말이었거든."

그는 악한처럼 슬며시 웃으며 시인했다.

"그럼 노래를 싫어하는 거요?"

"어떤 종류의 노래나 음악에도 거부감 같은 건 없어요. 내가 싫어하는 건 남들 앞에서 창피 당하는 거예요."

그는 너털웃음을 터뜨렸고 그녀는 그 소리 때문에 미소지었다. 그 웃음소리는 좁은 동굴 벽에 반사되어 쾌활한 메아리가 되더니 그들의 앞에 펼쳐진 암흑 속의 길로 꼬리를 감추었다.

"아니면 누구 특정 인물 앞에서 창피 당하던가요."

그녀는 각등의 금색 불빛에 따스하게 감싸인 그의 얼굴을 슬쩍 올려다보며 말했다.

"예를 들자면 고갯길에서 꼴사납게 굴러 떨어지는 경우랄까."

그는 혼잣웃음을 웃더니 그녀의 어깨를 감쌌다.

"됐소, 됐소, 가엾은 사람."

그는 중얼거리며 다정하게 쓰다듬어 주었다.

"그저 당신이 심한 부상을 입지 않은 게 고마울 뿐이오. 시간 때우게 노래나 하나 불러 줘요."

"절대 안 돼요. 당신 앞에서 한 번 창피 당한 걸로도 충분해요. 루시언, 대체 이 동굴에는 박쥐가 몇 마리나 사는 걸까요? 수백 마리?"

그녀는 뭔가 검은 것이 머리 위에서 꺅꺅대며 휙 급강하하자 마른침을 꿀꺽 삼켰다.

"수천 마리?"

그는 대답 대신 부드러운 목소리로 그녀에게 노래를 불러 주기 시작했다. 낮으면서도 굵고 맑은 목소리가 마치 따스한 코코아 같은 느낌이었다. 엘리스가 이렇게 감미로운 노래를 들어본 것은 생전 처음이었다.

십자군 원정을 떠났다가 사랑하는 레이디에게로 돌아오는 음유 시인이자 기사에 관한 구슬픈 가락의 서정시였다. 그녀는 어둠과 박쥐, 뼛속까지 얼릴 듯한 추위, 심지어 욱신대는 어깨의 고통까지도 금세 까맣게 잊고 그의 목소리에 매혹되어 귀를 기울였다.

앨리스는 각등 불빛에 비친 그의 모습을 가만히 응시했다. 잠시 후 그는 거의 소년처럼 불안한 표정으로 그녀 쪽을 힐끔 곁눈질하더니 감탄하는 듯한 미소를 보고 신이 난 눈빛을 했다.

그녀는 두 손으로 그의 손을 꽉 잡았다.

"또 불러 줘요."

"다음에, 아가씨. 지금은 거의 다 왔소."

그녀는 그의 잘생긴 얼굴에서 시선을 떼고 캄캄한 앞쪽을 바라보았다. 그가 각등을 치켜들자 앞길을 가로막고 바위틈에 꼭 끼어 있는 커다란 나무문이 보였다. 루시언은 그녀의 손아귀에서 부드럽게 손을 빼내더니 문 쪽으로 걸어갔다. 동굴 벽에 자연적으로 난 틈새로 손을 집어넣어 더듬더듬 열쇠를 찾아냈다. 그는 문을 열고 그녀를 들여보냈다.

잘만 한다면 이 터널이 레벨 코트에서 도망치는 통로가 될지도 모른다는 생각이 돌연 들면서 그녀의 등골에 짜릿한 기운이 흘렀다. 아니면 내일쯤 날씨가 잔잔해진다면 루시언이 자기 수하들과 훈련실에서 검술 연습을 하는 동안 몰래 빠져나올 수 있을 것이다. 휘트비 씨가 사는 오두막촌까지 가면 도움의 손길을 구할 수도 있을 테고 분명 가까운 선술집까지 그녀를 태워다 줄 사람도 찾을 수 있을 터였다. 선술집에 닿으면 거기에서 또 마차를 갈아타 해리가 기다리고 있을 글렌우드 파크로 갈 수 있을 것이다.

그 생각을 하자 머릿속이 확 맑아졌다. 그녀는 지하동굴로 통하는 터널 속을 걷던 중 고개를 돌려 몰래 뒤를 쳐다보았다. 다음 순간 그녀는 다소 죄의식을 느끼며 그를 쳐다보았다. 그가 명민하고도 꿰뚫는 듯한 시선으로 가만히 쳐다보고 있었다. 그녀는 자신이 입구를 돌아보는 모습을 그가 보았다는 사실을 깨달았다. 그녀의 눈을 들여다보는 그는 이 길로 간다면 탈출할 수 있겠다는 그녀의 생각을 읽은 것만 같았다. 마치 그녀의 생각을 정확하게 간파한 것만 같았다. 하지만 그는 입도 뻥긋하지 않았다.

분명 그는 터널로 가면 그녀가 이곳을 탈출 경로와 연관시키리란 사실을 짐작했을 것이다. 하지만 그때 그녀는 깨달았다. 그럼에도 불구하고 천재지변을 피하기 위해, 위험을 무릅쓰고 그녀를 이 피난처로 데려왔다는 것을. 그의 노래로 인해 아직도 감미로운 주문 같은 여운이 혈관 속에 남아 있는 채로 앨리스는 지하동굴을 둘러보았다. 진줏빛을 띤 회색 빛줄기가 저 높은 곳의 돔 모양 바위 사이로 스며 들어오고 있었다. 빗방울 역시 가느다란 물줄기를 이루며 새어들고 있었다.

그녀가 바라보니 마침 루시언은 길쭉한 금속제 촛대의 심지에 죄다 불을 붙이고 난 뒤였다. 그는 불을 밝힌 촛대를 가져와 부글부글 거품이 이는 온천수 근처에 내려놓았다.

"뭐 하는 거예요?"

앨리스가 조심스럽게 물었다.

"에헴. 어떻게 설명을 해야 제대로 되려나?"

그는 생각에 잠긴 표정으로 그녀에게 돌아서면서 엉망이 된 가죽 장갑을 벗었다.

"친애하는 몬테규 양, 이를 딱딱 마주치고 있구려. 지난 반시간가량 떨었고 어깨도 다친 데다 진흙 투성이 아니오. 그러니 친애하는 아가씨는 물에 들어가는 거요."

그녀의 눈이 동그래졌다. 그녀는 지하동굴의 한가운데에 자리잡은 커다란 연못과 그를 번갈아 곁눈질했다.

"저 물에요?"

"그 물 말이오."

"하지만 루시언……."

"편의에 따른 거요, 앨리스. 이 일로 입씨름 따위는 하지 않겠소. 이 광천수는 바스의 온천수와 마찬가지로 효험이 있소. 이제 얼어 죽기 전에 젖은 옷이나 벗어요. 그리고 상처가 깨끗해졌는지도 봐야지. 당신이 혼자 있는 동안 난 비누며 수건, 마른 옷을 가져오겠소. 집에서 올 때 여분의 드레스도 가져왔겠지? 당신 소지품 중에서 뭐가 필요할지 하녀가 알아서 챙겨 줄 거요."

그는 돌아서서 결의가 굳어진 얼굴로 성큼성큼 걷기 시작했다.

"하지만 루시언."

그가 멈춰 서서 돌아보았을 때 열망에 사로잡힌 은빛 눈을 그녀는 못 볼래야 못 볼 수가 없었다.

"뭐지?"

그는 초조한 듯 물었다.

그녀는 그 역시 덜덜 떨고 있다는 것을 알아챘다.

"꼭 그래야 하는지 잘 모르겠어요."

그녀는 당황해서 말했다.

"분별을 가져요, 앨리스. 당신 선택에 달렸소."

그 말만 남긴 채 그는 그녀를 두고 가 버렸다.

그녀는 입술을 깨물면서 자신의 마음과 엎치락뒤치락을 계속하며 연못을 흘끔거렸다. 엷은 흰색 김이 올라오는 온천은 쾌적하고도 유혹적으로 보였다. 그녀는 자기 몸을 내려다보고 얼굴을 찡그렸다. 꼴사납게 흙투성이에다 멍도 들고 추위로 꽁꽁 얼어붙은 상태였다.

그녀는 무릎에 든 피멍을 살펴본 다음 조심해서 옷을 벗기 시작했다. 하얀 민소매 속치마만을 걸친 채 그녀는 발끝을 물 속에 살짝 담갔다. 아아, 천국에 온 것 같아. 그녀는 육체적인 위안을 주는 온천 때문에 아찔해질 지경이었다. 더 이상 머뭇거리기에는 완전히 마음이 넘어간 상태였으므로 그녀는 계단식 입구를 따라 거품이 보글거리는 온천 속으로 들어갔다. 마치 최면술에 걸리듯 온천이 주는 풍요로운 안락함에 천천히 젖어 들어갔다.

맨 아래 계단에 닿았을 때 물 깊이는 120센티미터 정도였다. 그녀의 어깨와 무릎이 즉시 편안해졌고 전신이 애무를 받은 듯 아늑해지면서 무게가 사라지는 느낌이었다. 그녀는 물 속에서 긴장을 풀었다. 자연산 가마솥에서 목욕하는 감각과 높은 온도에 어느 정도 적응하고 난 뒤 그녀는 코를 잡고 잠수해 머리칼에서 진흙과 차가운 빗물을 씻어냈다.

그녀는 시간이 지날수록 더욱 대담해져 아예 잠수해서 헤엄치기 시작했다. 지하동굴의 연못에서 수영을 하자니 하늘을 나는 것만 같았다. 다시금 수면 위로 솟구쳤을 때 그녀는 숨이 막힐 정도로 자유로운 기분이라는 것을 문득 깨달았다. 그래, 평생 어떤 때보다도 더욱더 자유로웠다. 무의식 중에 그녀는 그토록 오랫동안 보금자리로 삼던 우리에서 날아 나온 것이다. 다시금 발이 연못 바닥에 닿자 그녀는 허리까지 오는 물 속에 섰다.

그때였다. 그녀가 석회암 사이에 조각된 계단의 어둠침침한 발치에서 늑대 같은 은빛 눈이 빛나는 광경을 본 것은. 루시언이었다.

그는 그녀를 아까부터 지켜보고 있었다. 움직임을 멈춘 앨리스는 서성대며 천천히 다가오는 그의 모습을 마주 바라보았다.

하얗게 태워 버릴 듯한 강렬한 눈길이 그녀의 몸을 거쳐 내려가 가슴에 못 박혔다. 그녀의 옷은 피부에 찰싹 달라붙어 몸 구석구석의 곡선이며 암갈색과 장미색이 뒤섞인 둥근 젖꼭지 부분이 비쳐 보였다. 그녀의 맥박이 속도를 높였고, 그녀는 눈을 크게 뜬 채 다시금 턱을 들고 굶주린 듯한 그의 눈길을 맞받으면서 몸을 가리고 싶다는 충동을 눌러 참았다.

그의 시선을 놓치지 않은 채 그녀는 머리채를 쥔 손을 풀어 등 뒤로 부드럽게 늘어뜨렸다. 그의 남자다운 얼굴은 강렬한 열망 때문에 딱딱하게 굳어 있었지만 눈에 서린 너무나도 기사다운 숭배의 표정 때문에 완화되어 보였다. 그래서 그녀는 그에게 진저리를 치며 도망갈 생각을 하지도, 공포를 느끼지도 않았다. 그녀는 완전히 미동도 않은 채 그에게 자신의 모습을 계속해서 내보였다. 영혼 깊은 곳에서 진실을 인식하는 마법과도 같은 순간 그녀는 깨달았다. 루시언 나이트 같은 남자는 여태까지 만난 적이 없다는 것을. 더욱 중요한 것은 앞으로도 절대 만날 수 없다는 점이었다.

경이감으로 숨죽인 채 그녀를 바라보고 있자니 그에게는 마치 세상이 멈춘 것만 같았다. 그녀는 그가 평생 본 사람들 중 가장 아름다웠다. 순결한 물의 요정인 그녀의 보드라운 피부는 상기되어 반들반들 빛나고 있었으며 길다란 딸기색 금발은 그녀의 팔과 날씬한 허리께에 휘감겨 있었다. 그는 순수한 경배심에서 숨조차 제대로 쉴수가 없었다.

하지만 다음 순간 그녀를 폭풍우에서 보호하기 위해 자기가 어떤 위험을 무릅썼는지를 생각하니 공포가 치밀어 올라왔다. 이제 그녀는 터널의 존재에 대해 알게 되었고 도망갈 방법을 알아냈다. 그녀가 이곳에서 달아난다고 생각하니 절망감이 가득 밀려들었다.

억지로 시선을 떨구면서 그는 천천히 연못가로 다가가 뭔가에 집중한 표정으로 모든 행동거지 하나하나에 조심하며 가져온 수건과 옷무더기를 내려놓았다. 연못가에 한쪽 무릎을 꿇고 앉은 그는 꽃향기가 나는 비누를 아무 말 없이 내밀었다.

그녀는 여유로운 몸짓으로 수영을 하다가 그의 앞에 우뚝 멈춰섰다. 그녀가 일어나자 청명한 물이 그녀의 몸에서 흘러내리며 샤르트르 대성당의 스테인드글라스 같은 눈이 반짝였다. 그녀가 비누를 받아들었을 때 그는 그녀의 따뜻하고 촉촉한 손길 때문에 부르르 떨었다.

"고마워요."

그녀는 중얼거렸다. 천천히, 관능적으로 그녀는 여자 특유의 유혹적인 미소를 살짝 머금은 채 연못 속에 다시 몸을 담갔다. 욕망으로 거의 헉헉거릴 지경이 된 루시언은 그녀가 낭창낭창한 맨 팔에 비누칠을 하는 모습을 지켜보았다. 그녀의 입술을 통해, 피부를 통해 영험한 온천수를 맛보고 싶었다. 그녀의 몸 깊은 곳에 있는 여성으로부터 온천수를 핥아보고 싶었다.

"루시언, 떨고 있네요."

그는 가슴을 크게 들썩대며 몹시 굶주린 듯한 표정으로 그녀를 바라보았고 순간 지금이라면 그녀를 차지할 수 있다는 사실을 알았다.

어렵지 않게 해낼 수 있으리라. 그녀를 따라 물 속으로 들어가 천천히 유혹하고 그녀의 정신을 쾌락으로 쏙 빼놓으면 된다. 그녀의 순결을 빼앗고 이곳에 그녀를 영원히 붙들어 두면 된다. 하지만 그는 혐오감을 느끼며 그런 생각을 떨쳐버렸다. 그 자신에게도 커다란 충격이었다.

이런 식으로는 안 된다. 그녀에게는 이러면 안 된다. 여기 지하 동굴에서 그녀가 첫 경험을 하게 할 수는 없다. 그녀는 아직 준비가 되지 않은 상태였다. 물론 그는 그녀가 여태껏 차마 몰랐던 온갖 종류의 쾌락을 안겨 줄 수 있었지만 그녀는 순간의 덧없는 열락이 지나가고 나면 곧바로 후회할 것이다. 그녀는 그를 경멸할 것이다. 아니, 더 고약한 것은 그 스스로도 그를 경멸할 터였다. 그녀에 대한 열망이 절실한 만큼 그는 수를 써서 그녀를 얻고 싶지 않았다.

그의 영혼이 구제될 유일한 방법은, 유혹과 계책이라는 그의 모든 능력을 배제한 채 가장 깊고도 진실하며 더없이 연약한 내면에서 우러나온 손길을 내미는 것이었다. 그렇게 하면 그녀의 신뢰를 얻을 만한 남자가 될지도 모른다.

"들어올 건가요?"

그녀가 고운 목소리로 물으며 배영으로 헤엄쳤다. 발장구 때문에 따뜻한 물 한줄기가 그에게로 튀었다.

그녀의 뽀얗고 싱그런 몸이 물에 젖어 종잇장처럼 얇은 머슬린
천 하나로만 덮인 광경을 보고 그의 눈에 불길이 확 번졌다. 그는
엄청나게 힘겨워 하며 억지로 대답했다.

"아니."

미소짓는 그녀의 속눈썹에 물방울이 송글송글 맺혀 있었다.

"하지만 좀 전의 나처럼 추워 보이는 데다 흙투성이인데요. 내내
검술이며 권투를 해서 온몸이 뻐근하지 않아요?"

"당신이 목욕을 끝낼 때까지 기다리겠소."

그는 이를 갈며 힘겹게 말했다.

"왜요?"

그는 웅크린 자세에서 일어나며 그녀를 가만히 쳐다보기만 했다.
결국 그녀의 순진한 미소가 사라지면서 몸이 그 자리에 굳어졌고
푸른 눈에는 알겠다는 빛이 떠올랐다. 그녀의 볼이 금세 주홍빛으
로 물들었다. 그녀는 즉시 처녀답게 정숙한 태도를 되찾아 시선을
돌렸다.

그는 눈을 감고서 힘을 주십사 기도했고 그녀는 잠수해 그에게
서 멀리 떨어졌다.

9

한 시간 뒤 푹 쉬고 기분이 개운해진 앨리스는 레벨 코트로 가
져왔던 드레스 중 남아 있던 두 벌 가운데 좀더 정장에 가까운 쪽
으로 갈아입고 침실의 경대 앞에 앉아 있었다. 그때 노크 소리가
났다.

"안녕하십니까, 아가씨. 경께서 저녁식사 전에 서재에서 잠깐 뵙
고 싶다고 하십니다. 이걸 갖다 드리라고 하시더군요."

하인은 열쇠 하나가 얹혀 있는 작은 공단 베개를 양손으로 바쳤다.

그녀는 미간에 주름을 잡으며 열쇠를 집어들었다.

"무슨 열쇠죠?"

하인의 얼굴이 붉어졌다.

"그게, 이 방 열쇠입니다, 아가씨."

"어머."

그녀는 홍당무가 되었다. 심장 고동이 그 즉시 쿵쾅거리기 시작
했다. 이건 무슨 의미일까? 지난 번 서재에서 있었던 것 같은 심리

전의 또 다른 형태일까?

"그밖에 무슨 말은 없었나요?"

"네, 없었습니다, 아가씨. 서재로 모셔다 드릴까요?"

그녀는 쓴웃음을 지었다.

"이젠 나 혼자서도 갈 수 있어요."

몇 분 뒤 서재로 들어간 그녀의 눈에 보인 루시언의 모습은 꼬고 앉은 양다리, 의자 팔걸이에 나른하게 늘어져 있는 한쪽 손, 그리고 그의 손에서 흔들리고 있는 적포도주 잔뿐이었다. 끝이 들쭉날쭉 모난 그림자가 어슴푸레한 서재 안에서 너울거리는 가운데 그는 난롯불 앞에 앉아 있었다. 그녀는 경계하며 주춤주춤 다가가 그를 쳐다보았다.

커다란 가죽 의자에 편안히 자리잡은 그는 팔꿈치를 의자 팔걸이에 세우고 주먹으로 볼을 받친 자세였다. 두 사람의 눈길이 마주쳤지만 그는 그녀가 다가오는데도 움직이거나 입을 열지 않았다. 불길이 그의 눈에 깃들인 열망을 비쳐주었다. 부드럽고 말랑말랑해 보이는 그의 입술은 키스를 절실하게 필요로 하듯 살짝 부어오른 것 같았다.

"불렀다면서요."

그녀는 중얼거리며 뒷짐을 살짝 지고 천천히 걸어가 그의 앞에 멈춰 섰다.

그는 그녀를 바라보았다.

"어깨는 어떻소?"

"훨씬 나아졌어요. 루시언?"

"왜, 앨리스?"

그는 지친 듯 대답했다.

"왜 나한테 열쇠를 줬나요?"

"내가 다시 가져갈까?"

그는 거칠게 묻더니 다음 순간 자기 자신에게 울화가 치민다는 듯 움찔하며 시선을 떨구고 이마를 문질렀다.

"왜냐하면 나 때문에 당신이 두려워하는 걸 원치 않거든."

얼굴을 가린 손 너머로 그는 애원하는 표정을 지었다.

"두렵지 않아요."

그는 고개를 들었다.

"당신이 터널을 탈출로로 생각한다는 건 알고 있소. 이제 당신은 방 열쇠까지 가졌지. 당신이 도망치고 싶다면 난 막지 않을 거요."

그녀는 잠시 침묵 속에서 그 말을 곱씹어보았다.

"나 때문에 불쾌했나요?"

불길 쪽을 향하고 있던 그의 시선이 그녀 쪽으로 홱 돌아왔다. 관능 때문에 고문 받는 심정이 남김없이 드러난 표정이었다.

"대체 무슨 소리지?"

"내가 굼떠서 오늘 칠칠치 못하게 넘어졌잖아요. 정말 바보 같아요……."

"바보는 나요, 앨리스. 괜히 혼자 괴로워하지 말아요. 전부 내 잘못이오."

그는 중얼거리며 똑바로 일어났다.

"왜요?"

"폭풍우가 가라앉을 때까지 휘트비 선생님의 오두막에서 기다렸어야 했소. 당신 손을 꼭 잡고 갔어야만 했소. 애초에 절대 당신을 여기에 잡아두지 말았어야 했소."

그의 목소리가 확 낮아져서 속삭임이 되었다.

"하지만 난 어쩔 수가 없었소."

앨리스는 그에게로 한발 다가갔다.

"알아요. 당신은 외톨이 신세에 지쳐버린 거예요. 그렇게 말했잖아요."

"당신은 몰라."

그는 거의 적대적이랄 수 있는 낮은 목소리로 내뱉고는 고개를 가로저었다.

"심지어 내가 당신에게서 뭘 원하고 있는지도 모르겠소. 당신은 내가 평생 만났던 사람들과는 달라……."

그는 돌연 말을 끊었다.

"당신은 과음을 해 본 적도 없지, 앨리스?"

그가 들고 있던 잔을 멍하니 흔들자 루비빛 액체가 찰랑거렸다.

"난 뭐든지 탐닉하는 편은 아니에요."

"그래, 당신은 그런 사람이지."

쓸쓸하다는 듯한 어조였다.

"그럼 이것 하나만 설명하겠소. 과음을 할수록 갈증은 더 심해지는 법이오. 이 세상의 모든 포도주를 대령시켜도 물을 갈구하는 목마름은 누그러뜨릴 수 없소. 물 말이오. 포도주를 마시면 홍이야 나겠지만 인간이 살아가기 위해서는 물이 필요하오. 순수하고 청정하고 감미로운 물이."

그는 한숨을 쉬며 잠시 침묵에 빠져들었다.

"난 바싹 말라붙었소, 앨리스. 황무지처럼 모든 게 말라죽었고 불구덩이 지옥에서 고통받는 영혼처럼 불타고 있소. 난 목이 말라."

"알아요."

그녀는 속삭이더니 그에게 다가가 천천히 무릎을 꿇고 그의 손을 잡으며 젊음과 성실함이 넘치는 눈길로 그를 응시했다.

그는 굶주림을 단호하게 다잡으며 그녀의 모든 행동을 낱낱이 지켜보았다.

"괜찮소. 당신이 달아나고 싶나 해도 탓하시 않겠소."

"난 두렵지 않아요."

"두려울 게 당연해. 나와 함께하는 삶은 위험 투성이니까. 너무 늦기 전에 떠나요……."

"쉬잇, 루시언. 나한테도 말할 기회를 줘요."

그의 입술에 손끝을 갖다 댄 그녀는 그가 짜증을 가라앉히고 그녀의 말에 귀기울일 준비가 될 때까지 그 자세로 가만히 그의 눈을 들여다보았다.

"어제 일로 당신에게 해야 할 사과가 있어요. 당신이 심중을 다 터놓았는데도 난…… 매몰차게 뿌리쳤죠."

그의 왼쪽 눈썹이 올라갔다.

그녀는 그의 입술에서 천천히 손을 떼었다.

"내가 어제 내뱉은 말을…… 외롭다고 했던 당신에게 놀라울 것도 없다고 대꾸한 걸…… 얼마나 끔찍하게 생각하는지 당신에게 알리려고 적당한 말을 하루 종일 찾았어요. 사실 난 여태까지 왜 어떤 여자도 당신을 채가지 않았는지 도무지 알 수가 없어요. 그리고 탁 터놓고 말하자면, 루시언……."

그녀는 턱을 내리고 시선을 떨궜다. 당혹감 때문에 자신의 볼이 뜨거워지는 것을 느낄 수 있었다.

"사실은 나도 외로워요."

그녀는 빤히 쳐다보는 그의 눈길을 느낄 수 있었다. 용기를 그러모아 그녀는 그를 올려다보았다.

"날 증오하죠? 사실 내 속마음은 그러려던 게 아니……."

그는 갑자기 의자에서 상체를 내밀어 그녀의 턱을 부드럽게 받치더니 키스로 말을 막았다. 그들의 입술이 만나자 그녀에게서 숨가쁜 한숨이 작게 흘러나왔다. 그녀의 눈이 어른어른 감겼다. 그는 그녀의 목덜미를 어루만지며 그녀의 입술을 부드럽게 벌렸다.

그녀의 심장이 두방망이질 했다. 그녀에게는 더 이상의 자극 따위는 필요 없었다. 곧바로 그의 키스를 열렬히 받아들이며 말끔하게 면도한 그의 얼굴을 감싸안았다. 그에게서는 포트 와인 맛이 났다. 그녀는 그 맛을 음미하며 그의 혀를 더욱 깊숙이 받아들여 관능적인 환영을 했다.

그의 강인한 턱선을 어루만지며 비단결 같은 검은머리를 훑어 내리는 그녀의 양손이 떨렸다. 그는 욕망으로 낮게 신음하며 그녀

를 끌어안고 허리선이 높은 드레스의 벨벳 자락 아래로 쭉 뻗은
허리를 더듬으며 엉덩이 쪽으로 점점 손을 내렸다. 그녀는 루시언
때문에 핏속에 불붙은 정열을 제어하기 위해 온갖 힘을 쥐어짰다.

"이렇게 당신을 안을 수는 없소. 난 더 이상 게임을 원치 않아."

그는 잠시 후 급박하게 속삭이며 키스를 끝냈다. 그녀는 수정 같
은 그의 눈에서 격렬한 열정에 뒤섞인 진짜 공포를 보았다.

"당신이 어떤 계획을 품고 있는지 알아야겠소. 당신은 여기에 계
속 남고 싶은 거요, 아니면 저 염병할 터널로 도망칠 거요? 오늘
이후로는 당신이 내 옆에 있고 싶어서가 아니라면 나도 당신 의사
를 거스르면서까지 계속 여기에 붙잡아두고 싶지 않소. 만약 당신
이 내게 관심이 없다면 나도 당신에게 애착을 품고 싶지 않소."

그는 자신의 열렬한 말에 충격 받은 표정으로 갑자기 말을 끊었다.

"내가 어떻게 하기를 바라나요?"

"물론 남아주길 바라지."

그는 얼굴이 벌개져서 울컥 말했다.

"우리가 당초에 합의했던 대로 일주일 내내 묵어주길 바라오. 그
것도 의무감에서가 아니라 당신 마음에서 우러나서…… 그리고 우
리 사이에 정말로 뭔가 있는지, 아니면 단지…… 아름다운 환상에
불과한지 여부를 당신도 나 못지 않게 궁금해해서 묵어주길 바라는
거요."

그녀는 놀랐지만 다정한 눈길로 그를 바라보았다. 그가 순전히
육욕 쪽에만 관심을 가졌을 때는 차라리 그가 그녀에게 끌린다고
믿기가 쉬웠다. 하지만 지금 그녀가 경악과 외경 속에 깨달은 바에
따르면 그녀에 대한 그의 관심은 어느새 진지해져 있었다. 감히 믿
기가 두려웠다.

그는 깜짝 놀란 듯한 그녀의 눈길을 외면하며 스스로가 혐오스
럽다는 듯 땅이 꺼져라 한숨을 내뿜었다.

"맙소사, 마치 바보의 헛소리처럼 들리겠군. 도망가는 편이 좋을

거요. 마차를 불러줄까?"

"아니에요!"

그녀는 곧장 대답했다.

"루시언?"

"왜, 앨리스?"

그녀의 심장이 쿵쿵 뛰었지만 그녀는 의지를 모아 그에게 손을 내밀 용기를 냈다. 예측할 수 없는 위험한 그에게.

"난 지금 이 상황이 진실되다고 생각해요."

그녀가 주저하면서도 부드럽게 말하자 그는 그녀의 품안에서 떨었다. 그가 그녀를 무릎 위로 끌어올려 불처럼 격렬한 키스를 퍼붓자 그녀는 그의 이름을 속삭였다. 그녀가 그의 진실성에 대해 일말의 의심을 품었다 한들 그 의심은 좀 전의 불타는 욕구가 담긴 키스에 의해 모조리 사라지고 말았다.

"맙소사, 아가씨. 당신이 내게 어떤 영향을 끼치는지 모르고 있군."

그는 몇 분 뒤 자제력을 발휘해 정열을 살짝 억누르면서 숨가쁜 어조로 말했다. 그는 그녀의 얼굴을 양손에 감싸안고 엄지로 그녀의 턱을 다정하게 어루만졌다.

"당신을 아프게 하고 싶지 않소. 당신을 겁먹게 하고 싶지 않소."

"난 겁나지 않아요. 당신에 대해 알고 싶어요."

"그래."

천천히 끄덕이며 속삭이는 그의 눈길에 그녀는 매료되고 말았다. 그는 그녀의 다리가 의자 팔걸이에 걸쳐지도록 고쳐 안았다. 다시금 키스가 계속되었고 그의 손길이 벨벳 드레스 위로 그녀의 허벅지를 애무했다.

"당신의 가련하고도 소중한 무릎은 어떻게 됐지?"

마침내 그는 중얼거리며 고개를 숙여 부드럽게 무릎에 입술을 댔다.

관능을 능숙하게 유린하는 그의 손길에 넋이 나간 그녀는 도저히 대답할 목소리를 낼 수가 없었다. 그는 안다는 듯 미소지으며 그녀의 정강이를 살살 쓸어내렸다.

"당신 몸이 속속들이 예쁘다는 걸 알고 있소, 앨리스 몬테규?"

그는 속삭이며 그녀의 목에 키스했고 그동안에도 그의 손은 여전히 그녀의 몸을 탐색했다.

"당신 몸도 마찬가지인 것 같은데요."

"하지만 당신은 내 몸을 속속들이 보지 못했잖소."

그는 은근히 권하듯 중얼거렸다.

"아직은요."

그는 그녀의 가슴에 키스하던 도중 고개를 들고 눈썹을 치떴다.

그녀는 뻐기듯 픽 웃어 보였다.

"당신 초상화를 그리게 될지도 모르겠네요. 모델이 되어 줄 수 있겠죠? 자연 그대로의 모습으로 말이에요."

"이거…… 충격적일 정도로 부적절하군."

그는 매끄러우면서도 사악한 목소리로 중얼거렸다.

"부끄럽다는 말은 하지 말아요. 난 당신에 대해 많이 파악했다고요."

"아아, 그렇군."

그는 속삭이며 그녀의 가슴을 다정하게 도발하듯 문질렀다.

벨벳 드레스 위로 그의 손길이 가볍게 닿자 그녀의 젖꼭지가 빳빳해지면서 볼에 홍조가 확 퍼졌다. 그 즉시 그녀의 피부가 한 치도 남김없이 열기에 휩싸이며 예민해졌다.

"저기, 부적절한 행동이 어떻다고요, 경?"

그녀가 꾸중을 한다면 그는 더 대담한 선을 넘으려 하지 않을 것이다. 하지만 그녀는 너무나 즐거운 이 행위를 말리고 싶지 않았다.

"당신에게 쾌락을 안겨주는 거요. 날 신뢰하지?"

그는 서로의 눈을 마주보면서 그녀의 치마 아래로 손을 살짝 넣고 정강이를 스치듯 천천히 쓰다듬었다.

"얼마…… 만큼요?"

그녀는 그의 따스한 손이 무릎을 감싸고 원활한 손놀림으로 허벅지까지 더듬어 올라오자 바르르 떨면서 힘들게 입을 열었다.

"내가 자제력을 잃지 않을 거라고 안심하고 내 애무를 받을 만큼 말이지. 당신도 알겠지만 난 자제할 거요. 그러니 내 품안에서 공포 따위 완전히 떨쳐 버렸으면 해."

그녀는 심장 고동이 더욱 속도를 높이는 가운데 침을 꿀꺽 삼켰다.

"그럴 거예요. 당신이 확신만 준다면……."

"내 약속하지."

"그럼 신뢰할 수 있어요."

그녀는 힘없는 소리로 동조했다.

그가 그녀의 허벅지 사이로 손을 가져가자 그녀의 눈이 번쩍 뜨였다. 전기 충격 같은 쾌락이 그녀의 몸을 순식간에 꿰뚫었다. 루시언의 눈이 은색 불길로 번득였지만 앨리스는 수치심을 느껴야 할 상황이라는 것도 몰랐다. 그녀의 그곳을 만져본 그는 그녀가 흥분했다는 증거를 뚜렷이 잡았다.

그의 손길이 주는 뜨겁고 기막힌 압박 앞에 그녀는 녹아내렸다. 그녀의 두 팔이 그의 목에 감겼다. 그녀는 가쁜 숨을 내쉬며 떨리는 몸으로 그에게 매달렸다. 그가 풍요로울 정도로 촉촉한 그녀의 몸 안에 손끝을 살짝 밀어 넣자 그녀는 놀란 데다 관능이 발산된 나머지 말없는 탄성을 내질렀다.

"어떻지?"

그는 그녀를 지켜보며 목쉰 소리로 물었다.

그녀의 반응은 부드러운 신음이 고작이었다. 그의 입가에 미소가 걸렸다. 그녀의 대답이 그를 기쁘게 했다. 다음 순간 그는 그녀의 육체에 고인 물기를 마치 귀중한 향유인 양 손끝에 묻혀 촉촉한 털로 덮인 그녀의 여성 속 욱신대는 작은 돌기에 갖다 댔다. 그가 애태우듯 천천히 그녀를 애무하자 그녀는 결국 그의 무릎 위에서 몸부림치며 다리를 더욱 벌렸다. 그는 혀로 그녀의 혀를 미친 듯 휘감으며 그녀의 입에 대고 나직이 헐떡였다.

"더 할까?"

그는 깔깔한 목소리로 속삭였다.

그녀의 대답은 흐느낌 소리가 다였다. 그가 이번에는 손가락 두 개를 몸의 중심부에 천천히 밀어 넣자 그녀는 부르르 떨며 그의 목을 마치 지푸라기라도 잡는 양 더욱 거세게 끌어안았다.

맙소사, 그래요. 이것이야말로 그녀에게 필요한 것이었다. 꿈속에서보다 천 배는 더 황홀했다. 그녀는 그의 자극적인 손놀림이 남녀의 결합에 따르는 온전한 열락에 비하면 전주곡에 불과하다는 사실을 경악 속에 깨달았다.

노곤한 듯 천천히 움직이는 그의 혀가 손놀림과 박자를 맞췄다. 그녀는 그의 단단해진 몸을 느끼고는 참을 수 없을 정도로 흥분하고 말았다. 하지만 그는 자신의 말을 곧이곧대로 지켜 욕망의 고삐를 단단히 잡고 늦추지 않았다. 심장이 터져버릴 것처럼 쾅쾅댔다. 머릿속이 확 가벼워졌다. 몸무게가 사라져버린 것만 같았다. 그가 그녀로서는 이해할 수 없는 다른 나라 말로 숨차게 밀어를 속삭이는 동안 그녀는 교성을 지르며 그에게 매달렸다.

"세상에……."

그녀는 몇 분 뒤 힘겹게 말했다. 그녀는 의자 팔걸이에 고개를 기대고 가슴을 들썩거리며 숨김없는 시선으로 그를 바라보았다.

"보통이 아니었어요."

그는 애매한 미소를 흘렸다.

"쓸 만했다니 기쁘군, 마담."

그녀는 팔꿈치를 세워 몸을 일으켰다.

"왜 여태껏 다른 여자가 당신을 채가지 않았죠?"

"시도는 있었지. 내가 도망친 거요."

그는 손끝으로 그녀의 윗배에 작은 별모양을 그렸다.

"아마 당신을 기다리고 있었던 건지도 모르지."

그녀는 홀린 표정으로 그를 가만히 뜯어보았다.

"엄청난 달변이로군요."

"고맙소."

그녀는 미소지으며 자기 얼굴에 흐트러진 머리카락을 불어 젖혔다.

"칭찬이 아니에요."

"호오. 뭐 당신과 있으면 내 모든 말은 진심이라오."

그녀는 고개를 저었다.

"이상하죠. 당신이 날 그저 갖고 논다고 생각했을 때는 당신이 날 원한다는 말을 어려움 없이 믿었는데 이제 당신의 진심을 알게 되니 좀 얼떨떨해지네요."

"사실 앨리스, 난 처음부터 진심이었소."

그녀의 눈이 휘둥그레졌다.

"정말이에요?"

그는 끄덕이며 그녀의 허리에 감긴 검은 공단 리본을 만지작거렸다.

"알았어요. 그럼 당신은 그저 진심인 척하는 악당 연기를 한 거군요? 속으로는 사실 진심이면서도 마치 더없이 불순한 동기 때문에 그러는 것처럼 보일 것을 알고 말이에요."

"바로 그거요."

그녀는 그의 모난 턱을 손끝으로 감쌌다.

"그저 약속만 해 줘요. 더 이상 내 마음을 가지고 장난을 치지 않겠다고요."

그녀는 부드럽게 말했다.

"우린 이제 친구예요. 그렇죠? 우린 서로에게 탁 터놓을 수 있게끔 노력해야 해요."

그는 진지한 눈길로 끄덕였다.

"난 하고 싶은 질문이 많아요……."
"하지 말아달라고 간청하겠소."
"뭐라고요?"
"그냥…… 묻지 말아요. 지하동굴이나 무장 경비에 대해서
나…… 아무 것도."
"하지만 왜요?"
그녀는 자신이 고민하는 궁금증을 그가 정확히 맞혀냈으므로 놀
라서 물었다.
"왜냐하면 당신한테 조금이라도 거짓말을 해야 하는 상황에 놓이
고 싶지 않으니까."
그녀는 그를 가만히 쳐다보았다. 그는 일부러 냉담한 눈을 했다.
"날 믿어요."
그는 속삭였다.
"그냥…… 믿으라고요? 그게 할말의 전부인가요?"
다시금 굳게 입을 다문 채 그는 끄덕였다.
"그렇게 할 수 있을지 확신이 없어요."
"그럼 떠나시지, 앨리스."
그의 말투는 칼 같았고 표정도 즉시 어두워졌다.
"당신 선택에 달렸소. 내 감정은 이미 밝혔으니까."
그는 그녀를 무릎에서 내려 의자에 앉히고 일어나더니 방을 나
가려 했다.
"루시언!"
휙 돌아선 그의 모습은 전신의 윤곽선 외에는 제대로 보이지 않
았다. 불빛이 그의 훤칠하고 당당한 몸집 위에 펄럭거렸다.
"이 세상에는 햄프셔 출신의 꼬마 아가씨가 이해할 수 있는 것
보다 훨씬 더 큰일들이 많을 때가 있다오."
"그래서, 날 바보라고 생각한다 이건가요?"
그녀는 벌떡 일어났다.

"바보가 아니오, 순진한 거지. 곱게 자란 아가씨. 난 당신의 그런 면이 좋소. 난 당신과 싸우고 싶지 않아, 앨리스. 내 눈에 비친 당신은……."

그는 할말을 찾았다.

"천사이자 여신이오. 하지만 그 문제들은 당신과 아무런 관련도 없고 또 있어서도 안 되오. 당신이 나와 함께하고 싶다면 지켜야 할 유일한 규칙이오. 내 사생활을 존중해 줘요."

"사생활인가요, 아니면 비밀인가요?"

"좋을 대로 해석해요. 참고 살겠소, 적어도 한 주만이라도? 그래 볼 수 있겠소?"

그녀는 가슴 앞으로 팔짱을 끼고 실눈을 뜬 채 그를 지그시 뜯어보았다.

그는 한숨을 쉬며 벽을 쳐다보았다.

"그럼 생각해 봐요. 난 저녁식사를 하러 갈 테니. 동석하겠소?"

그녀가 아무 대답도 없이 원망하는 눈길로 빤히 보기만 하자 그는 돌아서서 방을 나갔다.

그녀는 그가 가 버리고 나자 자기 자신에게 버럭 화가 났다. 햄프셔 출신의 꼬마 아가씨! 질문을 하지 말라고? 그는 마치 그녀를 어린애 취급하며 떨쳐 버렸지만 그녀는 역시 바보인지 그의 곁을 떠날 마음이 전혀 없었다.

그녀는 그를 원했다. 그가 그녀를 이곳에 잡아둔 행위는 극악한 것이었지만 시간이 지날수록 오히려 왠지 더 없는 기회로 보이기도 했다. 아마 좀더 시간이 흐르면 그도 그녀를 더욱 신뢰해 비밀을 털어놓을지도 모른다.

문득 그가 약점을 내보이는 실수를 했다는 것을 깨닫고 그녀의 입술에 은밀한 미소가 서렸다. 루시언이 이 광경을 보아야만 하는데 아까웠다! 그녀는 서재에 있던 체스판의 하얀 졸을 들어 검은 기사 위를 살짝 건너뛰게 했다.

루시언이 옳아, 그녀는 새삼스레 힘과 침착을 되찾아 이렇게 생각했다. 그녀는 곱게 자란 몸이었다. 하지만 글렌우드 파크에서 보낸 안온한 전원생활은 그녀에게 그 무엇보다도 중요한 덕목을 깨우쳐주었다. 인내심이라는.

그녀의 어머니는 인내심을 발휘하면 못 이길 전투가 없다고 입버릇처럼 말씀하시곤 했었다. 심지어 오늘 휘트비 씨조차도 루시언에게는 가능한 한 인내심과 다정함을 발휘할 필요가 있다고 그녀에게 충고하지 않았던가.

그녀는 깎아 만든 체스의 기사를 손바닥 위에 올려 살짝 입맞춘 다음 체스판의 한쪽에 얌전히 내려놓고 루시언과 맞먹을 만큼 영리한 미소를 지으며 저녁식사를 하러 나갔다.

풀트니 호텔의 우아한 객실에서 롤로 그린은 혼비백산해 눈만 말똥말똥 뜨고 있었다. 그동안 냉혹한 금발의 거인은 거울을 들여다보며 하얀 크러뱃을 잡아당겨 잘 맨 다음 장전한 권총을 검은 연미복 정장 아래의 숨겨진 총집에 살짝 집어넣었다.

"가이 포크스 데이에는 안 됩니다, 무슈. 아무쪼록!"

롤로는 숨막힌 듯한 소리로 외쳤다.

"축제날 밤 아닙니까! 거리는 민간인들로…… 아이들로 북적댈 겁니다!"

"자네는 날 보조할 임무를 맡았을 넨네, 그린. 내 임무를 두고 이래라저래라 잔소리는 집어지워."

바르두는 차갑게 대꾸했다.

"이것 보십시오, 무슈. 당신네 프랑스인들이야 어떨지 모르지만 우리 미국인들은 무차별적인 민간인 살상 따위 하지 않아요!"

바르두는 너털웃음을 터뜨렸다. 그는 롤로 그린을 무시하더니 거드름을 잔뜩 피우는 걸음걸이로 호화스러운 방 저편에 있는 소피아에게 다가갔다. 훤칠한 러시아 미녀는 샴 고양이처럼 늘씬하고 유연하면서도 경계하듯 신비스러운 분위기를 풍기며 가슴 앞에 팔짱을 끼고 벽에 붙여놓은 콘솔 탁자에 기대 서 있었다.

롤로는 바르두가 다가가자 그녀의 아몬드형 눈에 공포와 적의가 불타는 것을 보았다. 하지만 그녀는 좀 전과는 달리 더 이상 그에게서 벗어나려고 발버둥치지 않고 체념한 채 그의 압도적인 힘에 굴복했다. 그녀는 바르두가 엉덩이를 부여잡고 끌어당겨 그 목덜미에 얼굴을 묻자 잠시 움찔했다.

롤로 역시 움찔하며 땅바닥으로 시선을 내리깔았다. 뭔가 그녀를 도울 수 있었으면 좋겠다고 생각했지만 안 그래도 가이 포크스 데이 문제 때문에 신경이 온통 곤두선 참에 바르두의 뜻을 거스를 배짱까지는 없었다.

"무슈, 제 말은 공격 시기를 재고해 보시라는 것뿐입니다."

롤로는 바르두를 살살 구슬렸다.

"제가 보기에 버지니아의 신사 양반들은 런던 민중들의 분노를 촉발시킬 급진적인 행동에는 전혀 뜻이 없다고 확신합니다……."

"입 닥쳐!"

바르두는 정부에게서 몸을 와락 떼더니 그에게 버럭 성질을 부리며 불호령을 내렸다.

롤로는 바르두가 거인처럼 세 걸음만에 방 전체를 가로질러 다가와 자신의 옷깃을 부여잡고 거의 족치듯 벽에 밀어붙이자 눈이 등잔만해졌다.

"내가 명령하면 넌 듣기나 해."

그는 으르렁댔다.

"귀찮게 하지 마. 안 그랬다간 강바닥에서 인생 마감하게 해 주마."

그는 거칠게 롤로를 놓아주었다.

"자, 이제 꺼져."

공포 때문에 심장 고동이 너무나 격해져 이러다가 멈추는 것 아닌가 싶을 정도였다. 롤로의 전신이 벽에 세차게 부딪혀 멍든 것 같았다. 그는 소피아를 흘끔 곁눈질했다. 그녀는 고양이처럼 말없이 초연한 태도로 그를 마주 바라볼 뿐이었다. 다음 순간 그는 제정신이 아닌 바르두의 연푸른 눈을 들여다보았다.

"가라고 했지."

바르두가 짖어댔다.

롤로에게 두 번 경고할 필요는 없었다. 그는 줄행랑을 쳤다.

클로드 바르두는 그린이 부서져라 닫고 나간 문을 잠시 노려보다가 소피아에게로 돌아섰다.

"난 저 놈을 못 믿어."

"당신은 어느 누구도 믿지 않아요, 클로드. 그럴 수가 없는 사람인 걸요. 심지어 나조차도 못 믿잖아요."

"특히 당신이니까 그렇지."

그는 입술을 얇게 다물며 대답했다.

"저 녀석을 따라가. 가라고. 지금 당장."

그녀는 짜증난다는 듯 한숨을 토해냈다.

"꼭 그래야 하나요?"

"난 배신자를 귀신같이 가려내는 본능이 있어. 만약 저놈이 날 배신하려 들거든 해치워버려."

"클로드. 미국인을 죽일 수는 없어요. 저 남자는 당신 연락책이잖아요!"

"더 이상 저 놈은 필요 없어. 내 말대로 하라니까, 소피. 날 위해서 그렇게 해."

중얼거리는 그의 부드러운 어조에는 고드름 같은 경고의 기색이 뼈저리게 서려 있었다.

그녀는 반항기가 펄펄 끓는 눈으로 그를 째려보며 무기를 꺼내 점검한 다음 허벅지의 총집에 권총을 다시 꽂아 넣었다. 그 옆에는 위험해 보이는 단검집도 달려 있었다.

"상황 보고를 신속하게 해 줘. 그리고 소피아."

그는 덧붙였다.

"도망칠 생각은 않는 게 좋아."

"절대 안 해요, 달링."

그녀는 긴 털코트를 걸치고 지겹다는 듯한 표정으로 그를 한번 쳐다본 다음 문을 닫고 나갔다.

그녀가 나간 지 불과 몇 분도 안 되어 문에서 노크 소리가 났다. 이놈의 영국인들이란 성질도 급하지, 바르두는 냉소적으로 생각했다. 그는 외알 안경을 오른쪽 눈에 대고 짧게 깎은 머리칼을 매만진 다음 손님을 맞이하러 갔다. 문으로 가는 그 짧은 순간에 그의 내면은 프로이센 남작 카를 폰 다네커로 변신했다.

클로드 바르두가 돈줄인 미국인들에게 굳이 알릴 필요를 느끼지 못한 말이란 자신이 정치적인 보복 외에 개인적인 빚 청산을 염두에 두고 있다는 내용이었다.

바르두에게 있어서 나폴레옹의 패배라는 굴욕을 견딜 유일한 방법은 그와 루시언 나이트 사이의 끝나지 않은 개인적 전쟁에서 승리를 거두는 것뿐이었다. 루시언은 그가 파멸시키지 못한 남자였다. 그의 죄수였지만 믿어지지 않는 솜씨로 그를 따돌린 남자였다.

바르두는 루시언 나이트를 없앨 수만 있다면 어그러진 불운도 모두 다 견딜 수 있을 것만 같았다. 그가 평생을 바쳤던 대의의 몰락도, 보나파르트의 치욕스러운 폐위도, 앞으로 다시는 불가능할 귀향도.

루시언 나이트는 바르두가 영국인에 관해서 더없이 증오하는 모든 것을 한 몸에 지닌 인물이었다. 나이트의 참아주기 어려운, 영국인다운 뻣뻣한 윗입술은 바르두가 어떤 종류의 고문을 가해도 꿈쩍하지 않았었다.

적을 몰래 추적하기 위해 바르두는 이선 스태퍼드를 필요로 했다. 그를 방패삼아 런던의 귀족 부유층에게 파고들면 나이트에 대한 정보와 그를 파멸시킬 최고의 방법을 알아낼 수 있을 터였다.

한때 나이트는 바르두의 손에 5주 동안이나 붙잡혀 있었으면서도 거의 아무 것도 털어놓지 않았다. 그가 육체적인 고통을 계속 견뎌냈으므로 바르두는 그의 마음과 영혼을 고문하는 방법을 슬슬 고려하기도 했었다. 불행하게도 나이트에게는 아내나 자식이 없었지만 형제는 넷이었고 그중 둘은 런던에 있었다.

루시언 나이트의 쌍둥이 형인 대미언 나이트 경은 무시무시하다고 불리는 만큼 습격하기가 조금 꺼려졌고 나이트 형제의 막내이자 소위 악당으로 알려진 앨릭 경 쪽이 좀더 손쉬운 상대로 보였다. 그집안의 막내딸인 레이디 제이신다가 빈에 가 있는 것은 통탄할 일이었다. 그녀가 있었다면 그의 목적에 완벽하게 부합되었을 것이다.

바르두에게는 루시언 나이트와 관계 있는 여자를 찾아내 의지하는 수밖에 달리 방법이 없었다. 그래서 그는 최근까지 적의 정부로 지냈던 여자를 오늘 밤 소개받을 심산이었다. 바로 레이디 글렌우드를.

음험한 속셈을 냉담한 미소 뒤에 감춘 채 그는 문을 열었다.

"안녕하십니까, 헤어 스태퍼드."

이선 스태퍼드는 그에게 인사를 했다.

"폰 다네커. 복스홀로 가실 준비는 끝나셨습니까?"

"하루 종일 고대하고 있었답니다."

그는 긴 코트를 입고 호텔 문을 잠그며 대답했다.

젊은 영국 신사는 분명 이 모든 상황이 묘하다는 것을 눈치챘겠지만 사람은 누구든 액수와 상관없이 뇌물에 넘어가는 법이었다. 설령 폰 다네커 남작이 겉보기와는 다른 사람이라는 낌새를 알아챘다 하더라도 스태퍼드는 화려한 집과 빠른 마차를 잃으면 안 된다는 결심이 너무나 확고했으므로 아무 질문도 하지 않았을 것이다.

스태퍼드는 각등이 밝혀져 있고 날씨가 따스할 때면 연인들이

밀회를 즐기는 정원의 오솔길, 매일 밤 9시 정각만 되면 흐르기 시작해 그 위용을 보면 다들 놀라는 인공폭포 등을 그에게 구경시켜 주었다.

그들은 흥겨운 음악과 밝은 조명이 마련된 화려한 대형 천막으로 들어갔다. 바르두는 고심해서 만들어 쓴 오만하고 초연하고 자존심 강한 독일인의 가면 뒤로 눈길을 곤두세우면서 각양각색의 인파를 훑어보았다.

"호오, 레이디 글렌우드가 저기 있군요."

스태퍼드가 바르두 쪽을 교활하게 곁눈질했다.

"내 말대로지요."

스태퍼드의 고갯짓을 따라 눈길을 돌려보니 하트형 얼굴에 동글동글한 곱슬머리를 드리운 거무스레한 여자가 거대한 유방을 꽉 끼는 옷으로 감싸고 있었다. 바르두는 더없이 솟구치는 욕정과 호기심을 느끼며 눈썹을 치떴다. 남작부인은 아첨꾼들에게 둘러싸여 있었다.

"근사한 몸매지요, 네?"

스태퍼드는 중얼거리며 바르두의 옆구리를 팔꿈치로 쿡 찔렀다.

바르두는 교활한 눈으로 그를 쳐다보았다.

"하지만 들기로 저 숙녀분은 다른 사람과 사귄다고…… 이름이 뭐더라……? 루시언 나이트. 그 사람을 아시오?"

스태퍼드는 놀라서 눈을 껌벅거렸다.

"당연하지요."

그는 목소리를 낮췄다.

"롤로 그린이 당신의…… 안내인이 되겠느냐는 얘기를 처음 꺼낸 것도 루시언 경의 파티 때였으니까요."

"호오, 정말입니까?"

바르두는 격하게 치미는 분노를 감추며 중얼거렸다. 그럴 줄 알았지. 저 비열한 뚱보놈이 그에게 거짓말을 한 것이다. 루시언 나이트라는 사람은 모른다고 잡아떼다니! 소피아를 보내 놈을 감시시켰으니 천만 다행이지, 그는 혐오감 속에서 생각했다. 적어도 행운은 가끔씩 그를 버리지 않았다.

파티라고! 그는 속으로 조소했다. 이 영국인들은 너무나 오만해서 자신들의 승리를 지나치게 확신하고 있었다. 루시언 나이트가 자기 몸을 지키기는커녕 시골 저택에서 파티나 흥청망청 열어댄다는 사실을 알자 그러면 그렇지 싶은 뿌듯한 만족감이 차올랐다.

하지만 그는 나이트의 시골 저택으로 곧장 공격해 들어갈 생각은 없었다. 적의 본거지에서 싸우는 것은 적에게 유리한 만큼 어리석은 짓이었다. 그래, 레이디 글렌우드는 바르두가 준비를 철저히 마친 뒤 나이트를 런던으로 꾀어낼 때 절호의 미끼가 될 터였다.

"그 사람이 저 레이디를 사랑했던 겁니까?"

그는 스태퍼드에게 자연스럽게 물었다.

"뭐, 레이디에게 엄청나게 욕심을 낸 건 분명해요. 그러기에 자기 형한테서 레이디를 빼앗았겠죠. 그게 사랑인지는 모르지만 감정이 없는 건 아니죠. 그렇지 않습니까? 제 개인적인 생각으로는 저 여인이 두 형제를 다 갖고 놀았다고 보이지만요. 저런 몸을 가진 여자라면 행여나 일을 저질러도 모면하기 쉽겠지요."

그는 나직이 덧붙였다.

바르두는 진심으로 동의한다는 듯 중얼거리며 스태퍼드와 함께 그 여인 쪽으로 어슬렁어슬렁 다가갔다. 붉게 칠한 입술이 수다로 인해 재빠르게 옴죽거리고 있었다. 그녀의 주위를 둘러싼 인파에 합류했을 때 바르두는 살짝 인상을 썼다. 여인의 재잘대는 속도가 너무 빨라 영어를 알아듣기가 힘들었다. 그 때문에 그녀의 말을 머릿속에서 다소 천천히 해석해 이해해야만 했다.

"난 시골에 콕 박혀서는 절대 못 살아요. 해 보려고야 했죠! 솔직히 해 보긴 했지만 햄프셔에서 나을 아이 병이면 런던에서도 금세 낫지 않겠어요? 안 그런가요?"

맵시꾼들은 그녀의 말 한마디 한마디마다 낄낄대고 맞장구를 치면서 그녀의 가슴을 빤히 쳐다보고 있었다.

"그 예쁜 시누이는 언제쯤 런던으로 불러들일 건가요?"

누군가 물었다.

"아아, 몬테규 양은 아주 몸이 안 좋아요. 가엾기도 하지"

그녀는 안타깝다는 듯 혀를 끌끌 찼다.

"글렌우드 파크의 자기 방에서만 거동해요. 독감이거든요. 의사 말로는 적어도 일주일 동안은 바깥출입을 삼가라고 하더군요. 그러니 대신 나 정도로 참아줘야 해요!"

"레이디 글렌우드."

스태퍼드가 나섰다.

"여기 프로이센에서 오신 제 친구분이 계십니다……."

"프로이센, 으음?"

그녀의 주위에 모여 있던 사람 중 약간 술에 취한 영국인이 반갑다는 듯 경례를 붙였다.

"블뤼헤 장군에게 건배를!"

스태퍼드는 신사답게 레이디 글렌우드에게 우아한 목례를 건넸다.

"전에도 말했지만 남작님께서는 우리나라에 초행이셔서, 요즘 저는 우리 영국 장미의 아름다움을 이분께 알려드리고 싶어 좀이 쑤실 지경이랍니다. 이분의 눈을 부시게 할 적임자로 당신 이상의 사람은 떠오르지 않더군요. 레이디를 소개해도 될까요?"

"아첨도 지나치셔, 스태퍼드! 물론이지."

여인은 넘칠 듯한 미소를 바르두에게 보냈다. 워낙에 무감각한 바르두였지만 지금은 순간적으로 여인에게 매혹되고 말았다.

그녀는 가증스러운 영국인일지 모르지만 그는 즉시 자신의 취향에 딱 맞는 여자라는 것을 알아보았다. 게다가 그녀는 상당히 유용할 것이다.

"레이디 글렌우드, 베를린에서 오신 카를 폰 다네커 남작님이십니다."

스태퍼드는 격식을 차려 소개했다.

"폰 다네커, 미모의 레이디 글렌우드이십니다."

"처음 뵙겠습니다, 남작님. 우리나라에 오신 것을 환영합니다."

그녀는 쾌활하게 인사했다.

"스태퍼드가 장담한 대로 남작님의 눈을 부시게 할 수 있을지는 모르겠지만 열심히 노력해 보겠어요."

"레이디 글렌우드, 그 점에서는 이미 성공을 거두셨습니다."

바르두는 고개를 숙여 그녀의 손에 입맞췄다.

"매력 만점이시군요."

중얼거리는 그녀의 눈에 흥미롭다는 빛이 반짝 일었다.

"절 캐로라고 부르셔도 좋아요."

그녀의 눈길은 염치없게도 그의 어깨며 몸을 죽 훑고 내려가다가 그의 눈과 마주치자 그 즉시 서로간에 불붙은 욕정을 내비쳤다.

"난 항상 프로이센 사람들을 열렬히 찬미했답니다."

그녀는 목구멍을 가르릉 울렸다.

"프로이센 사람들은 아주…… 커요. 아주…… 힘차지요."

머리에 기름을 바른 여윈 멋쟁이 하나가 그녀의 옆에 서 있다가 교태 섞인 어조를 듣고 킬킬거렸다. 캐로는 기가 막히다는 듯 허공을 쳐다본 다음 남자를 째려보았다.

"폰 다네커 남작님, 제 남동생인 웨이머스 자작을 소개하겠어요. 나일스, 이분은 폰 다네커 남작님이셔."

바르두는 말라비틀어지고 못생긴데다 앞뒤로 휘청거리는 작자에게 고갯짓을 해 보였다. 웨이머스의 피부는 병색이 완연했고 작은 갈색 눈은 번들거렸다.

"처음 뵙겠수다."

그는 웅얼거리더니 포도주 잔에 대고 키득거렸다.

아편이군, 바르두는 알아챘지만 경멸 섞인 조소를 숨겼다.

"레이디 글렌우드, 춤을 같이 춰주시면 영광이겠습니다만."

"어머나, 기꺼이 추겠어요."

"이 사람 말대로 하는 게 최고야, 누나."

웨이머스는 우물거렸다.

"프로이센 사람들하고는 작은 일 갖고 승강이하지 않는 게 낫
지."

바르두는 경고하는 표정으로 그를 흘끔 쳐다본 다음 여자에게
손을 내밀었다. 그녀는 미소지으며 잡았다. 웨이머스의 소리 죽인
웃음이 내내 뒤를 따라오는 가운데 바르두는 그녀를 댄스 플로어로
안내했다. 그녀는 다리를 살짝 저는 그의 동작을 눈치채고 호기심
어린 표정을 보이더니 멈춰 서서 그에게로 돌아섰다.

"경께서 달갑지 않으시다면 춤을 꼭 출 필요는 없어요."

그녀는 애교를 떨며 말했다.

"하지만 당신을 실망시키고 싶지 않소이다."

그는 낮은 목소리로 대꾸했다.

그녀는 그의 허리선 아래쪽으로 의미심장한 시선을 잽싸게 던지
더니 다음 순간 속눈썹을 내리깔고 그를 올려다보았다.

"어머나, 친애하는 폰 다네커."

그녀는 중얼거렸다.

"그럴 일은 절대 있을 것 같지 않은데요."

10

사흘이 지났다.

기적과도 같은 나날이었다. 루시언과 앨리스는 뗄레야 뗄 수 없는 사이가 되었다. 계곡을 둘러싼 석회암 봉우리 너머에는 세상이 아직도 존재하고 있었지만 그렇다 해도 두 사람 모두 그 사실을 알고 싶어하지 않았다. 그녀는 질문을 하지 않음으로써 그의 소망에 화답했고 그도 그녀를 유혹하는 행위를 삼갔다.

그들은 불안정하지만 천진난만하고 소박하며 정결한 기쁨의 경지에 함께 도달했다. 그들의 낮 시간은 풍요로운 가을 햇살과 시골생활의 오락인 낚시, 승마, 산토끼 사냥 등을 즐기는 것만으로도 빠빠했다.

그들은 거의 밖에서 살다시피 하며 수라상 같은 성찬을 차려 풍성한 수확의 계절을 음미했다. 또한 난롯가에 앉아 포도주를 연달아 마시면서 목이 쉴 때까지 얘기를 나누며 저녁시간을 보냈다. 가끔은 체스를 두었다. 가끔은 시도 읽었다.

화요일에는 비가 왔으므로 먼지가 뿌옇게 내려앉은 오래된 무도 회장에서 즐거이 볼링을 쳤고, 그 뒤에는 두서 없이 이리저리 뻗어 있는 튜더 양식의 저택을 탐험했다. 루시언 자신도 이곳의 침실을 죄다 살펴본 적이 없었기 때문이었다.

다른 때에는 따스한 침묵 속에서 그저 끌어안고 가만히 앉아 상대의 눈을 들여다보며 서로의 신비와 더욱 깊어지는 둘 사이의 유대 관계에 대해 곱씹어볼 따름이었다. 자칫하면 그들의 이 우연한 만남은 이루어지지 않았을지도 모른다고 앨리스는 종종 생각했다.

그녀는 루시언을 만나기 전까지 자신의 삶이 어떠했는지 더 이상 상상 속에서조차 떠올릴 수 없었다. 그녀는 동화 속의 공주처럼 키스로 깨워줄 왕자를 기다리며 잠들어 있었던 게 분명했다. 마치 그가 전부터 그녀의 일부였던 것 같은 느낌이었다. 그녀의 혈관이며 심장 속에서 살아 숨쉬는 존재인 것 같았다.

수요일 밤에 그녀는 서재의 등불 밝기를 낮춰놓고 가죽 소파에서 그의 무릎을 베고 누워 그가 머리칼을 쓰다듬으며 불러주는 자장가를 들었다. 이 크나큰 기쁨에 그림자를 드리우는 것은 오직 레벨 코트의 적막한 침묵과 수수께끼 같은 주인의 주위에서 소용돌이치는 위험뿐이었다.

내게 어떤 질문도 하지 마시오. 그래야 당신에게 거짓말을 하지 않을 테니까.

그녀는 루시언이 자신을 아껴준다는 것을 알았지만 그녀에 대한 그의 애틋한 마음도 타락한 행위를 즐기는 그의 취향을 억누르지 못하는 것은 확실했다. 지하동굴에서 다시금 흥청망청한 술잔치를 벌일 준비가 진행 중이었던 것이다. 엄청난 양의 포도주가 배달되었다. 안마당에서는 검은 외투 차림의 보초들이 총을 소제하는 모습이 보였다. 그 광경이 그녀의 뇌리에서 떠나지 않고 속삭여댔다.

뭔가 숨겨진 비밀이, 아니 지하동굴의 난교 파티보다도 더욱 음험하고 깊은 흑막이 레벨 코트에서 진행 중이라고. 뭔가 불길한 것이…… 그리고 비밀로 가득 찬 눈을 지닌 그녀의 사랑스러운 남자야말로 그 핵심이었다.

그녀는 묻기가 두려웠다. 그들의 사랑이 자라나는 이 황홀한 나날이 깨어질까 봐, 드래곤의 눈 뒤에 있는 작은 방에서 첫날밤 그녀가 목격했던 루시언의 위험한 면이 다시 드러날까 봐 두려웠다. 그는 완벽한 애인이었다. 그녀가 그의 화를 불러일으키지만 않는다면.

루시언이 훈련실에서 부하들과 검술 연습을 하는 동안 그녀는 공포로 인해 속을 태우며 방 안을 서성거렸다. 그녀는 이제 그들과 친해지기는 했지만 그들에게서 정보를 빼내려 해 봤자 헛수고라는 것을 곧바로 알게 되었다. 그들의 역할이 무엇인지는 아직도 아리송했다. 하인이라기에는 명문가 출신이었고 단순히 그의 친구라 하기에는 너무 젊었다. 그들은 지하동굴과 뭔가 관련이 있어 보였다.

날 믿어요, 루시언의 말이었다. 그녀는 몇 번이나 그 말을 자신에게 깨우쳤다. 그녀가 아는 루시언 나이트는 엄청난 지성과 힘을 지닌 섬세한 남자였다. 그가 자기 의사로 그녀에게 모든 것을 말해 줄 준비가 될 때까지 그녀는 판단을 보류해야만 했다.

만약 그가 정말로 그녀를 속이고 싶었다면 그녀의 모든 공포를 싹 날려줄 허황된 거짓말을 지어냈을 거라고 그녀는 자신을 찬찬히 타일렀다. 하지만 그는 그녀를 너무나도 존중하기 때문에 군이 새빨간 거짓말을 늘어놓지 않았다.

어떻든 간에 그들이 함께 지내기로 약속했던 한 주가 거의 끝을 보이고 있었다. 두 사람은 헤어지게 될 것인가? 함께 지내게 될 것인가? 하지만 그녀가 필요로 하는 대답을 그가 주지 않는 상황에서 어떻게 그의 곁에 머무를 수 있을지 그녀로서는 알 수 없었다. 설령 그가 결혼 생각을 하기 시작했다 한들 그녀는 나머지 평생을 그의 활동에 대해서 까맣게 모르는 채로 보내고 싶지 않았다. 그녀는 무지한 상태로 따돌림 받는 이 상황을 참고 견뎌서는 안 된다는 것을 알고 있었지만 그를 포기하는 것에는 단호하게 반대였다.

이제는 캐로가 왜 해리조차 내팽개치고 루시언과 함께 있으려 했는지 이해할 수 있었다.

루시언은 클로드 바르두가 바짝 다가왔다는 기적을 감지할 수 있었다. 다른 것보다 일단 감으로 알 수 있었다. 그 자신도 어떻게, 무슨 연유로 알 수 있는지는 몰랐지만 적진에서 암약하던 동안 다져진 육감에 따르면 폭풍우가 다가오고 있었다.

앨리스와 함께 보내는 나날이 흘러갈수록 그는 자신의 삶이 본질적으로 다른 두 개의 절반, 즉 빛과 어둠으로 나뉘는 느낌을 받았다. 그는 그림자로 이루어진 회색의 중간지대에서 너무나 오래 지내왔지만 더 이상 오래 그곳에 머물 수 없다는 것을 느낌으로 알았다. 조만간 선택을 해야 할 때가 닥쳐오리라.

한 가지는 확실했다. 그의 내면 깊은 곳에서는 그녀에게 솔직하지 못한 자신이 너무나도 혐오스러웠다. 그는 그녀에게 모든 것을 다 털어놓고 싶은 마음이 간절했지만 그녀의 반응이 어떨지 두려웠다. 지금 당장은 그녀가 그를 지탱해 주는 모든 것이거늘, 어떻게 그녀를 잃을지도 모르는 위험을 무릅쓴단 말인가?

목요일 오후, 그는 레벨 코트의 다락에 있는 사무실에서 편지를 몇 통 쓴 다음 아름다운 말벗을 찾아 집안을 돌아다녔다. 그가 찾아냈을 때 그녀는 1층에 있는 널찍한 전원풍의 살롱에 젊은 다섯 악동들과 앉아 있었다. 그녀는 마크를 목탄으로 열심히 스케치하는 중이었다. 나머지 청년들은 주위에 둘러앉아 나른한 잡담이나 농담을 주고받으며 그녀가 그려낸 초상화들을 놓고 너무나 똑같다며 칭찬을 하고 있었다.

루시언은 그들 모르게 문간에 서서 침묵 속에 그녀를 지켜보며 행복한 미소를 지었다.

"당신들이 왜 그런 우스운 별명을 갖고 있는지 난 아직까지도 이해 못하겠어요."

그녀는 생각하던 바를 얼결에 입밖에 낸 척하며 그들을 살살 꾀어 비밀을 알아내려 했지만 헛수고였다.

저 앙증맞은 여우같으니, 루시언은 생각했다.

그녀는 마크의 갈색 고수머리에 좀더 음영을 집어넣어 작업을 끝내고는 조심스럽게 도화지를 뜯어서 모델에게 내밀었다.

마크의 두 눈썹이 치켜 올라갔다.

"몬테규 양, 정말 뛰어난 재능이로군요!"

"루시언 경을 꾀어서 모델로 앉힐 수만 있다면 좋을 텐데요."

그녀는 한숨을 쉬었지만 그가 살롱으로 들어오자 미소를 보냈다.

"난 이미 내 생김새를 다 알고 있소. 쌍둥이 형이 있으니까. 잊은 건 아니겠지?"

그는 그녀의 등 뒤로 터덜터덜 다가와 그녀의 어깨를 부드럽게 지그시 잡아주었다. 그녀는 어깨에 놓인 그의 손을 사랑스럽다는 듯 쓰다듬었다.

"하지만 당신은 당신이잖아요. 당신은 나의 루시언이에요. 그 형에 대해서는 관심이 없다고요. 당신 초상화를 그리게 해 줘요."

그녀는 의자 등받이를 베다시피 고개를 젖히고 상냥한 표정으로 가만히 올려다보며 졸랐다. 그는 부하들의 면전에서 그녀의 애정 어린 말을 듣고 살짝 얼굴을 붉혔지만 그들은 그녀의 편을 들어주었다.

"그래요, 허락해 주시죠."

마크가 빙그레 웃으며 그에게 자신의 초상화를 보였다.

"몬테규 양께서 제 그림을 얼마나 훌륭하게 그렸는지 보세요!"

"심지어 탤버트는 초상화가 더 잘생겼어요."

오셰어가 한마디 했다.

"맹세코 재능 없이는 안 되는 일이죠."

"야!"

탤버트가 제동을 걸었다.

"그래요, 아가씨께 초상화를 그려보게 해 주세요, 드라콘."
젠킨스가 쾌활하게 목청을 뽑았다.
"사격 연습 때 표적으로 쓸 수도 있잖아요."
루시언은 허세를 부리듯 웃었다.
"하세요, 아가씨를 즐겁게 해 주시라고요."
마크가 껄껄 웃으며 재촉했다.
"그래요, 부디, 부디 그리게 해 줘요!"
앨리스는 깜찍한 태도로 애원했다.
루시언은 조금 주저했지만 그녀의 소망을 거절할 수단은 아무 것
도 없었다.
"아아, 좋아."
그는 마침내 투덜대듯 동의했다. 한눈도 팔지 않고 그에게 고스
란히 쏟아질 그녀의 눈길을 기꺼이 받겠노라 말은 했지만 도대체
어떻게 견뎌낼 것인가?
그녀는 기뻐서 손뼉을 쳤고 젊은이들은 환호성을 올렸다. 그녀는
그의 손을 꼭 잡고 자기 앞으로 끌어당겨 앉혔다.
"인상 좀 그만 쓰는 게 좋을 거예요. 안 그랬다간 그 모습 그대
로 화폭에 담길 테니까요."
루시언은 한숨을 쉬었다. 얼마 안 가 긴장은 풀리겠지만 사실 그
가 싫었던 것은 밝은 빛 속에서 자신의 모습을 요모조모 관찰 당
하는 것이었다. 하지만 어느 순간 그는 그녀가 자신을 어떻게 보고
있는지, 그녀의 눈에 비친 자신이 어떤 모습인지 알게 되기를 고대
하고 있다는 것을 깨달았다.
"신사분들은 해야 할 일이 있지 않나?"
청년들은 안다는 듯 씩 웃더니 다시금 그녀에게 고맙다는 인사
를 하고 살롱 문을 닫아 둘만 남겨두고 가 버렸다.
"이게 낫겠지. 안 그래?"
루시언은 중얼거렸다.

"다들 아주 호의적이에요."

"그리고 난 아주 욕심쟁이거든. 난 당신을 완전히 독점하고 싶어."

"가없은 앨리스."

앨리스는 점잔을 빼며 놀리더니 쿠션을 댄 긴 의자에 앉아 그림 도구를 집어들었다. 그녀는 목탄에서 가루를 불어 날리더니 그를 관찰하기 시작했지만 활활 불타는 듯한 그의 시선이 자기에게 못 박혀 있다는 것을 깨닫고 경멸하듯 고상하게 콧김을 내뿜었다.

"날 유혹하려 들지 말아요, 루시퍼."

그녀는 오만하게 명령했다. 그리고 그녀의 손은 종이 위를 움직이기 시작했다.

"그리는 중이니까요."

그는 슬퍼 보이는 미소를 지으며 나른한 자세로 의자 등받이에 팔을 걸쳤다. 중간 문설주로 칸막이한 창 너머에서 따스한 가을 햇살이 가득 쏟아져 들어왔다. 그녀의 목탄이 종이 위를 부드럽게 스치며 내는 소리가 긴장을 누그러뜨렸다. 그들은 15분 동안 화목한 침묵 속에서 한 자리에 앉아 있었다.

그는 자기 것이라는 양 그녀를 자신만만하게 훑어보며 햇살에 잠긴 그 사랑스러운 얼굴 생김을 마음껏 음미했다. 그녀는 확실히 붉은 줄무늬 금발에 어울리는 기질이라고 그는 애정 어린 생각을 했다. 그녀의 가슴은 완벽했고, 더없이 우아하고 아름다운 엉덩이는 아이 낳기 좋은 모양을 그리고 있었다. 그의 아이들을.

맙소사, 그는 그녀의 주술에 완벽하게 걸려들 계획 따위는 전혀 없었다. 너무나도 정신없이, 너무나도 빠른 속도로 빠져버려서 겁도 났지만 그렇다고 중도에 그만둘 수 있을 것 같지도 않았다. 사실 그는 그녀를 더욱더 간절히 원했다.

갑자기 그녀가 그를 올려다보더니 고개를 갸웃하며 더욱 빤히 살펴보았다.

"뭔가 이상해요."

그녀의 말뜻을 정확히 파악할 수는 없었지만 그는 즉시 죄의식으로 굳어졌다. 앨리스는 목탄과 스케치북을 내려놓고 헝겊에 손을 닦더니 그에게로 다가왔다.

"뭐가?"

그는 거북한 듯 물었다.

그녀는 그의 크러뱃을 거머쥐었다.

"이거랑…… 이거요."

그녀는 그가 입은 조끼의 어깨 부분을 잡아당겼다.

"옷을 너무 많이 입었네요."

"그런가."

그는 이제야 완전히 주의를 되찾고 씩 웃으며 중얼거렸다.

"몇 가지 정도 벗어도 괜찮겠어요?"

"예술을 위해서라면야."

그의 심장 고동이 불규칙해졌다.

"내가 정하는 게 제일 낫겠어요."

그녀는 장난기 넘치는 눈길을 던지며 그의 크러뱃을 풀기 시작했다.

그는 의자에 기대 앉아 나른한 미소를 슬쩍 머금었다.

"당신 마음대로 날 이용해 봐요."

"아아, 그럴 생각이에요."

그녀는 그의 다리를 벌리고 그 사이로 들어오더니 그의 눈을 마주보며 크러뱃을 천천히 어깨 위로 잡아당겨 풀어냈다. 다음으로는 조끼 단추를 풀어 슬쩍 벗겨냈다. 그는 옷을 벗기는 그녀를 돕기 위해 상체를 숙이면서 얼굴을 그녀의 안쪽 가슴에 문질렀다. 그녀는 그의 조끼를 팔에 걸고 뒤로 물러났다.

"만족했소?"

"아직…… 멀었어요."

그녀는 다시 그의 다리 사이로 살짝 들어와 손을 아래로 뻗더니
그의 바지춤에서 셔츠 자락을 홱 잡아 뺐다.

그는 은밀한 미소를 지었다. 세상에, 그녀는 그를 흥분시키고 있
었다. 그녀는 시간을 들여 그의 가슴팍과 복부 쪽에 달린 단추를
다 풀어 옷을 벗기면서 내내 애무를 퍼부었다. 그녀는 허리를 숙여
그의 어깨에 입맞추며 셔츠를 완전히 벗겨낸 다음 다시 천천히 입
술로 그의 목덜미까지 더듬어 올라왔다. 그는 고개를 약간 뒤로 젖
혔다. 그녀의 입술이 어른어른 지분거리는 목줄기에서 동맥이 펄펄
고동쳤다.

그녀는 부드럽게 그의 목을 끌어안고 잠시 그대로 있다가 이마
에 키스했다.

"당신은 아름다운 남자예요, 루시언 나이트."

그녀는 속삭였다.

그는 그녀의 손목을 잡고 몸을 뒤로 물리면서 생생한 열망이 깃
든 눈으로 그녀를 올려다보았다.

"언제면 되겠소, 앨리스? 얼마나 더 기다려야만 하는 거지?"

그녀는 경계하듯 그의 얼굴을 흘끔 쳐다보더니 우아하게 그의
손에서 벗어났다.

"상황에 따라 달라요."

그는 대답이 더 나오기를 기다리며 그녀를 가만히 바라보았다.
그녀는 아까 맞은편에 자리잡았던 긴 의자로 돌아섰다.

"뭘 원하는지 말만 해요."

"우리 둘이 한 자리에 누웠을 때 당신이 날 캐로와 똑같다고 생
각할까 봐 두려워요."

"세상에, 절대 그럴 리 없소!"

그녀는 속눈썹을 내리깔아 눈길을 숨기고 그의 말을 곱씹어보았
다. 나무랄 데 없이 얌전하고 아주, 아주 경계하는 모습이었다.

"루시언."

"음?"

"어떻게 되는 거죠? 만약 내가…… 당신에게 넘어간다면?"

그녀는 속눈썹을 위로 치켜올려 순간적으로 멍해진 그의 눈을 마주보았다.

"어떻게 되냐고?"

그는 완전무결한 답변을 짜내기 위해서 그녀의 말을 되풀이해 몇 초 정도 시간을 벌었다. 조심해, 앨리스가 겁먹고 달아나면 안 된다. 아무쪼록 딱 떨어지는 대답을 해.

"네."

그녀가 자신을 그에게 고스란히 내주겠다는 얘기인 것을 깨닫고 그의 몸이 걷잡을 수 없이 불타올랐다. 그는 대답을 궁리했다.

"뭐, 잠깐 아프긴 하겠지, 셰리. 그러고 나면 크나큰 쾌락을 알게 될 거요."

"내 말은 쾌락 다음 얘기예요!"

그녀는 외치며 정숙한 여자답게 분개한 양 스케치북을 들어 얼굴을 반쯤 가렸다.

"그 뒤에? 어디 보자……."

그는 뽐내듯 살짝 웃음을 지었지만 심장은 쿵쿵대고 있었다.

"아마 당신과 결혼해야 하지 않을까."

그녀는 스케치북 가장자리로 그를 빼꼼 내다보았다.

"해야 하지 않겠냐고요?"

"아아, 앨리스."

그는 슬피 울듯 부르며 목소리를 누그러뜨렸다.

"내가 당신에게 정신없이 빠졌다는 건 알고 있지 않소."

"그럼 지금 청혼할 건가요?"

그는 가슴이 두방망이질 하는 가운데 오래오래 그녀를 응시했다.

"아마도 그렇겠지. 뭐 안 될 것 있나."

그는 마른침을 꿀꺽 삼켰다.

"당신은…… 이게 아니고, 저기…… 해 주겠소?"

그녀의 미소에 가엾다는 기색이 언뜻 스쳤지만 눈은 재미있다는 듯 반짝거렸다.

"그런데, 당신은 몇개 국어를 할 줄 알죠?"

그는 험악하게 인상을 썼다.

"당신이야 이전에도 열 번은 넘게 청혼을 받아봤을 테니…… 지금 이 말이 그중 최악의 기록으로 남을 건 분명하겠지……."

"네, 바로 맞혔네요."

그녀는 고개를 끄덕이며 시인했다.

"하지만 나로서는 처음 해 보는 청혼이오. 그러니 제발 참아 줘요, 아가씨."

"물론이죠."

그녀는 엄숙하게 대답하고는 우스워서 자꾸 헤헤거리려는 입술을 꼭 다물었다.

그는 눈을 가늘게 떴다.

"이 여우 같으니."

그는 일어나서 그녀에게로 다가오더니 상체를 내밀어 소리나게 입맞추고는 코끝에 묻은 목탄 자국을 닦아주었다.

"싫다고 말할 생각은 하지도 말라고. 당신이 그 방면에서 유명하다는 거야 알고 있지만 이번 상대는 나니까."

그는 엄격한 표정을 지었다.

"사악한 투시퍼 경이라 이거죠!"

"바로 그렇지."

그는 우연히 그녀의 그림을 보고는 실물과 흡사한 나머지 깜짝 놀라고 말았다.

"이거, 완전 나로군."

그가 스케치북의 모서리를 붙들고 자기 쪽으로 돌리자 그녀는 그의 손을 찰싹 쳐서 쫓았다.

"보지 말아요!"

"당신 솜씨가 좋군."

그는 완전히 감탄했다.

"아직 안 끝났어요."

그녀는 중얼거리며 목탄 자국이 뭉개지지 않도록 조심스럽게 스케치북을 껴안았다.

그의 입가에 미소가 어른거렸다. 워낙 그가 그녀에게 홀딱 빠진 것도 있지만 그녀는 발끈했을 때조차도 사랑스러웠다. 그는 다정하게 그녀의 턱을 치켜들고 눈빛을 살폈다.

"이건 어떨까? 토요일에 손님들이 떠난 뒤 스코틀랜드로 가면 수요일에는 결혼할 수 있소."

그녀의 눈이 동그래졌다.

"스코틀랜드라고요!"

"그래, 그레트나 그린으로."

"사랑의 도피인가요?"

그녀는 그의 가벼운 손아귀에서 빠져나와 반감이 서린 눈으로 쳐다보았다.

"물론이지."

그는 곧바로 또다시 자신이 없어졌다.

영국의 날씨처럼 변덕스럽게도 앨리스는 새침해졌다. 그녀는 그가 아까 앉아 있던 의자를 가리켰다.

"저기로 돌아가서 앉아요."

그녀는 기죽이는 눈으로 노려보며 명령했다.

그는 반항하듯 두 눈썹을 찌푸렸지만 그 말대로 했다.

"당신은 늙으면 무시무시한 용가리 할멈이 되겠군."

"그리고 당신은 주책 맞은 할아버지 호색한이 되겠죠."

"특별 허가증을 받는 게 사교계의 관습이라는 건 알고 있지만 주교가 내게는 절대 허가증을 내주지 않을 거요."

그는 중얼거렸다.

"날 예수의 적으로 생각하거든."

"전통적인 방식은 어때요? 이의 제기가 있는지 결혼 공고를 하는 것 말이에요."

그녀는 거만하게 물었다.

"아니면 그것도 당신이 보기에는 멋이 없나요?"

그는 싱글거리며 고개를 저었다.

"그건 농부들이나 하는 거지."

사실은 그 자신의 이름이 3주 동안 시끄럽게 교구 전체에 오르내리는 광경을 생각만 해도 식은땀이 흘렀다. 클로드 바르두는 이미 그를 찾아 나섰을 것이다.

"알았어요."

앨리스는 한숨을 쉬며 자리에 앉아 주먹으로 뺨을 괴고는 그를 곰곰이 뜯어보았다.

"도피 결혼보다 더 끔찍한 운명도 있을 수 있겠죠. 이번 질문은 그것 때문에 하는 거예요."

"뭔데?"

앨리스는 무릎에 팔꿈치를 짚으며 똑바로 앉아 양손을 살짝 맞잡았다. 바닥을 바라보는 그녀의 볼이 분홍색으로 물들면서 천천히 질문이 나왔다.

"만약…… 아기가 생기면요?"

그는 불시에 허를 찔려 그녀를 멍하니 바라보았다. 그에게 내재해 있는 독신 기질은 속에서 미친 듯이 도망치고 죽어라 비명을 질러대며 할 수 있을 때 발을 빼라고 고래고래 소리를 질렀지만 어디선지 떠오른 미묘한 미소가 그의 얼굴을 가볍게 스쳤다. 그는 불가사의하다는 표정으로 그녀를 찬찬히 보았다.

"세상에, 하지만 별로 나쁘지는 않을 것 같은데. 당신은 어떻소?"

금세 그녀가 눈물을 글썽이자 루시언은 자신의 질문이 그녀의

심기를 건드렸다고 생각했지만 왠지 벅찬 기쁨에서 나온 눈물일 것
같기도 했다.

"당신도 좋소, 앨리스? 방바닥을 기어다니는 어린 녀석들이 있으
면?"

그녀는 떨면서 웃음인지 울음인지 모를 소리를 내더니 입을 가
렸다.

"물론 그렇겠지."

그는 알 것 같아서 속삭였다.

"당신은 가족을 전부 잃다시피 했으니까. 그래서 그 무엇보다도
가족이 제일 갖고 싶겠지. 안 그래? 당신만의 가족 말이오."

그녀는 울음을 터뜨리기 직전이었다. 그는 도저히 그녀와 거리를
둘 수가 없어 다시 다가갔다. 그녀의 의자 옆에 무릎을 꿇은 그는
그녀를 품에 안고 눈을 감았다.

"당신은 내게 너무나 소중한 사람이야."

그는 속삭였다.

그녀는 몸을 빼고 나올락 말락 하던 눈물을 황급히 닦아 없앴다.

"당신이 그런 파티를 좋아하는 건 알아요. 난 당신이 아이들을
어떻게 생각하는지 확실히 몰랐기 때문에……."

그는 걱정스러운 듯한 그녀의 말을 가벼운 키스로 막은 다음 서
로의 콧등을 맞대고 문질렀다.

"난 당신이 가는 곳이라면 어디든 따라가야 한다는 걸 모르겠소?
당신이 아이들과 함께한다면 그곳이 바로 내가 있을 곳이오. 게다
가……."

그는 머뭇거리며 그녀의 눈을 힐끗 들여다보았다.

"난 자식을 없는 걸로 치는 아버지 밑에서 자라는 게 어떤 기분
인지 알고 있소. 내 아이에겐 절대 그런 짓을 하지 않을 거요."

그는 잠시 말을 끊고 고개를 저었다.

"세상에, 내가 이런 말을 하다니 믿을 수가 없군."

"진심이에요?"

"내 마음 깊은 곳에서 우러나온 말이오."

그는 그녀의 팔을 어루만졌다.

"당신이 매년 아이를 낳는 게 좋다면 그렇게 만들어 주지. 지금이라도 시작할 수 있는데. 주기가 언제지?"

"루시언!"

"당황하지 말아요. 말해 줄 수 있잖소. 당신도 알겠지만 난 군인이 아니었으면 의사가 되었을 거요. 자, 언제지?"

"아, 그게, 그러니까, 하루나 이틀 정도 남았어요."

"그거 아깝군."

그는 은밀한 미소를 지었다.

"임신할 적정기가 아니군."

"그 점에서 당신 생각이 나와 일치한다니 너무 기뻐요."

그는 그녀의 손을 들고 입맞췄다.

"하지만 루시언, 한 가지 문제가 있어요."

"뭐지, 달링? 말만 해요. 내가 다 손 써 보지."

그는 중얼거렸다.

"우린 거의 결혼한 거나 마찬가지니까."

그녀는 그의 눈을 가만히 들여다보았다.

"지하동굴에서 벌어지는 그런 일들을 정말로 우리 아이들에게도 보일 건가요?"

그의 자신 넘치던 미소기 사그라졌다.

"루시언, 난 나한테 절반은 이방인이나 마찬가지인 사람을 남편으로 정할 수 없어요. 이게 내 대안이에요. 날 위해 세 가지만 해 주면 거리낌 없이 당신과 결혼할게요. 우선, 이곳에서 무슨 일이 벌어지고 있는 건지 나한테 말해 줘요. 내가 느끼기에 당신은 일종의 골치 아픈 일에 말려든 것 같아요. 아니면, 이건 더 나쁜 경우지만 범죄일지도 모르고요."

"날 범죄자라고 생각하오?"

그는 거의 고함을 지르며 벌떡 일어났다.

"글쎄요."

"앨리스!"

"루시언, 당신은 저택 주위 사방에 소총으로 무장한 경비병을 세워두고 있어요! 거리낄 게 없는 사람이라면 그렇게 많은 경비병을 필요로 하지 않아요……."

"염병할!"

서른한 해 동안 인습에 저항하고 규격화된 것을 경멸하던 습성이 뇌관을 건드렸다. 참견꾼 같은 그녀의 쓸데없는 요구에 당황한 그는 수세에 몰린 채 그녀를 가만히 응시했다.

"어떻게 감히?"

그는 오만한 분노를 터뜨렸다.

"내가 당신에게 의지해 삶을 이끌려 가야 할 남자로 보이던가?"

그녀는 움찔하더니 눈길을 떨궜다.

"난 당신을 도우려는 거예요."

"날 도와? 날 얌전히 길들이려는 거겠지만 절대 그렇게는 되지 않아. 당신이 있는 그대로의 날 받아들일 수 없다면 아마 우린 지금 시간 낭비를 하는 건지도 모르지."

"당신 정말 사람 속을 뒤집는군요! 당신 입으로 너무나 외롭다고 해 놓고선 숨어 있는 곳에서 나와 내 옆으로 다가오기는 싫은 거예요. 마음만 먹는다면 너무나도 쉽게 그럴 수 있으면서 말이죠!"

"경비병을 두는 건 내게 적이 있어서야. 그렇다고 내가 범죄자가 되는 건 아니지."

"실력 행사를 할 만한 적인가요?"

그는 대놓고 비웃었다.

"훈련실에서 뼛골 빠질 정도로 시간을 보낸 게 좋아서 한 짓이라고 생각하오?"

“당신 상황이 위험한가요, 루시언?”

그녀가 얼마나 창백해졌는지를 보고 날카로운 죄의식과 함께 마음이 누그러지는 것을 느낀 그는 한숨을 크게 내쉬었다.

“가족들의 도움을 받을 수는 없나요? 대미언 경이나 호크스클리프……”

“절대 두려워하지 마, 앨리스. 내 몸 정도는 지킬 수 있소. 그리고 당신 몸도. 우리 가족은 이 일과는 아무 상관이 없소. 어디 다른 요구를 말해 봐요. 듣고 싶어 못 견딜 지경이군.”

그녀는 침착을 되찾고 재빨리 눈을 깜박였다.

“내일 밤을 마지막으로 지하동굴에서 모이는 건 끝내고 사람들을 해산시켰으면 좋겠어요. 우리가…… 함께하게 될 경우 그런 끔찍한 사람들이 우리 아이들과 어떻게든 연관되는 건 원치 않아요. 그리고 마지막으로, 대미언 경과 이야기를 나눠서 둘 사이의 분위기를 호전시켜 줬으면 좋겠어요. 당신이 형과 멀어져서 가슴 아파하고 있다는 걸 알아요.”

“이거 아주 감상적이군…… 하지만 싫소.”

그녀는 스케치북을 내던지고 홱 일어나더니 가슴 앞에 팔짱을 척 끼고 차가운 눈으로 노려보았다.

“내가 고집을 꺾지 않겠다면요? 당신과 잠자리를 같이 하지 않겠다고, 당신이 지하동굴을 폐쇄하고 그 끔찍한 사람들을 절대 다시 레벨 코트로 불러들이지 않겠다고 맹세하지 않는 한은 결혼 안 한다면요?”

그는 오래오래 흐르는 침묵 속에서 그녀의 최후 통첩을 속으로 되새겼다.

“그건 캐로가 쓰던 수법이군. 내가 사랑하는 앨리스 몬테규는 원하는 것을 얻기 위해 자기 몸을 이용하는 그런 여자가 아니야.”

놀라움으로 그녀의 눈이 쟁반만해졌다.

“왜 그러지?”

그는 거만한 말투로 캐물었다.

"당…… 당신 지금 날 사랑한다고 했어요."

"그래서?"

그녀는 입을 살짝 벌린 채 가만히 그를 쳐다보기만 했다. 하지만 이미 나온 말을 되삼키지는 않았다.

"그런 말을 하기에는 아직 좀 이르지 않나요?"

그녀는 힘없는 소리로 물었다.

그녀의 대답을 듣고 그의 내면 중 상처받기 쉬운 극히 일부분이 죽어버렸다. 그녀를 응시하는 그의 눈길에 상처 입은 표정이 어른어른 내비쳤다.

"그럴지도 모르지."

그는 무정한 눈길로 그녀를 보더니 자존심이 상한 표정을 가리기 위해 돌아서서 그녀가 벗겼던 옷을 챙겼다. 그는 하얀 셔츠를 왼쪽 어깨에 아무렇게나 걸치고 그녀를 내버려둔 채 방에서 나가려 했다. 아마 그녀는 그를 사랑하지 않을지도 모른다. 분명 그에게는 그럴 자격이 없었다.

하지만 나가는 그의 모습을 지켜보는 그녀의 얼굴이 깜짝 놀란 표정인 것으로 보아 그는 그녀가 그를 원한다는 사실을 똑똑히 알았다. 적어도 그것만은 이뤄낸 것이다—여느 때와 마찬가지로. 그는 부서져라 문을 쾅 닫고 방에서 나왔다.

염병할 년!

롤로 그린이 보기에 소피아 보젠스키는 늑대인간이나 다름없었다. 최고의 책략을 구사해 제일 먼 우회로를 택해서 서쪽 지방까지 빙빙 돌아 왔음에도 불구하고 그녀는 런던에서부터 내내 빈틈없이 그의 뒤를 밟아왔다.

이틀 동안 여우처럼 쫓기고 나니, 이제 롤로 그린은 갖가지 구름으로 잔뜩 흐린 하늘 아래를 미친 듯이 달려왔는데도 그녀보다 거우 마을 하나 정도 앞서온 것만도 다행으로 생각해야 할 지경이었다. 그는 초조한 듯 어깨너머를 돌아보았지만 눈꼬리가 올라간 훤칠한 발키리의 모습이 보이지 않자 신에게 감사했다.

지금쯤이면 소피아는 그가 도망치는 행선지가 바로 레벨 코트임을 추측하고 있을 게 뻔했다. 도망칠 당시 그는 바르두의 무시무시한 계획을 상관들에게 알릴 시간이 없다는 것을 금세 깨달았고, 뭔가 손을 써야만 한다고 생각했다.

그는 여자와 어린아이들이 연례 불꽃놀이 축제의 와중에 산산이 날아가는 광경을 보고 싶지 않았다.

절박해진 그는 루시언 나이트에게 가기로 결정했다. 안 그래도 며칠 전 루시언에게서 한번 만나자는 연락을 받은 터였다. 분명 루시언은 뭔가가 진행 중이라는 사실을 알고 있었다. 룰로는 그 호출을 무시할 작정이었지만 제멋대로 파괴를 자행하겠다는 바르두의 흑심을 알고 나서는 마음을 바꾸었다.

이제 루시언만이 롤로 그린의 유일한 희망이었다. 루시언은 롤로 그린 같은 날건달의 말이라도 들어줄 유일한 사람이었다. 그리고 가이 포크스 데이에 런던을 날려버리겠다는 바르두의 흉계를 저지할 실력을 지닌 유일한 인물이었다. 롤로는 러시아에서 온 죽음의 천사에게 잡히기 전에 루시언을 만날 수 있기만을 빌 뿐이었다.

신의 가호에 자신을 내맡긴 채 그는 지친 말에 더욱 박차를 가했다.

그날 밤 루시언은 침실에 앉아 창 밖으로 깜깜한 지평선과 별이 가득한 하늘을 내다보고 있었다. 그날 오후 앨리스에게 비굴할 정도로 굴었던 일을 곰곰이 돌이켜보니 속이 상하고 그런 자신에게 화가 치밀었다.

지난 며칠 동안 그가 전혀 눈치 채지 못하는 사이 그녀는 그들의 관계에서 어느새 주도권을 쥐게 되었다. 그들의 관계 자체가 시작된

것은 그의 변덕 때문이었고 그 자신의 쾌락을 위해서였지만 유혹을
하던 장본인은 이제 무조건 유혹을 당하는 쪽이 되고 말았다.

그녀는 그가 완전히 굴복하는 것을 즐기는 걸까? 그는 의아심을
품고 다소 쓴맛이 도는 브랜디를 마셨다. 감정만 따지고 본다면 그
는 이미 그녀의 손아귀에 들어가 있었으며 그가 엄청나게 두려워하
는 것도 바로 그 점이었다.

만약 그녀가 사랑한다고 말해 주기만 했던들, 그는 마음이 아팠
고 그녀에게 거절당해 구멍난 듯한 느낌 때문에 가슴을 문질렀다.
하지만 그의 아름다운 화가 아가씨는 고지식할 정도로 정직했기 때
문에 그의 기분을 달래주기 위해 거짓말을 하느니 진실을 털어놓아
그에게 고통을 주는 방법 쪽을 택할 것이다. 그는 그녀의 그런 점
을 존경했다. 하지만 그는 그녀가 정말로 그를 좋아한다는 느낌을
지울 수가 없었다. 어쩌면 그의 희망사항에 불과할지도 모르지만
말이다. 그는 침묵에 잠겨 내면으로는 사투를 벌이면서 그곳에 앉
아 있었지만 돌연 다음 순간 직접 알아보기로 결심했다.

레벨 코트의 숨막힐 듯한 침묵 때문에 심장 고동이 천둥처럼 귓
전에 울리는 가운데 그는 복도로 나가 그녀의 방으로 향했다.

그는 이 불확실한 상태를, 이 내면의 혼란을 참고 받아들일 수가
없었다. 지금 같은 무방비 상태가 가증스럽기까지 했다. 만약 그녀
가 언제까지나 그와 함께하고 싶은 게 아니라면 그도 자신의 고통
을 더 이상 질질 끌지 않고 아침이 밝자마자 그녀를 글렌우드 파
크로, 그녀의 소중한 해리가 기다리는 집으로 보낼 작정이었다.

그는 그녀의 방문 앞에 서서 문손잡이로 손을 뻗으면서 이 순간
이 그들의 운명을 결정지으리라는 것을 실감했다. 그는 그녀에게
대범하게 열쇠를 넘겨주었고 이제 그녀의 손에 있는 열쇠는 그를
들여보내든지 아니면 내치든지 둘 중 하나를 선택할 것이다.

최악의 경우에 대비해 자신을 굳게 다잡으며 그는 손잡이를 쥐
고 움직여보았다. 다음 순간 손잡이가 돌아가자 그는 숨을 들이마

셨다. 잠기지 않은 문이 삐걱 열리며 달빛이 비쳐드는 그녀의 어두운 방 안이 드러났다.

문이 삐걱 열리자 앨리스는 마구 뛰는 가슴을 느끼며 누운 자리에서 일어났다. 그 전까지 그녀는 그가 바깥에 서 있다는 것을 육감 혹은 느낌으로 알았지만 눈을 똑바로 뜨고 그냥 모로 누워만 있었다. 그가 어떻게 할지를 기다리며 지켜보고 있으려니 차마 숨도 제대로 쉴 수가 없었다.

그는 그녀의 방 안으로 한 걸음 들어왔다. 발을 문지방에 걸치고 불빛을 등에 받아 모습이 윤곽선으로만 보일 뿐이었다.

그녀는 거의 숨을 쉬지도 못했다. 어둠 속에서도 빛나는 그의 눈길 앞에서 꼼짝할 수 없었다. 그 눈길이 그녀에게 두려움을 안겨주었다. 그의 얼굴은 경직되어 있었으며 눈은 관능에 굶주린 채 달빛 속에서 번득이고 있었다. 그를 한번 슬쩍 쳐다보자 그녀의 뱃속에 욕망으로 응어리가 잡혔다.

그녀는 천천히 무릎을 꿇으며 일어나 그와 서로 마주보았다. 그녀는 그의 몸이 가만히 떨리는 것을 보았다. 그의 욕구가 느껴졌다. 그녀는 그가 무엇 때문에 왔는지 알았고 만약 지금 거절한다면 그가 결코 다시 돌아오지 않으리라는 것도 알았다. 그녀의 심장이 무모할 정도로 쿵쾅거렸다. 그녀는 마치 야생 늑대를 먹이로 달래는 것처럼 아무 말 없이 그에게 손을 내밀었다.

그는 움직이지 않았다.

"이리 와요."

그녀는 속삭였다.

"나한테 와요."

그의 경계하는 듯한 눈초리가 그녀를 가늠하듯 응시했고 다음 순간 그는 소리 없이 문을 닫고 가만히 다가왔다. 그가 침대 곁에 멈춰 서자 그녀는 잠옷 차림으로 그의 곁에 다가가 앉았다.

"내가 당신에게 어울리지 않는다는 걸 우리 둘 다 아는 상황에
서, 당신에게 맹목적으로 믿어달라고 부탁해서는 안 되겠지."

그는 긴장한 목소리로 말했다.

"상황만 허락한다면 지하동굴을 되도록 즉시 폐쇄하겠소…… 그
저 내 곁에서 떠나지만 말아요."

그녀는 그의 강인한 턱을 감쌌다. 그는 그녀의 손에 볼을 눌러대
더니 그 손목에 키스했다.

"루시언."

그녀는 속삭였다.

"당신을 사랑하는 내 마음이 그런 것들 때문에 바뀔 수도 있는
척한 건 못할 짓이었어요. 내 진심은 그렇지 않아요. 당신에게 상
처를 주어서 미안해요. 사랑해요. 그리고 당신을 원해요."

목 졸린 듯 낮은 신음 소리를 내며 그는 그녀를 품에 안고 원초
적인 소유욕으로 가득 찬 격정적인 키스로 그녀의 입술을 빼앗았
다. 그녀는 완전히 굴복했고 열렬히, 무모할 정도로 열렬히 응답하
며, 전혀 망설이지 않고 자신을 내주었다.

그녀가 숨을 죽이고 기대감에 차서 기다리는 동안 그는 속치마의
어깨 끈을 내려 그녀의 맨 가슴을 드러냈다. 그가 고개를 숙여 가슴
으로 다가오자 그녀는 정열적인 한숨을 토해내며 고개를 뒤로 젖혔
다. 가을밤이라 피부가 차가웠지만 그의 입술은 낙인을 찍듯 뜨거웠
고 그녀의 젖꼭지를 굶주린 듯 빨아들였다. 정열 때문에 멍해진 그
녀는 그의 매끄러운 검은머리를 어루만지며 그를 지켜보았다.

그의 손이 그녀의 허벅지를 훑더니 다음 순간 그 사이로 들어가
뜨거운 손으로 지그시 눌러 황홀한 느낌을 선사했다. 그녀는 그의
셔츠를 벗기고 근육질 등을 손바닥으로 쓸어 내렸다. 그러자 그의
온몸이 붉게 달아올랐고, 그는 머리가 헝클어진 채 그녀의 가슴을
더듬으며 손을 위쪽으로 가져왔다. 그의 멋진 가슴을 애무하고 있
으려니 심장 고동이 느껴졌다.

강철을 깎아 만든 듯한 팔을 더듬었을 때는 손가락이 따끔거릴 지경이었다. 그녀는 손바닥을 살살 움직여 그의 홀쭉한 배까지 내려갔고 그녀의 시선은 자기의 손놀림을 뒤따르고 있었다. 그녀는 그의 바지춤에서 약간 멈춘 다음 문득이 눈길을 들어 그의 불타는 눈을 살짝 마주보았다.

그녀는 기다렸고, 바지춤을 풀어 그 아래의 속옷을 벗는 그의 손이 떨리는 것을 느꼈다. 그녀는 그의 옷을 골반 아래로 내리더니 헐렁해진 옷춤 사이로 손을 집어넣어 기둥처럼 우뚝 선 그의 남성을 소중한 듯 거머쥐었다. 그가 얼마나 애무의 손길을 원하고 있는지를 그녀가 알아냈을 때 낮은 신음 소리가 그에게서 터져 나왔다.

그는 그녀가 자신의 몸을 어루만지기 시작하자 황홀경에 빠져 눈을 감았다. 고조되는 욕정 속에서 그녀는 그의 귀와 목과 어깨에 입맞췄고 마침내 그는 부르르 떨면서 잽싸게 그녀의 손놀림을 제지하고 어깨를 움켜쥐었다.

"누워요."

그는 거칠고 헐떡이는 목소리로 속삭이며 명령했다.

그녀는 욕망으로 전율하며 그 말에 따랐다. 그는 그녀의 속치마를 골반까지 걷어올리고 그녀의 허벅지에 키스 세례를 퍼붓더니 은밀한 곳에 얼굴을 묻었다. 그가 키스하며 혀로 핥자 그녀는 몸을 경직시키며 허리를 한껏 들어올리고 믿어지지 않는 절정의 쾌감으로 부르르 떨었다. 그가 그녀의 몸 안으로 통하는 샛길에 능란한 몸짓으로 손가락을 밀어 넣으며 그녀의 허리가 그의 움직임에 맞춰 관능적인 리듬을 타게 유도하자 그녀는 정신이 나가버릴 것만 같았다.

그가 손을 빼고 고개를 들어 그녀를 충족되지 않은 상태로 남겨두자 그녀는 고통스러움에 신음했다. 그녀는 사납기까지 한 욕구에 불타며 그가 그녀의 다리 사이에 무릎을 꿇고 자세를 잡는 모습을 지켜보았다. 그는 그녀의 몸을 덮치듯 다가오더니 그 양쪽에 손을 짚었다. 그녀의 눈을 마주본 채 서서히 몸을 접근시켜 그녀의 몸을 뒤덮는 그의 얼굴은 그늘져 있었다.

접촉한 순간 그녀의 몸 위에 와 닿는 근육질의 몸무게는 더 없는 쾌락이었다. 그녀의 맨 가슴에 닿는 그의 가슴은 땀으로 살짝 젖어 있었다. 그녀의 입술을 찾아 키스하는 그의 얼굴도 젖어 있었다. 그녀는 그의 목을 꼭 끌어안았다. 그는 다시금 그녀의 다리 사이를 어루만졌고 결국 그녀는 그의 손길에 완전히 취해버렸다.

그의 속바지가 그의 날씬하고 탄탄한 엉덩이께에 걸려 있었다. 그가 옷을 벗어버리는 것을 느끼자 그녀의 뇌리 깊은 곳이 절정으로 쿵쿵 울리기 시작했다. 윤기 나는 알몸이 되어 그는 그녀의 허벅지 사이에 몸을 눕혔다. 본능적으로 그녀는 두 다리를 들어 그의 몸을 휘감았다. 벌떡 일어선 남성의 매끄러운 머릿부분이 맥동으로 펄떡대는 그녀의 살결을 애무하는 것을 느끼자 그 부위에 즉시 이슬이 고여 촉촉하게 젖어들었다. 영혼 깊은 곳까지 타오를 듯한 정열적인 키스와 함께 루시언은 그녀가 원하는 것을 주며 서서히 그녀의 몸에 다가왔다.

그의 키스가 너무나도 깊고 압도적이었으므로 그녀는 숨 넘어가는 소리조차 낼 수 없었다. 그는 잠시 멈추더니 그녀의 연약한 처녀막을 일격에 꿰뚫었다. 충격과 고통으로 내지른 신음 소리는 그의 입에 막혀 묻혔다. 그는 그녀의 고통이 사라질 때까지 전신의 근육을 긴장시킨 채 그녀를 진정시키기 위해 안간힘을 썼다. 그는 그녀를 놓아주지도, 심지어 키스를 멈추지도 않은 상태로 그녀의 얼굴을 어루만지고 머리카락을 쓰다듬었다.

그의 침묵은 그녀에게 기다리라고, 그녀의 몸이 그를 받아들일 만큼 힘을 내라고 애원과 명령을 동시에 하고 있었다. 그는 그녀가 숨을 쉴 수 있도록 배려하며 서서히 엄지로 그녀의 광대뼈를 어루만졌다.

"긴장을 풀어."

그는 달콤한 목소리로 속삭이며 그녀를 달랬다.

"날 위해 긴장을 풀라고, 귀여운 사람. 두려워하지 말아요. 긴장만 풀면 아프지 않을 거야."

그는 그녀에게 키스를 하고 또 했다.

"당신은 너무나 아름다워, 내 사랑. 두려워할 건 아무 것도 없어. 당신은 이제 내 거요. 영원히. 내가 가진 모든 것도 당신 소유야. 내 몸, 내 마음, 내 이름까지도."

"루시언, 나의 어둠의 천사."

그녀는 그의 얼굴을 감싸안고 눈을 지그시 들여다보았다.

"난 당신의 비밀을 원해요."

그는 그녀를 잠시 동안 가만히 바라보더니 눈꺼풀을 내리깔고 고개를 살짝 저었다.

"아니, 안 돼."

그는 중얼거리며 고개를 숙여 키스했다.

난로에서 새어나오는 불빛이 그들의 결합된 몸을 어른어른 비추었다. 그는 고개를 숙여 그녀의 어깨와 가슴에 숭배하듯 입맞췄고 사랑의 밀어를 속삭여 그녀의 굳어진 몸을 부드럽게 풀어주었다. 그는 그녀의 머리카락, 팔, 옆구리, 배를 어루만지고 가벼우면서도 더없이 황홀한 키스를 온몸에 퍼부었다.

그녀의 피부를 계속해서 지분대는 그의 매혹적인 입술은 따끔거리는 느낌을 주면서도 부드러웠다. 그녀는 그의 다정한 애무에 누그러진 자신의 몸이 저항할 의지를 꺾고 몇 치 정도 그의 몸을 더 받아들이는 것을 느꼈다.

"아아, 세상에."

그녀는 나직이 신음하며 그의 목을 끌어안았고 이제는 한층 더 깊고 풍요롭고 생생하게 새로이 일깨워진 쾌락을 발견하고 충격을 받았다.

"루시언."

“그래.”
그는 속삭였다.
“이제 당신도 깨달았군.”

루시언은 그녀에 대한 경배심에 정신없이 사로잡혀 가만히 그녀를 내려다보았다. 그녀가 그의 느긋하고 참을성 있는 애무를 즐기며 누워 있는 동안 그녀의 상아색 피부는 붉게 달아올랐다. 길고 풍성한 딸기색 금발은 햇살로 자아낸 비단처럼 베개 위에 풀어 헤쳐져 있었다. 그는 그녀의 머리카락을 사랑했다. 그녀의 몸 구석구석 하나하나를 사랑했다.

그는 그녀와 손을 맞잡고 두 손을 그녀의 머리 위로 치켜올린 다음 그녀의 다리 사이를 뜨겁게 눌러대며 불같은 키스로 그녀의 입 안을 가득 채웠다. 그녀는 쾌락으로 신음하며 힘이 살짝 들어갔을 뿐인 그의 손에서 자신의 손을 빼내 그를 애무했다. 그의 몸에 깔린 그녀의 몸은 가녀리면서도 우아했다. 화가답게 고운 그녀의 손이 그의 탄탄한 팔뚝을 살살 오르내렸다.

그녀는 그의 머리카락을 손으로 훑었다. 그는 자신의 주체 못할 정열을 끊임없이 억누르면서 그녀의 욕망을 죄다 불러일으키는 데만 정신을 쏟았다. 그는 그녀의 탱탱하고 아름다운 가슴이 그의 리드미컬한 손길에 맞춰 흔들리는 것을 지켜보며 그녀의 하얀 허벅지 사이에서 몸을 부드럽게 움직였다.

그의 양손이 그녀의 옆구리로 내려와 골반을 꼭 움켜쥐었다. 섬세한 얼굴에 일순 찡그린 표정이 스쳐 지나가는 것을 본 그는 그녀의 몸이 더욱더 완벽한 준비를 갖추었다는 사실을 깨닫고 농밀한 미소를 지었다. 그는 손을 아래로 가져가 그녀의 음핵을 깃털로 문지르듯 엄지로 가볍게 비볐다. 그녀는 신음하며 허리를 한껏 들어올렸고 마침내 그의 몸을 완벽하게 안으로 받아들였다. 그는 잠시 움직이지 않고 그 상태 그대로 있으면서 눈을 감은 채, 그녀의 빡

빡한 몸이 주는 황홀한 쾌락을 음미했다. 자제심을 잃지 않으려고 애쓰다보니 숨결이 갈라졌다. 그는 팔꿈치를 세우고 몸을 낮춰 그녀의 몸에 체중을 실었다.

그녀는 그의 목을 끌어안고 귓전에 부드럽게 속삭였다.

"사랑해요."

"아아, 귀여운 사람."

그는 돌연 힘겹게 말을 내보냈다.

"나도 당신을 사랑해."

그녀는 몸을 엉거주춤 들어올려 그에게 키스했다. 함께 움직이며 사랑을 나누자 그는 시간의 흐름을 죄다 잊었고 둘은 서로의 품에서 이성을 잃어버렸다. 그는 키스에 열중하며 그녀의 감미로운 몸 전체에 더욱 빨라진 손놀림으로 쾌락을 안겨주었다.

심장이 미친 듯이 고동치는 가운데 그는 그녀의 젖꼭지를 다정하다고는 할 수 없는 몸짓으로 쥐어짜며 달콤한 혀놀림으로 그녀에게서 숨 넘어가는 소리를 이끌어냈다. 그는 그녀를 더욱 거세게 안으며 몸 속으로 세차게 파고들었다. 자제력이 점점 망각의 늪으로 빠져 들어갔다. 그녀는 신음과 함께 그에게 깔린 채 몸부림치면서 탐욕스러울 정도로 허리를 들어올리는 자신의 움직임에 맞추기 위해 그의 엉덩이를 부여잡고 끌어당겼다.

"루시언, 아, 세상에, 그래요. 너무…… 아아, 제발."

흐느끼듯 신음하는 그녀의 얼굴이 얼락으로 흰히게 빛났다.

"그래, 천사, 느껴봐."

반쯤 알아들을 수 없는 말을 헐떡이며 내뱉은 그는 그녀의 순결한 정열이 빚어낸 사투에 완전히 사로잡혀 그녀를 지켜보았다.

침대가 흔들리고 난롯불과 외풍이 공존하는 방 안이 신음 소리와 부드러운 탄성으로 가득 찰 때까지 수축과 이완을 거듭하던 그들의 몸은 함께 절정을 맞았다.

그는 그녀의 문이 그의 남성을 감싸고 조여들면서 눈이 멀 정도

의 쾌락으로 온몸이 뒤틀리는 것을 느꼈다. 그는 깊은 곳에서 우러
나오는 해방감을 맛보며 전율했다. 마치 영혼 전부를 그녀의 몸 안
에 내던진 느낌이었다. 그녀가 쾌락으로 충족되어 축 늘어진 채 누
워 있자 그는 그녀를 품에 꼭 안고 머리카락을 쓰다듬어주며 맥박
이 정상으로 돌아오기를 기다렸다.

"그레트나 그린?"

그녀는 마침내 어둠 속에서 속삭였다.

"그레트나 그린."

그는 단호하게 고개를 끄덕이며 확인해 주었다.

"아아, 루시언. 정말 그래도 괜찮을까요?"

그는 졸린 듯 미소지으며 몸을 수그려 그녀의 미간에 입맞췄다.

"달링, 근사할 거야."

11

그들은 서로의 품에 안겨 뒤엉킨 채 잠들었다가 기대감이 아련하게 감도는 찬연한 가을날의 느지막한 아침에 깨어났다. 늦은 아침 햇살이 방 안을 밝게 비쳤다. 할 일도 많았건만 그들은 늑장을 부리며 새로이 발견한 그들의 따스한 사랑을 음미하면서 유희를 즐겼다.

"오늘 휘트비 씨 댁에 가서 우리의 이 좋은 소식을 알려 드리고 싶어요."

앨리스는 루시언과 손을 마주잡고 어루만지며 자신 있게 말했다.

"오늘 할 일이 많은데……."

"루시언!"

그녀는 그의 목을 끌어안았다.

"오늘은 내 변덕을 죄다 받아줘야 해요. 안 그랬다간 당신을 세계 최고의 스캔들꾼으로 생각하겠어요."

"스캔들이라는 게 뭔지 내 보여주지."

그는 속삭이며 그녀를 똑바로 눕혔다. 그가 몸 위로 슬쩍 올라오자 그녀는 까르르 웃음을 터뜨렸다.

"스캔들이라는 건."

그는 중얼거렸다.

"일단 충분히 순결해야만 성립 조건이 되지…… 이렇게."

그는 눈썹을 치켜올리며 고개를 숙여 그녀의 가슴 골짜기에 입맞췄다.

"루시언, 사실 거긴 순결은커녕 쓰려요!"

그녀는 말썽꾸러기 학생을 다루듯 그의 귀를 붙들고 잡아당겼다.

"아얏! 놔줘, 이 심술쟁이 할멈!"

그는 껄껄대며 웃었다. 그는 그녀의 코에 입맞추더니 아쉽다는 듯 흘끔 쳐다보았다.

"뭐 이 정도가 좋겠지. 정신없이 바쁜 하루가 될 테니까."

그는 한숨을 쉬며 침대에서 내려가 벗어 던진 옷 무더기 쪽으로 다가갔다.

앨리스는 그의 매끄러운 알몸으로 멍하니 쏠리는 시선을 겨우겨우 붙들어 맸다.

"파티 준비 때문에 바쁠 거라는 소리예요?"

그는 끄덕이며 딱 붙는 검은 바지를 끌어올려 입었다.

"이번이 마지막 파티죠?"

"그랬으면 싶은데."

그는 셔츠를 입고는 그녀에게로 다시 다가와 얼굴을 감싸쥐고 입맞췄다. 순간 그는 부드러운 미소를 지으며 그녀를 가만히 바라보았다. 그녀도 사랑을 가득 담은 눈으로 그를 빤히 응시했다.

"살아 있는 한 어젯밤 당신이 얼마나 아름다웠는지 절대 잊지 않을 거야."

그는 중얼거렸다.

그녀는 그의 다정한 말을 듣고 온몸에 전율을 느꼈다. 그는 그녀의 손등에 입맞추더니 내키지 않는다는 듯 천천히 침대에서 멀어져 갔다. 그녀는 그의 가벼운 키스를 받은 손을 가슴에 품고 황홀한 듯한 미소를 띤 채, 방에서 나가는 그의 뒷모습을 지켜보았다. 그는 문을 열더니 그녀 쪽으로 다시 돌아섰다.

"좀 쉬어요."

루시언은 그녀에게 일러두었다.

"이제부터는 밤늦게까지 안 자는 데 익숙해져야 할 테니까."

그는 악당처럼 눈을 찡긋하더니 문을 살짝 닫고 방에서 나갔다.

앨리스는 뭔가를 암시하는 그의 짓궂은 말에 얼굴을 붉힌 채 한숨을 쉬며 더 없는 행복감으로 아찔해져서 다시 침대에 누웠다. 그녀는 베개를 꼭 껴안고 새로운 날을 밝게 해 주신, 햇빛과 사계절과 이 세계와 루시언을 만들어 주신 하느님께 감사했다. 하지만 이런 찬란한 시작에도 불구하고 그날 하루 그녀의 기분은 계속해서 저조해졌다.

그녀는 오후가 되었는데도 점점 긴장감이 고조되는 것을 느낄 수 있었다. 루시언이 이것만 끝내면 휘트비 씨의 집에 갈 수 있다고 한 적만 해도 다섯 번이었다. 산더미처럼 쌓인 그의 일 때문에 그녀는 홀로 내팽개쳐졌다. 가장 상처 입기 쉬울 때에, 전날 밤 그녀가 순결을 바친 남자로부터 확신에 찬 말을 듣고 안심해야 할 때에.

그녀는 방에서 혼자 간단한 점심을 들고, 다음 날 아침 그레트나 그린으로 떠날 채비를 한 다음 낮잠을 좀 잤지만 깨어났을 때에도 그는 여전히 일에 묶여 있는 중이었다. 화가 난 앨리스는 아래층으로 진군해 어디 가면 루시언 경을 뵐 수 있느냐고 고드프리에게 퉁명스럽게 따져 물었다. 경이라면 훈련실에 계시다고 집사는 즉시 대답했다. 그녀는 루시언이 그렇게까지 호되게 호신술을 연마하는 이유가 실력 행사를 할 만한 적이 있기 때문이란 말을 기억하고 얼굴을 찡그렸다.

외투가 진흙과 빗물로 엉망이 되어 입을 수 없었기 때문에 하녀에게서 펑퍼짐한 모직 외투를 빌려 걸쳤다. 이미 그의 불쾌한 손님들이 드문드문 도착하기 시작한 참이었으므로 그녀는 그들에게 등을 돌린 채 저택 안에 난 마차 길을 따라 마구간을 지나서 훈련실로 향했다.

그녀의 시선이 낮게 가라앉은 회색 하늘로 쏠렸다. 비라도 왔다 간 두고 봐, 그녀는 구름에게 으름장을 놓았다. 길이 흙탕이 되면 저 보기 싫은 사람들이 필요 이상으로 여기 오래 머무르게 되고, 그럼 내일 그레트나로 갈 예정도 늦춰지겠지.

훈련실에 도착해 문을 연 순간 그녀는 검은 외투 차림의 경비병들과 루시언과 함께 훈련을 하던 다섯 청년들, 그리고 하인들이 가득했으므로 깜짝 놀라 그 자리에 멈춰 섰다. 루시언은 방의 맨 안쪽에 서서 주위를 위압하는 목소리로 그들에게 야간 경비의 주의 사항을 일러주고 있었다.

"두 번째로 자네들이 찾아내야 할 사람은 러시아……."

날카로운 시선이 어쩔 줄 몰라하며 문간에 서 있는 앨리스에게 꽂힌 순간 그는 돌연 말을 멈췄다.

"뭐지, 우리 아가씨?"

그의 눈은 짜증난다는 듯 경고하는 빛으로 번득였다. 마치 지금은 안 된다고 말하는 것만 같았다.

그녀는 머뭇거렸다.

"휘트비 씨 댁에 가려고 해요."

그녀는 꾸짖는 듯 의미심장한 눈초리로 말했다. 기골이 장대하고 우람한 남자들이 잔뜩 모인 앞에 있으니 부끄러웠다.

"좋소, 아가씨. 선생님께 안부 전해 드려요."

그는 의무감에서 쥐어 짜낸 매력 넘치는 미소를 지으며 그녀가 떠나기를 기다렸다.

그녀는 그를 째려보다가 획 돌아서서 나왔다. 참을 수가 없었다!

하인들까지도 무슨 일이 일어나는 중인지 다 아는 마당에, 이 집의 안주인이 될 그녀가 그의 비밀에 대해서는 왜 무지해야만 하는 것일까? 그리고 왜 루시언은 마치 그녀가 방해물에 불과한 것처럼 쳐다보았을까? 이제 그녀를 차지했으니 어떡하든 상관없다는 것일까?

아아, 정말 짜증나는 하루였다! 그녀는 괜히 불안정한 마음 때문에 더욱 스스로를 못살게 구는 것임을 알고 있었다. 그럼에도 그녀는 외롭고, 우울했으며 어느 누구에게도 소용없는 존재처럼 느껴졌다. 머리도 욱신거렸다. 그저 그에게 꼭 안기고 싶을 뿐이었다.

그녀가 휘트비 씨의 집에 도착하자 가정부인 말론 부인이 환영하며 문을 열어주었다.

"몬테규 양, 이렇게 찾아와 줘 기쁘군요."

휘트비 씨가 인사하자 그녀는 다가가 볼에 입맞췄다. 그는 그녀의 등 뒤를 희망에 찬 눈길로 흘끔거렸다.

"아가씨의 그림자는 어디 있지요?"

"그이는 오늘 안 왔어요."

그녀는 우울한 미소를 지으며 장갑을 벗었다. 불편한 심기가 얼굴에 뚜렷이 드러나 있었다.

"루시언은 오늘 또 파티가 있어서요. 하루 종일 얼굴도 거의 못 봤는 걸요."

"아아, 저런."

노인은 실망스럽나는 듯 말했다.

"제가 왜 찾아왔는지 아시겠죠? 고상한 신사분과 대화를 나누고 싶은 마음이 너무 간절했거든요."

그녀는 소파 등받이에 외투를 걸쳐놓고 노인과 나란히 앉아 그의 거친 손을 다정한 손길로 꼭 쥐었다.

"휘트비 씨. 아주 근사한 소식을 가져왔답니다!"

"뭐지요, 아가씨?"

그녀는 볼에 생생한 홍조가 어리는 것을 느꼈다.

"휘트비 씨의 말씀이 맞았어요…… 루시언이 청혼을 했어요!"

그의 주름 진 얼굴이 기쁨으로 밝아졌다. 환희에 벅차하는 그를 보고 그녀의 불안은 저 멀리 날아갔다.

"언제였소?"

"어제요! 내일 그레트나 그린으로 갈 거예요."

그녀는 반시간 동안 머물면서 신이 나서 레이디 루시언 나이트로 살아갈 앞으로의 인생에 대해 이야기했다. 그리고 앞으로 한가족이 될 공작가의 사람들에 대해 가능한 한 많은 이야기를 노인에게서 이끌어냈다.

그녀는 그들의 마음에 들고 싶어서 필사적이었다. 그녀의 신분은 고작 남작의 딸에 불과했기 때문이었다.

"귀여운 아가씨, 걱정할 건 하나도 없다오."

노인은 허허 웃으며 안심시켜 주었다.

"다들 아가씨를 두 팔 벌려 환영할 테니."

잠시 후 앨리스는 노인의 기력이 떨어진 것을 알아채고 작별 인사로 포옹을 한 다음 다시 외투와 장갑을 챙기고 레벨 코트로 향하는 숲길로 서둘러 들어섰다. 초가을은 황혼이 일러서 이미 완전히 캄캄해진 뒤였다.

"루시언 경께 내가 돌아왔고 뵙고 싶어한다고 전해요."

도착한 그녀는 하인에게 이렇게 이르고 장갑을 벗으면서 방으로 서둘러 들어갔다.

"저기, 저…… 대단히 죄송합니다, 아가씨. 경께서는 벌써 지하동굴로 내려가셨고 방해하지 말라는 특별한 엄명을 내리셨답니다. 긴급 상황이라면 예외라고 하셨지만, 긴급하신가요?"

"그렇지는 않아요."

그녀는 한숨을 쉬며 어쩔 수 없다는 듯 허공을 쳐다보았다.

"됐어요."

"또 죄송하지만 아가씨, 경께서는 오늘 밤 내내 아가씨가 방에만 머물러 계셔야 한다고 당부하셨습니다."

"어머나, 그래요?"

그녀는 가슴 앞에 팔짱을 끼고 하인에게로 돌아섰다.

"어쨌든 나도 그런 광경은 두 번 다시 보고 싶지 않아요."

그녀는 나직이 중얼거리더니 하인에게 말을 걸었다.

"뭐 좀 먹어야겠으니 갖다 줄래요? 그리고 두통약도 갖다 줄 수 있나요?"

"네, 아가씨."

하인은 마음이 놓인다는 표정으로 허리를 꾸벅 숙였다.

그녀는 가도 좋다고 고갯짓으로 신호했다. 이런 종류의 두통은 매달 있는 '그날'이 얼마 안 남았다는 신호였다. 평소처럼 예정일에서 한치도 벗어나지 않았다.

그녀는 실망감 때문에 작은 한숨이 새어나왔지만 꾹 참고 창가로 다가가 소란스럽게 주사를 부리는 손님들이 마차에서 비틀비틀 내려 불이 훤한 안마당으로 들어서는 모습을 내려다보았다. 바로 그녀가 지난주 이 기묘한 곳에 처음 왔을 때와 똑같은 광경이었다.

횃대에서 펄럭이는 불길이 밤하늘 높이 펄럭거려 창문에 비친 그녀의 흐릿한 영상 위에서 춤을 추었다.

몇 시간이 흘렀다.

지하동굴에서는 모두 깃이 원활하게 돌아가고 있었다. 루시언은 드래곤의 눈 뒤에 있는 감시실에서 생각에 잠겨 군중들을 내려다보고 있었다. 그는 클로드 바르두의 소재지와 그 자의 최근 활동 내용을 알아내리라 단단히 마음먹었고, 그 때문에 땅딸보 미국인 롤로 그린이 필요했다.

그의 눈길이 아래쪽에서 펼쳐지는 광란의 섹스 파티를 혐오스럽다는 듯 슬쩍 훑었다. 앨리스와 사랑을 나눈 첫날밤의 기억이 아직도 생생한 가운데 저런 이름도 성도 모를 상대끼리 짝짓기를 하는 지하동굴 전체의 광경은 극히 무의미하고 천박하게만 보였다.

오늘 밤 이곳을 지키는 대신 그녀와 함께 있었으면 하는 마음이 너무나 간절했으므로 그는 작게 한숨을 토해냈다.

하지만 빨리 끝내야지 이 일에서 손을 털고 그녀에게만 온전히 정성을 쏟을 수 있을 것이다. 그래, 그녀의 말이 옳았다. 그의 이 직업은 생명을 끊임없는 위험으로 몰아넣는 일이었다. 그는 앞으로 두 사람의 인생을 밝혀줄 아이들에게, 그녀에게 조금이라도 위험이 가게 하느니 차라리 두 번 생각할 것도 없이 이 일을 그만둘 작정이었다.

좀더 사무적인 직책을 맡으면 외무성 근무도 계속할 수 있지 않을까 생각하던 와중에 갑자기 마크와 오셔어가 감시실로 득달같이 달려 들어왔다.

"경! 롤로 그린을 발견했습니다!"

"어디 있나?"

루시언은 휙 돌아서며 다그쳤다.

"숨이 끊어졌습니다! 운하에 얼굴을 처박고 있더군요."

루시언은 욕설을 내뱉었다.

"사인은 뭔가?"

"등을 단검으로 찔렸습니다."

마크가 거친 목소리로 대답했다.

"아직 칼이 꽂힌 상태더군요. 강철로 된 물건에 손잡이에는 커다란 녹색 보석이 박혀 있었습니다. 소피아 보젠스키의 전매특허지요."

"빌어먹을!"

루시언은 욕설을 퍼부었다.

"수를 써서 저택 안으로 잠입한 게 틀림없어! 그 여자를 찾아야 해. 지금 당장. 바르두는 롤로가 내게 무슨 말을 하려 했기 때문에 입막음을 위해서 그 여자를 보낸 게 분명해.”

롤로 그린은 정박되어 있는 곤돌라 두 대 사이의 수면에 거꾸로 둥둥 떠 있었다. 루시언은 해가 뜨기 전에 그린을 숲 속에 묻으라고 보초들에게 명령했다. 지방 공권력 따위는 염두에 두지 않았다. 미국 비밀 첩보원이 전시에 적지에서 죽음을 당했으니 만큼 어느 누구도 신경 쓰지 않을 터였다.

초조한 20분간의 수색이 끝난 뒤 보안 책임자인 우락부락하고 대담한 스코틀랜드인 맥리시와 그 부하 중 제일 뛰어난 둘이 세차게 저항하는 소피아를 루시언의 감시실로 끌고 왔다.

“담을 넘으려고 할 때 붙잡았습니다.”

우람한 맥리시는 소피아를 잡아 누르며 루시언에게 성난 목소리로 알렸다.

소피아 보젠스키는 유혹적인 미녀로 늘씬하고 눈에 확 띄는 외모였다. 루시언이 다가가자 그녀의 검은 눈에 두려움이 쏜살같이 스쳤다. 그녀는 경비병 셋 모두가 달려들어 뜯어말려야 할 만큼 저항을 곱절로 거세게 해 댔다.

루시언은 그녀의 앞으로 다가서서 하얗고 고운 목을 움켜쥐고 벽으로 밀어붙여 지그시 바라보다가 그녀가 러시아어로 다채로운 욕설을 퍼붓자 딱딱한 웃음소리를 냈다.

“소피아, 소피아. 예의범절이 엉망이군. 내 집에 들어와서 손님들까지 죽이기 시작한다 이건가. 대체 숙녀가 어떻게 그런 행동을 하지?”

“당신한테 할 말은 없어!”

“당신의 친애하는 벗 바르두께선 겁을 먹으셨나? 추잡한 일을 대신 시키려 여자를 보내?”

“치사한 놈, 아르고스!”

그녀는 그를 암호명으로 부르며 침을 내뱉었다.

“나한테선 아무 정보도 얻어내지 못할 걸! 내가 발설하면 바르두는 날 죽일 거야! 그 사람이 영국인 전부를 뭉뚱그린 것보다 당신 한 사람을 더 증오한다는 건 잘 알 텐데!"

"당신은 왜 바르두의 지시를 받고 롤로 그린을 해치웠는지 나한 테 불게 될 걸."

그는 침착하게 말했다.

"그것도 지금 당장."

"당신은 여자를 고문할 사람이 아니야."

그녀는 허세를 부리며 그에게 대들었다. 하지만 루시언이 목을 쥔 손에 약간 힘을 넣자 그녀의 맥박은 공포 때문에 빠른 속도로 펄떡거렸다.

"그 반대야, 아가씨. 내가 고문하지 않는 건 숙녀일 경우지. 당신 처럼 교활한 쥐새끼 첩자야 익사시킬 수도 있어. 맥리시, 마담 보 젠스키의 무기를 전부 색출해 압수했겠지?"

"저기, 아닙니다, 경. 그 여자의 저항이 워낙 심해서요."

"여자를 붙들고 있어."

루시언이 나머지 두 남자에게 명령했다.

"맥리시. 영광스런 작업은 자네 몫으로 돌리겠네."

"아아, 아르고스."

소피아는 입을 삐죽거리며 관능적인 몸짓으로 어깨를 오므려 어 디 한번 살펴보란 듯이 가슴을 앞으로 내밀었다.

"당신이 직접 안 해? 그렇게 부드러운 손길을 가졌잖아."

"수작 부리지 마시지, 소피아. 당신은 한때 러시아를 사랑했지만 이제는 그저 바르두의 앞잡이일 뿐이야."

"내게 선택의 여지가 있었다고 생각해?"

그녀는 맥리시를 주먹으로 후려치며 날카롭게 쏘아붙였다.

"나한테서 손 떼! 바르두가 하라면 하는 거야. 아니면 죽는 수밖 에 없지. 당신은 날 죽이는 거나 다름없어. 그 사람을 배신하면 죽 은 몸이나 마찬가지니까!"

그녀는 맥리시의 사타구니를 뻑 소리 나게 발길질하며 말을 맺었다.

맥리시는 신음하며 털썩 쓰러졌다.

"소피아."

루시언이 초조한 목소리로 불렀다.

"루시언, 이 자들의 거친 손에 날 내맡기지 마. 당신이 직접 내 몸을 수색해. 얌전하게 굴 테니까. 약속할게."

그녀는 육감적인 눈으로 속삭이며 머리 위로 두 손을 올려 자기 몸을 무방비 상태로 내보였다.

루시언은 그녀를 한번 쓱 곁눈질한 다음 실눈을 하고 다시 한번 그녀의 눈을 들여다보았다. 그는 그녀가 뭘 하려고 이렇게 나오는지 너무나 잘 알고 있었다. 아마 그녀는 그들의 지난번 만남이 그에게 의미 깊은 것이었기를 바라는지도 모른다. 실상은 그 반대였건만.

"당신이 아는 걸 나한테 말해 줘. 그럼 바르두의 손아귀에서 당신을 지켜 주지."

"당신 힘으론 절대 무리야. 어느 누구도 무리야."

"지금이야말로 당신이 그 자에게서 벗어날 수 있는 기회야. 그 작자가 미국인들을 위해서 무슨 일을 꾀하고 있지? 그린이 내게 팔러 왔던 정보는 뭐지? 날 믿어 줘, 소피아. 당신을 안전하게 보호해 줄게."

"당신은 못 해. 안 할 걸."

그가 그녀를 다독이기 시작하자 그녀는 갑자기 그의 손을 떨쳐냈다.

"날 혼자 내버려둬, 당신들 모두! 난 러시아 황제의 첩보원이야! 런던 주재 러시아 대사관으로 날 즉시 데려가! 내겐 권리가 있어!"

"천만에."

루시언은 가시 돋친 어조로 대꾸했다.

그 뒤에 이어진 심문은 러시아어와 영어로 이루어진 고함 겨루기 및 루시언을 위협해 살길을 뚫어보려는 소피아의 성가신 시도가 번갈아 되풀이되는 장이었다. 그녀는 무기를 빼앗으려는 그의 모든 노력을 계속 무마시켰다. 그녀의 치맛자락 아래에 얼마만큼의 총과 단도가 숨겨져 있을지는 아무도 모를 일이었다.

"바르두는 어디 있지? 영국인가?"

"몰라."

"왜 그 짐승 같은 놈을 보호하려는 거지?"

그는 그녀의 얼굴에 대고 노성을 질렀다.

"내 몸을 보호하는 거야! 그 작자는 날 죽일 테니까!"

"내가 당신한테 어떻게 할 것 같아, 소피? 주위를 좀 둘러 봐! 당신 애인은 지금 어디 있지? 당신을 구하러 이 자리에 오지도 않았잖아. 당신을 도와줄 사람은 하나도 없어. 클로드는커녕 아무도 없다고. 나만이 당신의 유일한 희망이지."

"당신 따위 무섭지 않아."

그녀는 버럭 소리를 질렀다.

"당신은 그 작자와 달라. 처음부터 그랬어. 당신이 아무리 화가 나도 하지 않을 짓을 그 작자는 재미로 나에게 퍼붓지."

그녀는 갑자기 지친 듯 눈을 감더니 고개를 젖혀 벽에 기댔다.

"아아, 전처럼 부드럽게 키스해 줘, 루시언. 프라하에서 보낸 그 날 밤이 아직도 기억나…… 내게 쾌락을 안겨 준 사람이 있었던 것도 너무나 오래 전이라서……."

"소피아, 서투르군."

그녀는 눈꺼풀을 들더니 절망이 깃들인 관능적인 목쉰 소리로 까르르 웃으며 공허한 눈을 했다.

"날 놔줘, 루시언."

그녀는 말했다.

"이래저래 내 운명은 정해져 있어."

하인들을 보기 좋게 따돌린 앨리스는 두건 달린 풍성한 갈색 가운으로 얼굴을 가리고 복도를 살금살금 걸어갔다. 지난주와는 달리 행선지와 가는 이유를 정확히 알고 있으니 만큼 이제는 걸음걸이 하나하나에 자신감이 배어 있었다.

루시언은 정말이지 그가 지하동굴에서 군주 드라콘으로 군림하면서 그 구역질나는 신참들이 그의 온몸을 더듬어대는 동안 그녀가 얌전히 방에 앉아 있을 거라고 생각했단 말인가?

미래의 남편이 자기 몸을 던지는 부도덕한 여인네들에게 둘러싸여 있는 동안 멀거니 서서 구경만 하는 것은 바보뿐이다. 저녁식사와 두통약은 초저녁에 그녀를 엄습했던 피로감과 고통을 엄청나게 덜어주었다. 이제 그녀는 자신의 남자를 위해서, 필요하다면 싸울 준비까지 되어 있었다.

이번에는 그녀도 텔버트가 무대에서 벌이는 오리무중의 주문에 겁먹지 않았고 신기할 정도로 거머리처럼 얽혀 있는 사람들을 간단히 무시할 수 있었다.

그러나 어디에서도 루시언의 모습이 보이지 않았으므로 그녀는 감시실에 가면 있을까 싶어 드래곤 조각 쪽으로 향했다. 검은 외투 차림의 경비병들은 그녀가 루시언을 만나러 올라가야겠다고 요구하자 주저했다. 하지만 조만간 그들 주인의 아내가 될 몸이라는 사실을 그녀가 오만하게 일깨워주자 순종할 수밖에 없었다.

그녀는 두건을 벗으면서 어둠침침한 소용돌이 모양의 계단을 콩콩 뛰어올라가 감시실로 향했다. 하루 종일 자신을 방치해둔 루시언 때문에 화가 나긴 했지만 이제 곧 그를 만날 수 있다는 사실 때문에 활기가 그녀의 혈관 속에 밀물처럼 밀려들었다. 그녀가 소용돌이형의 계단 맨 위에 거의 닿았을 무렵 고함소리가 들려왔다.

대기실로 들어선 그녀는 감시실의 문이 열려 있는 것을 보았다. 기대감으로 얼굴이 상기된 채 그를 보고 싶은 마음에 불타서 그녀는 날 듯이 문으로 달려갔다. 하지만 거무스레한 미녀가 루시언의 품에서 바둥대는 광경을 본 순간 그녀는 그 자리에 얼어붙고 말았다.

그는 여자의 뒤쪽에 서서 한쪽 팔을 그 허리에 감고 나머지 손으로는 그녀의 상의와 허벅지까지 치켜 올라간 치맛자락을 잡아당기고 있었다.

지난주 그와 바로 이런 장면을 연출했던 것이 기억난 앨리스의 눈은 충격으로 흐릿해졌다.

루시언은 자신에게 와 꽂히는 그녀의 시선을 느낀 것처럼 뒤를 돌아보았다가 그녀와 눈이 마주쳤다. 그는 그 자리에 뿌리를 내린 듯 동작을 멈췄다. 그곳에 서 있는 그녀를 보고 공포가 그의 눈에 번득였다. 마치 그가…… 그녀를 배신하고 바람을 피우다가 현장을 들킨 것만 같다는 생각이 들었다.

어느 누구도 제대로 반응을 보일 시간이 없었다.

모든 것이 정지된 그 끔찍한 순간 여자는 치마 아래에서 단도를 꺼내더니 눈부실 정도의 속도로 크게 휘둘러 무방비 상태로 노출되어 있던 루시언의 옆구리를 베었다. 야만인처럼 고함을 지르며 여자는 앨리스를 향해 똑바로 달려왔다.

12

"안 돼!"

루시언이 벽력처럼 고함을 지르며 몸을 앞으로 날렸다.

포악하게 휘두른 여자의 단도가 앨리스의 얼굴에서 불과 몇 센티미터 옆을 스쳐 지나갔다. 여자는 루시언의 부하들이 미처 대처하기도 전에 대기실을 잽싸게 지나가 계단 아래로 사라졌다. 다음 순간 난리 북새통이 일어났다.

"루시언!"

앨리스가 비명을 질렀다.

"경께서 다치셨어!"

"저 여자가 경을 칼로 찔렀어!"

경비병이 짖어댈 듯 외쳤다.

"여자를 뒤쫓아!"

루시언이 엄청나게 분노한 어조로 명령했다. 청년 네 명과 경비병들 몇몇이 여자의 뒤를 쫓아 계단을 달려 내려갔다. 루시언은 옆구리에 손을 댄 채 그들을 밀어젖히고 앨리스에게 다가왔다.

"괜찮소?"

그녀는 그를 응시하며 고개를 끄덕였지만 그의 손가락 사이로 피가 흘러나와 헐렁한 흰 셔츠를 천천히 물들이는 광경을 보고는 겁에 질려 버렸다.

"세상에나."

"대체 여기엔 뭐 하러 온 거지?"

그가 고함을 치는 바람에 그녀는 잔뜩 겁을 먹었다.

"루시언…… 피가 나요."

그녀는 속삭였다.

"방에만 있으라고 했잖소! 하마터면 당신 목숨이 날아갈 뻔했어! 아가씨를 여기에서 내보내라."

그는 경비병에게 무뚝뚝하게 명령했다.

"미안해요!"

그는 욕설을 뇌까리며 그녀를 내버려두고 여전히 옆구리를 누른 채 부하들의 뒤를 황급히 쫓아갔다.

"루시언!"

그녀가 외쳤지만 그는 계속 계단을 뛰어 내려갔다.

앨리스는 이제껏 입에 담아본 적이 없을 만큼 가시 돋친 말을 내뱉으며 경비병의 손을 밀쳐내고 루시언의 뒤를 따랐다.

루시언이 다쳤다니. 그녀가 품었던 의혹은 이미 잊혀진 뒤였다. 그 무엇도 그녀를 그에게서 떼어놓을 수 없었다. 그녀는 계단을 황급히 달려 내려가 지하동굴로 다시 들어갔다.

루시언은 옆구리가 타는 듯한 고통에 이를 악물며 뛰었다. 빌어먹을, 소피아의 저항을 거의 무너뜨리기 직전이었는데 그때 앨리스가 나타난 것이다! 그 찰나 그는 두 사람의 모습이 앨리스에게 어떻게 보일지 뻔하다는 것을 깨달았다. 즉시 그의 주의는 목전의 임무에서 한순간 흐트러졌고 그 틈은 하마터면 그의 목숨이란 큰 대가를 요구할 뻔했다.

소피아는 마음만 먹었더라면 치명적인 일격을 가할 수도 있었을 터였다. 그는 포도주 저장고에서 저택으로 이어지는 계단을 뛰쳐 올라가며 그 사실을 깨달았다.

현관으로 통하는 복도로 접어든 순간 심한 출혈 때문에 현기증이 덮쳐와 앞에 서 있던 하인과 콰당 부딪혔다. 하지만 그가 현관문에 닿기도 전에 부하 중 한 명의 고함소리가 들려왔다.

"저 여자를 잡아라! 저 여자가 루시언 경을 칼로 찔렀다!"

총성이 울렸다. 한방 더.

그는 격한 분노로 고래고래 소리를 질러가며 현관에서 뛰쳐나갔다. 즉시 그는 소피아가 레벨 코트의 닫힌 철문을 기어오르려는 듯 그쪽을 향해 일직선으로 전력 질주하는 모습을 보았다. 하지만 그가 사격을 중지하라고 외친 바로 그 순간 총성이 몇 번 더 울렸다.

그녀는 뛰던 도중 총을 맞고 큰 대자로 쓰러졌다.

"사격 중지!"

루시언은 다시 외쳤다. 그는 그녀에게 쏜살같이 쫓아가 급하게 무릎을 꿇고 앉았다. 안마당의 쇠 횃대에서 지글지글 타오르는 불빛 때문에 그녀의 등이 피맺힌 상처로 벌집이 된 것을 볼 수 있었다.

"맙소사, 소피아."

심장이 쿵쾅거렸지만 그는 자신의 기술로 그녀를 살릴 수 있는 상황은 이미 지났다는 것을 알고 있었다. 아직 목숨은 붙어 있었으므로 그녀는 자갈밭에 볼을 댄 채 입가에서 방울방울 피를 흘리며 그를 응시했다.

"아르고스."

그녀는 헐떡이며 불렀다.

"나 여기 있어."

그는 러시아어로 다정하게 대답하며 그녀의 머리칼을 만졌다.

"너무 미안해."

그는 목이 메었다.

그의 말을 듣고 그녀는 안도한 듯 눈을 감았다.

"난 이제…… 그 작자의 손에서 벗어난 거야, 아르고스."

그는 그녀의 손을 꼭 쥐었다.

"그 자가 무슨 짓을 하려는 거지, 소피? 날 위해 말해 줘. 우리 둘 각자의 조국을 위해서 말이야."

그녀는 몸부림쳤고 잿빛이 된 아름다운 얼굴에는 극심한 통증이 서려 있었다.

"바르두는…… 폭탄을 갖고 있어. 가이 포크스 데이야, 루시언. 미국인들은…… 워싱턴 방화…… 때문에…… 복수를 하고 싶어해. 어디인지는 몰라…… 그 자는 날려버릴 거야. 아마 의회 건물이겠지."

그녀는 숨 넘어가는 소리로 내뱉었다.

맙소사! 가이 포크스 데이는 다음 주 토요일로 그때까지는 겨우 여드레밖에 시간이 없었다.

"바르두는 런던에 벌써 도착했나?"

그녀는 거의 보이지도 않을 정도로 고개를 끄덕였다.

"그 자는 어디에서 작업 중이지?"

"창고…… 강가에 있는……."

"소피아, 창고야 강가에 널려 있잖아."

"조심…… 해, 아르고스. 그 자가…… 당신을…… 뒤쫓고 있어."

그녀의 고통에 찬 속삭임은 시간이 지나면서 측은하게 들리는 신음 소리로 바뀌었다.

"쉬잇, 괜찮아, 괜찮아."

죽음이 임박했다는 것을 깨닫고 그는 그녀의 모국어로 속삭이면서 그녀의 손을 잡고 머리카락을 어루만져주었다.

그녀가 목구멍에서 섬뜩한 꼬르륵 소리를 내며 피 웅덩이에 고개를 떨구자 루시언은 눈을 감았다. 그리고 고개를 숙였다. 죽어가면서 남긴 그녀의 속삭임이 아직도 한밤중의 침묵 속에 울려 퍼지고 있었다.

그 자가 당신을 뒤쫓고 있어.

눈을 떴을 때 루시언의 눈망울에는 분노의 불길이 이글거렸다. 그의 마음속에서는 지옥의 유황불이, 혈관 속에서는 불길이 타오르고 있었다. 올 테면 오거라. 그의 마음속에 증오심이 사납게 휘몰아치면서 5주 동안 먹지도 씻지도 못하고 구타당해 마치 갇힌 동물 같았던 그때의 사납고 원초적인 야수를 다시금 불러냈다. 그들의 무자비한 만행으로 인해 그는 잔인해지고 말았던 것이다.

이번에는 내가 복수할 기회로군, 루시언은 험악한 얼굴로 생각에 잠겼다. 그가 고개를 들자 앨리스가 자신 없는 걸음걸이로 다가오고 있었다. 앨리스를 보호해야 해, 그는 생각했다. 만약 그녀가 루시언의 여인이란 사실을 안다면 바르두는 일말의 망설임도 없이 그녀에게 달려들 것이다. 특히 루시언의 부하들이 소피아를 총으로 쏘아 죽였으니 만큼 더더욱. 제대로 이해할 수가 없어 당황한 그녀의 눈이 그의 시선에 들어왔다.

그의 눈에서 살인이라도 불사할 잔인한 표정을 본 게 분명했다. 그는 시선을 떨궜다. 그녀에게 자신의 이런 부분을 알리고 싶지 않았다.

그는 손을 내밀어 초점 없이 허공을 응시하는 소피아의 눈을 다정하게 감겨주었다.

섬뜩한 침묵을 깨는 것은 대형 횃불에서 탁탁 튀는 불꽃뿐이었다. 칠흑 같은 밤하늘을 배경으로 펄럭이며 안마당을 밝혀주는 그 불길이 쓰러진 여인의 곁에 웅크리고 앉은 루시언의 머리카락과 어깨에 금빛 후광을 드리우고 있었다. 그의 아름다운 얼굴에는 무자

비하면서도 초연한 표정이 서려 있었고 그의 침묵은 위협적이었으므로 앨리스는 말을 걸기가 두려웠다. 그녀는 비난을 하려던 것도 잊고 그를 가만히 쳐다보았다.

주홍색 웅덩이가 여자의 주위 자갈밭에 고여 있었다. 경비병들은 주위에 둘러서서 소총을 늘어뜨린 채 거북한 듯 이 광경을 지켜보고 있었다. 루시언이 천천히 시선을 들었을 때 앨리스는 여자가 죽었다는 것을 깨닫고 충격을 받아 입을 손으로 가렸다.

루시언이 벌떡 일어났다.

"누가 쏘았지?"

그녀는 그의 침착하고 낮지만 무시무시한 목소리를 듣자 등골이 오싹해졌다.

어느 누구도 대답하지 않았다.

"누가 발포 명령을 내렸나?"

"하, 하지만 경. 저 여자가 경을 칼로 찔렀다고 다들 말해 줬습니다."

우람한 경비병 중 하나가 변명했다.

"자네 눈엔 내가 죽은 걸로 보이나?"

루시언이 소리를 꽥 질렀다.

그 소리에 앨리스는 움찔했다. 그의 목소리가 메아리가 되어 바람결에 실려갔다.

"아, 아닙니다, 경."

경비병은 고개를 떨구며 대답했다.

앨리스는 재빨리 침착을 되찾아 루시언에게 다가갔다.

"루시언……"

"집으로 들어가. 당신에게 해 둘 말이 있소. 당신은 내 명령을 정면으로 무시했지."

그의 목소리는 냉혹했다. 그는 부하들에게로 돌아섰다.

"장본인을 아침까지 색출해 내라. 집사 고드프리에게 임금을 받아 지불하고 이곳에서 내보내. 맥리시, 시체를 처리해. 빨리 끝내도록."

"네, 경."

루시언과 집으로 들어가던 그녀는 그의 하얀 셔츠 아래로 옆구리에 핏자국이 더 크게 번지는 것을 보았다.

"당신 상처가……."

"위층으로 가자고."

그는 그녀의 말을 무시하며 명령했다.

그는 자기 방으로 들어가더니 침대 밑 트렁크에 들어 있던 약상자를 꺼내 서랍장 위에 올려놓았다.

"당신도 알겠지만 난 오늘 밤 당신이 간섭하지 못하도록 확실히 해 두기 위해 아예 당신 방문을 잠가버릴 생각이었소. 하지만 이미 당신에게 열쇠도 준 뒤였고 속으로는 아니야, 앨리스를 믿어야 해, 이렇게 생각했지. 신뢰야말로 우리 사이의 가장 중요한 핵심이었으니 말이오. 하지만 이제 내가 당신을 신뢰할 수 있겠소, 없겠소, 앨리스? 지금은 확신이 서지 않는군."

그는 화난 듯 셔츠 단추를 풀더니 피에 흠뻑 젖은 옷자락을 옆구리에서 떼어내 상처를 드러냈다.

"루시언……."

그녀는 말을 꺼내려다가 그의 갈비뼈에 난 10센티미터 남짓의 칼자국을 보고 진저리를 치며 입을 다물었다.

루시언은 욕설을 줄줄이 내뱉으며 브랜디에 흠뻑 적신 붕대를 옆구리에 갖다댔다. 그의 욕설을 듣고 그녀는 불현듯 정신을 차려 행동에 들어갔다. 그녀는 그가 쓰러지기 전에 널찍하고 육중한 경대에 밀어 앉혔다.

"바늘하고 실을 줘요."

그는 낮게 그르렁댔다.

"꿰매야겠소."

“내가 할게요.”

“잘도 하겠군. 내 몸은 예쁘장한 수나 놓을 손수건이 아니오. 그리고 엄마 노릇 따위는 필요 없소. 단지 살을 베인 것뿐이니까. 당신이 무슨 변명을 늘어놓을지 그거나 듣고 싶군.”

“쓸데없는 소리 말아요, 루시언! 우선 당신 상처부터 먼저 치료해야 해요. 내가 도울게요..”

“내가 한다니까.”

“손이 닿지 않을 거예요.”

“아니, 할 수 있소. 빌어먹을 바늘이나 당장 달라니까.”

“입 닥치고 누워요!”

그녀는 사나운 어조로 명령했다.

“앨리스!”

“루시언. 우리 오라버니가 전쟁터에서 상처투성이가 되어 돌아왔을 때 간호해 준 사람이 누구일 것 같아요?”

그는 반항기 넘치는 눈길로 잠시 그녀를 응시했다.

“그럼 좋아.”

그는 내키지 않는다는 듯 동의했다. 자신의 상처를 다시 슬쩍 내려다보고 움찔하더니 브랜디를 한 모금 벌컥벌컥 마시고는 더 이상 툴툴대지 않았다.

그녀가 그의 상처를 소독하고 꿰맬 수 있을 만큼 출혈이 줄어들 때까지 부위를 붕대로 압박하는 동안 어느 누구도 입을 열지 않았다. 그녀는 바늘에 실을 꿰고 끝을 브랜디에 살짝 담근 다음 얼굴을 찡그리며 그의 벌어진 상처를 봉합하기 시작했다. 자신 때문에 벌어진 끔찍한 사태와 그 결과에 대한 죄의식을 억지로 무시한 채 그녀는 눈앞의 해야 할 일에만 온 신경을 쏟았다.

“열 아홉 바늘은 꿰매야 할 것 같네요.”

그는 처치 곤란하다는 듯 콧김을 내뿜었지만 반론을 내세우지는 않았다. 그 뒤 반시간 동안 그녀는 브랜디에 적신 헝겊으로 상처를 종종 닦아주면서 되도록 신속하게 봉합 작업을 계속했다.

맙소사, 하마터면 그녀는 루시언을 잃을 뻔했고 그렇게 되었다면 전부 그녀의 잘못 때문이었으리라. 그녀는 그를 꼭 끌어안고 싶은 충동을 억눌렀다. 그래봤자 머릿속이 맑아야 할 지금 더욱 감정적으로 될 뿐이었기 때문이다.

"그래서."

그는 잠시 후 말했다.

"당신은 날 감시하려고 생각했던 거지. 그럴 만한 가치가 있었소?"

그녀는 그를 가만히 보기만 하더니 다시 다음 바늘땀을 꽂았다.

"난 당신 몰래 바람을 피운 게 아니야."

"그래요. 그 여자가 당신한테 이런 짓을 한 걸 보면 알 수 있죠."

앨리스도 그의 비아냥대는 어조에 맞장구를 쳐주었다.

"일하는 데 방해되니 입 좀 다물어주겠어요? 안 그래도 이미 심란하거든요."

"난 앞으로도 절대 당신을 속이지 않아. 난 그 여자에게 무기가 있는지 수색 중이었소."

"지난주에 내 몸을 수색한 것처럼요?"

그녀는 미심쩍다는 듯 그를 곁눈질하며 그의 살에 꿰인 실을 다소 세게 잡아당겼다.

"아얏! 일부러 그런 거지!"

그는 움찔하며 중얼거렸다.

마침내 그녀는 깔끔하게 일 마무리를 했다. 일렬로 늘어선 스무 개의 작은 바늘땀은 만족스러울 정도로 튼튼했다.

"이제 붕대를 감아야 해요……."

"이제 됐소, 아가씨!"

그는 시무룩한 고양이처럼 짜증을 내며 그녀의 손을 밀쳐냈다. 그는 웃통을 벗은 채 똑바로 일어나 그녀를 내버려두고 저쪽으로 갔다. 난롯불이 그의 맨 가슴과 조각 같은 팔뚝에 펄럭펄럭 그림자를 드리웠다.

"루시언. 붕대를 감아야 한다니까요."

그는 날렵한 허리에 양손을 올리고 그녀에게로 돌아섰다.

"앞으로는 내가 명령을 내리면 따라주길 바라겠어. 알았소?"

"아뇨."

손을 닦은 수건을 던지다시피 내려놓은 그녀는 잔뜩 곤두선 신경을 가라앉히기 위해 브랜디 병을 집어들고 한 모금 벌컥 마신 다음 서랍장 위에 탁 내려놓았다.

"뭐라고 했지?"

그의 눈길은 경고하듯 어두워져 있었다.

"난 당신의 꼭두각시가 아니에요, 루시언."

그녀는 가슴 앞에 팔짱을 꼈다.

"그 여자, 누구죠?"

"그 여자를 보았다는 것조차 잊어버려."

그는 약 상자에서 붕대를 꺼내어 그녀의 도움 없이 손수 붕대를 감기 시작했다.

"잊어버리라고요? 루시언. 그 여자는 죽었어요. 그리고 그건 내 책임이라고요. 당국에 신고해야 해요."

그는 경고하듯 불길한 시선으로 흘끔 뒤돌아보았다.

"당국에 신고하는 일은 없을 거요."

그는 천천히 말했다.

그를 빤히 쳐다보는 그녀의 얼굴에서 핏기가 빠져나갔다.

"당신이 부하들에게 하던 말을 들었어요. 시체를 처리하라고 했었죠. 루시언, 이번 일을 간단히 덮어둘 수만은 없어요. 보안관을 불러야 한다고요. 그 여자가 누구든 간에 신성한 묘지에 제대로 묻혀야 한다고요. 당신 영지의 숲에 덩그러니 봉분만 쌓을 일이 아니에요! 그 여자의 가족에게도 알려야 하고……."

"이 일에 끼어들지 말아요, 앨리스."

"그럴 수는 없어요."

"당신은 이미 충분히 문제를 일으키지 않았소?"

그녀는 고통스러운 표정을 언뜻 지으며 그에게 다가갔다.

"당신도 비밀이라면 이미 충분할 만큼 지고 있지 않나요? 지하동굴에서 벌이는 일들을 언제까지 숨겨둘 건가요? 방금 한 여자가 당신 파티에서 죽었어요, 루시언! 지금 당장 보안관을 불러 사정을 설명하지 않더라도 결국 진실은 밝혀질 거예요. 불가피하죠. 언젠가 당신이 그 여자의 죽음을 덮어버린 사실이 발각 나면 당신이 살인자로 몰릴 가능성은 농후해요. 그러고 싶은 건가요?"

"어느 누구도 날 살인자로 몰지는 않을 거요."

그는 경고하듯 낮은 목소리로 말하며 그녀에게 등을 보였다.

"왜요? 당신이 막강한 나이트 가문 사람이라서? 당신이라도 법의 예외가 될 수는 없어요!"

그는 대답하지 않았다. 단지 난롯불을 들여다보며 그 자리에 가만히 서 있었다.

자신이 그의 완고한 의지에 어떤 영향도 주지 못하자 그녀는 다른 접근 방법을 써 보았다.

"루시언, 우린 내일 아침 결혼하러 스코틀랜드로 갈 거잖아요. 결혼생활 초반부터 이런 살인 사건이 그림자를 드리우는 건 싫어요……."

그녀는 그가 뭔가 말하기를 기다렸으나 여전히 침묵이 계속되자 눈물을 글썽기렸다. 그녀는 주먹을 불끈 쥐고 떨리는 걸음으로 방을 나가려 했다.

그는 휙 돌아서더니 나가려는 그녀를 불태울 듯한 시선으로 지켜보았다.

"어디로 가려는 거지?"

"당신이 올바른 행동을 하지 않겠다면 내가 하겠어요."

그녀는 목이 꽉 막힌 것 같아 힘겹게 말을 내보냈다.

"그 여자가 죽은 건 내 탓이고……."

루시언은 눈 깜짝할 사이에 그녀의 앞으로 다가와 문을 막고 섰다. 그는 늑대 같은 회색 눈 깊은 곳에 잔인한 빛을 번득이며 그녀를 응시했다.

"자책은 당장 집어치우라고."

그는 낮고 거친 목소리로 명령했다.

"책임은 나한테 있소. 당신이 아니야."

그녀는 눈물이 맺힌 눈으로 그를 올려다보았다.

"당신은 대체 어떻게 된 사람이기에 이런 일이 벌어졌는데도 시치미를 떼고 싶어하나요? 비켜요. 관헌에 알려야겠어요……."

"내가 그 관헌이오, 앨리스."

그는 단호한 어조로 속삭였다. 그의 눈에는 하얗게 작열할 듯한 강렬한 기색이 깃들여 있었다.

그녀는 영문을 몰라 그의 얼굴을 살펴보았다.

"내 말 잘 들어요."

그는 바람처럼 부드럽게 말했다.

"그 여자는 러시아 첩자였소. 내 집에서 살인을 저질렀지. 그 여자는 지하동굴에서 미국 첩자를 죽였소. 그래서 그 여자를 심문하고 있었던 거요."

"뭐라고요?"

"난 외교관이 아니야, 앨리스. 난 왕실을 위해 활약하는 비밀 첩보원이오. 첩자지. 그리고 지하동굴은 외무성 사람들이 정보 수집원으로 이용하는 곳일 뿐이오."

그녀는 충격을 받아 지그시 그를 바라보았다.

"당신은 진실을 알고 싶어했지. 이게 진실이오."

그의 은빛 눈은 거울처럼 투명해 속을 알 수가 없었다.

"난 당신 손에 내 목숨을 맡겼소. 당신이 누구에게든 발설한다면 내 안전을 위험에 빠뜨리는 게 되지."

"첩자라고요."

그녀는 멍하니 되풀이했다.

"당신은 첩자였군요."

그는 끄덕였다.

그녀가 문 옆에 놓인 의자에 주저앉아 바닥을 멍하니 응시하고 있자니 모든 것이 분명해졌다. 그녀는 마치 그란 남자를 처음으로 본다는 듯한 눈으로 곰곰이 뜯어보았다.

그는 천천히 그녀의 옆에 웅크리고 앉았다. 그녀는 자신의 얼굴을 살펴보는 그의 눈 깊은 곳에 언뜻 스치는 공포심을 보았다.

"지금 런던에는 프랑스 첩보원으로 우리 영국에 적대적인 위험 인물이 들어와 있는데 그 러시아 여자는 그 자를 돕고 있었소. 알겠소? 나도 감정이 없는 사람은 아니라오. 단지 소피아가 적을 돕고 있었던 것 때문이지. 그래서 소피아의 죽음에 대해 딱히 걱정하지 않는 거요. 첩자가 적국에서 죽으면 원래 아무도 거들떠보지 않는 법이라오. 그런 거지."

그는 속삭이며 그녀의 충격을 달래듯 허벅지를 어루만져 주었다.

"자책하거나 앞일을 걱정할 필요는 절대 없소. 중요한 것은 당신이 안전하다는 사실뿐이야."

그녀는 잠시 그를 물끄러미 쳐다보다가 갑자기 그를 끌어안고 눈을 질끈 감았다.

"아아, 달링."

그녀는 그의 볼에 키스했다.

"말해 줘서 고마워요."

"화나지 않았소?"

"네."

"나한테…… 정떨어지지 않았소?"

"세상에, 내가 왜요? 당신은 내가 알고 있던 것보다 훨씬 더 비범한 사람이잖아요."

그녀가 그의 머리칼에 키스하자 그가 품안에서 부르르 떠는 것
이 느껴졌다.

그는 고르지 못한 숨결로 그녀의 귓전을 간질이며 목덜미에 달
콤한 키스를 했다.

"당신이 어떻게 나올지 알 수가 없었소. 대미언은 아직까지도 내
가 그쪽 직업을 선택한 것을 용서하지 않았으니까."

그는 쓰라린 어조로 말했다. 그는 진심이 담긴 눈으로 그녀를 올
려다보았다.

"그래서 당신도 잃게 될까 봐 두려웠소."

그녀는 그의 턱을 감싸쥐고 상체를 내밀어 그에게 키스했다.

"달링, 바보 같군요. 나한테 진실을 말하는 걸 무서워할 필요는
전혀 없어요."

그녀는 그의 상처를 건드리지 않도록 조심해서 얼싸안았다.

"아아, 그 사악한 여자가 하마터면 당신을 내게서 앗아갈 뻔했다
니 믿어지지가 않아요. 그런 끔찍한 광경은 생전 처음이었어요. 당
신이 더 큰 상처를 입지 않은 것을 하늘에 감사 드려요."

"난 괜찮아."

그는 몸을 빼고 경탄과 놀라움이 담긴 눈으로 그녀의 눈을 가만
히 바라보았다.

"시간이 많지가 않아. 내일 아침이면 당신을 호크스클리프 홀로
보낼 테니 런던의 상황이 마무리될 때까지 그곳에 머물러야겠소.
호수 지방에 있는 우리 가문의 유서 깊은 성이지. 호위할 부하를
몇 명 딸려보낼 테니 거기서라면 당신도 아주 안전할 거요."

"그레트나 그린은요?"

"연기해야지. 미안하오, 내 사랑. 상황이 급박하고 내 임무는 그
남자를 붙잡는 거니까."

"나도 당신과 런던으로 가게 해 줘요. 그럼……."

"절대 안 돼. 그 남자는 아주 불쾌한 녀석이야. 그리고 그 여자
는 녀석의 애인이었소. 아마 여자가 죽었다는 걸 알면 보복을 하려
하겠지. 우리에 대해 알게 되면 녀석은 당신을 해치든가, 혹은 미
끼로 이용해 날 붙잡으려 들 거요."

그녀는 커져 가는 공포 속에서 그를 응시했다. 그의 표정이 어두
워졌다.

"이건 클로드 바르두와 나 사이의 일이야."

그녀는 그 이름을 입에 올릴 때 그의 얼굴에 딱딱하게 퍼지는
잔인한 빛이 싫었다. 그녀는 경계하는 눈초리로 그를 뜯어보며 고
개를 저었다.

"예감이 좋지 않아요. 당신 옆구리를 봐요. 오늘 밤 당신이 하마
터면 어떻게 될 뻔했는지 돌이켜보라고요, 루시언. 미래의 당신 아
내로서 난 당신이 이 일을 하지 않았으면 좋겠어요."

"해야 해."

그는 살기를 띤 눈으로 차갑게 말했다.

"하고 싶어."

"하고 싶다고요?"

"그래. 난 그 작자가 죽었으면 해."

"그래요? 그럼 만약 그 남자가 당신을 죽이면요? 그럼 난 어떻게
하죠?"

그는 한동안 그녀를 물끄러미 응시하다가 어깨를 으쓱했다.

"모르겠소."

"모른다고요?"

그녀는 그가 자신의 마음을 달래주기를, 임무 수행 중에 죽는 일
은 결코 없을 거라는 말로 안심을 시켜주기를 바라고 있었는지도
몰랐다. 하지만 그는 그런 거짓말로 위안해 주지 않았다.

그녀는 불쑥 자리에서 일어나 그를 내버려두고 서성대기 시작했
다. 마음속이 복잡하게 꼬였고 명치끝에 차가운 응어리가 지기 시

작했다. 그녀는 이마를 문지르며 생각에 집중하려고 애썼다.

"앨리스? 괜찮소?"

"아니, 괜찮지 않아요."

히스테리가 치밀어 오르려는 것을 애써 억눌렀다.

"루시언. 당신은 내 처지를 알잖아요. 난 어머니, 아버지, 오라버니를 차례로 잃었는데, 당신은 이젠 내가 당신마저 잃을지도 모른다는 얘기를 하고 있는 거예요. 그런 일은 더 이상 못 견딜 것 같아요."

그는 경계하듯 서서히 일어났다. 그의 눈길은 그녀의 시선을 놓아주지 않았다.

눈물이 그녀의 눈에 샘솟았다.

"날 사랑하지 않나요?"

"내가 당신을 사랑한다는 걸 알지 않소. 그 무엇보다도."

"그런데 어떻게 나한테 이럴 수가 있죠?"

"앨리스. 내겐 해야 할 일이 있소. 난 조국을 사랑하고 당신을 사랑해."

"하지만 그 남자에 대한 증오심이 더 큰 거죠."

그는 거북한 듯 그녀를 쳐다보았다.

그녀는 마른침을 꿀꺽 삼켰다.

"루시언, 사랑이에요, 증오예요? 둘 다 가질 수는 없어요. 선택해요."

"앨리스, 고집 부리지 말아요……."

"선택하라고요!"

그녀는 전신을 부들부들 떨며 외쳤다.

"일주일 전에 당신은 해리에게로 돌아갈 사람이 누가 될지 나더러 선택하게 했어요. 이번에는 당신 차례예요. 그 남자예요, 나예요?"

"더 이상 최후 통첩은 없소, 앨리스. 우린 사랑을 나눴어. 당신은 이미 내 아이를 갖고 있을지도……."

"내 주기는 시계처럼 정확해요. 루시언. 벌써 피가 나오기 시작했다고요. 자아, 선택해요!"

"나한테 이러지 말아요."

그는 속삭였다.

"난 또다시 상을 치르지는 않을 거예요. 또 옷가지를 죄다 검은색으로 물들이지도 않을 테고, 젊은 청년의 관이 하나 더 땅속으로 들어가는 광경을 보지도 않을 거예요. 난 그럴 수 없어요, 루시언!"

그는 어쩔 수 없어서 울화가 치미는 듯 고함을 꽥 질렀다.

"내가 바르두를 죽이지 않는다면 우리에게 평화란 절대 없소, 앨리스! 당신은 그 작자가 어떤 짓까지 할 수 있는지 짐작조차 못해! 그 자의 행동을 제지해야 하는데 그럴 수 있는 사람은 나뿐이오!"

그의 분노가 두 사람 사이의 공기를 번개처럼 지글지글 달궜다.

"우린 숙적이오. 이해하겠소? 내가 그 자를 뒤쫓지 않는다면 그 자는 영국에 큰 재해를 일으키고 나서 날 뒤쫓을 거요. 바르두가 내 피를 보고 싶어하는 심정은 내가 그 자에게 품고 있는 마음 못지 않소."

"세상에. 그럼 당신도 호크스클리프 홀로 가야 해요!"

"그 자에게서 도망쳐 숨으라고? 내가 그럴 것 같소?"

그녀는 움찔했다.

"그럼 당신은 선택을 한 거네요."

"맞소, 엘리스. 난 복수를 선택했어!"

그는 억누르지 못한 반항심으로 가슴을 들썩이며 내뱉었다.

"그럼 난 앞으로 영영 당신 얼굴을 안 보는 쪽을 선택하겠어요."

그녀는 힘겹게 말을 내보냈다. 그녀는 눈물 때문에 보이지 않는 눈으로 그의 옆을 살짝 지나쳐 방에서 뛰쳐나갔다.

13

회색 안개가 서린 새벽 하늘은 고즈넉했다. 루시언은 외투 차림의 앨리스를 태운 마차가 레벨 코트를 떠날 준비를 하는 광경을 지켜보았다. 마차가 지나갈 때 상심으로 인해 파리하게 질린 그녀의 얼굴이 언뜻 보였지만 그녀는 아는 체도 않고 그가 그 자리에 없는 듯 차갑게 바라보며 지나갔다. 그녀의 쌀쌀맞은 눈길이 그의 심장을 칼날처럼 후벼팠다.

그는 긴 코트의 옷깃을 한층 더 세차게 여미며 그녀를 뒤따라 좇아가고픈 충동과 맞서 싸웠다. 눈을 가늘게 뜬 그는 신중한 태도로 한 곳에 강하게 정신을 집중하며 그 자리를 굳건히 지켰다.

이 일이 끝나면 앨리스를 되찾을 것이다.

맥리시가 누런 거세마를 타고 지나가며 경례했다. 루시언은 고개를 끄덕였다. 앨리스의 호위로는 가죽처럼 질기고 다부진 맥리시와 제일 신뢰가 가는 부하 두 명을 골랐다. 그들은 글렌우드 파크로 그녀를 따라가 클로드 바르두 사건이 가부간에 결말을 볼 때까지

머무를 터였다. 그는 이왕이면 그녀를 멀찌감치 떨어진 데다 든든
히 방비가 되어 있는 호크스클리프 홀로 보내고 싶었지만 그녀는
딱 잘라 거절했다. 그녀를 그렇게 심란하게 만들었으니 만큼 안 된
다는 대답을 하려니 죄의식도 있었다.

그는 한숨을 쉬며, 활기라고는 없는 햄프셔의 한촌 베이징스토크
정도라면 사건 발생 장소에서 워낙 멀리 떨어져 있으니 안전할 거
라고 생각했다. 특히 맥리시가 그녀와 동행하지 않던가.

다 끝나면 앨리스를 되찾을 거야, 그는 두 번째로 자신에게 다짐
했다. 물론 이 일이 끝날 때까지 살아 있다면. 그는 전날 험악한
싸움을 한 뒤 그녀를 달래주려 하지 않았다. 만약 그가 살아남지
못했을 경우에는 그녀에게 증오심을 심어주는 것이 최고였기 때문
이다. 그녀의 분노야말로 그의 죽음이라는 충격을 지탱해낼 버팀목
이 되어주리라.

그는 마차가 목조 다리를 건너 계곡을 나가 구릉을 오르는 모습
을 지켜보았다. 마차가 사라진 뒤에도 그는 추위가 볼을 따갑게 찌
르는 스산한 회색 여명 속에서 고개를 푹 떨구고 양손을 코트 주
머니에 찌른 채 그 자리에 꼼짝 않고 서 있었다. 고여 있던 분노로
인해 머리끝부터 발끝까지 몸이 떨려왔다. 생각에 잠겨 있던 그의
표정은 딱딱했다. 사냥을 나가 바르두를 잡아 죽여야 할 때가 왔다.

그는 준비가 끝났다. 피에 굶주린 채 그의 내면에 잠들어 있던
야수가 깨어난 것이다.

고향집의 창가에서 반짝이는 따스한 불빛을 보자 앨리스의 눈에
눈물이 고였다. 마차는 글렌우드 파크로 향하는 도로를 어둠 속에
서 죽 따라가고 있었다. 기나긴 여행길 동안 중간에 잠깐 선술집에
몇 번 들른 것 외에는 하루 종일 에이는 가슴을 부여안고 마차 창
밖만 멍하니 바라보며 지냈을 뿐이었다. 하지만 이제 마침내 집에
돌아온 것이다.

마차가 멈추기도 전에 현관문이 벌컥 열리더니 페그가 뛰쳐나왔고 그 뒤로 넬리와 미첼의 모습도 보였다. 앨리스가 마차에서 내리자 그들은 그녀를 끌어안고 인사하며 엄청나게 반가워했다.

"아아, 아가씨. 마침내 돌아오셨군요! 다시 건강해지셨다니 정말 하늘에 고마워해야겠어요. 얼마나 걱정했는데요. 자, 어디 얼굴 좀 보여주세요. 가엾은 아가씨."

페그는 앨리스의 어깨를 부여잡고 마차 불빛에 의지해 그녀의 얼굴을 가만히 들여다보았다.

"힘이 없어 보이시네요. 뭘 좀 안 넘기고 드실 수 있겠어요?"

"상한 연어만큼 고약한 건 또 없지요. 정말입죠!"

미첼이 얼굴을 찡그렸다.

캐로가 그렇게 둘러댔구나, 앨리스는 생각했다.

"아아, 앨리스 아가씨. 아가씨를 혼자 두고 떠난 저를 용서해 주실 수 있으세요? 전 레이디 글렌우드께 아가씨 옆에 남게 해 달라고 간청했지만 허락하지 않으셨거든요."

넬리가 걱정스러운 듯 말했다.

"거긴 정말 이상한 곳이었어요! 하지만 레이디께서는 말을 안 들으면 해고할 줄 알라고 하셨거든요."

앨리스는 페그가 넬리에게 날카로운 시선을 던지는 것을 알아챘지만 무슨 속사정이 있는지는 알 수가 없었다.

"물론 용서하지, 넬리. 이젠 아주 괜찮아졌어. 날 그렇게들 걱정해 줘서 고마워. 집에 돌아오니까 좋네."

그녀가 목이 메어서 미첼의 팔을 꼭 쥐어주자 페그와 넬리도 한꺼번에 그녀를 얼싸안았다.

"이리 들어오세요."

페그가 척척 지시를 내렸다.

"아직 병에서 완전히 나으신 것도 아니잖아요. 아가씨가 오한이 나지 않도록 해야 해요."

"레이디 말씀으로는 루시언 경의 파티에서 상한 생선이 나와서 몇 사람이 앓아 누웠다고 하시더라고요."

집으로 들어가던 중 넬리는 비밀이라도 털어놓듯 말했다.

"응. 그게, 끙끙 앓았어."

앨리스는 충실한 하녀와 자신이 사랑하는 늙은 유모에게까지 거짓말을 해야 하는 자기 자신이 가증스러웠지만 달리 선택의 여지가 없었다. 일주일 동안 루시퍼 경의 노리개감으로 지냈다고 말할 수는 없지 않은가.

"자아, 아가씨, 보세요."

페그가 그녀더러 들어가라고 문을 열어주었다.

"뭘요?"

불이 환한 현관으로 들어선 앨리스는 탐스러운 꽃다발 여섯 개가 그 안을 꽉 메운 광경을 보았다.

"어머나…… 너무 아름다워요!"

하루 종일 음울하고 칙칙했던 기분이 선명한 빛깔과 달콤한 향기를 접하자 훨씬 좋아졌다. 온실에서 키운 장미, 난초, 붓꽃, 카네이션 등이었다.

"다 어디에서 온 거예요?"

"아가씨를 숭배하는 젊은 신사분들이 보내셨어요."

페그는 문을 닫으며 윙크를 보냈다.

"정말 친절하군요."

앨리스는 이렇게 많은 사람들로부터 아낌과 사랑을 받고 있다는 풍부한 증서를 접하자 가슴이 미어졌다. 한편으로는 그런 그들에게 거짓말을 해야 한다는 사실이 끔찍했다. 아니 정확히 말하자면 캐로의 거짓말을 그들에게 들려주어야 하다니. 하지만 그녀의 평판을 지키면서 동시에 루시언이 뒤쫓고 있다는 프랑스인에게 둘 사이의 관계를 은폐하기 위해서는 그럴 수밖에 없었다. 아마 꾀병 얘기도 그렇게 거짓말은 아닐지도 모른다고 그녀는 생각했다. 루시언 나이트는 그녀의 피에 열병 같은 증세를 감염시킨 것이다.

"넬리, 차 좀 주겠어? 위층으로 가져다주면 좋겠는데."

앨리스는 말했다.

"내 방에서 마시든가 아니면 육아실에서 해리와 마셔도 돼."

"어머나, 이를 어째요."

넬리는 페그와 걱정스럽다는 시선을 교환하며 중얼거렸다.

앨리스의 심장이 덜컥했다.

"뭐지? 해리가 어떻게 됐어?"

"해리 도련님은 괜찮으세요, 아가씨."

페그는 안심시켜 주더니 다음 순간 입술을 꼭 다물었다.

"여기 계시지 않은 것뿐이지요."

앨리스는 충격을 받아 유모를 물끄러미 바라보았다.

"레이디 글렌우드께서 런던으로 데려가셨어요."

"해리가 어떻게 된 거예요? 런던의 의사에게 보여야 할 정도였나
요?"

"그런 게 아니에요."

페그는 초조할 때면 늘상 그렇듯 앞치마를 못살게 굴며 앨리스
를 달랬다.

"무슨 일이 있었던 거죠?"

"제 생각엔 레이디께서 시골생활이…… 그게…… 좀 무미건조
하셨나 봐요."

페그는 말을 신경 써서 골랐다.

"제가 말리고 말렸지만 결국은 해리 도련님의 병이 전염기를 넘
기자마자 데리고 가 버리셨어요."

"아아, 세상에."

앨리스는 이마를 짚으며 믿어지지 않는다는 듯 페그를 응시했다.

"정말로 언니가 한창 수두를 앓는 그 애를 네 시간 동안 흔들리
는 마차에 태워 런던으로 데려갔단 말이에요? 단지 자기가 따분하

다는 이유로?”

“바로 그런 것 같아요.”

“페그! 왜 같이 가지 않았어요?”

그녀는 화가 나서 따져 물었다.

“왜냐하면 레이디께 해고당했으니까요, 아가씨.”

앨리스는 질겁해서 숨 넘어가는 소리를 냈다.

“뭐라고요?”

페그는 고개를 끄덕였다. 가슴속에 입은 상처와 분개한 심정이 그녀의 차분한 고갯짓에 뚜렷이 나타나 있었다.

“하지만 어떻게? 왜요?”

“그게, 저와 레이디는 도련님을 돌보는 문제 때문에 몇 번이나 충돌했어요. 저는 진짜 최악의 사태는 겨우 피할 수 있었지요. 하지만……”

페그는 턱을 치켜들었다.

“그 여자는 얼간이에요.”

“해리 도련님이 계속 열이 나자 남작부인께서는 운다고 도련님의 볼기를 때리셨어요.”

넬리가 거들었다.

“더없이 끔찍한 말을 퍼부으셨죠, 앨리스 아가씨. 레이디께서는 해리 도련님을 아빠처럼 샌님으로 키우기 싫다고 하셨어요.”

앨리스의 입이 떡 벌어졌다.

“언니가 오라버니를 두고 그런 말을 했다고요?”

“정말이랍니다, 아가씨.”

페그가 딱 잘라 말했다.

“전 그 여자가 우리 불쌍한 필립 도련님을 헐뜯는 말을 듣고 도저히 입을 다물고 있을 수가 없었어요. 그래서 입에서 나오는 대로 그 여자와 해리 도련님 앞에서 다 말해 줬지요. 글렌우드 경은 용감한 사나이로 조국을 위해 목숨을 버린 영웅이라고요. 그리고, 저기, 그러고 나서는, 제가 남작부인을 어떻게 생각하는지 넌지시 비쳤답니다."

넬리는 페그의 말을 듣고 만족해서 끄덕였다.

"똑똑히 말해 준 거죠, 테이트 아줌마."

"엄청나게 해 댔답니다, 레이디와 저는요. 그때 해고당했어요. 그리고 다음날 아침 해리 도련님은 런던으로 끌려가셨지요."

이야기를 전부 다 이해할 수는 없었지만 앨리스는 유모에게로 다가가 확 끌어안았다.

"페그, 너무나 미안해요! 다 내 잘못이에요. 아아, 내가 집에 돌아와서 상황을 바로잡을 때까지 여기 있어줘서 고마워요. 집에 돌아왔는데 유모가 없었더라면 난 어찌해야 할 바를 몰랐을 거예요."

"제가 어떻게 떠나겠어요."

페그는 갑자기 눈물을 글썽였다.

"전 이제 노인네랍니다. 갈 데라고는 한 군데도……."

"쉬잇, 내가 세상에서 제일 좋아하는 우리 페그."

앨리스는 그녀의 주름진 볼에 입을 맞췄다.

"우리, 내일 아침 동이 트자마자 런던으로 가요. 레이디 글렌우드와 개인적으로 해결을 짓겠어요. 유모에게 심한 모욕을 준 것과 생각 없이 해리에게 잔인한 짓을 한 것을 따질래요."

런던으로 가면 위험하다는 루시언의 경고가 있긴 했지만 그의 명령 따위는 알 바 아니었다. 어차피 캐로말고는 어느 누구도 그녀가 루시언의 집에 있었다는 사실조차 알지 못했다.

그리고 앨리스는 이 정도의 위험은 기꺼이 무릅쓸 생각이었다. 페그를 복직시키는 것도 중요했지만 그녀의 육체에 깃든 모든 모성 본능이 해리에게 가라고 외쳐대고 있었다. 가엾은 것, 그녀는 절망 속에 생각했다. 수두에 걸렸으면서도 간호해 줄 유모나 고모도 곁에 없이 혼자서 런던에 있었으니 너무나 무서워하고 있을 터였다. 옆에 있는 사람이라고는 런던의 괴짜 의사들과 감정 따위 없이 차갑게 토닥여줄 뿐인 남작부인이 다일 것이다.

운다고 엉덩이를 때리다니! 앨리스는 진저리를 쳤다.

"그럼 차를 가져올게요."

페그는 양손을 앞치마에 닦았다.

"제가 할게요."

넬리가 명랑한 목소리로 끼어들었다.

"차는 됐어요. 우리 다들 브랜디나 한잔해요."

앨리스는 당당하게 말하고는 알콜 음료를 넣어두는 장식장 쪽으로 다가갔다. 맥리시와 경호원들에게 어떻게든 들키지 않고 빠져나가야겠다고 생각하며 그녀는 모두에게 술을 조금씩 따라주었다. 루시언의 부하들은 그녀를 글렌우드 파크에서 한발도 나가지 못하게 하라고 명령받았지만 그녀는 자기 집에 유폐될 생각은 전혀 없었다.

"여기 있어요."

"전 못 마셔요."

"이건 약술이라니까요."

"감사합니다, 앨리스 아가씨."

넬리는 수줍은 듯 말했다.

앨리스는 넬리의 기를 살려주는 듯한 눈길을 보내며 서로 잔을 부딪혔다. 하인이든 아니든 이들은 그녀에게 있어 유일한 가족이었다.

"루시인 경s의 하인들에게 저녁식사를 깆다줘아 해요. 그 사람들힌테 줄 에일 술이 좀 있니요?"

"에일말고 포도주라면 있어요."

"됐네요."

앨리스는 루시언과 똑같이 닮은 은밀한 미소를 살짝 머금으며 대답했다. 그녀는 아편제가 집안의 약 상자에 있다는 것을 훤히 알고 있었다.

사람 좋은 맥리시와 그 부하들은 뒤척이지도 않고 밤새 깊이 푹 잠들게 되리라.

"이런, 아가씨!"

다음날 해터슬리 씨는 탄성을 올리며 그녀와 페그를 런던 어퍼 브루크 거리에 있는 몬테규 가문의 우아한 저택 안으로 반갑게 맞아들였다. 일요일의 이른 오후였다. 친절한 얼굴의 집사는 말쑥하고 체구가 작은 사람으로 대머리에 활기찬 푸른 눈을 갖고 있었다.

"하느님 감사합니다. 완전히 나으셨군요. 다들 얼마나 걱정했는지 모른답니다."

"고마워요. 다시 보니 반갑네요."

앨리스는 다정한 어조로 말했다.

"테이트 부인."

집사는 페그에게 인사했다. 늙고 충실한 두 하인은 서로를 동정하듯 수많은 말이 담긴 시선을 주고받았다.

"어이없는 일이 일어났기에 전부 바로잡으러 온 거예요."

앨리스는 어조를 낮춰 설명했다.

"레이디께서는 계신가요?"

"그럼요, 아가씨. 주간용 거실에 계십니다."

"우리 꼬마 환자는요?"

그는 미소지었다.

"이런 소식을 전하게 되어서 마음이 놓이는군요. 해리 도련님의 반점도 사라지기 시작했답니다."

복도를 슬쩍 곁눈질한 앨리스의 눈에 작은 금발머리가 모퉁이에서 내다보는 모습이 잡혔다. 그녀의 눈이 빛났다.

"해리?"

그녀는 아이를 부르며 챙 넓은 모자를 벗었다.

아이는 손가락을 빨며 게걸음을 쳐서 복도로 나왔다. 놀랍게도 아이는 남녀를 불문하고 네 살까지 입게 마련인 헐렁하고 수수한 가운이 아니라 꼬마 신사의 복장을 완벽하게 하고 있었다. 어른용을 축소판으로 줄인 바지와 작은 조끼, 심지어 조금 풀까지 먹인 크러뱃까지 갖추고 있었다. 앨리스는 이렇게 귀여운 것을 살아 생전 본 적이 없었다. 하지만 그래도 아이는 이런 답답한 옷차림을 하기에는 너무 어렸다.

해리가 그녀에게 달려왔다. 앨리스는 곧장 무릎을 꿇고 아이를 품으로 끌어안았다. 그녀는 장미꽃잎 같은 아이의 뺨에서 점차 엷어지고 있는 붉은 반점들 사이에 다정하게 입맞춰 주었다.

"너무나 보고 싶었단다."

"우리 둘 다 아팠어."

아이의 말을 들은 앨리스는 자기가 해리에게까지 거짓말을 하고 있다는 사실을 깨닫고 속으로 움찔했다. 거짓말을 생활로 삼고 다니는 루시언이, 아무리 조국을 위해서라지만 대체 여태껏 어떻게 견뎠는지 알 수가 없었다.

해리는 강아지처럼 침을 잔뜩 묻히며 그녀의 뺨에 입맞추고 얼굴 몇몇 군데에 앉은 수두 딱지 자국을 자랑스러운 듯 보여주더니 페그에게로 달려가서 껴안았다.

"유모!"

해리가 길을 잃고 정원으로 들어와 사는 고양이에 대해 쫑알거리기 시작하자 페그는 앨리스와 의미심장한 시선을 주고받았다. 앨리스는 여느 때보다도 더욱 전의에 활활 불타 77덕였다. 그녀는 해리의 솜털 같은 머리카락을 어루만졌다.

"우리를 여기 있게 해 달라고 엄마한테 말씀 드릴 거란다."

캐로가 앨리스를, 그리고 앨리스가 사랑하는 사람들을 철저히 부당하게 취급한 마당에 냉정한 이성을 유지하기란 어려웠다. 하지만 어찌 되었든 간에 주요 목표는 페그의 복직이라고 앨리스는 자신에게 깨우쳤다. 그것이 전부였다. 페그만이 아니라 해리를 위해서도. 앨리스는 허를 찔러 우위를 선점하기 위해 노크 따위는 생략한 채 주간용 거실로 성큼성큼 들어갔다.

"안녕하세요, 레이디 글렌우드."

끝 부분이 소용돌이 모양으로 장식된 소파에 늘어지게 앉아 있던 캐로는 신문에서 고개를 들더니 잽싸게 얼굴에서 충격을 감추고 실눈을 뜨며 교활한 미소를 지었다.

"어머, 일정대로 딱 맞췄네! 일주일…… 우리 둘의 친구가 말했던 그대로잖아."

그녀는 신문을 옆으로 밀쳤다.

성질을 꾹꾹 눌러 참으며 앨리스는 문을 닫았다.

앨리스가 주위를 경계하며 살펴보니 캐로는 상당히 달라진 것 같았다. 남작부인은 인형처럼 돌돌 말린 머리 모양을 내팽개치고 대신 세련되고 우아한 시뇽 스타일로 빗어 올린 모습이었다. 접객용 드레스 역시 점잖고 조신한 분위기였다. 마침내 캐로도 자기 나이답게 행동하기 시작했군, 앨리스는 생각했지만 다음 순간 그 드레스가 의미하는 바를 깨달았다.

캐로는 제2기의 복상 중에 입는 검은 크레이프 드레스를 벗어버린 것이다. 관례대로라면 과부는 만 2년 동안 검은색 옷만을 입어야 했건만 필립이 죽은 지는 이제 겨우 1년이 조금 넘었을 따름이었다. 앨리스가 보기에는 그녀의 오라버니에게 가하는 최후의 모욕이었다. 캐로는 적정 기간 그를 애도하는 시늉조차도 할 수 없는 것이다.

"페그 테이트 문제 때문에 할 말이 있어요."

"표정이 아주 무섭네, 앨리스. 뭔가 잃어버린 것 같은데…… 흐으음."

캐로는 짐짓 놀란 양 갑자기 두 볼을 감쌌다.

"어머나, 설마! 앨리스의 순결은 아니겠지? 그 반짝이던 후광은 어디에다 두고 온 거야?"

앨리스는 차가운 눈으로 그녀를 응시했다.

캐로는 째지는 목소리로 깔깔 웃으며 우아한 태도로 일어났다.

"어디 한번 보자고, 아가씨. 우리 천사표 아가씨께선 더 이상 바른생활 아가씨가 아니시라 이거지, 안 그래? 눈을 보면 다 알 수 있어. 하지만 걱정 말라고. 입 꼭 다물 테니까. 우리 여자들과 루시언 나이트만이 아는 작은 비밀로 하지 뭐. 어땠어?"

"무엇 말이죠?"

그녀는 경고하듯 낮은 목소리로 물었다.

"그 짓 말이야."

캐로는 속삭였다.

앨리스는 후회할 말을 하지 않기 위해 혀를 깨물었다.

"어머, 어머, 이게 웬일이래? 이런…… 가엾은 바보 같으니."

캐로는 속삭였다.

"그 늑대를 사랑하게 된 건 절대 아니겠지?"

앨리스는 말을 할 수 없었다. 분노와 비참한 심정에 빠져 그녀를 빤히 쳐다보기만 했다.

"하지만 사랑한 거군. 안 그래? 그래, 당연히 그렇겠지. 그렇고말고. 아아, 앨리스. 가엾은 바보 같으니."

앨리스는 뭔가 화제를 바꿀 말을 찾아보았다. 이런 고문을 더 이상 일 초도 견딜 수 없었다. 그녀는 눈물이 왈칵 터지는 사태를 막기 위해 다른 이야깃거리를 마구잡이로 찾았다. 눈물을 보여서 올케에게 만족감을 주는 일은 절대 있을 수 없었다.

"해리를 때렸다면서요."

그녀는 이를 악물고 말했다.

"아아, 그 불독 같은 할망구가 일러바쳤군. 뭐 내 아들 걱정은 그만두지. 그 앤 내 아들이야, 앨리스. 이젠 그 애도 버릇을 잡아야 할 때야."

"좋은 버릇이란 게 뭔지도 모르는 언니가 해리의 버릇을 잡는다고요?"

그녀는 통렬한 어조로 말했다.

캐로는 테이블에 놓인 은 주전자에서 차를 한 잔 따르며 경고하듯 힐끔 고개를 돌려 쳐다보았다.

"그럼. 아마 조만간 해리의 새아버지가 되어줄 사람이 좀 도와줄 거야. 내 인생에 새 남자가 생겼어, 앨리스. 아아, 정말 근사한 남자지! 기골이 장대하고 금발에 프로이센 야만인이야. 마음이 내키면 아마 확 결혼해 버릴지도 몰라. 그럼 해리와 난 폰 다네커와 베를린으로 가서 살게 되겠지."

앨리스는 얼굴이 하얗게 질린 채 그녀를 빤히 쳐다보았다.

"진담이 아니겠죠. 해리를 이곳에서 데려갈 수는 없어요!"

"걱정 마셔. 앨리스도 좋다면 데려가 주지. 하지만 폰 다네커까지 루시언처럼 나한테서 빼앗으려고 한다면 꿈도 꾸지 마."

앨리스는 카펫으로 시선을 떨어뜨리고 마음의 평정을 되찾으려고 안간힘을 썼다. 그녀는 지금 당장은 캐로의 엉뚱한 계획보다는 이 만남을 갖게 된 중요한 이유 쪽으로 정신을 집중시키려고 갖은 힘을 다했다.

"페그 테이트를 다시 고용해야 해요. 어떻게 페그를 해고할 수가 있죠? 페그는 25년 동안 우리 집에서 일했어요. 해리가 페그를 유난히 따른다는 건 말할 나위도 없고요. 그렇게 간단히 페그를 쫓아낼 수는 없는 노릇……."

"아니, 할 수 있지, 앨리스. 그리고 내가 하고 싶어지면 앨리스에게도 똑같이 할 수 있어. 뭐 그동안 겪은 일이 있으니 분명 지금쯤은 앨리스도 자기 분수를 알았겠지. 앨리스도 이제 고상한 대좌에서 굴러 떨어진 것 아냐?"

다시금 분노가 치밀면서 울화를 억누르기 위해 앨리스의 콧구멍이 벌름거렸다. 그녀는 턱을 들었지만 날카로운 대꾸만은 참았다.

"앨리스가 없는 동안에 몇 가지 달라진 점이 있어. 앨리스도 이젠 거기에 익숙해져야지."

남작부인은 찻잔과 접시를 들고 돌아서서 냉담한 표정으로 앨리스와 마주섰다.

"내 생활과 집안일은 이제 내가 알아서 해. 이제부터는 내가 응당 받아야 할 공손한 대접을 받아야겠어. 앨리스와 해리 그리고 그 늙다리 마귀할멈은 아직까지도 내게 존경심을 품는 법을 배우지 못했지."

"존경이란 존경할 만한 사람한테나 바치는 법이죠."

앨리스는 화가 나서 대꾸했다.

"바로 그런 건방진 말대꾸를 앞으로는 들어주지 않겠다는 거야, 이 창녀 계집애야!"

캐로는 악의로 눈을 번득였다.

"어떻게 감히 그런 말을 하죠?"

"왜, 창녀 맞잖아. 안 그래? 난 알아. 네가 한 짓도 알고 있으니까 잘난 척은 집어치워. 안 그랬다간 내 집에서 쫓겨나 혼자 힘으로 살아야 할 테니까. 내겐 앨리스가 해리에게 접근하는 걸 거부할 권리도 있다는 사실을 잊지 마시지."

앨리스는 새삼 경악해서 그녀를 물끄러미 응시했다.

"그럴 수는 없어요."

"시험해 보지 그래."

앨리스는 황급히 눈을 깜박이며 더없이 끔찍한 위협의 말을 제대로 피악하려고 애썼다.

"내가 어떻게 하길 바라는 거죠?"

"그래, 그러니까 훨씬 낫네. 같이 지내야 하는 마당에 그러는 게 훨씬 편하잖아?"

앨리스는 증오심이 이글거리는 눈으로 그녀를 노려보았다.

캐로는 히죽 웃더니 차를 한 모금 마셨다.

"자, 그럼 우리가 맨 처음 해야 할 일은 앨리스가 독감에서 완전히 나았다는 걸 모든 사람들에게 보여주기 위해 사교계에 몇 번 얼굴을 들이미는 거야. 우리 같은 여자들에게는 사교계 출석을 게을리하지 않는 게 중요하니까 말이야."

앨리스는 그 말에 토를 달고 싶은 것을 참느라 자신과 사투를 벌이다시피 했다. 난 달라요, 그녀는 생각했다. 내가 루시언과 무슨 짓을 했다 한들 당신과는 달라요.

"사교계도 요즘은 한산하지. 하지만 금요일 밤에 아가일 룸스에서 무도회가 있어. 앨리스도 거기에 참석하는 거야."

"페그는 어떻게 할 거죠?"

캐로는 쌀쌀맞은 표정으로 거만하게 찻잔을 들여다보았다. 권력을 휘두를 수 있는 자신의 위치를 음미하는 것이 분명했다.

"레벨 코트에서 있었던 모든 일에 대해 영원히 입을 다물겠다고 맹세해. 그럼 그 할멈에게 두 번째 기회를 주겠어."

"앞으로 남들 앞에서 루시언 나이트와 아는 사이라고 인정할 생각은 없어요."

앨리스는 마비된 듯한 말투로 대답했다.

"그곳을 떠나기 전에 우린 한번도 만난 적이 없는 것처럼 서로를 완전히 남남으로 대하자고 합의했어요."

그 말을 하자마자 가슴에서 발작적인 고통이 터져 나와 전신으로 퍼졌지만 그녀는 담담한 시선으로 무표정을 유지했다.

"좋아."

캐로는 대꾸했다.

"그럼 우리끼리만 아는 비밀로 하는 거야. 난 약속을 충실히 지킨다는 의미에서 테이트 부인을 이 집에 있도록 하겠어. 하지만 그 귀찮은 할멈이 내 눈에 띄지 않도록 앨리스가 책임지고 감독해. 그리고 사과를 받아야겠다는 내 말을 가서 전해."

페그는 레이디 글렌우드에게 머리를 조아려야 한다는 것을 알면 펄펄 뛰겠지만 해리를 위해서라면 그렇게 해 줄 것이다. 앨리스는 알고 있었다.

"좋아요."

바로 그때 초인종이 울렸다.

"어머, 폰 다네커일 거야. 하이드 파크로 드라이브를 갈 거거든."

캐로는 찻잔과 접시를 내려놓은 다음 벽난로 선반 위에 달린 거울로 잽싸게 달려가 처녀다운 홍조가 돌도록 뺨을 꼬집어대더니 수선을 떨며 복도로 나갔다. 그동안 해터슬리 씨가 현관문을 열고 있었다.

앨리스는 해리의 새아버지가 될지도 모른다고 캐로가 떠들어댄 그 남자에게 호기심도 있었으므로 경계하듯 머뭇거리며 따라갔다.

폰 다네커는 기골이 장대하고 남들을 압도할 만한 장신의 남자로 심지어 루시언보다도 키가 더 컸으며 몸집은 탄탄했고 어깨는 화강암 절벽과도 같았다.

점잖은 멋을 강조하기 위해 검은색 옷차림을 하고 있었지만 앨리스가 보기에 이 거칠고 풍상에 찌든 듯 사나워 보이는 남자에게는 쇠사슬 갑옷이 훨씬 더 어울릴 것만 같았다. 과다한 근육질의 몸매가 풀을 먹인 검소한 흰색 크러뱃과 재봉선이 수수한 연미복 속에 갇혀 이리저리 몸부림치는 것만 같았다.

"카를!"

그에게 비하면 캐로는 완전 난쟁이였다. 캐로는 날 듯이 달려가 까치발을 하더니 대륙식으로 그의 양볼에 입을 맞췄다. 그는 널찍한 이마에 턱 가운데가 옴폭 들어갔으며 넓적하고 네모진 얼굴을 하고 있었다. 밑짚처럼 누런 머리카락을 두상에 딱 붙여 뒤로 넘겼으며 오른쪽 눈에는 외알 안경을 쓰고 있었다.

거실 문간에 서 있는 앨리스의 존재를 그가 알아챈 순간, 그의 안경이 갑자기 아래로 떨어져 가슴께에 연결된 리본 끝에서 대롱거렸다. 서로의 시선이 마주쳤을 때 그의 연푸른 눈을 본 앨리스는 왠지 위축되어 문간에 더욱 딱 붙어 서서 살짝 진저리를 쳤다. 그의 입매는 얇고 잔인해 보였으며 눈 밑은 쑥 들어가 있었다. 피부가 개기름으로 약간 번들거렸다.

"아아, 카를. 이쪽은 내 시누이 몬테규 양이에요. 앨리스, 이쪽은 카를 폰 다네커 남작님이셔."

앨리스는 남자에게 고개를 까딱했다. 그는 그녀에게 허리를 깊이 숙여 인사했다. 다음 순간 그가 고개를 들어 계단 쪽을 바라보았을 때 그곳에는 난간을 하나하나 짚으며 이쪽으로 내려오는 해리의 모습이 보였다.

"고모! 정원에 나가서 새끼고양이 보자!"

소년이 외쳤다.

"아아, 해리!"

캐로가 불렀다.

"이리 와서 폰 다네커 경에게 인사 드리고 이 엄마에게도 작별 키스를 해 주렴."

캐로는 상체를 숙이고 아이 쪽으로 두 팔을 뻗었다. 자기가 얼마나 훌륭한 엄마인지 애인에게 과시하는 호화로운 쇼였다.

신바람이 나서 떠들던 해리의 입이 딱 다물렸다. 아이가 우울한 얼굴로 앨리스를 올려다보자 그녀는 보일락말락하게 끄덕였다. 아무리 자기 어머니가 성질 사납고 음탕한 여자라 해도 자기 어머니를 존경하지 않는 아이는 제대로 자라날 수 없는 법이었다. 아이는 한숨을 쉬더니 얌전히 엄마에게로 갔다.

"착한 애지."

캐로는 아이의 머리를 애정이 철철 넘치는 척 쓰다듬었다.

"이제 남작님께 인사드리렴."

해리는 폰 다네커의 무릎 근처에도 가지 못하는 키로 그에게 다가서서 손을 허리께로 갖다대고 꼬마 신사답게 꾸벅 절한 다음 튈 듯이 앨리스에게로 돌아왔다. 그녀는 아이를 덥석 안아 올렸다. 해리를 폰 다네커의 몰인정해 보이는 눈길로부터 지켜야 한다는 묘한 보호 본능이 가득 차올랐다.

겨우 엿새 뒤면 가이 포크스 데이였고 클로드 바르두는 시계처럼 정확하게 준비를 해 나가고 있었다. 대포를 조작할 사람들도 그를 영국으로 잠입시켜 준 그 고깃배의 도움을 빌어 런던에 도착했다.

이 도시는 불바다에 휩싸일 거야, 바르두는 잔인한 미소와 함께 이렇게 생각하며 레이디 글렌우드와 밖으로 나왔다. 하지만 아이를 안아 올리며 자신을 도전적인 눈길로 마주보던 그 시누이라는 여자가 영 마음에 들지 않았다.

바르두는 자신이 뒤집어쓴 프로이센 귀족의 가면을 그 아가씨가 무슨 수로든지 꿰뚫어 볼 수 있을 것 같은 기묘한 느낌을 털어버리며 돌아섰다. 그는 푸른 눈으로 차갑게 바라보는 그 아가씨의 눈길에서 어서 벗어나고 싶어서 레이디 글렌우드를 데리고 스태퍼드에게서 빌려온 마차가 기다리는 바깥으로 나갔다.

마차에 타자마자 캐로는 그의 목을 끌어안더니 키스를 퍼부어 한결 관능적인 인사를 해 댔다. 바르두는 원래부터 키스를 좋아하지 않았지만 그녀가 그에게 상당히 쓸모가 있다는 이유 때문에 웬만큼 장단을 맞춰주었다. 사실 그녀는 가이 포크스 데이에 그가 나이트를 런던에서 끌어내는 데 미끼 역할이 될 터였다.

"달링, 내가 당신한테 넋이 나갔다는 건 알지?"

그는 중얼거렸다. 프랑스에서 나고 자란 그였으니 만큼 프로이센 억양을 그럴듯하게 섞어 영어를 구사하기란 식은죽 먹기였다.

"아아, 카를."

그녀는 목구멍을 골골 울리며 그의 온 몸을 더듬었다.

"나도 마찬가지예요. 당신과 있으면 활력이 넘쳐요!"

"당신도 내 감정이 진지하다는 건 알지, 캐롤라이나. 하지만 우리가 앞으로도 함께하려면."

그는 엄격한 어조로 말을 이었다.

"내가 가는 곳마다 들려오는 짜증나는 소문의 실체를 알아둬야겠어. 난 웃음거리가 될 생각이 없거든. 당신과 그 잘난 나이트 형제

사이에 무슨 일이 있었는지 진실을 알아둬야겠어."

그녀는 속눈썹을 내리깔았다.

"당신은 대미언 나이트와 결혼 직전까지 갔었지, 안 그런가?"

"나한테는 그저 일시적인 장난이었어요, 카를."

"그래서 쌍둥이 동생이 당신을 이용하는데도 그냥 휩쓸린 건가?"

"루시언 나이트는 날 이용한 게 아니에요!"

그녀는 분개한 나머지 눈을 이글이글 번득이며 쏘아붙였다

"알려주자면 그 사람은 날 갖고 싶어서 혈안이 된 나머지 쌍둥이 형을 배신한 거예요. 하지만 솔직히 말해 난 금방 그 사람한테 싫증이 나버렸죠. 그래서 그 사람 꽤 상처받았어요. 사실 아직도 나한테 엄청나게 화가 나 있지만 내가 무슨 말을 하겠어요? 이젠 관심이 없는 걸요."

"그럼 그 남자가 아직도 당신을 사랑한다 이거지?"

그는 그녀가 왠지 거짓말을 하고 있는 듯한 막연한 느낌 때문에 짜증이 났다.

"당신 문제 때문에 그 사람과 충돌이 있지 않을까 싶어 물어보는 것뿐이야."

그녀는 미소지으며 다시 그를 끌어안았다.

"아아, 카를. 얼마나 마음 씀씀이가 상냥한지! 내 예전 애인이 질투해서 다시 돌아오면 정말로 날 지켜 줄 거죠?"

그때야 그는 그녀의 들큰한 미소 뒤에 어떤 거짓말이 숨어 있는지 눈치 빠르게 포착할 수 있었다. 그럼 그렇지. 그녀는 아직도 루시언 나이트를 몰래 만나고 있는 것이다. 아마 바르두가 곁에 없는 날 밤이면 아직도 나이트와 잠자리를 같이 하는지도 모른다.

이 암캐는 두 남자를 갖고 논다고 착각해서 자기가 똑똑한 줄 알겠지. 바르두가 정말로 폰 다네커였다면 격분했겠으나 그는 가면 틈새로 미소지었다. 그녀가 아직도 그의 적과 잠자리를 같이 한다는 이론이 도출되자 기뻤다. 그의 계획이 완벽하게 진행될 것이라

는 의미였다.

"으음."

그녀는 신음하며 그에게 몸을 딱 붙이고 다시 키스했다. 그녀가 그의 바지춤으로 손을 스윽 집어넣자 그의 몸이 단단해졌지만 그때 문득 소피아 생각이 뇌리를 스쳐 지나갔다. 소피아는 아직도 돌아오지 않았으므로 그는 불같은 러시아인 애인이 도망친 게 아닌가 슬슬 의심이 드는 중이었다.

어디 감히 그런 짓을 하겠어, 그는 금세 자신을 안심시켰다. 그녀는 루시언 나이트의 시골 저택으로 향하는 롤로 그린을 뒤쫓던 와중에 그에게 소식을 전했었다. 도망치려는 여자가 그런 짓을 할 리가 없었다. 소피아 같은 여자는 둘도 없었다. 그녀는 여태까지 그라는 사람을, 그의 음험한 욕구를 이해해 준 유일한 사람이었다. 다음 순간 그는 끔찍한 상상들을 비웃으며 떨쳐냈다.

원래부터 소피아는 자기 앞가림에 뛰어난 여자였다. 그는 그녀가 그 역겨운 미국놈을 제대로 처치했으리란 사실을 의심하지 않았다. 소피아는 먹이를 놓치는 법이 없었다.

거기까지 생각한 그는 소피아에 대한 상념을 접은 채 풀트니 호텔로 돌아가 적의 여자를 창녀처럼 안았다. 그는 복수심에 불타 자신의 몸을 세차게 밀어 넣으며 그 사이사이에 루시언 나이트보다 자신이 훨씬 더 뛰어난 잠자리 상대라는 것을 그녀에게 억지로 인정시켰다. 그녀가 김히 어찌 다른 말을 할 수 있었겠냐만 그래도 그는 흐뭇했다.

14

어둠침침한 위층 발코니의 어둠 속에 파묻힌 루시언은 맹수가 먹이를 노리듯 끈질긴 인내심을 가지고 휘황찬란한 무도회장을 내려다보며 곰곰이 인파를 살폈다.

벌써 나흘이 지나갔다는 사실이 믿어지지가 않았다. 끊임없이 수색을 되풀이하고 바르두의 음모를 제압하기 위해 미친 듯이 머리를 굴린 지가 나흘이 지난 것이다. 벌써 금요일 밤이었다. 내일이 가이 포크스 데이인데 그는 아직까지 적의 은신처나 털끝만큼의 단서도 발견하지 못한 상태였다.

지난 삼사 일 동안 루시언은 클로드 바르두를 찾아내기 위해 보 스트리트와 일손이 부족한 런던의 경찰력까지 동원했다. 그는 그 프랑스 거인의 인상착의를 말로 설명하는 한편 그림까지 그려주었지만 여태까지 바르두를 보았다는 사람은 아무도 없었다.

그는 근위 기병 여단에까지 상황을 알려 웨스트민스터 홀과 모든 주요 건물, 런던 전역의 왕족 거주지를 탐색하도록 하고 의회의

낡은 다락방까지 뒤져 폭탄을 찾아보았지만 무엇 하나 발견되지 않았다. 보 스트리트 경찰과 치안 관계 공무원들이 거리를 뒤지고 강가의 창고를 하나하나 샅샅이 훑기 시작하는 동안 루시언은 사교계에서 바르두를 찾아 나섰다.

바르두는 신사가 아니었지만 워낙 오만한 자이니 만큼 아마도 제대로 옷만 차려입으면 사교계 사람들을 당분간은 속여넘길 수 있다고 생각할 게 뻔했다. 속이 뒤집히는 일이었다. 루시언은 그 자가 여기에, 아주 가까운 곳에 있다는 것을 느낄 수 있었다. 단지 시야에 들어오지 않을 뿐이었다.

바로 그때, 아래쪽의 무도회장에 흥분한 기색이 잔물결처럼 퍼져 나갔다. 루시언은 모두가 호기심에 차서 입구 쪽으로 고개를 돌리는 것을 보았고 다음 순간 그의 입이 딱 벌어졌다. 하얀 드레스 차림의 단아한 미녀가 고개를 꼿꼿이 들고 들어오고 있었다. 진주를 꿰어 만든 장식이 딸기색 금발에 멋지게 드리워져 있었다.

앨리스!

그는 완전히 아연실색해 그 자리에 못 박힌 채로 바라보기만 할 뿐이었다.

대체 앨리스가 여기에는 어떻게? 자신의 눈을 믿을 수가 없었다. 환희와 공포가 각기 밀려들어 그의 몸에서 세차게 충돌했다. 하느님 맙소사! 얼마나 그녀를 그리워했던가. 그런데 대체 그녀가 어째서 런던에 있는 것일까?

캐로가 앨리스를 따라서 가만가만 무도회장으로 들어왔다. 남작 부인은 딱 붙는 검은 벨벳 드레스 차림이었지만 좌중을 압도한 것은 앨리스의 침착하고 날씬하고 냉담한 모습이었다.

가벼운 흰색 실크 이브닝 드레스 너머로 그녀의 살결이 관능적으로 어른어른 비쳤다. 그녀의 모습은 좌대에서 지금 막 내려와 새 생명을 얻은 초연한 대리석 여신상 그 자체였다.

지난주 그의 서재로 용감하게 들어와 단의 시 한 편에 쉽게 간

명을 받던 진지하고 수줍음 많은 아가씨와는 완전히 다른 존재로
보였다.

그 즉시 남자들이 그녀와 캐로의 주위에 몰려들었다. 젊은 애송
이들이며 말쑥한 신사들, 제복 차림의 군인들이 그녀의 주의를 끌
기 위해 너도나도 친절을 베풀며 시끌벅적 떠들었다. 그 광경을 보
는 루시언의 눈이 격분한 나머지 활활 타올랐다.

"마커스!"

그는 돌아서서 포효하듯 부하를 불렀다.

발코니로 올라오는 계단의 출입구에 기대 서 있던 젊은이가 그
에게로 성큼성큼 다가왔다. 루시언은 너무나 화가 치밀어 말도 나
오지 않았으므로 입을 꼭 다문 채 그저 앨리스 쪽을 가리키며 잡
아먹을 듯한 눈으로 부하를 바라보았다.

"이런 염병할."

마크가 나직이 중얼거렸다.

"앨리스를 여기에서 내보내게."

"마음 푹 놓으세요."

앨리스는 무도회에 온 것을 후회하고 있었다. 차라리 집에서 난
롯불 앞에 앉아 해리에게 동화책을 읽어주는 편이 나았겠지만 그
래도 자신에게 아무 이상도 없다는 것을 사교계에 과시하는 것도
꼭 필요했다. 별다른 일, 즉 스캔들 감이나 사람들이 엄청나게 좋
아할 일 따위가 그녀에게 전혀 일어나지 않았다는 것을 보여주어
야만 했다.

무도회장에 들어가자마자 오래 전부터 구혼하던 세 남자, 즉 로
저, 프레디, 탐이 그녀에게로 득달같이 달려와 둘러싸고는 인사를
건네며 한꺼번에 말을 걸었다.

"이 젊고 발랄한 아가씨가 누구신가?"

탐이 마음에서 우러나오는 함박웃음을 지으며 큰 소리로 외쳤다.

"앨리스, 더할 나위 없이 건강해졌는데. 매혹적이야."

로저는 평소처럼 예의바르고 똑 소리 나는 태도로 그녀의 손에 키스했다.

프레디만이 외알 안경으로 그녀를 머리부터 발끝까지 말똥말똥 쳐다보고 있었다.

"흐으음."

그는 중얼거리더니 다음 순간 감상을 피력했다.

"그래, 꽤 봐줄 만하군."

앨리스는 쓴웃음을 지어 보였다.

"다들 꽃을 보내줘서 고마워."

"누구 꽃이 제일 마음에 들었지?"

탐이 아이처럼 끈질기게 물었다.

그녀는 까르르 웃었다.

"그건 말할 수 없을 것 같은데."

"이리 와서 앉아, 앨리스. 기력을 낭비하면 안 돼."

로저는 여느 때처럼 사무적인 태도로 분위기를 휘어잡으며 명령했다. 그는 그녀의 팔꿈치를 살짝 잡더니 무도회장 안으로 데리고 들어갔으며 그동안 프레디는 항시 지니고 다니는 우아한 지팡이로 사람들을 슬슬 밀어대며 그들의 진로를 확보했다.

벽 쪽의 앉을 자리에 닿자 탐은 한껏 멋을 부리며 열성적으로 의자를 빼 주었다.

"옥좌올습니다, 공주마마!"

"정말이지 셋 다 이게 뭐야."

앨리스는 쓴웃음을 지으며 꾸짖었다. 캐로는 몇 미터 떨어진 곳에 앉아 남자친구들과 쾌활하게 대화를 나누고 있었다. 앨리스는 캐로의 혐오스러운 남동생 웨이머스가 근처에서 얼쩡거리는 모습을 보았다. 분명 남작부인에게 돈을 또 꾸어달라고 조르러 온 것이리라. 그는 술과 마약 때문에 평소처럼 흐트러지고 멍한 모습이었다.

"탐, 이 친구야. 우리들의 아가씨에게 펀치 한잔 갖다 드리는 게 어때?"

"맞아!"

탐은 신의 계시라도 받은 듯이 대답했다. 그가 소란을 피우며 인파를 뚫고 펀치 테이블 쪽으로 가 버리자 프레디와 로저는 그녀의 양옆에 앉았다.

그들은 나른하니 잡담을 나누었다. 로저가 최근 드루리 레인의 관객들을 열광시키고 있는 신예 스타 에드먼드 킨의 셰익스피어 연기에 대해 이야기하자 프레디는 가장 최근에 애슬리 왕립 원형극장에서 있었던 승마 쇼에 관한 얘기를 꺼내 로저를 기죽이려 했다.

그러나 앨리스의 마음은 다른 곳에 가 있었다. 이제 처녀가 아닌 만큼 앞으로 어떻게 해야 할 것인가? 미래의 남편에게 무슨 수로 사정을 설명할 것인가? 아니면 그가 눈치 채지 못하도록 속여야 할까?

탐과 결혼한다면 쉽게 넘길 수 있을 테지만, 그는 너무나도 귀엽고 맹한 남자였다. 그녀는 그를 진실로 사랑할 수 없었고 그런데도 그와 결혼을 한다는 것은 친구에게 못할 짓이었다.

세상일에 밝은 프레디야말로 가장 속여넘기기 어려울지도 모르지만 어쩌면 그녀의 타락한 상태를 가장 초연하게 받아들여줄 남자일 수도 있었다.

소문에 듣기로 프레디는 멋쟁이 남자친구들과 부자연스러울 정도로, 흔치 않게 진한 우정을 나누고 있다고 했다.

최선의 선택이라면 아마 로저일지도 몰랐다. 분명 그는 숫총각일 테고 워낙 그녀에게 눈이 멀 만큼 홀딱 빠져 있어 그녀가 순결을 잃었는지 어떤지도 눈치채지 못하리라. 그는 그녀를 더없이 높은 대좌 위의 존재로 보고 있었다. 왜냐하면 그녀가 전부터 그렇게도 완벽한 천사표 숙녀였기 때문에. 그녀는 냉소적으로 생각했다.

탐이 펀치를 담아 돌아오자 프레디는 거만하게 선웃음을 쳐대는 친구들 중 한 명에게 인사를 건네러 자리를 떴다. 로저가 상체를 숙이더니 그녀의 귓전에 대고 속삭였다.

"앨리스한테 꼭 할 말이 있어, 단둘이서."

그녀는 무슨 일일지 궁금해하며 끄덕였지만 그때 자기 이름을 끈질기게 부르는 목소리가 들려왔다.

"몬테규 양!"

그녀는 고개를 들었다. 다음 순간 마크와 루시언의 짓궂은 부하들이 한 떼로 우르르 다가오는 것을 보고 그녀의 눈이 동그래졌다.

"몬테규 양! 드릴 말씀이 있습니다. 괜찮으실까요?"

"안녕하십니까?"

탤버트가 말했다.

"눈이 부실 정도로 아름다우시군요."

"이봐, 잠깐!"

로저는 루시언의 부하들이 수작을 걸며 모여들어 구혼자들을 몰아내자 콧김을 내뿜었다.

"우리들이 아는 친구분께서는 아가씨를 이곳에서 보시고 몹시 불쾌하게 여기고 계십니다."

마크가 나지막이 말했다.

"그이가 여기 왔나요?"

그녀는 갑자기 동작을 딱 멈추고 숨가쁜 목소리로 물었다.

"어디 있죠?"

"시켜보고 계십니다."

카일이 장난스럽게 윙크를 했다.

"아르고스는 천 개의 눈을 가졌으니까요."

"그이의 상처는 어때요?"

그녀는 구혼자들에게 들리지 않게 낮은 목소리를 유지하며 잽싸게 물었다.

"격정은 되십니끼?"

마크가 조소했다.

그녀는 그를 노려보았다. 볼에 뜨거운 홍조가 와락 밀려드는 것을 느꼈다.

"아뇨. 그 작자 어디 있죠? 다가와서 직접 말을 걸지도 않겠다는 건가요?"

"그 이유는 아가씨께서 너무나 잘 아실 텐데요."

앨리스는 샐쭉한 표정으로 그를 쳐다보았다. 마크는 위쪽의 베란다 복도 쪽으로 시선을 들었다. 그녀는 그의 눈길이 향하는 곳으로 조심스럽게 눈을 들었지만 어두운 그늘 속에서 뭔가가 얼핏 움직이는 기척만이 보일 뿐 아무도 없었다. 루시언은 어둠 속으로 고양이처럼 모습을 감춰버린 것이다.

마크는 침착한 눈길로 그녀를 쳐다보았다.

"아가씨께 전하라고 하신 말씀이 있습니다. 즉시 런던을 떠나서 글렌우드 파크로 돌아가라고 하셨습니다. 아가씨가 이곳에 계시는 것은 너무나 위험합니다. 분명 알고 계실 텐데요."

"나 대신 그 사람한테 전해 줄 수 있겠죠? 그이는 내 남편이 아니에요. 나한테 어떤 권리도 없어요. 난 내가 좋을 대로 할 겁니다."

"아직 기백이 쌩쌩하시군요!"

오셰어가 씩 웃었다.

"이것 봐요, 신사분들. 이만하면 충분하지 않소."

로저가 당당하게 말하면서 카일과 탤버트 사이로 끼어들었다.

"앨리스, 같이 가자."

"실례지만."

마크가 발끈해서 로저에게 말을 걸려 하자 순간 프레디가 지팡이를 들어 마크의 가슴 한복판을 정통으로 짚었다.

"떨어져 있어!"

그는 엄청나게 냉정을 차리며 마크를 한 발짝 뒤로 밀었다.

"당신은 이 젊은 숙녀분에게 제대로 자기 소개도 하지 않았잖소. 그러니 이 아가씨에게 말을 걸 권리는 없을 텐데."

"프레디!"

앨리스는 일촉즉발의 분위기를 누그러뜨리기 위해 심호흡을 했지만 갑자기 마크가 나지막이 욕지거리를 뇌까렸다. 위압적인 몸집이 다가오자 청년들은 흩어져 뒤로 물러났다. 그들이 앨리스의 앞쪽을 터서 길을 만들자 그녀는 얼굴이 하얗게 되면서도 고개를 꼿꼿이 젖혔다. 루시언의 일란성 쌍둥이 형이 차갑고도 당당한 시선으로 그녀를 그 자리에 못 박고 있었다.

국민 영웅인 귀족 대미언 나이트 대령이었다.

빳빳한 주홍색 제복과 금색 견장, 흰 장갑, 번쩍이는 예복용 칼을 보면 대미언이라는 것을 모를래야 모를 수가 없었다. 루시언과 키까지 똑같은 그는 다른 사람들과 같이 섰을 때 머리는 물론이고 어깨 아래까지 사람들을 내려다보아야 할 정도였다.

앨리스는 둘의 유사점에 놀라 경탄하는 눈으로 그를 응시했다. 대미언이 정적을 깨고서 깃털 달린 샤코 모자*를 겨드랑이 밑에 끼고 다가오기 시작하자 비로소 그녀는 그들의 움직임이 너무나 다르다는 것을 깨달았다.

루시언은 유연한 걸음걸이로 어슬렁어슬렁 움직였지만 대미언은 절제되고 경직된 군대식 걸음걸이로 전진했다.

대미언은 그녀의 앞에 멈춰 서서 목청을 가다듬었다. 그의 뒤에서 제복을 입은 한 남자가 서둘러 다가오고 있었다 어깨가 워낙 넓은 대령이 차려 자세로 서 있었으므로 뒤편의 남자가 누구인지는 알 수 없었다. 깜짝 놀랄 정도로 새빨간 머리칼과 멋 부려 기른 코밑 수염이 어디선가 본 것 같았다. 다음 순간 앨리스는 그 장교의 한쪽 팔이 없는 것을 보고 문득 깨달았다. 오라버니의 옛 친구인

---

* 앞에 장식이 달린 원통형 군모

제이슨 셔브루크 소령이었다.

"어머나, 셔브루크 소령님!"

그녀는 놀라서 외쳤다.

"몬테규 양. 오랜만이군요."

그는 다정한 어조로 말했지만 뭔가 조금 쑥스러워 하는 표정이었다.

"글렌우드의 여동생이 이렇게 자랐다니 충격이로군요."

그녀는 미소지었지만 대미언은 셔브루크를 초조한 눈초리로 노려보고 있었다.

청년들 모두가 온갖 종류의 다양한 불안감을 안고 지켜보는 가운데 셔브루크 소령이 고갯짓을 했다.

"에헴, 몬테규 양, 대미언 나이트 대령님을 소개하지요. 대령님, 글렌우드 남작의 따님인 앨리스 몬테규 양입니다."

"처음 뵙겠습니다."

그녀는 그에게 살짝 고개 숙여 기어들어가는 목소리로 인사했다.

얼마 떨어지지 않은 곳에 있던 캐로가 갑자기 이쪽으로 주의를 기울이며 똑바로 앉았다. 그녀는 앨리스를 찔러 죽일 듯이 쳐다보았다.

대미언 경이 그녀에게 허리를 꾸벅 숙였다.

"몬테규 양, 함께 춤을 추시겠습니까?"

앨리스는 다시 한 번 미심쩍다는 듯 대령을 흘끔거렸다. 루시언은 레벨 코트에서 함께 지냈던 일을 어느 누구에게도 입도 뻥긋하지 않아야 한다고 거듭 강조했었지만 쌍둥이 형에게는 말을 흘린 게 분명했다. 그렇지 않고서야 대미언이 어떻게 알고 그녀에게 다가왔을까?

앨리스는 대령이 춤을 신청한 유일한 동기가 캐로를 루시언에게 빼앗긴 데 대한 보복을 하고 싶어서라는 것을 믿어 의심치 않았다.

그녀는 머뭇거렸다. 촉망과 존경을 받는 쌍둥이 형이야말로 루시언의 약점이라는 것을 알기 때문이었다. 만약 루시언이 정말로 저 위에서 지켜보고 있다면 격분하리라.

"좋은 생각일지 모르겠네요."

앨리스는 낮은 목소리로 말했다. 이렇게 위협적인 사람의 뜻을 거슬러야 하다니 끔찍이도 싫었다.

"물론 아주 좋은 생각입니다, 몬테규 양."

그는 퉁명스럽게 대답했다.

"아가씨와 얘기를 할 겁니다."

요청이 아니라 명령이었다. 그는 그녀에게 손을 내밀었고 강철 같은 회색 눈에는 강제적인 지배력이 넘쳐났다.

이거 원, 나이트 집안엔 고압적인 남자가 한 명 더 있었군! 그녀는 분개한 나머지 콧구멍을 벌름거리며 생각했다. 하지만 다시 생각해 보면 그녀 대신 적을 택한 것은 루시언이니 만큼 어느 정도의 벌은 받아도 지당했다. 어디 실컷 이 좀 갈아보라지, 그녀는 어렇게 생각하며 결정을 내렸다.

그녀는 돌처럼 무표정한 영웅에게 찬란한 미소를 보내며 장갑 낀 손을 살며시 그의 손에 얹고는 댄스 플로어로 함께 나갔다.

그녀가 나가자 아슬아슬해 보이던 일촉즉발의 분위기는 일시에 김이 새고 말았다. 그녀의 세 구혼자와 루시언의 다섯 악동들, 심지어 캐로까지도 풀이 팍 죽어 침묵을 지켰고 앨리스와 대미언은 미뉴에트를 추는 대열에 끼어들었다.

"전혀 예상치 못한 초대였어요."

앨리스가 한마디 했다.

"나도 조금은 놀랐습니다."

그는 대답했다.

"난 원래 춤을 아주 싫어하거든요. 하지만 당신과 이야기를 해야만 했습니다."

"네?"

그녀는 자신에게 쏟아지는 여러 사람들의 눈을 의식하지 않을 수 없었다. 대미언 경의 관심을 끌고 싶어하던 여자들은 질투하는 눈으로 보고 있었으며 모욕을 당한 앨리스의 구혼자들 역시 마찬가지였다. 하지만 앨리스는 루시언이 보고 있을지 그것만이 궁금할 따름이었다. 대미언은 루시언과 완전히 판박이였으므로, 그리고 그녀는 그 악마가 너무나도 그리웠으므로 대미언의 모습을 슬쩍 보는 것만으로도 고통스러웠다.

미뉴에트를 추다 보면 파트너와 다시 한 번 만나게 되어 있었다. 앨리스는 대미언의 팔에 손을 올려놓고 불신하는 눈으로 경계하듯 슬쩍 쳐다보았다. 두 사람은 우아한 동작으로 춤을 계속했다.

그는 친근한 대화를 나누려고 머뭇머뭇 시도했다.

"레이디 글렌우드에게서 듣기로는 꼬마 해리가 아가씨를 굉장히 따른다고 하더군요."

앨리스는 자기도 모르게 미소를 보냈다.

"그 애와 한집에 사니까요."

"아이들을 좋아하시는군요. 그렇지요?"

"아이라면 거진 다 좋아해요."

그녀는 그와 함께 빙글 돌았다. 그는 루시언을 고스란히 생각나게 하는 눈으로 뭔가 사색에 잠긴 듯한 시선을 보냈다. 그 악당 생각이 나자 그녀의 가슴이 미어졌다.

"해리는 요즘 어떻게 지내지요?"

"수두에 걸렸지만 거의 나았어요."

"병에 걸렸다니 안됐군요."

"우리 모두 언젠가는 겪어야 할 병이겠죠."

"몬테규 양, 아가씨 댁으로 찾아가도 좋다고 꼭 허락해 주십시오."

대미언은 별안간 그녀의 손을 살짝 힘주어 잡더니 말했다.

"의논해야 할 일이 많지만 지금은 장소가 적당하지 않군요. 내일

뵈러 가도 괜찮을까요?”

“왜요?”

그가 미처 대답을 하기 전에 춤 대열이 그들을 갈라놓았다. 하지만 그녀는 그의 속셈이 무엇인지 훤히 알고 있었다. 루시언을 자극하기 위해 춤 한 번 정도 같이 추는 것은 그렇다 쳐도 개인적으로 만나고 싶다고 졸라대는 그의 저의에는 분명 완전히 다른 뭔가가 있었다. 루시언이 처녀를 유혹한 방법이며 그녀를 부정한 몸으로 만든 비결에 대해 형에게 느릿느릿 털어놓는 광경이 뜻하지 않게 뇌리를 스치자 그녀의 얼굴이 하얗게 질렸다.

“날 두려워할 일은 하나도 없습니다.”

춤 대열이 움직여 그들이 다시 파트너가 되자 대미언은 잽싸게 말하며 잿빛이 된 그녀의 얼굴을 찬찬히 살폈다.

“없다고요?”

그녀는 루시언에게 다시 한 번 철저히 배신을 당했다는 느낌이 들어 차갑게 대꾸했다.

“몬테규 양, 겁에 질릴 필요는 없습니다. 앞으로 아가씨에게 어떤 위해도 닥치지 않도록 하겠습니다. 약속하지요. 내일 내가 설명을……..”

그녀는 가볍게 쥐고 있던 그의 손에서 자신의 손을 거칠게 잡아빼냈다.

“설명 따윈 필요 없어요, 경. 내 장담하지만 완벽하게 알겠으니까요..”

그녀는 휙 돌아서서 플로어를 떠났고 그 순간 음악이 끝났다. 심장이 쿵쾅거리고 다리가 떨리는 와중에 그녀는 인파를 헤치고 나아갔다. 여기에서 벗어나야 했다. 지금 당장은 구혼자들과 얼굴을 맞댈 수 없었다. 대체 자신의 인생에 무슨 짓을 해 버린 것일까? 그 작자가 그녀에게 무슨 짓을 해 버린 것일까? 아아, 그 은빛 눈의 시탄을 목졸라 죽이고 싶었다!

무도회장의 반대쪽으로 서둘러 향한 그녀는 베란다로 통하는 입구를 살짝 빠져나갔다. 살을 에는 듯이 추웠지만 그녀는 다시 다른 사람들과 얼굴을 맞대기 전에 머리를 깨끗이 비우기로 결심했으므로 아랑곳 않고 석조 난간 쪽으로 향했다.

죄의식보다 더 고약한 것은, 대미언 경의 미심쩍은 관심보다 더 고약한 것은 루시언이 오늘 밤 이곳에 있으면서도 그녀에게 눈곱만큼도 아는 척을 하지 않는다는 사실이었다. 정말로 끝난 것이다.

그녀는 고통이 파도처럼 밀려들어오자 눈을 감았다가 간청하듯 하늘을 올려다보았다. 그때 뒤에서 베란다 문이 삐걱 열리는 소리가 났다.

"앨리스!"

급하게 부르는 로저의 목소리가 그녀의 고독을 방해했다.

"대체 여기서 뭐 하는 거야? 얼른 들어와! 얼마 전까지 아팠으면서……."

그녀는 돌아서서 그를 응시했다. 바람이 거미줄처럼 가벼운 흰색 치마를 잔물결처럼 일렁이며 머리카락을 불어 날렸다. 그는 우뚝 멈춰 서더니 대담하게 그녀의 전신을 훑어보았다.

"세상에, 앨리스. 아름다워."

"나한테 하고 싶다는 얘기가 뭐야?"

그녀는 지친 목소리로 물었다.

"앨리스…… 독감 걸렸던 것 정말 맞아?"

그녀는 심장이 입 밖으로 튀어나올 것만 같아 홱 돌아섰다.

"그런 말을 왜 묻지? 무슨 뜻에서 한 말이야?"

그는 그녀의 딱딱거리는 대답을 듣고 미간에 주름을 잡았다.

"앨리스가 너무 많이 변한 것 같아서 그래. 아마 뇌척수막염처럼 독감보다 더 심각한 병인지도 몰라. 런던에서 제대로 된 의사에게 진찰을 받아봤어? 앨리스가 걱정돼. 내가 앨리스에게 어떤 감정을 갖고 있는지는 알고 있잖아."

그녀는 황당해서 그를 응시했다. 다음 순간 그녀는 단둘이서만 하고 싶다던 얘기가 무엇인지 직감하고는 속으로 신음했다. 사실 로저는 예전에도 세 번이나 그녀에게 청혼하지 않았던가.

그녀의 눈에 떠오른 절망의 빛을 분명 엉뚱하게 해석한 로저는 그녀의 손을 자신의 양손으로 다정하게 잡았다.

"앨리스가 오늘 밤 그렇게 아름다운 모습으로 여기에 들어서는 걸 보았을 때 더 이상 기다릴 수 없다는 걸 알았어. 앨리스, 나하고 결혼해 줘. 아니면 절대 할 수 없다고 말해 주든가. 이건 완전 고문이야."

"하지만 친구, 젊은 아가씨들이란 이런 고문에서 쾌감을 느낀다네."

갑자기 어둠 속에서 그윽하고 온화한 목소리가 들렸다.

앨리스는 놀라서 거의 새된 비명을 지르다시피 하며 로저의 손아귀에서 자신의 손을 홱 빼냈다. 루시언이 극도의 우아한 동작으로 어둠 속에서 터덜터덜 걸어나왔다. 그는 여봐란 듯하지만 다소 불안한 걸음걸이로 손에 든 부르고뉴산 포도주 병을 나발불며 다가왔다. 그의 크러뱃은 비뚜름했고 머리카락은 헝클어져 있었으며 놀랍게도 적당히 취한 것 같았다.

"죄송합니다만!"

로저는 맨질맨질한 뺨을 시뻘겋게 물들이며 격하게 말했다.

"닌 사생활을 보장받고 싶군요!"

"물론 그러시겠지. 하지만 난 자네의 수호 천사 자격으로 온 걸세."

그는 비틀거리는 걸음으로 다가오며 말했다.

앨리스는 실눈을 하고 있는 힘껏 험악하게 인상을 써 보였지만 순전히 그가 있다는 설레임 때문에 심장이 걷잡을 수 없이 쿵쾅대고 있었다.

"결혼할 준비가 되었다고 굳게 확신하나?"

그는 눈부실 정도의 미소를 지으며 로저에게 물었다.

"그리고 이 아가씨에 대해 정말로 속속들이 안다고 확신하나?"

"이 주정뱅이 촌놈!"

당혹감 때문에 로저의 얼굴은 시시각각으로 더 벌개졌다.

"나이트 집안 쌍둥이 중 하나잖아!"

"그게 무슨 상관인가?"

루시언은 무례한 미소를 지으며 물었다.

"네가 누구인지는 상관없어. 지금 당장 이 자리에서 꺼지지 않는다면 결투를 신청하겠다!"

"로저, 그런 짓을 하는 게 아니야."

앨리스는 혼비백산해서 외쳤다.

"내 솜씨가 의심스러운 거야?"

로저가 분개한 듯 캐물었다.

"물론 아니지. 그게 아니라…… 아니라, 이 남자하고는 싸울 수 없어. 많이 취했잖아. 명예롭지 못한 짓이 될 거야."

"그리고 레이디들은 명예로운 남자를 꽤나 좋아하지."

루시언이 조롱하듯 느릿느릿 말했다.

로저는 버럭 화를 내며 앨리스의 팔을 움켜쥐었다.

"안으로 들어가자, 우리 아가씨. 이 바보는 젊은 숙녀들의 예민한 감수성을 제대로 이해하지 못하고 있어."

"그래, 어디 도망쳐 보시지, 몬테규 양. 만약 이 남자와 결혼할 생각이라면 이 남자 말을 고분고분 듣는 데 익숙해지는 게 상책이겠지."

루시언은 통렬한 어조로 충고했다. 그의 은빛 눈이 분노와 경멸과 욕망으로 뒤범벅된 채 그녀를 샅샅이 살펴보았다.

"어떻게 감히 앨리스에게 그런 말을 하지?"

로저는 거의 포효하며 그녀의 팔을 놓더니 그녀의 앞을 가로막고 서서 루시언과 대치했다. 루시언은 갑자기 로저의 멱살을 움켜쥐고 그의 몸을 바닥에서 획 들어올렸다.

"이 불쾌한 꼬마 녀석, 널 저 창문 밖으로 던져버릴 생각도 없지는 않다만."

루시언은 세련된 태도를 확 벗어 던지고 으르렁댔다.

"루시언, 안 돼요!"

앨리스가 비명을 질렀다.

그는 즉시 로저를 놓아주었고 로저는 깜짝 놀란 눈으로 앨리스를 보았다.

"이 남자를 알아?"

진실이 밝혀지는 순간이었다.

그녀는 아무 말도 못 하고 로저를 응시했다. 그가 그 순간 그녀의 눈에서 무엇을 읽어냈는지 그녀는 결코 알 수 없었다. 그는 충격과 분노에 휩싸여 고개를 가로젓더니 휙 돌아서서 문을 쾅 닫고 안으로 성큼성큼 들어가 버렸다. 그녀는 문이 세게 닫히는 소리를 듣고 움찔했지만 다음 순간 루시언을 바라보았다.

"이 나쁜 사람."

그녀는 내뱉었다.

"음흉하고 냉혹하긴! 이젠 날 염탐까지 하면서 뭐 하는 거죠?"

"아아, 내가 당신의 새로운 로맨스를 방해했나, 앨리스? 무척 미안하군! 내가 도중에 끼어들지 않았다면 어떤 대답을 할 참이었지? 저 녀석의 청혼을 받아들일 작정이었나?"

그는 격분해서 따져 물었다. 숨기운은 즉시 싹 자취를 감추고 없었다. 그것 역시 또 하나의 책략이었던 것이다.

그녀는 경멸하듯 고개를 저어 보였다.

"당신하고는 상관없는 일이죠."

"없긴 젠장할. 당신은 내 거야. 경고하는데, 날 따돌리고 다른 남자와 결혼할 생각을 한다면 그건 곧 그 남자의 사망 증명서에 서명하는 거야."

그녀는 그가 잔인한 소유욕을 내보이자 가슴이 설레었지만 이런 자신의 굶주린 듯한 반응을 숨겼다.

"또 유혈 사태를 원하는 거예요, 루시언? 그게 매사에 대한 당신의 해결책인가요?"

"대체 런던에는 뭐 하러 왔지? 여기에 오지 말라고 했잖소! 대체 맥리시는 어디 있는 거야?"

"그 사람이 어디 있는지는 몰라요. 내가 알 바도 아니고요. 지금 내가 뭘 하느냐면, 분명 다시금 잘 살아보는 거예요. 당신 없이 말이에요."

그녀는 난간에서 몸을 돌려 안으로 들어가려 했지만 그의 손에 팔을 붙들려 그에게로 홱 끌려갔다.

"나한테서 손 떼요!"

그는 그녀를 거칠게 끌어안고 벌을 주듯 격렬하면서도 압도적인 욕구가 담긴 키스로 그녀의 입술을 빼앗았다. 분노한 감정과는 달리 그녀의 몸은 제멋대로 그에게 반응을 보였지만 그녀는 그의 흑마술과 힘겹게 사투를 벌여 그의 힘에 굴복하기를 거부했다.

"당신은 아직도 날 원해."

그는 속삭였다.

"느낄 수 있어."

그녀는 그의 가슴을 짚고 밀쳐 내며 그의 포옹에서 거칠게 벗어났다.

"어떻게 감히 키스를 할 수 있죠?"

그녀는 가슴을 심하게 들썩이며 씩씩거렸다.

"대미언이 키스했다면 좋아했겠지."

그는 잡아먹을 듯이 딱딱거렸다.

"당신은 오늘 밤 만나는 모든 남자마다 몸을 내던질 작정인가? 아니면 우리 집안 남자들에게만? 왜 하필 우리 형제지?"

그녀는 격분한 나머지 고함을 지르며 미처 생각할 것도 없이 그의 뺨을 철썩 갈겼다.

그에게서 새어나오는 낮고 분노에 찬 웃음소리는 고통스러워하는 동물의 울음소리 그 자체였다.

"그것밖에 할 짓이 없나? 다시 때리시지, 앨리스. 더 세게."

그녀의 이글거리는 눈은 두 사람 모두를 괴로움에 빠뜨린 고통 때문에 눈물로 차올랐다.

그 찰나 루시언은 그녀의 눈물을 보고는 다음 순간 사납게 으르렁거리며 뒤로 물러나 반쯤 빈 포도주 병을 널찍한 베란다 저쪽의 석조 난간으로 던졌다. 마치 그녀의 마음이 산산조각 났던 것처럼 병 역시 산산이 깨어졌다. 적포도주가 회색 돌을 점점이 물들이며 피처럼 뚝뚝 떨어졌다. 그는 은빛 눈을 격분과 고통으로 번득이며 다시 그녀에게 돌아섰다.

"내가 왜 이런다고 생각하오?"

그는 거칠게 속삭였다.

"난 엿 같은 매일 밤마다 당신 꿈을 꾼다고, 알아?"

그럼 왜 날 택하지 않았죠? 그녀는 하마터면 소리지를 뻔했다. 가슴이 미어졌다. 하지만 자존심 때문에 입을 꼭 다물고 그저 그를 노려보기만 했다.

"런던에서 떠나도록 해."

그는 눈에 띄게 자신을 다잡으며 명령했다. 그의 눈이 번득였고 선이 뚜렷한 얼굴은 팽팽하게 긴장되어 있었다.

"당신 말에 귀 기울일 필요는 없겠죠. 내게 있어서 당신은 없는 존재니까요."

"날 증오하고 싶으면 하시지. 하지만 그렇다고 바보짓은 그만둬. 당신이 여기 있는 건 너무 위험하단 말이오."

"왜 내가 당신 말을 믿어야 하죠? 당신은 거짓말에는 선수잖아요. 그리고 당신이 다음 희생자를 골라 유혹하고 버리는 자리에 내가 있으면 방해가 될 뿐인지도 모르잖아요."

그녀는 자신의 냉혹한 말이 자취를 남기는 것을 보았다. 루시언은 움찔하며 외면하더니 다음 순간 고개를 숙이고 오래도록 침묵을 지켰다.

"난 당신이 이 일에서 멀리 떨어져 있었으면 좋겠소."

그는 퉁명스레 말했다.

"루시언 경, 난 당신이 원하는 바에는 손톱만큼도 관심이 없답니다."

그녀는 홱 돌아서서 베란다 입구로 성큼성큼 걸어갔다. 분노 때문에 너무 열이 치받아서 차가운 밤 공기조차도 느낄 수가 없었다.

"적어도…… 적어도 내일 가이 포크스 데이 밤에는 집에만 있겠다고 단단히 약속해 줘. 앨리스, 간청이오. 내가 말했던 그 남자는…… 그 남자는 우리 예측에 따르면 내일 밤 행동을 개시할 거요. 하지만 그 장소는 알 수가 없어. 어느 곳이 될지는 아무도 몰라."

지친 듯 기세가 꺾인 그의 목소리를 듣고 그녀는 멈춰 서서 경계하듯 그를 흘끔 돌아보았다. 그의 눈은 마치 유령에 사로잡힌 듯한 표정이었다.

"약속해 주겠소?"

"좋아요. 하지만 알고 싶은 게 있어요. 대미언 외에 대체 몇 사람에게 우리 얘기를 했죠?"

"대미언에게 말한 적 없소. 어느 누구에게도 말하지 않았어."

그녀는 짜증이 나서 눈을 질끈 감았다.

"아니, 말했잖아요, 루시언. 나한테는 제발 진실을 털어놔요. 그래야 내가 또 잘못해서 지뢰를 밟을 일이 없죠."

"어느 누구에게도 말한 적 없어."

그는 날카로운 말투로 되풀이했다.

"대미언이 안다는 거요?"

"그렇지 않다면 대체 대미언이 왜 날 찾았겠어요?"

"당신은 단연코 무도회장에서 제일 아름다운 여자니까."

그녀는 기가 막히다는 듯 허공을 쳐다보고는 입구 쪽으로 향하려 했다.

"앨리스."

그녀는 뭔가 묻는 듯 흘끔 고개만 돌려 경계하는 눈빛으로 그를 보았다. 그의 양손은 검은 바지 주머니에 들어가 있었다. 달빛이 그의 하얀 크러뱃과 널찍한 어깨선을 따라 빛났다. 밤바람이 흐트러져 있던 그의 곱슬머리를 흩날렸다. 그의 눈에 담긴 감정은 깜박거리는 속눈썹에 가려져 잘 보이지 않았다.

"무슨 일이 있어도."

그는 생각에 잠겨 중얼거렸다.

"당신을 되찾을 거요. 당신도 알지?"

그녀는 목이 꽉 메인 채로 그를 응시했다.

"내 인생에 개입하지 말아요."

명령을 내린 그녀는 떨리는 손으로 문을 열고 서둘러 들어가 캐로의 옆으로 다가갔다. 남작부인은 언제나 가까이하는 저질 악한들에게 둘러싸여 그들의 입 발린 구애를 받고 있었다.

"집에 가고 싶어요."

앨리스의 귀에도 퉁명스럽게 들리는 목소리였다.

"괴로워서 견딜 수가 없어요."

"아아, 그래, 좋아."

캐로는 부채를 팔락이며 잠시 궁리히더니 대답했다.

"폰 다네커가 오늘 밤 올 거야. 그이가 오기 전에 기분 전환으로 잠깐 시간을 활용할까 했던 거거든."

"오늘 밤에? 벌써 열한 시 반인데요."

"그래."

캐로는 부채 뒤에서 짓궂은 눈길을 슬쩍 던졌다.

"아침에 그이가 가는 기척을 늘어도 별로 신경 쓰지 마."

"하지만 해리가 있는데 그 사람을 집에서 재울 수는 없어요. 한 지붕 아래에서……."

남작부인은 기가 막히다는 듯 허공을 쳐다보더니 앨리스의 반박 따위는 가볍게 무시하고 미소를 남발하며 방탕한 찬미자들에게 작별 인사를 던졌다.

루시언은 포기 직전의 상태였다. 더 이상 어디를, 무엇을 찾아야 할지 도무지 알 수가 없었다. 그 모든 것에는 실패했지만 어쨌든 그의 주요 관심사는 해결을 본 뒤였다. 앨리스가 가이 포크스 데이에 집에만 있기로 동의한 것이다. 그 고집쟁이 아가씨는 호크스클리프 홀이나 적어도 햄프셔에 안전하게 콕 박혀 있어야만 했거늘 런던을 떠나지 않겠다고 버텼고 사실 그 문제에 관한 한 그에게는 그녀를 좌지우지할 권한이 없었다.

루시언은 밤바람에 머리칼을 휘날리며 난간 옆에 서서 안온한 밤에 휩싸인 그린 파크를 내려다보았다. 그는 브랜디를 한 모금 마신 다음 고개를 돌려 대미언을 슬쩍 건너다보았다. 한가롭게 시가를 피우며 앉아 있던 대미언 역시 그를 경계하듯 흘끔 쳐다보았다.

루시언은 반쯤은 적의 서린 눈으로 형을 쳐다보면서 어떻게 얘기를 풀어나가야 할지 고민했다. 이러저러하니 자기 여자에게서 손 떼라고 대미언에게 경고할 수도 있겠지만 화제를 조심스럽게 꺼내야만 했다. 앨리스는 대미언이 두 사람 사이를 안다고 주장했다. 하지만 대미언이 어떻게 아는지 루시언은 감도 잡을 수 없었다.

그녀는 그를 믿지 않는다고 말했지만 정말로 그는 형에게 아무 얘기도 한 적이 없었다. 정말로 대미언이 알고 있다면 앨리스에게 접근한 것은 단순히 캐로를 빼앗긴 것에 대한 복수일 것이다. 그것만이 논리적인 대답이었다.

비참한 심정과 질투심이 마음속을 가득 채우면서 욕구 불만으로 활활 타올랐다. 무도회장에서 그녀 주위에 몰려들던 그 애송이들만으로도 충분히 속이 뒤집히는 판국인 만큼 만약 대미언이 진심으로 앨리스를 쫓고 있다면 루시언은 스스로 목을 매고 싶은 심정이었다.

"즐거운 저녁시간이었겠지."

대미언이 그윽하고도 얄궂은 목소리로 느릿느릿 한마디 했다.

고개를 돌린 루시언이 보기에 담배 연기를 한줄기 내뿜는 대미언은 왠지 뿌듯한 기색이었다.

"오늘 밤 형이 춤을 추려고 자리에서 일어나는 건 봤지."

루시언은 원망감을 교묘하게 포장해 매끄러운 어조로 말했다.

"안 추자니 견딜 수가 없었어."

대미언은 대답했다.

"내가 상대한 그 아가씨를 봤지? 아름답더구나."

"아주 아름답지."

그는 이를 악물고 맞장구를 쳤다. 자신의 얼굴이 분노 때문에 붉게 달아오르는 것이 느껴졌다.

"캐로는 어때?"

대미언은 짐짓 시치미를 떼며 물었다.

"아아, 하지만 내가 보니 너와 잘 되지 못한 것 같더구나. 캐로가 그 프로이센 원숭이와 런던 시내를 휩쓸고 다닌 걸 보면 말이야."

"난 그 여자 따위 전혀 상관하지 않아."

루시언은 눈길을 돌리지 않은 채 경고하는 어조로 말했다.

"어떤 여자라도 마찬가지겠지, 안 그래, 동생?"

대미언은 일어나 그에게로 어슬렁어슬렁 다가오더니 바로 앞에서 멈춰 섰다.

"넌 세상 사람 어느 누구에게도 관심이 없어. 안 그래? 너 자신만 빼고 말이야."

루시언은 오만한 눈으로 형을 응시했다. 지금은 이런 얘기가 필요한 게 아니야.

"넌 끔찍한 짓을 저질렀어."

대미언의 목소리는 한밤중의 미약한 산들바람 소리에 맞먹을 정도로 작았지만 그 억제된 어조는 강철같았다.

"네가 여태껏 해치운 일 중에서도 그 아가씨에게 저지른 무례한 짓에 비할 만한 건 없어, 루시언. 넌 양가집 처녀를 찍어서 유혹한 다음 마치 창녀 취급하듯 저버렸어. 네 행위가 수치스럽다."

"형이 어떻게 알았지?"

대미언은 동생을 지그시 쳐다보았다.

"할말은 그게 다냐? 내가 어떻게 알았느냐고? 꼭 알아야겠다면 말해 주겠는데, 캐로에게 들었지. 지난주 어느 날 밤 캐로는 이곳에서 내게 몸을 던지려 했어. 내가 그만 가 달라고 했더니 너와 몬테규 양 얘기를 늘어놓더군. 우리 나이트 집안 형제들이 완전히 나쁜 놈 패거리라고 내 면전에서 욕을 퍼붓더구나."

"캐로답군. 알겠어."

"루시언. 대체 무슨 생각으로 그랬던 거지? 몬테규 양은 남작의 따님이고 귀부인이야. 너의 파렴치한 행위는 그 아가씨뿐만이 아니라 너 자신과 우리 가문을 욕되게 했어."

"형."

루시언은 한숨을 쉬고 콧마루를 지그시 누르며 인내심을 찾으려 무진 애를 썼다.

"네가 앞으로 어떻게 살아갈지 그거야 네 문제지만 이 상황을 내가 어떻게 떠맡을지 너에게 알려주고 싶었어. 언제나처럼 네 말썽을 수습하는 건 내 몫이니까."

루시언은 갑자기 동작을 딱 멈췄다.

"형이 떠맡아?"

"내일 몬테규 양을 만날 거야."

대미언은 단호하면서도 준엄한 어조로 대답했다.

"몬테규 양에게 청혼할 예정이야."

루시언은 뼛속 깊이 충격을 받고 그를 빤히 바라보았다. 다음 순간 엄청난 분노가 그의 눈에 불길처럼 확 일어났다.

"감히 어떻게. 안 돼."

그는 한마디 한마디에 힘을 주어 속삭였다.

"그럼 네가 도의적으로 행동해야지."

"못해."

그는 거의 울부짖다시피 했다.

"글쎄, 난 할 수 있다만."

대미언은 루시언과 거칠게 어깨를 맞부딪히며 실내로 들어가 버렸다.

루시언은 꼼짝 못하고 그 자리에 서 있었다. 머릿속이 미친 듯이 빙빙 돌고 심장이 쿵쿵거렸다. 두 사람이 함께하는 모습은 끔찍할 정도로 쉽게 상상할 수 있었다.

전쟁 영웅과 천사표 아가씨! 얼마나 잘 어울리는 한 쌍인가! 대미언은 후계자를 원했고 앨리스는 아이를 많이 낳아 모성애를 발휘하고 싶어했다. 손수 상황을 떠맡아 해결하다니 명예에 목숨 건 그의 형이 할 법한 행동이었다.

루시언은 머리카락을 거칠게 흐트러뜨리다가 목덜미를 부여잡고 눈을 감으며 자신을 증오했다. 이런 패배감은 생전 처음이었다. 앨리스는 아까 그 애송이의 청혼은 거설했을시도 모르지만 제정신이 박힌 여자라면 어느 누가 위대한 내미인 나이트를, 그것도 조만간 윈틀리 백작이 될 몸을 마다할까? 그도 현실을 인정하는 것이 좋으리라. 어쨌든 앨리스도 대미언과 결혼하는 편이 나을 것이다. 대미언은 그녀를 백작부인으로 만들어줄 수 있지만 루시언은 아니었다. 대미언은 존경과 숭앙을 받는 몸이었다.

앨리스가 대미언을 수치스럽게 여겨야 할 일은 절대 없을 테고 그런 위험한 게임을 그만두라고 대미언에게 애원해야 할 필요도 결코 없을 것이다. 설령 클로드 바르두에게 죽임을 당하더라도 루시언은 형이 앨리스를 잘 돌봐 주리라는 믿음 속에서 평화롭게 영면할 수 있을 것이다.

이게 최선이야, 그는 자신에게 타일렀다. 절망감 때문에 목이 메었다. 그녀가 아무리 그를 사랑했다 한들 그의 쌍둥이 형에게도 사랑을 줄 수 있을 것이다. 대미언은 결국 그의 판박이이니 말이다.

그것도 결점까지 없는 판박이가 아닌가.

15

다음날 아침 앨리스는 외투와 스카프, 장갑으로 완전무장을 하고 하이드 파크의 벤치에 앉아서 헐벗은 나무들을 스케치하고 있었다. 가이 포크스 데이 밤에는 외출하지 않겠다고 루시언에게 말했지만 낮 시간에 대해서는 아무 약속도 하지 않았던 것이다. 동이 트자마자 그녀는 폰 다네커가 캐로의 침실에서 나오는 묵직한 발소리를 들었다. 그가 아침식사까지 하고 가지 않은 것을 고마워해야 할 판이었다.

넬리는 바느질감이 든 바구니를 필에 낀 채 서펜타인 연못의 흙탕 둑까지 산책을 간 뒤였다. 앨리스는 자신의 가라앉은 태도 때문에 하녀가 불편해한다는 것을 알고 있었지만 기운이라고는 눈곱만큼도 낼 수가 없었다. 그녀는 그저 묵묵히 앉아서 천천히 나무들을 스케치할 뿐이었고 손만이 제멋대로 종이 위를 오가면서 그림을 그려댔다. 갑자기 둔탁한 말발굽 소리가 그녀의 상념을 깨뜨렸다.

고개를 든 그녀는 훤칠하고 당당하면서도 몹시 낯익은 기수가 거대한 흰색 준마를 타고 다가오자 숨 넘어가는 소리를 조그맣게 토해냈다. 즉시 누구인지 알아본 그녀는 마구 뛰노는 심장 고동을 느끼며 똑바로 앉으려고 노력했다. 하지만 그가 가까이 오자 긴 코트 아래의 주홍색 제복을 보고는 벤치에 다시 힘없이 늘어져 애처롭게도 희망을 품었던 자신을 비웃었다.

그 형이었다. 맙소사, 지난밤 그의 접근을 반기지 않는다는 뜻을 분명히 밝히지 않았던가?

대미언은 그녀의 앞에서 훤칠한 백마를 멈춰 세우더니 깃털 달린 샤코 모자를 벗어 무뚝뚝한 고갯짓으로 인사를 대신했다.

"몬테규 양. 여기에 계시다고 해리의 유모가 알려주더군요."

그녀는 그가 운동선수처럼 유연하게 말에서 뛰어내려 성큼성큼 다가오자 한숨을 토해냈다. 그가 그녀의 멍한 눈빛을 알아챌까 봐 마음이 내키지 않았다. 루시언과 너무나 흡사한 그의 모습이 그녀의 가슴을 후벼팠다.

"나와 얘기하고 싶지 않은 심정은 압니다만 내 얘기를 꼭 들어야 합니다."

"왜 그래야 하나요?"

그녀는 조금 냉소적으로 중얼거렸다. 이 남자는 명령을 내리면 군소리 없이 복종하는 사람들에게 익숙해진 몸이로군, 그녀는 생각했다. 그의 고압적인 말투를 듣고 넬리가 다가와 그녀의 옆을 지켜섰다. 앨리스는 하녀에게 고갯짓을 했다.

"괜찮아."

넬리는 곤란하다는 표정을 살짝 지으며 예의에 어긋나지 않을 만큼 적당히 떨어져 섰지만 그래도 만약의 사태가 벌어질 경우에는 충분히 가까운 거리였다.

"좋아요."

앨리스는 한숨을 쉬며 벤치를 몸짓으로 가리켰다.

"앉으시겠어요?"

　대령은 그녀의 옆에 앉아 꿰뚫는 듯한 시선으로 그녀의 얼굴을 이리저리 살폈다. 비바람에 거칠어지고 엄한 표정의 얼굴이었지만 그녀가 여태껏 본 사람들 가운데 가장 슬픈 눈을 하고 있었다.

　"몬테규 양, 거두절미하고 요점으로 들어가지요."

　다르네, 그녀는 쓴웃음을 지으며 생각했다. 이 점은 루시언과 완전히 달랐다.

　"내 동생이 당신에게 한 행동이 용서받을 수 없다는 건 압니다. 난 무슨 일이 있었는지도 알고 당신에게 벌어진 불미스러운 일이 당신 탓이 아니라는 것도 알고 있습니다. 전적으로 동생의 잘못이지요. 그 애가 좀더 신중하게 처신했어야 하는 겁니다."

　그는 엄청난 분노를 꾹 눌러 참는 표정으로 고개를 저었다.

　"캐로에게서 그 얘기를 들었을 때……."

　"언니가 얘기를 했나요?"

　앨리스는 그의 말허리를 잘랐다.

　"그렇습니다."

　"어머나."

　그녀는 지난밤 루시언의 말이 진실이라는 것을 깨닫고 당황했다. 그는 자신이 그녀를 정복했다고 어느 누구에게도 뻐기고 다니지 않은 것이다.

　"내 동생의 행동에 대해 어느 정도 책임을 통감하지 않을 수 없군요."

　"전혀 그러실 것 없어요, 경."

　그녀는 중얼거렸지만 바로 그때 대미언이 오래 전부터 동생의 수호자로 자처했다던 휘트비 씨의 주장을 떠올렸다.

　"그렇지만 난 더 이상 당신이 어떤 해도 입지 않게 할 생각입니다."

　그는 침착하게 말했다.

　"동생이 우리 가문이나 아가씨 가문의 이름을 더럽히도록 방치하지도 않을 겁니다. 당신을 만나고자 했던 이유는, 그러니까……."

그는 목청을 가다듬었다. 다음 순간 그의 말은 기병대 일개 대대가 그녀를 구하러 마구 질주해 다가오는 것처럼 줄줄줄 쏟아져 나왔다.

"난 당신을 우리 가문의 이름으로 보호해 주겠다고 말하러 왔습니다. 당신이 날 받아준다면 아내로 삼겠다고 말입니다."

한껏 안 좋게 생각하고 있던 그에게서 이런 제안을 들었으므로 그녀는 깜짝 놀라 그를 가만히 바라보았다. 그의 기사도 정신 앞에 그녀는 황송하고도 마음이 누그러져 눈을 내리깔았다.

대미언이 대답을 기다리는 동안 앨리스는 그의 제안에 내재되어 있는 가능성을 잠시나마 슬쩍 따져보았다. 사실 대미언은 하늘이 주신 선물이었다. 상대가 그라면 순결을 잃은 사연을 굳이 늘어놓을 필요도 없고 책망을 받을 일도 없었다. 그는 훌륭한 평판을 지닌 국민적 영웅으로 용기와 고결한 성품으로 널리 알려져 있었다. 그의 아내가 되면 백작부인이 되어 사교계의 존경받는 일원이 될 수도 있었고 더 바람직한 점은 아내이자 어머니가 될 수도 있다는 것이었다. 하지만 앨리스는 그의 팔에 천천히 손을 얹고 약간은 서글픈 눈빛으로 그의 그윽한 회색 눈을 들여다보았다.

"당신은 정말 상냥하고 친절한 분이에요. 제 마음 깊은 곳에서 우러나오는 감사를 받아주세요. 당신의 관대한 말씀은 말로 다 못할 정도로 영광이지만 받아들일 수 없어요."

그는 미간에 주름을 잡았다.

"왜요?"

"경의 동생을 사랑하니까요."

그녀는 부드러운 목소리로 털어놓았다.

그는 이맛살을 찌푸렸다.

"몬테규 양, 어리석은 짓은 마십시오. 남녀간에 사랑 없는 결혼은 매일매일 이루어지고 있습니다. 당신 평판은 땅에 떨어질 테고 난 어쨌든 아내가 있어야 합니다. 난 당신에게 구명 밧줄과도 같은 해결책을 제시하는 겁니다. 받아들일 것을 충고하는 바입니다."

"그이에게 너무 큰 상처를 주게 될 거예요."

"그게 어떻다는 겁니까?"

대미언은 사뭇 루시언처럼 인상을 쓰며 물었다.

"당신을 아무렇지도 않게 유혹해 놓고 버린 남자에게 어떻게 그런 자비심을 베풀 수가 있지요?"

"그 사람을 사랑하니까요."

그녀는 한결 단호하게 말했다.

"네, 물론 그이도 제게 상처를 주었어요. 하지만 그렇다고 그이에게 벌을 주거나 보복하고 싶지는 않아요. 우리 사이에 있었던 일이 전부 그 사람 혼자서 한 일만은 아니니까요. 그이는 제게 구애했고 백기를 든 사람은 저예요. 저는 바보라서 그이에게 마음을 주어 버렸답니다."

"그리고 루시언은 아가씨의 마음을 아프게 했지요."

그는 그녀를 천천히 살펴보며 냉혹한 어조로 말했다.

그녀는 눈을 내리깔았다.

"어젯밤 무도회에서 제가 저지른 무례를 사과드리겠어요. 경께서 고결하지 않은 다른 목적을 품고 계시는 줄로 알고 겁을 먹었던 거예요."

"이해합니다. 하지만 굳이 사서 고생하지 마십시오. 난 동생과는 달리 성격이 무덤덤하고, 동생 역시 그렇게 생각하겠지만, 머리도 그 애보다 둔하지요."

문득 그는 씁쓸한 미소를 지으며 일어나 명함을 건네주었다.

"아가씨에게는 분명 힘든 시기라는 걸 압니다. 앞으로 며칠 동안 더 생각해 보고 마음을 바꾸고 싶다면 그린 파크에 있는 나이트 하우스로 연락하시면 됩니다. 내 제안은 계속 유효합니다."

그는 무뚝뚝하게 목례를 던지더니 말이 있는 쪽으로 당당하게 돌아갔다. 앨리스는 멀어져가는 그의 뒷모습을 지켜보며 자신이 대실수를 한 것이 아니기를 빌었다.

"이 멍청이들!"

루시언의 벽력같은 고함이 보 스트리트 치안 담당실을 쩌렁쩌렁 울렸다. 내 머리도 이젠 한계에 다다랐군, 그는 생각했다. 그는 구류실의 쇠창살 뒤에 갇혀 우왕좌왕하고 있는 프랑스인 입국자, 망명자, 관광객들의 무리를 외면하고 그들을 잡아온 보 스트리트 경관들을 노려보았다. 데번셔 공작의 콧대 높은 프랑스인 요리사까지 잡혀온 판국이었다. 마크와 나머지 부하들은 루시언이 보 스트리트 경관들에게 울화통을 터뜨리는 동안 지원을 위해 나설 때를 기다리면서 불편한 듯 몸을 들썩대며 주변에 둘러서 있었다.

"몇 번이나 더 똑같은 상황을 겪어야 하지? 내가 말했지만 바르두는 거구일세. 나보다 몸집이 크고 금발이라고. 그런데 저 사람들을 봐! 이게 자네들이 데려온 용의자인가? 내가 그려준 몽타주를 들여다보기는 한 건가?"

"네, 나이트 경. 부하들은 최선을 다했지만 사실 그 자를 육안으로 목격한 사람은 경뿐이지 않습니까."

보 스트리트 경찰 책임자가 항변하는 동안 경관들은 주위에 둘러서서 허리에 손을 얹은 채 뾰로통한 눈으로 루시언을 뚫어져라 쳐다보았다.

"그게 최선을 다한 거라면 아직도 멀었어."

루시언은 날카롭게 쏘아붙였다.

"이 남자를 발견하지 못하면 사람들이 수없이 죽어나갈 거야. 빌어먹을! 저 프랑스인들을 풀어주게."

잔뜩 들볶인 프랑스인들이 풀려나 각자 제 갈 길을 가자 루시언은 경관들을 내버려두고 성큼성큼 밖으로 나왔다. 젊은 부하들 역시 밀집 V자 대형으로 뒤를 따라 걸어나왔다. 바지 주머니에 손을 찌른 그는 문을 벌컥 열고 초조한 걸음으로 보도에 내려섰다. 그는 머릿속을 마구 헤집어 보았지만 뾰족한 수가 전혀 떠오르지 않았으므로 벽에 온몸을 부딪히고 싶은 충동을 억제해야만 했다.

결국 그날이 밝았다.

지금은 가이 포크스 데이 오후 세 시였다. 하지만 클로드 바르두의 음모를 밝혀내야 하는 결전의 날이 되었는데도 그는 오로지 앨리스가 대미언에게 뭐라고 대답했을지가 궁금해 죽을 지경이었다.

젠장, 그가 대미언이었다면 바르두는 이미 체포되어 런던 탑에 갇혀 처형당했으리라. 그는 격심한 열등감을 느꼈다.

"그 사람들에게 그렇게 호통을 치실 건 없지 않습니까."

마크가 보조를 맞추며 중얼거렸다.

"이제부턴 그쪽에서 더욱 비협조적으로 나올 겁니다."

"젠장, 이제 와서 그게 무슨 대수인가?"

그는 말했다.

"너무 늦었어. 이미 우린 실패한 거야."

"그런 말씀 마십시오! 아직 희망을 버릴 수는 없습니다."

루시언은 마크의 말이 옳다는 것을 알고 있었지만 전날 밤 기껏해야 10분밖에 잠들지 못했던 터라 머리가 멍하고 온몸이 찌뿌드드했다. 그는 이마를 문질렀다.

"저 친구들은 실력이 없어."

"그래요. 하지만 그 책임자 말도 어느 정도는 맞습니다. 솔직히 말해 경께서 그리신 그림은 형편없다고요."

마크는 얼굴을 잔뜩 구겼다.

"경께서는 정밀 지도라면 엄청 정확하게 그리실 수 있을지 모르지요. 그 점은 인정하지만, 바르두의 몽타주는…… 글쎄, 사람 얼굴 같지가 않더군요."

루시언은 짜증난다는 듯 머리카락을 마구 헝클었다.

"이건 모나리자가 아니야. 그리고 백치가 아니고서야 금발에 유척이 넘는 장신의 남자를 어떻게 키가 다섯 척밖에 안 되는 왜소한 요리사와 혼동할 수 있나? 등신들!"

"우리들 중에 이 남자를 직접 본 사람은 경뿐이시죠. 경을 누군가 초상화 전문 화가에게 소개시켜야 할 필요가 분명 있겠는데요."

탤버트가 말했다.

"몬테규 양이라면 할 수 있잖아요."

카일이 나직이 중얼거렸다.

"그런 말은 듣고 싶지 않아. 앨리스를 끌어들일 생각은 없어."

루시언은 경고했다.

"경, 사람들이 수없이 죽어나갈 겁니다. 경 입으로 그렇게 말씀하셨잖아요!"

"그 사람들 중에 앨리스는 없을 거야."

그는 어두운 어조로 대답했다.

"어쨌든 이제 몬테규 양은 런던에 있으니 그분의 재능을 이용하는 쪽이 나을 텐데요. 그분은 얼굴 그림에 뛰어나지 않습니까."

젠킨스가 따졌다.

"이 친구 말이 맞습니다."

마크도 거들었다.

"삼십여 명에 달하는 치안감의 부하들과 보 스트리트의 경관들, 우리들 모두 바르두의 은신처나 단서 하나 찾아내지 못했어요. 분명 그 자는 이 근처에 없습니다. 그저 아가씨를 찾아가서 조금 도움을 청하는 게 뭐 나쁠 게 있습니까? 우리가 집 밖에서 아가씨의 안전을 위해 보초를 서면 되는데요. 경께서는 그저 바르두의 얼굴 생김새를 묘사하고 아가씨께 그려달라고 부탁만 하시면 되는 겁니다. 그분만이 우리의 유일한 희망이에요!"

"앨리스가 우리를 도와줄 거라고 생각하는 근거가 뭔가?"

루시언은 쏘아붙였다.

"난 지금 앨리스의 호감을 사는 상태가 절대 아니라고."

"아가씨는 절대 거절하지 않으실 겁니다. 사람들의 목숨이 달린 일이라는 걸 아신다면요."

오셰어가 점잔을 빼며 말했다.

"아가씨를 만나러 가실 완벽한 구실이 아닙니까?"

텔버트가 씩 웃으며 물었다.

루시언은 얼굴을 찡그리며 외면했지만 그녀를 본다는 생각만으로도 이미 가슴이 쿵쾅거리고 있었다. 그저 그녀와 가까이 있을 수 있다는 것만으로도 힘이 났다. 부하들의 말이 옳았다. 그녀는 초상화에 재능이 있었다. 남들의 말에 굳이 의존할 것 없이 그는 처음부터 그 사실을 알고 있었다. 게다가 그녀가 대미언에게 뭐라고 대답했는지 알고 싶어 죽을 지경이었다.

그는 짐짓 허세를 부리며 버럭 골을 냈다.

"그래 그래, 좋아. 자네의 말을 듣게 되다니 나도 참 믿어지지가 않는군."

"아가씨 주소는 알고 계십니까?"

"눈을 가리고서도 찾아갈 수 있네."

"지금 경께서 얼굴이 빨개지셨지?"

루시언이 큰 걸음으로 검은 종마에게 다가가 훌쩍 올라타자 텔버트가 마크에게 물었다.

"다 들려."

루시언은 날카롭게 대꾸했다.

잠시 후 그는 어피브루크 거리에 있는 몬테규 집안의 런던 서백 앞에 멈춰 섰다. 말을 부하들에게 맡긴 그는 큰 걸음으로 현관을 향해 다가가 자신을 다잡으며 노크했다.

제길! 그는 미숙한 젊은이처럼 초조한 심정이었다. 질투심과 고통스러운 사랑에 시달리면 그렇듯 입 안이 바짝 마르고 맥박과 심장이 마구 쿵쿵댔다. 그녀의 현관문 앞에 서 있던 시간은 고작 일이 분이었지만 그에게는 영원과도 같이 느껴졌다.

그는 조끼 주머니에서 회중시계를 꺼냈다. 3시 20분. 그가 시계를 탁 닫고 다시 주머니에 집어넣었을 때 반들반들한 대머리의 인상 좋고 몸집 작은 집사가 나왔다.

"안녕하십니까. 무슨 일이십니까?"

"저기, 안녕하시오."

루시언은 승마용 채찍을 만지작거리며 밝은 말투로 힘겹게 입을 열었다.

"난……."

그는 마른침을 꿀꺽 삼켰다.

"몬테규 양을 만나러 왔소."

"누구시라고 전해 드릴까요?"

"루시언 나이트 경이오."

서글서글하던 집사의 얼굴이 순간 엄격한 표정으로 바뀌더니 태도도 딱딱해졌다. 루시언은 당황하면서도 문득 깨달았다. 이 선량한 하인은 그가 예전에 남작부인과 놀아났을 때 그의 이름을 기억해 두었던 게 분명했다.

"죄송합니다만, 경."

집사는 오만해 보이도록 턱을 들었다.

"제가 제대로 들은 겁니까? 레이디 글렌우드를 만나러 오신 게 아니고요?"

"아닐세, 이 주제넘은 집사 양반. 몬테규 양이라니까. 부탁하오."

그는 되풀이했다. 얼굴이 벌개졌다. 자신의 예전 행동이 부끄러워서 이러는 것일까? 그는 생각했다. 맙소사. 어떻게 된 영문이란 말인가? 마치 허물을 갓 벗어놓은 뱀처럼 당혹스러운 기분이었다.

"잠시만 기다리십시오."

집사는 노골적으로 노려보더니 그의 면전에서 문을 세게 닫아 버렸다.

별로 가망이 있어 보이지는 않았다. 그는 초조한 마음에 돌아서서 승마용 채찍으로 다리를 탁탁 두드렸다. 만약 그녀가 만나지 않겠다고 한다면?

갑자기 그는 한 창문에서 커튼이 움직이는 기척을 곁눈질로 느꼈다. 그는 잽싸게 고개를 들었지만 누구인지 모를 그 사람은 금세 모습을 감춰버렸다. 그는 눈을 가늘게 떴다. 그 건방진 아가씨께서 집에 없는 척하고 날 피해 숨으시겠다는 건가?

하지만 좀더 오래도록 창문을 지켜보고 있자니 솜털로 덮인 작은 머리가 나타났다. 그는 눈썹을 치켜올렸다. 지금 저 모습은 꼬마 남작 해리가 창 밖으로 루시언을 훔쳐보기 위해서 가구 위에 올라선 게 틀림없었다. 루시언은 천천히 미소를 머금었다. 꼬마의 반짝반짝 빛나는 푸른 도자기 같은 눈과 천진난만한 미소가 너무나도 귀여웠다.

루시언이 인사를 해 보이자 해리는 시야에서 쏙 사라졌다. 루시언은 눈살을 찌푸렸다. 잠시 후 꼬마는 다시 그에게 모습을 나타냈다. 까꿍 놀이를 하는 것이었다. 루시언은 나직이 웃으며 그를 따돌릴 기회를 몬테규 양에게 절대 주지 않기로 결심했다. 현관문을 열고 고개를 들이민 그의 귀에 앨리스가 집사와 걱정스러운 듯 속삭이다가 문득 말을 끊는 소리가 들려왔다. 그들은 현관문과 이어지는 홀에 서 있었다.

"……그럼 아가씨가 안 계시다고 말할까요?"

"루시언!"

그녀는 눈을 휘둥그렇게 뜨며 힘겹게 말을 내보냈다. 다음 순간 그녀의 볼이 새빨개졌다.

"어머나, 세상에! 남의 집에 함부로 들어오면 안 돼요!"

"정말입니다, 경!"

집사도 꾸짖었지만 루시언은 그저 앨리스를 지그시 바라보기만 했다.

"안녕."

그는 눈으로 자비를 빌며 그녀의 시선을 맞받았다.

그녀는 양손을 날씬한 허리에 척 걸쳤다.

"대체 여기엔 무엇 하러 왔죠?"

세상에, 그녀는 너무나 사랑스러워 보였다. 헐렁한 오전용 드레스 위에 예쁘장한 주름장식 앞치마를 걸치고 풍성한 머리카락은 묶지 않은 채 어깨 위에 길게 늘어뜨려 더없이 편안하고 매력적인 차림새였다. 전날 밤 무도회장에서 보았던 흰색 드레스 차림의 아름다운 여신이 아닌 이 상태야말로 그가 그녀의 모습 중 최고라고 생각하는 사랑스러운 모습이었다.

그가 그녀의 그림 솜씨로 도움을 받았으면 한다는 말을 미처 꺼낼 엄두도 내기 전에 해리가 무슨 일인지 살펴보러 앞쪽 거실에서 쏜살같이 뛰어나왔다. 아이는 앨리스에게 달려들더니 푹신한 치맛자락에 동그마니 안겼다.

루시언은 둘을 물끄러미 바라보았다. 여자와 아이가 한자리에서 역시 그를 물끄러미 마주보는 모습은 여태껏 존재하는지도 몰랐던 내면의 깊은 곳을 뭉클하게 어루만졌다. 그는 조심스럽게 손만 뒤로 돌려 현관문을 닫고 앨리스와 아이에게서 1미터 정도 떨어진 곳까지 다가와 천천히 웅크렸다.

"안녕, 꼬마 해리 남작님. 난 루시언 경이란다."

"응, 우리 정원에 새끼 고양이가 있어요. 길 잃은 녀석들이에요."

해리가 뻐기듯 말했다.

"넌 운이 좋구나."

그는 나직이 웃으며 말했다.

"우리 집 정원엔 개밖에 없단다. 크고 못난 놈이지."

해리의 눈썹이 치켜 올라갔다. 아이는 손가락을 입에서 빼냈다.

"우리 시골 집에도 개가 있어요. 시골 개예요. 토끼도 잡아요."

루시언은 빙그레 웃으며 앨리스를 올려다보았다. 그녀의 눈에 고인 눈물을 본 순간 그의 미소가 사그라졌다. 그녀는 시선을 피하며 해리의 자그마한 어깨를 꼭 쥔 채 머리를 쓰다듬어 주었다.

"해리, 너한테 줄 게 있단다. 네가 수두에 걸렸다는 소식을 들었거든. 그래서 이게 있으면 기분이 좋아질 거라고 생각했지."

루시언은 주머니에 손을 넣어 석영으로 된 작은 삼각 기둥을 꺼내 경탄으로 가득 찬 아이의 눈앞에 들이밀었다.

"프리즘이라고 한단다. 이런 걸 본 적 있니?"

해리가 고개를 젓자 전신이 같이 흔들렸다. 아이는 그를 믿는다는 듯 다가왔다. 루시언은 아이의 몸에 팔을 두르고 프리즘을 현관문 위 반달형 창문으로 스며드는 늦은 오후의 금빛 햇살에 비춰 보았다.

"보기에는 그냥 평범한 유리 같지. 안 그래? 하지만 조금만 기울이면…… 보이니?"

루시언은 빛의 굴절로 인해 대리석 바닥 위에 폭포수처럼 쏟아지는 일곱 빛깔의 기둥을 가리켰다.

"일곱 빛깔!"

해리는 숨 넘어가는 소리를 냈다. 아이는 손을 내밀어 프리즘을 쥐더니 빤히 들여다보았다.

"어떻게 한 거예요?"

아이는 프리즘을 흔들기 시작했다.

"빛을 향해서 들고 일곱 빛깔이 나올 때까지 이리저리 기울여보면 된단다."

"무지개네."

해리는 경건한 어조로 말하더니 당혹스러운 표정으로 루시언을 보았다.

"색깔 이름을 아니?"

루시언은 물었다.

"빨강, 초록, 파랑, 노랑."

아이는 자랑스러운 듯 읊었다.

"이런, 너무 많이 알잖아!"

루시언은 엄청나게 경탄한 표정으로 말하더니 앨리스를 바라보고 미소지었다.

"당신이 가르쳤소?"

코를 훌쩍이며 고개를 끄덕인 그녀는 자기 가슴을 세차게 끌어안고 그들을 지켜보았다. 해리는 키득거리며 루시언에게 더욱 다정히 달라붙어 가까운 거리에서 그를 관찰하고 있었다. 오랫동안 아이를 쳐다보고 있자니 루시언은 앨리스가 왜 이 아이에게 그토록 헌신적인지 금세 알 수 있었다.

해리는 영리하고 호감이 가는 귀여운 아이였다. 엄마인 캐로는 검은머리에 검은 눈을 가졌지만 해리는 몬테규 집안의 금발벽안과 피부색을 물려받고 있었다. 루시언은 아이의 앙증맞은 코를 살짝 꼬집어주었다.

"고모한테 프리즘을 보여드리지 그러니?"

아이는 냅다 앨리스에게 달려왔다.

"봐, 이거 프리즌이야!"

"프리즘이야, 해리. 프리즌이 아니라 프리즘."

그녀는 상체를 숙이고 아이를 도와 프리즘을 기울여서 빛을 굴절시켜 무지개가 나타나도록 했다.

"예쁘네!"

그녀는 아이를 얼렀다.

"루시언 경께 고맙다고 인사해야지."

"고맙습니다!"

아이는 소리쳤다.

"천만에."

루시언도 즐거워하며 대답했다.

잠시 후 앨리스는 해리에게 키스를 해 주었다.

"해터슬리 씨, 죄송하지만 해리를 페그에게 데려다 주시겠어요?"

그녀는 집사를 불러 이렇게 부탁했다.

"네, 아가씨. 해리 도련님, 오시지요."

"안녕, 안녕!"

해리는 집사에게 안겨 계단을 올라가면서 루시언을 보고 웃으며 손을 흔들었다.

루시언도 같이 손을 흔들었다.

"안녕히, 해리."

그와 앨리스만이 현관에 남게 되자 어색한 침묵이 흘렀다. 해리가 자신을 받아주지 않았더라면 그녀에게 진작에 쫓겨났을 거라고 루시언은 생각했다.

"귀여운 개구쟁이로군."

"맞아요."

그녀는 앞치마 주머니에 손을 넣고 발을 들썩거렸다.

"무슨 볼일이죠?"

"난, 저기, 당신 솜씨를 좀 빌려야 해서."

그녀는 냉담한 표정으로 질문하듯 눈썹을 치켜올렸다.

"내가 붙잡으려는 그 작자가…… 그게, 부하들은 당신이 내 설명을 듣고 그 자의 얼굴 스케치를 해 주었으면 하더군. 그 자의 정확한 몽타주가 있다면, 보 스트리트 경관들이나 치안감의 부하들이 그 자를 찾아내기가 훨씬 수월할 테니 말이오."

"알았어요. 부탁을 하러 온 거군요. 나한테 그런 식으로 행동해 놓고 말이죠."

"날 위해서 온 게 아니오! 그 자는 너무나 위험한 인물이오. 아직까지 자유롭게 활개를 치고 다니는 중이지. 시간은 점점 줄어드는데……."

의기소침해진 나머지 그의 말꼬리가 흐려졌다.

그녀는 한숨을 쉬며 돌아서서 복도로 접어들었다.

"목탄을 가져올 동안만 기다려요."

그의 기분이 좋아졌다.

"고맙소."

그녀는 별것 아니라는 듯 아무렇게나 손사래를 치며 복도 맨 끝 방으로 사라졌다. 그녀가 스케키북과 목탄을 챙겨올 동안 루시언은 바깥으로 나가 마크와 나머지 부하들에게 보초 설 위치를 건물 1층 주변에 각각 정해 주고 조금이라도 이상한 기미가 보이지 않나 단단히 망을 보라고 당부했다.

그가 다시 안으로 들어갔을 때 앨리스는 복도 끝에 서 있었다. 그녀는 그에게 따라오라고 손짓하더니 주간용 거실로 안내했다. 그리고는 떡갈나무 재봉대 앞에 놓인 윈저 양식 의자에 앉아 동그마니 발을 모았다.

그녀는 스케치북을 무릎 위에 올려놓고 목탄을 쥐더니 잠시 기다렸다가 시선을 들었다. 여전히 조금은 성난 기색이었다.

"뭐 마실 것 드려요?"

"고맙지만 됐소."

"그럼 시작하죠."

"좋소."

그는 그녀가 바로 곁에 있다는 것 때문에 초조하게 서성댔다.

"대상은 남자요. 프랑스인이고 나이는 마흔 가량."

"얼굴형을 묘사해 봐요. 동그란가요, 네모진가요?"

"직사각형이라고나 할까. 턱 중간이 옴폭 들어갔소."

"아직 턱까지는 가지도 않았어요."

"음, 미안하게 됐군."

그는 그녀의 야속한 어조에 속이 상해 쏘아붙였다.

그녀는 고개를 갸웃하고 심호흡을 했다.

"맨 위에서부터 아래로 차례차례 짚어 내려오는 거예요."

그녀는 좀더 정중한 태도로 설명했다.

"이마는 어떻게 생겼나요?"

"넓소. 눈썹은 짙지. 눈 밑이 움푹 파여 있소."

그녀의 손이 도화지 위를 재빠르면서도 우아하게 날아다니며 몇 가지 기본 선을 그렸다. 유일한 소리는 목탄이 도화지 위를 가볍게 스치는 부드럽고 여린 소리뿐이었다.

"코는 어떤 모양인가요?"

"크고 못생겼소. 감자 코지."

그는 중얼거렸다.

"감자라고요?"

앨리스는 의아하다는 듯 물었다.

그는 어깨를 으쓱했다.

"좋아요."

그녀는 집중하기 위해 입술을 깨물더니 루시언이 절절한 눈으로 응시하고 있다는 것도 모른 채 작업을 시작했다.

그러다 그녀는 눈길을 들어 그가 미처 숨기기도 전에 스산한 표정을 눈치채고 말았다. 그들은 한동안 서로를 가만히 바라보았다.

"앨리스?"

그가 속삭였다.

그녀의 입술이 떨렸다.

"네?"

"내 생각엔…… 당신에게 해야 할 말이 있소."

그는 앞으로의 전망을 예상하니 정말로 몸이 아픈 것 같은 느낌이 들었지만 할말을 하지 않는다면 그녀를 잃고 만나는 것을 알고 있었다.

"뭔데요?"

그는 고개를 숙이더니 다음 순간 신중하게 거실 입구로 다가가 문을 닫았다. 그는 그녀와 눈을 마주칠 수가 없어서 눈을 감고 빨리 끝내버리기 위해 용기를 내었다.

"극히 정당한 이유가 없었더라면 난 당신 대신 그 지를 선택하지 않았을 거요."

그는 목청을 가다듬었다. 심장이 걷잡을 수 없이 쿵쿵 뛰었다. 그는 심호흡을 했다.

"작년 봄 난 프랑스에서 그 일당들에게 붙잡혔었지. 5주 동안 그들의 손에 잡혀 있다가 겨우 탈출할 수 있었소. 심한 고문을 받고……."

"고문이라고요?"

그녀는 날카로운 어조로 물었다.

턱을 치켜든 그는 방 안쪽에 있는 그녀의 고통으로 일그러진 눈을 마주보았다.

"그렇소."

그는 속마음과는 달리 훨씬 냉정하게 대답했다.

"첩보원들이라면 누구나 붙잡혔을 때 십중팔구 고문과 처형을 당한다오."

충격으로 낯빛이 하얗게 질린 채 그녀는 반쯤 그리다 만 스케치를 내려다보았다.

"이 남자가 당신을 고문했다고요?"

"자기가 할 일을 한 거지. 그것도 아주 솜씨 좋게 해냈소. 난 실토하고 말았거든, 앨리스."

그는 천천히 고개를 가로저었다.

"난 결국 동료 중 하나였던 패트릭 켈리의 이름을 털어놓고 말았소. 좋은 사람이었고 나의 정신적 스승이었지. 더 이상은 고문을 견딜 수가 없었소. 심지어 내가 그때 무슨 말을 했었는지도 모르겠어. 정신이 들고 보니 때는 이미 늦은 뒤였소. 바르두는 이미 사라지고 말았거든. 그 자는 내게서 캐낸 정보에 힘입어 켈리를 추적해 죽였지."

그는 양옆에 늘어뜨린 주먹을 불끈 쥐고 진저리를 쳤다.

"난 무력했소. 켈리가 죽은 것은 내 책임이었소. 그것 때문에 난 혼자서 바르두를 죽여야 하는 거요."

"아아, 루시언."

"그 전에는 당신에게 말할 수가 없었소. 내가 두려워한다는 걸 당신에게 알리고 싶지 않았어."

거의 기어들어 가는 목소리였다.

그녀는 스케치북을 내려놓고 그를 향해 두 팔을 벌렸다.

"나한테로 와요."

그는 떨리는 다리로 방을 가로질러 그녀의 의자 앞에 무릎을 꿇었다. 그는 그녀의 반응을 알아내기 위해 불안한 마음으로 그녀의 눈을 물끄러미 들여다보았다. 친구를 저버리는 끔찍한 배신을 한 뒤에도, 그의 허약함이 밝혀진 뒤에도 여전히 그녀가 그를 존경할 수 있을지 알고 싶은 마음이 너무나 절박했다.

눈물이 그녀의 눈에 그렁그렁 맺혔다. 그녀는 고개를 저으며 그를 끌어안았다. 그녀는 그의 머리칼을 어루만지며 그의 얼굴에 키스했다. 그 다정함이 그를 압도해 버렸다. 그가 너무나 오랫동안 가슴속에 쌓아두기만 했던 고통이 하나하나 펼쳐지면서 물먹은 밧줄처럼, 마치 그 프랑스 감옥에서 그토록 오랫동안 그의 손목을 까지게 만들었던 포승줄처럼 부풀어올랐다.

그녀의 무릎을 베고 누운 그의 눈이 고뇌로 불타올랐다. 그녀는 상체를 숙여 부드러우면서도 힘있게 그를 끌어안았다. 그녀의 길다란 금발이 그에게로 쏟아지자 그는 여전히 고개를 숙인 채 그녀의 머리칼에 얼굴을 묻었다.

"괜찮아요."

그녀는 그의 등을 애무하며 속삭였다.

"무슨 일이 있었는지 말해 줘요."

목이 너무나 꽉 메어서 숨쉬기조차 빠듯했지만 그는 그녀의 말에 따랐다. 그녀는 그의 고백을 들을 만한 자격이 있었다.

"여태껏 어느 누구에게도 애기한 적이 없소. 대미언에게도, 심지어 캐슬리에게도 말이오. 바르두는 그 작전의 우두머리였지. 난 파리에서 놈들에게 붙잡혔소. 그 뒤 5주 동안 놈들은 날 빛 한줄기 안 들어오는 차갑고 축축한 감방에 처넣고 죽지 않을 만큼의 음식과 물만을 주었지. 끔찍한 갈증이었어. 그놈들은 날 구타했소. 날 굶겼소. 내가 입을 열려 하지 않자 날 깔아뭉개더니 이빨 두 개를 뽑았지. 강간하겠다, 거세시키겠다 등등 온갖 가증스러운 협박을 다 하더군. 놈들은 날 배신자로 만들려고 했지만 난 저항했지."

그는 고르지 못한 숨을 들이마셨고 그동안 앨리스는 그의 얼굴에 언뜻 스쳐 지나가는 고통스러운 감정을 미묘한 부분에 이르기까지 세심하게 지켜보았다.

"어떻게 감시를 뚫고 탈출했어요?"

"결국 그중 한 놈이 내 상태를 점검하러 왔을 때 해치워 버렸소. 그 녀석의 무기를 빼앗아 사투를 벌이며 전진했지. 결국 그 녀석들을 전부 다 죽였소."

그는 준엄한 어조로 말했다.

"바르두만이 예외였소. 녀석은 이미 패트릭 켈리를 뒤쫓아 그곳을 떠난 뒤였거든."

둘 다 오랫동안 침묵을 지켰다.

"아아, 앨리스."

그는 정신적으로 녹초가 된 듯이 말했다.

"스물여섯 살 이후로 난 이 전쟁에 내가 바쳐야 하는 모든 것을 바쳤소. 심지어 대미언조차 바치지 않았을 것까지 바쳤어. 내 이름과 평판을 더럽히면서까지 말이오. 난 내가 하는 일이 어떤 것인지 알고 있었지만 사람들은 날 천한 불한당으로 여겼고 그 점이 내게는 너무나 힘들었소."

그녀는 무언중에 공감하며 그의 얼굴을 어루만졌다. 그는 그녀의 손에 자신의 뺨을 밀어붙였지만 차마 그녀의 눈을 마주보지는 못했다.

　돌연 전조도 없이 더 많은 말이 그의 입에서 마구 튀어나왔다. 하지만 평소에 자랑하던 달변가다운 감각은 자취를 감춘 채였다.
　"난 처음부터 참전하고 싶지도 않았어! 난 의사가 되었어야 했다고. 신이 주신 치유 능력을 발휘하고 싶었어. 사람들을 죽이는 게 아니라 살리고 싶었지. 하지만 내가 무엇보다도 충절을 바쳐야 했던 대상은 형이었어. 언제나 형이었지. 난 형을 위해 미래를 내팽개쳤어. 형이야말로 내게 있는 유일한 친구였기 때문에 형을 위해서라면 내 자신조차도 아랑곳하지 않았지. 그런데 지금 형은 날 아는 체조차도 하지 않아. 형이 당신을 내게서 채가는 것 역시 참을 수 없어. 당신은 내가 얼마나 외로운지 몰라. 만약 날 사랑하지 않는다면……."
　그는 말을 끊고 자기 혐오에 휩싸여 고개를 떨궜다. 그는 마키아벨리 못지 않은 자제력을 찾기 위해 마음속을 헤집었지만 흔적도 찾을 수 없었다.
　젠장, 만약 그녀가 대미언과 결혼하기로 동의했다면 그렇게 내버려두자. 그는 절망의 구렁텅이로 떨어지지 않으려고 자신과 사투를 벌였다. 그녀 앞에서 울지 마. 앨리스 앞에서는 울지 마. 제발, 평생에 한번이라도 병신 같은 약골 짓을 하지 말라고…….
　하지만 그녀가 그의 턱을 다정한 손길로 치켜들었을 때 고뇌에 불타는 그의 눈에는 눈물이 그렁그렁했다.
　"미안하오."
　그는 흠칫하며 목메인 소리로 밀했다.
　"약해빠져서 미안하오. 패배자라서 미안하오. 또 선량하지 못해서 미안……."
　"아니에요. 그만 해요. 더 이상 한마디라도 했다간 두고봐요."
　그녀는 경고했다. 그녀의 눈에도 눈물이 글썽했다. 그녀는 격렬하게 고개를 저었다.
　"그건 사실이 아니에요. 한마디도 사실이 아니라고요."

　루시언은 애원하듯 그녀를 응시했다.

　"대미언 형이 오늘 여기에 왔다는 걸 알아. 당신에게 청혼을 하러 왔다는 것도 알고. 당신은 뭐라고 말했지, 앨리스? 제발 가르쳐 줘."

　"뭐라고 했을 것 같아요?"

　그녀는 다정하게 꾸짖듯 물었다.

　그는 고개를 가로저었다.

　"정말 모르겠어."

　"루시언. 당신 형은 좋은 분이지만 그분이 당신은 아니잖아요. 안 된다고 거절했어요. 당신말고는 어느 누구도 사랑할 수 없었거든요. 그렇게 얘기했어요."

　"그렇게 말했다고?"

　그는 목이 메어 그녀를 쳐다보았다. 그녀의 푸른 눈에 깃들인 진심이 그를 압도했다.

　그녀가 그저 고개만을 끄덕이자 전율이 그의 몸에 흘러 넘쳤다. 그는 천천히 고개를 숙여 그녀의 무릎에 갖다 댔다. 그는 그녀에게 꼭 매달렸다가 다음 순간 억누를 수가 없어 울음을 터뜨렸다. 그는 화가답게 아름다운 그녀의 손에 눈이 따가울 정도로 뜨거운 눈물 세례와 키스를 퍼부었다.

　"날 구해 줘."

　그는 속삭였다.

　"내 사랑, 나의 아름다운 벗. 당신이야말로 내 삶에 끼어든 것들 중 유일하게 올곧은 존재요."

　그녀는 그를 오랫동안 끌어안고 그의 귀에 코를 비벼대며 그의 등 위로 상체를 숙여 사랑스럽다는 듯 쓰다듬었다.

　"루시언, 나의 마법사, 나를 매혹시킨 요술쟁이. 당신은 진짜 의사예요. 당신이 날 치유했어요."

　그는 초점이 완전히 흩어진 눈을 들어 어쩔 줄 모르는 표정으로 그녀를 응시했다.

"이젠 내가 당신을 치유해 줄게요."

그는 절박한 표정으로 말없이 눈을 감았다. 그녀는 그의 얼굴을 다정하게 애무하며 눈꺼풀과 뺨에 입맞췄다.

"사랑해요."

그녀는 다시 또다시 중얼거렸다. 그는 동작을 뚝 멈추고 그 말을 가슴속 깊은 곳까지 빨아들였다. 그녀의 비단결 같은 입술이 그를 달래듯 훑고 지나가자 그는 전율하면서도 급박하게 그녀의 입술을 몽땅 차지했다.

그녀의 두 팔이 그에게 감겼다. 그녀의 따스하고 촉촉한 입이 굶주린 듯 열리면서 그를 받아들였다. 그는 그녀의 혀를 자신의 혀로 어루만지며 드레스 아래로 잡히는 그녀의 가슴을 받쳐들었고 다음 순간 입술을 떼었다. 심장이 미친 듯이 고동치고 눈은 열렬한 욕망으로 번득였다.

"당신이 필요해."

"그래요."

희미하고 숨가쁜 목소리로 대답하며 그녀는 손을 아래로 가져가 단단해진 그의 몸을 훑어 내렸다.

"난 당신 거예요, 루시언. 당신 거니까 가져요. 내 사랑을 가져가요. 날 가져요."

영혼 깊은 곳에서 우러나오는 감사의 마음을 신음에 담아 그는 다시 그녀에게 키스하며 그녀의 몸을 바닥에서 들어올렸다. 그는 그녀를 육중한 마호가니 탁자에 눕히고 은제 다기를 옆으로 밀쳤다.

"맙소사, 당신이 그리웠어."

그는 숨가쁘게 속삭이며 그녀의 치마를 허벅지까지 밀어 올렸다.

"당신의 몸, 당신의 웃음소리, 당신의 미소 전부 다. 내가 얼마나 당신을 필요로 하는지 모를 거야."

"서둘러요, 루시언."

그녀는 헐떡이며 굶주린 듯 그에게 허리를 밀어붙이고 그의 몸을 잡아끌었다. 그녀의 눈이 불타는 열망으로 흐릿해졌다. 그에게 내려진 저주의 불길을 끌 수 있는 사랑의 바다가 그곳에서 찰랑대고 있었다.

"당신은 너무나 아름다워."

그는 속절없이 속삭이며 움직였다. 그가 그녀의 중심부를 어루만졌을 때 그녀는 이미 뜨겁게 달아올라 젖어 있었다.

그녀는 그의 바지에서 떨리는 손으로 그의 몸을 해방시켰고 그가 그녀의 몸 안으로 깊이 밀고 들어와 그녀를 탁자 위에서 초조하고 급박하게, 정신없이 안자 흡족한 듯 부드러운 신음 소리를 토해냈다. 둘 다 아직도 옷을 전부 입은 채였다. 그는 그녀의 보드라운 크림색 엉덩이를 움켜쥐고 딱딱한 탁자 표면에 배기지 않도록 그녀의 몸을 안아올려 목에 키스했고 그녀는 그의 몸 아래에서 몸부림쳤다.

그가 그녀의 가슴에 코를 비벼대며 부풀어오른 젖꼭지를 빨자 마침내 그녀는 쾌락 때문에 날카롭게 신음하면서 그의 허리에 다리를 휘감았다.

"아아! 미칠 것 같아요."

그녀는 헐떡였다.

"쉬잇."

그는 소유욕이 넘치는 미소를 지으며 속삭였다. 관능적인 열락 앞에 그녀의 신음 소리가 점점 더 커지자 그는 그녀의 입술에 손가락을 가져다 댔다. 그녀는 그가 조용히 하라고 갖다 댄 손가락을 핥다가 입 안으로 넣어 빨았다. 그는 욕정에 사로잡혀 그녀를 지켜보며 더욱더 세게 그녀의 몸 안으로 들어왔다. 그녀는 고개를 모로 돌리고 입술을 깨물며 신음을 억눌렀다. 하지만 그의 허리가 그녀의 비단결 같은 허벅지 사이를 더욱 매섭게 파고들자 그녀의 허리가 절박하게 위로 들려 올라갔다.

"루시언⋯⋯."

"그래, 천사. 지금이야."

그녀는 몸을 뻣뻣이 경직시켰고 그 얼굴에는 욕구가 뚜렷이 새겨졌다. 루시언은 더 이상 1초라도 참을 수가 없었다. 숙련된 자제력이 자취를 감추자 그는 비명을 지르지 않기 위해 이를 꽉 물었다. 절정에 도달하자 그의 몸 속 가장 깊은 곳에서 쾅쾅 터져 나오는 듯한 분출이 이어졌고 마침내 그는 헐떡이며 정신없는 열락 속에서 그녀의 몸 위로 무너졌다.

그는 계속 그녀의 몸 안에 머무른 채 그녀를 응시했고 그녀는 그를 안고서 머리카락을 부드럽게 어루만졌다. 그의 내면이 깊은 고요함에 잠겼다. 모든 것이 갑자기 너무나 명확해진 것 같았다.

"사랑해."

그는 간신히 속삭였다.

그녀는 장난기 어린 눈빛을 던졌다. 충분한 만족을 맛본 그녀의 목소리는 고양이의 목 울림처럼 고르지 못했다.

"당연하죠."

하지만 다음 순간 그녀의 눈빛이 진지해졌다. 그녀는 모로 눕더니 팔꿈치로 상체를 받치고 일어나 그의 얼굴을 그윽한 눈초리로 살펴보았다.

"이 바르두라는 사람 말이에요."

그녀는 용기 있고 냉정한 목소리로 물었다.

"이 사람을 무찌를 수 있겠어요?"

"당신 사랑을 얻을 수 있다면 뭐든지 할 수 있을 것 같소."

그는 속삭였다.

"그럼 축복을 빌어줄 테니 가서 이 남자를 처치해요, 루시언. 이 남자는 당신에게 그런 짓을 했으니 죽어 마땅해요. 힘만 있다면 내 손으로 직접 죽였을 테지만 이 일은 당신 차지예요. 당신이 끝내도록 해요."

그녀는 명령하며 그를 물끄러미 바라보았다. 격한 성미의 젊은 여왕이 정의에서 우러나온 분노를 깊은 쪽빛 눈망울 속에서 활활 불태우는 것만 같았다.

"우리의 미래를 위해서 해 줘요. 우리 아이들을 위해서. 끝내고 나면 내게로 돌아와요."

그는 경외감을 느끼며 그녀를 응시했다.

"당신을 내 생명보다도 더 사랑하오. 난 당신 거야, 앨리스."

그녀는 그의 뺨을 받쳐들고 다시 한 번 그를 끌어안아 정열적으로 키스했다.

"그럼 우리가 할 일을 끝내야죠. 당신을 위해서 그림을 끝낼 테니 이 괴물을 어둠 속에서 끌어내도록 해요."

그는 그녀의 손을 자기 입술로 가져갔다.

"고맙소."

그는 그녀의 시선을 의미심장하게 맞받으며 속삭였다.

지금 루시언의 심정으로는 하루 종일 침대에 그녀와 함께 있는 것 외에는 아무 것도 하고 싶은 생각이 없었지만 그는 매무새를 추스르고 그녀의 곁으로 다가가 섰다. 그는 그녀의 머리칼로 장난을 치면서, 중간중간 그녀가 바르두의 얼굴에 대해 세부 사항을 확인할 때면 능력껏 최선을 다해 대답했다.

그는 그림 속의 얼굴이 화폭에 떠오르기 시작하자 너무나 닮은 그 모습을 보고 놀랐다.

"아주 흡사하군. 눈 사이가 조금 더 좁고 턱은 약간 둥글게 다듬어도 되겠는데. 그리고 피부에 약간 개기름이 끼었소. 그 점은 어떻게 표현할 수 있을까?"

하지만 그녀는 대답하지 않고 그저 가만히 앉아 그림을 물끄러미 내려다보기만 했다.

그녀를 슬쩍 곁눈질한 루시언은 문득 그녀의 얼굴이 백짓장처럼 새하얗게 변해 가는 것을 보고 놀랐다.

"앨리스, 당신 괜찮소?"

"루시언…… 나 이 남자 알아요."

"뭐라고?"

그녀는 공포에 질린 눈으로 그를 올려다보았다.

"이 사람은 캐로의 새 애인인 카를 폰 다네커예요. 분명 그 사람이에요. 하지만 그 사람은 프랑스인이 아니에요. 프로이센 사람이라던데요. 루시언, 그 사람 조금 있으면 이리로 올 거예요!"

앨리스는 루시언의 얼굴이 이렇게 병적으로 창백해진 것을 처음 보았다.

"그 자가 여기에 드나들었다고? 이 집에?"

그는 급박하게 물었다.

"당신이 여기에 있을 때에도? 해리도?"

"캐로와 함께 여기에서 몇 밤 자고 간 적도 있어요."

그는 그녀가 일찍이 들어보지 못한 사나운 욕설을 나직이 내뱉더니 휙 돌아서서 문간으로 성큼성큼 향했다.

"루시언!"

"아기에게 떠날 채비를 시켜요. 당신도 코트를 입고. 이곳을 떠나는 거요. 당신을 안전한 곳으로 보낼 거야. 캐로도 데리고 가요. 그리고 하인들에게 집 뒤편으로 옮겨가 조용히 숨어 있으라고 해요. 어느 누구도 소리를 내는 걸 원치 않거든. 이해하겠소? 마크! 카일!"

그는 복도 바깥쪽에 대고 외치더니 노여움 때문에 거무스름하게 변한 얼굴로 다시 그녀를 돌아보았다.

"그 자가 몇 시에 오는지 알고 있소?"

앨리스는 벽난로 장식 선반 위의 탁상 시계를 곁눈질했다.

"10분 뒤예요. 4시에 올 거라고 캐로가 그랬거든요. 주말을 맞아 둘이서 어디를 가자고 했다나봐요."

루시언은 나직이 욕지거리를 뇌까렸다.

"어떻게 할 거예요?"

"그 자를 체포해야지. 운이 좋다면 말이지만."

그는 덧붙이며 현관문 쪽을 곁눈질했다.

"당신 옆이 내가 있을 곳이에요. 나도 도울래요."

"젠장, 안 돼. 당신 집 안에서 유혈 사태가 일어나는 일만은 피하고 싶소. 게다가 어쨌든 법이 그 자를 처벌할 테니까. 자네!"

루시언은 고함소리를 듣고 혼비백산해 헐레벌떡 달려온 해터슬리 씨를 불렀다.

"몬테규 양이 타실 마차를 준비하게. 그리고 마크."

그는 젊은이가 거실로 성큼성큼 들어오자 말했다.

"바르두가 이곳으로 오고 있네. 그 자는 레이디 글렌우드에게 빌붙어서 날 쫓고 있었어. 그 자가 올 때까지 매복하고 숨어 있자고. 앨리스와 해리 그리고 남작부인은 이곳에서 내보내고 싶네. 마차를 나이트 하우스로 몰고 가서 대미언에게 보호해 달라고 부탁하게나. 형을 믿고서 이 사람들을 맡기겠어. 자네도 형을 돕게."

"하지만 루시언, 캐로는 내 말을 들으려 하지 않을 거예요!"

"듣게 해야지! 자, 가요!"

겁에 질린 그녀는 그의 말에 따라 해리를 데리러 육아실로 뛰어올라갔다. 해리에게 신발을 신기고 코트를 입혀주는 손이 떨렸다. 그녀는 페그에게 함께 나이트 하우스로 가야 한다고 일렀다. 겉으로는 침착한 척했지만 심장은 공포 때문에 쿵쿵거리는 가운데 앨리스는 늙은 유모와 해리와 넬리, 그리고 나머지 하인들을 집 뒤쪽으로 데려가 루시언의 지시대로 조용히 하게끔 당부한 다음 다시 캐로를 찾으러 위층으로 올라갔다. 그녀는 캐로의 침실 문 앞에서 자신을 다잡고 힘을 주어 노크했다. 올케가 말을 안 듣고 애먹일 것을 뻔히 알기 때문이었다. 남작부인이 방 안에서 흥얼거리는 콧노래 소리가 들려왔다.

"언니!"

앨리스는 문을 열었다.

캐로는 네글리제와 그 위에 벨벳 화장 가운만을 걸친 채 하녀를 볶아치고 있었으며 참을성 많은 하인은 남작부인의 가운을 한 무더기 안아 이동식 옷장에서 침실로 옮기고 있었다.

"무슨 일이야, 앨리스?"

캐로는 오만한 말투로 물었다.

"내가 눈코 뜰 새 없이 바쁘다는 건 보면 알 텐데. 폰 다네커가 조금 있으면 온단 말이야."

"그 문제 때문에 할 얘기가 있어서 온 거예요. 단둘이서만."

캐로는 짜증난다는 눈길로 하녀를 자리에서 물렸다. 앨리스는 할 말을 정리해 보았다. 하필이면 자신이 캐로에게 이 얘기를 해야 하는 사람이 되었는지 영 달갑지 않았다.

"언니, 폰 다네커는 겉보기와 다른 사람이에요. 일종의 범죄자예요."

그녀는 일부러 애매모호하게 말했다.

"루시언 나이트가 아래층에 와 있는데……."

"루시언이?"

침대 위에 놓여 있던 가운을 매만지던 캐로는 탄성을 지르며 상체를 일으켰다. 그녀는 허리에 두 손을 척 걸치고 영문을 모르겠다는 듯 앨리스를 쳐다보았다.

"루시언은 폰 나네커를 제포해 구금할 예정이에요."

캐로는 영문을 모르겠다는 듯 콧등을 찡그렸다.

"뭐야?"

"언니, 총격전이 일어날지도 몰라요. 지금 당장 이 집에서 나가야 해요. 이건 아주 심각한 문제예요. 우리 모두가 위험에 처해 있어요. 서둘러서 뭐라도 입으세요. 루시언은 이 사건이 다 끝날 때까지 우리를 나이트 하우스로 보내겠대요."

캐로는 순간 어째야 좋을지 모르겠다는 것처럼 그녀를 응시하더니 다음 순간 까르르 웃음을 터뜨렸다.

"그 악마가! 하여튼 못된 장난을 질리지도 않고 끈질기게 하는군. 안 그래? 뭐 그럼 내려가서 그 은빛 눈의 악마에게 아래층에서 기다리라고 해 봐. 잠깐 짬을 내서 말을 들어주긴 하겠어. 그러고 나면 그 작자가 이번엔 또 무슨 장난을 꾸미는지 알 수 있겠지. 하지만 우선은 옷을 입어야겠어."

"언니, 장난이 아니라니까요."

앨리스는 울화가 치밀어서 외쳤다.

"루시언도 언니가 생각하는 그런 사람이 아니에요."

그녀는 망설였다. 그의 진짜 직업을 아무에게도 말하지 않겠다고 약속하긴 했지만 상황이 상황이니 만큼 그도 이해해 줄 것이다.

"루시언은 왕실을 위해서 일하는 비밀 첩보원이고 폰 다네커는 프랑스 첩자예요. 진짜 이름이 클로드 바르두래요."

"첩자라고?"

그녀는 비웃었다.

"내 말을 못 믿겠다 하더라도 그 얘기는 나중에 하면 되잖아요. 지금은 빨리 옷 몇 벌만 챙겨서 해리와 나와 함께 나이트 하우스로 같이 가요. 부탁이에요."

"나이트 하우스라고! 이런, 호크스클리프 공작가의 저택에 화장가운 차림으로 어떻게 간단 말야?"

캐로는 쏘아붙였지만 얼굴은 하얗게 질려 있었고, 동작도 급격해지기 시작했다. 그녀는 헐렁한 웃옷을 벗더니 재빨리 옷을 갈아입기 시작했다.

앨리스는 남몰래 안도의 한숨을 내쉬었다.

"옷을 다 입는 대로 부엌으로 내려와요. 해리와 하인들은 이미 다 그곳에 모여 있어요. 마부들은 벌써 우리를 태우고 갈 마차 준비를 하고 있고요."

캐로는 거만하게 고개를 까딱했다. 검은 눈에는 크나큰 분노가 펄펄 끓고 있었다. 사치스러운 방에서 나오던 앨리스는 남작부인이 분개한 듯 나직이 중얼거리는 말소리를 들었다.

"이런 엉뚱할 데가! 그 악마가…… 그 작자가 내 집에 멋대로 들어와서 명령을 내려 사람들을 제멋대로 부리다니 생각만 해도……."

앨리스는 올케의 신경질적인 반응에 기가 막혀 허공을 쳐다보았지만 적어도 캐로의 협조를 얻어내는 데는 성공했으니 다행이었다. 그녀는 치맛자락을 들고 계단을 달려 내려갔다. 루시언이 현관 입구에 서 있었다. 그는 언제라도 권총을 쏠 수 있게 발사 준비를 하다가 앨리스가 서둘러 계단을 내려가자 고개를 들었다.

"캐로는 어디 있지?"

그는 준엄한 어조로 물었다. 그의 눈에 담긴 음울한 분노의 기색을 보자 그녀의 전신이 공포로 부르르 떨렸다.

"오고 있어요. 썩 유쾌하게 받아들인 건 아니지만 그래도 협조는 할 거예요."

"잘됐군."

현관 입구 홀을 떠나기 전에 앨리스는 루시언에게로 달려가 그를 포옹했다. 그녀는 까치발을 하고 그의 뺨에 입맞췄다. 두 사람의 시선이 마주쳤을 때 그녀는 자신의 눈에서 다정함과 근심 걱정을 굳이 숨기지 않았다.

"조심해요."

그녀는 속삭였다.

그는 긴장한 듯 고개를 까딱하더니 턱에 힘을 꽉 주고 시선을 피했다.

"앨리스. 모든 게 정말 미안할 따름이야. 만약 내가 죽는다면……."

그녀는 그의 조각상 같은 얼굴을 양손으로 세게 감싸 쥐고 그의 눈을 들여다보았다.

"감히 그런 말은 하지도 말아요. 당신은 내가 기다리는 집으로 돌아오는 거예요. 기다릴게요."

그녀는 마른침을 꿀꺽 삼켰다.

"사랑해요."

정열적이고도 투명한 그의 눈망울 깊은 곳에 고뇌가 언뜻 스쳐 지나갔다. 그는 속눈썹을 내리깔고 얼굴을 돌려 그녀의 손바닥에 입술을 갖다 댔다.

"가서 다른 사람들과 함께 숨어요."

그는 거칠게 속삭였다.

그녀는 끄덕이며 그를 놓아주고는 성큼성큼 부엌으로 돌아갔고, 그는 부하들에게로 갔다. 부엌문을 닫기 전 그녀는 마지막으로 한 번 더 복도를 내다보고 그의 모습을 찾았다. 그는 조끼 밑에서 뽑아든 권총을 햇살에 번득이며 맹수처럼 우아한 걸음걸이로 현관 입구를 지나가 부하들에게 각자 위치를 지정해 주었다.

그는 문 바로 옆에 자리 잡고 벽에 등을 찰싹 붙였다.

아아, 하느님. 어떻게 이런 일이 일어난단 말입니까, 그녀는 속으로 생각했다. 그녀의 집에서 첩자를 체포하게 되다니! 그녀는 떨면서 문을 닫고 다른 사람들 사이에 자리를 잡았다. 일 분 일 초가 너무나 느리게 흘러갔다. 캐로는 왜 안 오는 걸까? 무엇 때문에 이렇게 시간이 오래 걸리지? 그녀가 그렇게 생각한 순간 해터슬리 씨가 정원 쪽으로 난 뒷문을 통해 부엌으로 살그머니 들어왔다.

"미첼이 말을 매고 있습니다, 아가씨. 몇 분 안으로 마차 준비가 끝날 겁니다."

"알았어요."

마크가 갑자기 모두 모여 있는 부엌으로 성큼성큼 들어섰다. 그는 손가락을 입술에 대고 앨리스더러 아까 남자들이 바리케이드 대용으로 자리를 옮겨 놓았던 묵직한 나무 작업대 뒤로 오라고 손짓했다.

"이제 떠나는 건가요?"

앨리스가 속삭였다.

"너무 늦었습니다. 조용히 하세요. 그 자와 이선 스태퍼드가 막 도착했습니다."

"하지만 캐로가……!"

"너무 늦었습니다. 남작부인은 아직 2층에 계십니다. 그곳에만 계신다면 안전하실 겁니다."

"제가 문을 열러 가야겠군요."

해터슬리 씨가 걱정하며 말했다.

"저 친구들이 나갈 겁니다."

마크가 엄한 말투로 대답했다.

페그와 앨리스는 섬뜩한 기분이 들어 눈길을 마주쳤다. 크게 당황한 유모는 넬리며 겁에 질린 식기실 담당의 어린 하녀와 함께 두터운 도마 뒤편에 웅크리고 숨어 있었다. 마크가 권총을 꺼내들고 앨리스와 해리를 보호하듯 앞을 막아 섰다.

해리는 긴장된 분위기가 못마땅한지 보채기 시작했다.

"엄마 어딨어?"

"아이를 조용히 시키십시오."

마크가 중얼거렸다.

앨리스는 아이의 솜털 같은 머리를 가슴에 끌어안았다.

"쉬잇."

"지금 이거 숨바꼭질이야?"

해리가 속삭였다.

"그래, 그러니까 조용히 해야지. 고개 숙이렴, 우리 강아지."

아이는 키득거리며 그녀의 턱 아래에 고개를 쏙 파묻었다. 그녀는 눈을 감고 격렬한 보호 본능을 느끼며 아이를 감쌌다. 그런 와중에도 루시언 역시 그녀의 팔로 감싸줄 수 있다면 얼마나 좋을까

하는 생각뿐이었다. 레벨 코트를 떠나기 전날 밤 그녀가 꿰매주었
던 그의 옆구리 상처가 너무나도 생생하게 떠올랐다. 하느님, 제발
그이를 보살펴 주소서.

그녀는 현관 입구 쪽에서 들려온 거친 노크 소리를 듣고 눈을
반짝 떴다. 다음 순간 현관문이 삐걱 열리자 그녀는 숨을 죽였다.

16

마침내 그날이 오고야 말았다.

조금 전 클로드 바르두는 이선이 몰고 온 마차에서 뛰어내린 참이었다. 바르두는 정력이 넘치는 기분을 안고 캐로의 집 현관으로 올라갔다. 전날 밤 그는 마지막으로 남작부인과 욕정을 나누고 푹 잠들었었다.

오늘은 미리 준비해 두었던 오두막으로 그녀를 데리고 가 루시언 나이트를 꾀어낼 작정이었다. 물론 그녀는 꿈에도 모르고 있었다. 그와 낭만적인 단둘만의 도피 여행을 가는 줄로만 알고 있었다.

나폴레옹도 자랑스러워하겠지, 그는 생각했다. 그의 계획은 빈틈없었고 돈만 밝히는 비열한 미국놈에게 속아넘어가지도 않았으며 모든 것이 순조로웠다. 내일 이맘때쯤이면 그는 배에 타고 있을 터였다. 푸셰를 도와 황제를 엘바 섬의 귀양에서 해방시킬 방법이 있을지 알아보러 이탈리아 해변으로 갈 작정이었다.

들뜬 나머지 그는 노크를 하려 하면서 마르세예즈의 한 소절을 휘파람으로 불기 시작했지만 애국심을 만천하에 드러내기 전에 잽싸게 정신을 차렸다. 맙소사, 이 따분한 폰 다네커 역할을 끝내는 날이 되면 기뻐 날아갈 것만 같았다.

문이 열리자 바르두는 즉시 경계심을 품었다. 여느 때의 집사가 아니었다. 금발을 뒤로 빗어 넘기고 크러뱃을 모양 좋게 맨 깔끔하고 세련된 작자였다.

"안녕하십니까. 무슨 일이시지요?"

"원래 있던 집사는 어디 갔나?"

그는 조심스럽게 물었다.

"해터슬리 씨는 쉬는 날이십니다. 전 보조 집사 텔버트라고 합니다. 뭘 도와 드릴까요?"

"난 폰 다네커 경일세. 레이디 글렌우드를 모시러 왔지."

"아아, 네. 그러시군요, 경. 들어오셔서 잠시만 레이디를 기다려 주시겠습니까?"

집사는 온화하고 예의바른 미소를 지으며 문을 더 활짝 열고 옆으로 비켜섰다.

바르두는 경계하듯 집사를 흘끔거리며 현관 입구 홀로 들어섰다. 그 순간 눈앞에서 세상이 불꽃으로 화해 폭발하면서 머리 바로 옆에서 뭔가가 부딪혀 산산이 부서지는 소리가 났다. 그는 문짝에 거세게 부딪혀 쓰러졌다. 너무 깜짝 놀라 무기로 손을 뻗을 틈도 없었다. 매복하고 있던 무리들에게 완전히 당한 것이다. 다음 순간 루시언 나이트가 그의 미간 한가운데에 장전한 권총을 들이대며 내려다보고 서 있었다.

아직도 어질어질한 가운데 바르두의 눈은 증오가 이글이글 흘러넘치는 은빛 눈과 총구 사이를 왔다갔다했다. 은빛 눈은 그를 그 자리에 못 박을 듯 살의를 품고 있었다.

"봉주르, 무슈 바르두."

루시언의 입술이 냉혹한 미소로 일그러졌다.

"다시 만나다니 이거 기쁘고도 놀랍소이다."

바르두는 일어나려 했지만 예전에 그 자신이 루시언에게 자주 퍼붓곤 했던 주먹질 그대로를 돌려 받았다. 바르두는 천둥처럼 내리꽂히는 일격을 맞은 데 뒤이어 갈비뼈에 발길질을 당하자 욕설을 뇌까렸다. 그는 바닥을 굴러가 문간에 대자로 뻗었다. 그는 한때 자신의 포로였던 작자를 올려다보고 갑자기 겁을 와락 먹었다. 심장이 쿵쿵거렸고 가슴이 들썩댔다. 그는 입가에 피가 방울져 흐르는 것을 느끼고 손으로 더듬어 보았다.

"일어나."

루시언이 이를 갈며 내뱉었다.

바르두는 적이 자제하고 있음을 깨달았다. 그는 조심스럽게 일어나 루시언의 부하들을 둘러보았다. 다들 그에게 권총을 겨냥한 채 그의 모든 움직임을 쫓고 있었다.

"문에서 떨어져."

루시언이 명령했다.

뱃속이 증오심으로 들끓고 눈에서 불길이 치솟았지만 바르두는 이를 갈며 그 말에 따랐다. 젊은 집사 놈이 뒤에서 문을 세차게 닫자 루시언은 총구를 바르두의 관자놀이에 겨누고 천천히 다가왔다.

"젠킨스, 이 놈에게 수갑을 채워. 움직이지 마, 바르두. 안 그랬다간 이 총알이 네 머리를 꿰뚫을 거다."

바르두의 머릿속이 미친 듯이 돌아갔다. 이 놈들에게 붙잡혀 수갑을 찼다가는 그걸로 끝이었다. 몇 초의 시간이 흘렀고 젊은 놈이 조심스럽게 그에게로 다가왔다. 바르두는 어느 놈을 공격할지 고민했다. 루시언 외에 네 명이 더 있었다. 그는 수갑을 채우라는 명령을 받고 다가오는 젊은 놈을 경고하듯 째려보았다. 그때 갑자기 그의 구세주가 계단을 내려왔다.

"카를! 루시언! 대체 이게 뭐 하자는 거예요?"

캐로는 계단을 올라가다가 충격을 받은 듯 따져 물었다.

"캐로, 물러나 있어."
루시언이 이를 악물고 경고했다.
"레이디, 도와주시오!"
바르두는 헐떡이며 외쳤다.
"질투심에 불타는 이 멍청이가 총을 쏘기 전에 말려 줘요!"
"루시언, 당신 미쳤어요? 다들 무기를 내려놔요! 이 집에는 아이
도 있어요. 이곳에서 총을 빼드는 행위는 용납하지 않겠어요."
"물러나 있으라니까."
루시언은 그녀가 그들 쪽으로 달려오자 명령했다.
"캐로, 안 돼!"
루시언은 벽력처럼 고함을 지르며 그녀를 제지하기 위해 손을
홱 뻗었지만 이미 때는 늦은 뒤였다.
바르두가 쏜살같이 손을 내밀어 그녀의 머리채를 휘어잡고 자기
쪽으로 끌어당겼다. 그녀는 새된 비명을 지르며 그에게로 엎어졌다.
바르두는 그 자리의 어느 누구도 미처 제지하기 전에 자기 총을
빼들고 캐로의 머리에 갖다 댔다.
캐로는 비명을 꽥 질렀다.
"물러나지 않으면 이 년이 죽는다."
그는 잔인한 미소를 씩 지으며 경고했다.
"카를! 아파요!"
"입 닥쳐."
그는 으름장을 놓았다.
"바르두, 여자를 놓아 줘."
루시언이 착 가라앉은 목소리로 말했다.
"이건 너와 나 사이의 문제 아닌가."
"소피아는 어쩌고? 안 그래? 오늘 밤 보자고, 친구."
그는 부드러운 목소리로 위협한 다음 문을 발길질해 열고 캐로
를 끌어내 대기 중인 마차로 다가갔다.

“일어나, 스태퍼드!”

그는 호통을 쳤다.

스태퍼드는 속도가 빠르고 지붕 위에도 좌석이 마련된 사두 마차의 마부석에 앉아 있다가 무슨 일인가 싶어 돌아보았다. 바르두가 레이디 글렌우드를 인질로 잡고 나오는 광경을 보자 그의 얼굴이 잿빛으로 변했다.

“대체 이게 무슨…….”

“입 닥치고 마차나 몰아!”

“폰 다네커…….”

“질문 따위 하지 마!”

그는 목청이 찢어져라 고함을 질렀다.

“우리 둘 다 교수형감이 되고 싶지 않거든 내 말대로 해! 너도 이젠 너무 깊이 말려들어서 발을 뺄 수가 없어. 그러니 잘난 마차나 몰란 말이다!”

그는 캐로가 비명을 지르려고 숨을 한껏 들이마시자 그녀의 입을 틀어막았다. 그녀는 그가 한발 한발 옮길 때마다 몸부림치고 손톱으로 할퀴어댔지만 그는 가차없이 그녀를 끌고 현관 계단을 내려왔다. 하지만 그는 계속해서 루시언과 부하들에게서 눈을 떼지 않았으며 그들은 수사슴을 막다른 골목에 몰아넣고 침을 질질 흘리는 한 떼의 사냥개들처럼 뒤를 따라왔다.

“거기 서지 않으면 이 년을 쏴버릴 테다!”

그는 악을 쓰대며 이마에 맺힌 땀을 훔치더니 마차 문을 한 손으로 힘겹게 열고 뒷걸음질쳐 올라탄 다음 캐로를 안으로 끌어들였다. 스태퍼드가 네 마리의 말에 채찍을 휘두르자 사두 마차는 주택가의 정적을 깨며 달리기 시작했다.

“어느 길로 가야 하지요?”

스태퍼드가 물었다.

“동쪽으로 가. 강을 따라 꼬불꼬불 기다기 될 수 있으면 시내에서 놈들을 떨쳐버려. 그 다음엔 랫클리프 하이웨이를 타. 네 입으로 말 모는 솜씨가 좋다고 했으니 어디 정말인지 한번 봐 주지."

"알았어요."

그로브너 스퀘어를 가로지르던 그들은 교통이 좀더 혼잡해지자 길에서 이탈해 보도 위의 행인들 사이를 마구 질주했다. 창 밖을 내다보니 루시언이 커다란 검정 말을 마구 몰아 부하들과 맹추격해 따라오는 모습이 바르두의 눈에 들어왔다. 바르두는 그들의 속도를 늦추게 만들 비결을 알고 있었다. 그로브너 스퀘어 한가운데에 닿자 그는 창 밖으로 권총을 빼들어 루시언을 겨냥해 쏘았다. 총알은 한참 빗나갔지만 그 총격은 계산대로의 효과를 발휘했다. 그들은 속도를 조금 늦췄고 그 바람에 스태퍼드의 마차는 더욱 앞서 나갔다. 루시언과 그 부하들은 행인들로 가득 찬 도심로 한가운데에서 총격전이 벌어지는 위험을 무릅쓸 수 없었던 것이다.

스태퍼드가 본드 스트리트에서 마차를 오른쪽으로 급회전시키자 그들 사이의 거리는 점점 더 벌어졌다. 겁이 나 안색이 하얗게 질린 캐로가 엉엉 울어대자 화장이 볼을 따라 얼룩졌다. 그녀는 가죽 끈 손잡이가 소중한 생명이라도 되는 듯 꼭 잡고 매달려 있었다.

"폰 다네커, 대체 무슨 일이에요?"

그녀는 울부짖었다.

"내 이름은 바르두야. 그리고 네 년은 내 인질이지."

그는 차갑게 대꾸했다.

"네 애인 놈은 내 여자를 빼앗아갔어. 그래서 지금 난 그 놈의 여자를 빼앗아가는 거야. 하지만 겁먹지 말라고. 놈은 당신을 구하러 올 거고, 그러면 놈도 죽는 거지."

"그 작자는 내 애인이 아니에요!"

그녀는 마차가 다시금 격렬하게 방향을 틀자 울부짖었다.

그는 그녀의 거짓말을 듣고 비웃었다.

"사실이에요! 난 그 작자한테 완전 무의미한 존재예요!"

“녀석이 지금 따라오고 있는 걸.”

마차 밖을 한 번 더 슬쩍 내다본 그는 씩 웃었다.

“계속 가라고, 스태퍼드! 잘하고 있군. 놈들이 점차 떨어져나가고 있어.”

“폰 다네커…… 바르두…… 날 놔줘야 해요. 당신은 실수한 거라니까요.”

그녀는 눈물을 닦으며 우겼다. 다음 순간 마차가 바위 위를 지나가 앞쪽이 들린 채 덜컹거리며 피카딜리 서커스의 모퉁이를 돌자 그녀는 다시금 비명을 꽥 질렀다.

“무슨 실수?”

바르두가 사납게 캐물었다.

“루시언 나이트는 한번도 날 사랑한 적이 없어요! 그 작자가 홀딱 빠져 있는 건 내 시누이 앨리스예요!”

“무슨 말이지?”

그는 음울한 매력을 풍기던 금발벽안의 아가씨를 떠올리며 무시무시한 어조로 질문했다. 그녀 역시 루시언 나이트처럼 조용하고 우아하며 신비스러운 인물이었다.

“그놈이 네 년을 갖고 싶어 필사적이 된 나머지 자기 형한테서 네 년을 빼앗았다고 말하지 않았나.”

“저기, 그래요. 내 말은 그랬죠. 하지만 그런 일은 없었어요. 그 작자를 사로잡은 건 내가 아니라 앨리스였나구요! 난 지난주에 앨리스가 독감을 앓았다고 소문내고 다녔지만 사실 그 계집애는 그 작자의 집에서 일주일을 보냈어요. 그 계집애가 루시언의 애인이에요. 정부라구요! 난 단지 앨리스의 허물을 덮어주었을 뿐이에요.”

그는 실눈을 뜬 채 그녀를 쳐다보았다.

“거짓말이지.”

“아니에요! 전에는 거짓말을 한 것 맞아요. 인정하겠어요…… 당신에게 질투심을 심어주고 싶었거든요. 그리고 당신이 앨리스기 아

니라 오직 나에게만 관심을 가져주길 바랐던 거예요. 하지만 지금
한 말은 사실이에요!"

"나한테 거짓말을 했다고?"

그는 잡아먹을 듯이 으르렁댔다. 이 여자에게 속아넘어갔다는 것
을 깨닫자 속이 부글부글 끓었다. 그녀는 결국 그에게 아무 쓸모도
없는 존재였다. 그에게 필요한 것은 그 자그마한 금발 아가씨였다.

"그래야만 했으니까요! 그러니 이제 날 놓아 줘야 해요. 모르겠
어요? 당신이 원하는 사람은 앨리스라고요!"

"이 거짓말쟁이 암캐! 네 년 때문에 시간 낭비만 했잖아!"

그는 그녀의 얼굴을 손등으로 갈겼다.

그녀는 새된 비명을 지르며 쿠션에 쓰러졌고 그때 마차는 스트
랜드 거리로 덜컹덜컹 접어들었다. 하지만 그녀를 때린 것은 긴장
감을 풀어주기보다는 오히려 본편으로 들어가기 전의 때 이른 자극
이 될 뿐이었다. 그는 그녀를 일으켜 앉히고 다시 세차게 갈겼다.

"계속해, 울어봐, 이 쓸모 없는 년아. 울고 싶은 만큼 울어보시
지."

"폰 다네커!"

마부석에서 스태퍼드가 고함을 질렀다.

"레이디에게 무슨 짓을 하는 겁니까! 그만둬요!"

스태퍼드가 말리려 들었다. 입가에서 피를 뚝뚝 흘리던 캐로는
겁이 나고 자신이 불쌍하기도 해 목청껏 울어댔다.

"네 말이 맞아, 스태퍼드."

바르두는 중얼거렸다.

"이제 거짓말만 해 대는 이 년의 입을 잠재울 때가 왔어. 잘 가
시오, 레이디 글렌우드."

그는 속삭이며 그녀 쪽으로 상체를 수그렸다.

"안 돼요…… 안 돼! 나한테서 손 떼요……."

그녀의 저항은 그가 개처럼 이를 드러내고 그녀의 목을 움켜쥐

자 돌연 숨막히는 듯한 소리와 함께 뚝 끊어졌다. 그녀는 그를 할 퀴려 했지만 가차없는 그의 손아귀에 목이 졸리자 숨이 막혀 얼굴이 점점 퍼렇게 변해 갔다. 그의 눈길은 돌처럼 무정했고 일이 분뒤 그녀의 저항도 멈췄다. 그때서야 그는 그녀의 몸을 놓고 헝겊인형처럼 축 늘어진 사지를 경멸하듯 바라보았다.

"창녀."

그는 중얼거렸다.

루시언과 부하들이 20미터 좀 못 되게 떨어져 쫓아가고 있을 때 마차는 요란스런 소리를 내며 스트랜드 거리를 지나 플리트 거리로 진입했다. 메이페어의 고상한 거리와는 동떨어진 시끌벅적한 상가 거리는 중세의 도시처럼 이리저리 얽히고 설킨 좁은 미로로 이루어 진데다 사람들로 북적거렸다.

스태퍼드가 뉴 브리지를 향해 우회전하자 루시언은 부하들에게 고함을 쳤다. 이날 밤의 축제를 앞두고 사람들이 사방에서 쏟아져 나오고 있었다. 일 년 중 이맘때쯤이면 밤이 찾아오는 시간이 일렀 으므로 이미 해가 지기 시작하는 중이었다.

루시언과 부하들이 급수장과 런던 브리지를 막 지나갔을 때 스 태퍼드는 세인트 던스턴 빈민수용소 옆에서 예기치 않게 왼쪽으로 급회전을 하더니 갑자기 모습을 감춰버렸다.

"빌어먹을!"

루시언은 심장이 두방망이질 하는 가운데 중얼거렸다. 그는 바람 때문에 건조해져 터진 입술을 축이며 건물들을 샅샅이 훑어보았다. 카일과 다른 부하들도 말을 세우고 묻듯이 그를 쳐다보았다.

"흩어져."

루시언은 낮은 목소리로 일렀다.

"놈을 구석으로 몰아야 해. 누구든지 놈을 제일 먼저 보게 되면 나머지에게 고함을 쳐서 알려. 레이디 글렌우드의 목숨은 우리 손에 달려 있네."

그는 자신들이 이미 너무 늦은 게 아니기를 빌었다.

그들은 준엄하게 고개를 끄덕이고 사방을 에워싸는 대형으로 각자 흩어졌다. 루시언은 인기척이 없는 골목길로 말을 몰아 들어갔다. 골목길과 연결된 어둡고 쓰레기 투성이인 통로 앞에서 갑자기 스태퍼드의 사두 마차가 언뜻 보였다.

바르두가 달리는 마차에서 뛰어내리더니 허물어질 것 같은 건물의 처마 밑 어둠 속으로 모습을 쏙 감췄다. 루시언의 눈에서 불길이 일었다. 마차를 찾았다고 멀리서 희미하게 고함을 질러대는 카일의 목소리가 들리는 가운데 그는 입 밖으로 나오려던 고함을 씹어 삼키며 촌각을 다투는 결정을 내렸다.

저 개자식은 자기가 감쪽같이 도망친 줄로 믿고 있을 테니 어디 한번 두고볼까, 루시언은 심장 고동이 쿵쿵 뛰는 가운데 생각했다. 소피아는 바르두가 강가의 창고에 폭탄을 저장해두고 있다고 경고했었다. 루시언은 바르두가 지금 자신의 소굴로 향하는 중이라는 강한 심증을 품었다.

그는 말의 옆구리를 박차로 단단히 죈 채 바르두의 뒤를 쫓기 시작했지만 몇 걸음 안 가서 고삐를 잡아 말을 세웠다. 말을 타고서 소리 없이 쫓기란 불가능했기 때문이었다. 이 지역의 뒷골목은 워낙 조용해서 말발굽소리가 천둥소리처럼 크게 울려 퍼졌다. 그 소리는 바르두에게 추적자의 존재를 발각 내고 말 터였다.

루시언은 바르두의 뒤를 따라 템스 강의 남쪽 기슭을 지나 앨비언 거리로 접어든 다음 어퍼그라운드 거리에서 갑자기 우회전을 했다. 그러자 곧바로 내로 월 거리가 나왔다. 어디에서나 산업활동이 한창으로 사람들은 축제 전의 마지막 몇 시간 동안 작업에 박차를 가하고 있었다. 생선 하역장과 이 지역에 산재한 갖가지 공장에서 나는 냄새가 차가운 가을 공기에 실려 와 코를 찔렀다.

바르두는 단호한 걸음걸이로 걷고 있었지만 계속되는 추격전으로 인해 다리를 저는 품새가 점점 더 심해지고 있었다. 그는 양조장과 직물공장, 주철소를 지나쳤다. 루시언은 혼잡한 적재장에서 이리저리 몸을 숨기며 미행을 계속했다. 그러다 마침내 바르두는 잡초가 무성한 강가에 외따로 뚝 떨어져 있는 허물어지기 일보 직전인 벽돌건물 창고로 서둘러 향했다. 겉보기에는 폐가 같았지만 굴뚝에서 연기가 올라오고 있었다.

황혼이 깔리는 가운데 루시언은 인접한 적재장의 높은 울타리 그늘에 딱 붙은 채 슬금슬금 다가가서 상황을 살펴보았다. 소총으로 무장한 남자 두 명이 창고의 양쪽 옆을 지키고 있었는데 두 곳 모두 루시언이 서 있는 곳에서 훤히 보였다. 바르두는 그들의 경례에 답하더니 남의 눈을 피하며 건물 안으로 모습을 감췄다.

건물의 나머지 두 곳에 보초가 더 있으리라는 것은 추측에 의존할 수밖에 없었다. 하지만 저 안에 사람이 더 있을지는 영 미심쩍었다. 현명한 첩보원이라면 적지에서 활동시 선발 가능한 인원 가운데 소수 정예만을 선발하는 법이었다. 루시언은 저 창고 안에 무엇이 있을지 몹시 궁금했지만 우선은 경비병들을 해치우는 것이 관건이었다.

몇 분 뒤 수상한 작은 소리가 나자 경비병 한 명이 그쪽으로 고개를 돌렸다. 그가 등을 보이자 그 순간 루시언이 홀연히 배후에 나타나 그의 손을 입으로 틀어막고 동작의 자유를 빼앗은 다음 소리 하나 내지 않고 칼로 목을 그었다. 그는 조용히 경비병의 시체를 땅바닥에 눕히고 눈에 보이지 않게 밀어 치운 뒤 건물 구석의 그늘 속으로 다시 사라졌다. 분노가 그의 영혼 속에서 단조로운 선율로 노래를 불렀지만 그는 마음속에 앨리스의 사랑을 간직하려고 애썼다. 자칫하면 증오가 잔인함으로 변할 수도 있었건만 그녀의 사랑 덕분에 그의 마음은 더욱더 정의를 추구하는 쪽으로 기울었다.

5분 뒤 두 번째 경비병도 비슷한 운명을 맞았다. 하지만 세 번째 경우에는 루시언이 뒤로 다가서던 순간 경비병이 돌아보고 말았다.

경비병이 고함을 친 순간 루시언은 그의 손에서 소총을 빼앗았다. 50미터쯤 떨어진 곳에서 네 번째 경비병이 소리를 질렀다. 루시언이 맨손인 눈앞의 경비병을 홱 끌어당겼을 때 네 번째 경비병이 소총을 발사했다. 총알은 루시언이 방패처럼 내세운 우람한 프랑스인을 맞혔다. 루시언은 그 남자를 밀쳐 쓰러뜨린 다음 지니고 다니던 한 쌍의 권총 중 하나를 침착하게 뽑아들고 상대가 미처 재장전을 하기도 전에 겨냥했다. 그는 남자가 공포로 눈을 휘둥그레 뜨며 그 자리에 얼어붙는 것을 보았고 다음 순간 방아쇠를 당겼다.

전부 다 해서 겨우 몇 초밖에 걸리지 않았다. 네 번째 경비병이 여전히 먼지구덩이 속에서 움찔움찔 경련하는 동안 루시언은 나머지 권총을 뽑아들고 창고 입구에 바싹 붙은 다음 녹슨 경첩이 떨어져 나갈 만큼 세찬 발길질로 문을 열어 젖혔다.

문이 벌컥 열리자 그는 바르두와 겨우 1～2미터 사이를 두고 똑바로 마주보게 되었다. 바르두는 바깥에서 총격소리가 나자 무슨 일인지 알아보려고 서둘러 문으로 나오던 중이었음이 분명했다. 루시언이 권총을 들어 눈높이에서 겨누자 바르두는 그 자리에 얼어붙었다.

"악마에게 안부 전해 주게나."

"쏘지 마, 아르고스! 이봐!"

바르두는 항복했다는 표시로 양손을 들더니 바로 등 뒤에 쌓여 있는 맥주통 모양의 통들을 고갯짓으로 가리켰다.

루시언의 눈길이 통마다 흰 글씨로 씌어 있는 A자에 슬쩍 머물렀다. 최상품 화약. 소피아가 알려주었던 그 폭탄이라는 것을 그는 알아챘다.

창고 안을 훑던 그의 눈길이 창 밖으로 포신을 겨누고 있는 대포에 멎자 충격으로 얼어붙었다. 템스 강 바로 맞은편에 있는 의회 건물이 그 목표였다. 웨스트민스터 홀에 폭탄이 전혀 없었던 것도 놀랄 일이 아니었다. 바르두는 이곳에서 공격에 들어갈 계획이었던 것이다.

"그 방아쇠를 당기면 우리 둘 다 골로 가는 거야."

바르두는 경고했다.

"불꽃 한방이면 끝장이지."

"통에서 비켜나."

바르두는 나직이 웃어대며 고개를 저었다.

"싫은데."

"통에서 떨어져서 나하고 맞붙어 싸우자, 이 겁쟁이야!"

루시언은 버럭 고함을 질렀다.

"겁쟁이라고?"

"네가 캐로의 등 뒤에 숨어 있던 짓거리나 지금 저 통으로 네 몸을 지키려는 것이나 다 똑같은 수법이야. 아마 너한텐 싸울 용기가 없겠지. 난 이제 더 이상 사슬에 묶인 몸이 아니니까."

"뭐 그 방아쇠를 당겨서 우리 둘 다 죽는 게 더 나을지도 모르지, 아르고스. 왜냐하면 이제 난 네 놈의 정부라는 앨리스 몬테규에 대해서 알았거든."

바르두는 루시언의 얼굴에서 핏기가 싹 사라지자 히죽 웃었다.

"꽤나 나긋나긋한 영계던데. 내가 안을 때 그 계집이 독하게 저항했으면 좋겠군. 울었으면 좋겠어. 사실 그렇게 하도록 내가 만들어줄 테지만 말이야."

앞이 보이지 않을 정도로 격렬한 분노가 루시언을 덮쳤다. 그는 유황 지옥의 불길을 눈에서 번득이며 바르두의 손이 닿지 않을 거리로 총을 내던졌다. 이 개자식을 죽이는 데에는 총이 필요 없었다. 맨손으로 해치우고 싶었다.

루시언은 그에게 달려들어 화약 통 무더기에 세차게 밀어붙였다. 사방에 통이 굴러 떨어지면서 몇 개가 쪼개져 검은 연기를 뭉게뭉게 피워 올렸으며 화약이 숯검댕처럼 공중에 날렸다. 두 남자 모두

머리끝부터 발끝까지 금속성 먼지 투성이가 되었다. 루시언은 몸을 젖히고 바르두의 턱을 향해 있는 힘껏 주먹을 날렸다.

그들은 그야말로 눈에서 피가 터지도록 무섭게 싸웠다. 루시언은 바르두의 주먹에도 끄떡없었지만 옆구리의 상처를 정통으로 얻어맞은 뒤부터는 상황이 달랐다. 그는 고통스러운 나머지 거칠게 울부짖으며 허리를 푹 꺾는 바람에 머리를 노리던 바르두의 다음 일격을 피하지 못했다. 기침을 하며 쓰러진 루시언은 그 통에 주위에 풀썩 날린 화약 가루를 조금 들이마셨다.

바르두는 신음 비슷한 고함을 사납게 부르짖으며 화약 통 중 하나를 루시언의 머리 위로 번쩍 들어올렸다. 루시언은 정신을 차리기 위해 고개를 흔들다가 아슬아슬한 순간에 대응했다. 바르두가 다리를 절던 것을 떠올리고는 상대의 오른쪽 무릎을 부숴버릴 듯한 힘으로 발길질한 것이다. 바르두는 고통스런 비명을 지르며 통을 떨어뜨렸다. 루시언은 통이 바닥에 떨어져 깨지기 전에 얼른 몸을 굴려 피했다.

바르두는 다친 다리 때문에 욕지거리를 뇌까리며 반들반들한 가죽 소총 케이스를 챙기더니 창고 밖으로 절뚝절뚝 달아났다. 녀석이 도망친다! 이젠 녀석에게 마음놓고 발포할 수도 있었지만 막상 루시언 자신의 권총을 쉬 찾을 수가 없었다. 그는 비틀비틀 일어나 끈덕지게 달려 바르두를 쫓아갔다. 창고 밖으로 튀어나온 루시언이 주위를 둘러보자 바르두가 물가에 매어놓은 조각배에 올라타는 것이 보였다. 그 너머에서는 서쪽으로 불덩이 같은 해가 지고 있었다.

"바르두!"

그는 버럭 고함을 질렀다.

루시언이 뒤를 쫓아오자 바르두는 말뚝에 묶어 두었던 끈을 풀고 노를 저어 작은 나무배를 강물에 띄우려 했다. 루시언은 선창가에서 펄쩍 도약해 조각배 안의 바르두를 덮칠 듯 우지끈 뛰어내렸다. 템스 강의 급류가 배를 점점 빠른 속도로 밀고 내려갔다.

루시언은 단검을 빼들어 휘둘렀지만 바르두는 루시언의 칼을 노로 막더니 다음 순간 루시언의 손목을 움켜쥐었다. 둘은 맞붙어 싸웠고 루시언은 격분해서 욕설을 퍼부었다. 바르두가 노를 걸어놓는 금속 고리에 루시언의 손목을 세차게 내리치자 단검은 세차게 흐르는 강물 속으로 떨어졌다. 바르두는 루시언을 노로 강타했다.

"이제 네 놈은 죽었어."

바르두는 으르렁댔다. 그는 루시언을 덮치더니 커다란 두 손으로 루시언의 목을 졸라 숨을 앗아갔다.

루시언은 폐부로 공기를 들이마시려고 헛된 노력을 할 때마다 그 옛날에 느꼈던 공포가 슬며시 다시금 살아나는 것을 느꼈다. 숨을…… 쉴 수가 없어.

어린 시절 천식으로 인해 느꼈던 공포가 다시금 밀려들었다. 방어할 수단이 없다는, 뇌리에 깊이 각인된 공포였다.

그는 바르두의 배에 주먹을 먹이고 손톱으로 얼굴을 할퀴었다. 조각배가 그들의 몸싸움으로 인해 미친 듯이 흔들렸다. 그가 바르두를 겨우 떨쳐내기 시작했다 싶은 순간 갑자기 몸이 옆으로 기울어졌다. 무슨 일이 일어났는지 채 알아채기도 전에 그는 물속에 빠졌다. 얼어붙을 듯 차가운 물속으로 빨려 들어가자 그는 쇼크를 받았다. 그 순간만큼은 바르두가 도망친다는 사실도 신경 쓰이지 않았다. 중요한 것은 폐부에 공기를 밀어 넣는 것뿐이었다. 템스 강의 차가운 흙탕물이 그의 몸을 마구 거꾸로 뒤집었지만 그는 겨우겨우 자세를 바로잡고 물을 잔뜩 먹은 장화와 옷의 무게에 저항하며 위로 떠올랐다.

수면으로 세차게 떠오른 그는 숨 넘어가는 소리를 내면서 공기를 컥컥 들이마셨다. 눈에 들어간 물을 닦아내고 공기를 하나 가득 들이마시던 순간 그는 바르두가 급류를 이용해 잽싸게 노를 저어 강을 타고 내려가는 모습을 보았다.

"네 놈 고통은 아직 시작도 안 됐어, 나이트!"

바르두가 강물 저편에서 그에게 고함을 질렀다.

"내가 앨리스 몬테규를 죽일 때까지 기다리시지!"

"안 돼!"

그는 목멘 소리로 외쳤다. 힘이 죄다 빠진 상태인데도 들끓는 분노가 손발에 힘을 실어준 덕분에 그는 거센 급류를 거슬러 올라가 겨우 선창가에 닿을 수 있었다.

온 몸이 멍과 피로 얼룩진 채였고 옷과 머리카락에서는 기름기가 낀 템스 강물이 뚝뚝 떨어져 살을 에듯 추웠지만 그가 느낄 수 있는 것은 활화산처럼 솟구치는 격렬한 분노뿐이었다. 그는 겨우 선창가로 기어올라가 창고의 앞마당을 뜀박질로 가로질렀다. 내버려진 경비병들의 시체와 산업 폐기물을 지나쳐 내로 월 거리로 다시 나갔다.

가을날의 이른 황혼으로 하늘이 어두워지는 가운데 사람들은 이미 거리에 하나가득 모여서 가이 포크스 횃불을 흔들며 노래를 부르고 에일을 마셔대는 중이었다. 저 멀리서 떠들썩한 무리들이 이미 갖가지 폭죽을 터뜨리고 있었다. 루시언은 그들을 이리저리 피해 웨스트민스터 다리 쪽으로 내달렸다. 귓전에 맥박 소리가 천둥처럼 울려 퍼졌다. 왕실 공원 쪽에서 첫 축포가 발사되는 소리가 들렸다. 귀가 멀 듯한 포성이 그의 가슴속에서 올리면서 군대에 몸담았던 나날과 전장에서 느꼈던 맹렬한 격분이 언뜻 기억 속에 되살아났다.

순간 머릿속이 맑아지면서 그는 자신이 절대 바르두보다 먼저 앨리스에게 갈 수 없으리라는 것을 깨달았다.

물을 잔뜩 먹은 장화가 걸음을 옮길 때마다 발을 잡아당기기만 했다. 그는 흰 바탕에 다른 빛이 섞인 늘씬한 말을 탄 신사 앞으로 다가섰다. 신경질적인 말이 놀라서 앞발을 들어올렸지만 루시언은 냉큼 고삐를 잡고 굴레를 낚아챘다.

"내려."

그는 잡아 죽일 듯한 어조로 말에 탄 사람에게 명령했다.

"대체 이게 뭐 하자는 짓이오? 내 말에서 손을 떼…… 우왁!"

남자는 루시언의 손에 끌려 비명을 지르며 말에서 끌려 내려가 다리 위로 철퍼덕 떨어졌다.

"도둑이야! 도둑 잡아라!"

루시언은 신경질적인 말에 재빨리 올라타고 전속력으로 질주하도록 박차를 가했다. 그는 다리 위의 다른 통행인들을 날 듯이 지나쳤다. 축제의 시작을 알리는 불꽃놀이가 강물 위의 하늘을 파랑, 빨강, 초록으로 수놓았고 그 뒤에는 눈부신 오렌지색과 노란색이 이어졌다.

그는 강물을 흘끔 보았다. 바르두는 루시언이 쌍둥이 형을 그 어떤 사람보다도 신뢰한다는 것을 알고 있으므로 앨리스를 나이트 하우스로 보내 대미언의 보호를 받게 했으리라는 사실을 쉽게 유추해 낼 수 있었으리라. 루시언은 무시무시한 속도로 말을 달려서 우아한 연철 가로등이 비춰주는 다리 위를 날 듯이 지나갔다.

그와 앨리스 사이에는 너무나 많은 거리가 놓여 있었다. 그의 얼굴이 격렬한 초조감으로 인해 준엄하게 굳어졌다. 그가 바르두를 앞지를 수 있는 유일한 희망은 불꽃놀이 축제가 한창 진행 중인 세인트 제임스 공원을 똑바로 가로지르는 것뿐이었다.

17

페그가 방바닥에 나뭇조각을 쌓아올려 무너뜨리지 않고 빼내는
놀이로 해리를 달래주고 대미언 경이 부동의 침묵 속에서 창가를
서성이며 보초를 서고 있는 동안 앨리스는 나이트 하우스의 우아한
거실 소파에서 웨이머스를 달래려 애쓰고 있었다.

"어떻게 이런 식으로 가 버릴 수가 있지? 아아, 우리 상냥하고
예뻤던 누나가. 대체 누가 우리 누나에게 해될 짓을 할 수 있느냐
고?"

슬픔 속에서 앨리스는 뼈만 앙상한 그의 팔을 말없이 문질러 주
었다. 그녀의 눈도 울어서 핏발이 서 있었다. 하지만 흐트러질 대
로 흐트러진 자작이 해리에게까지 심란한 분위기를 옮기기 전에 제
발 정신을 차려주었으면 싶었다.

캐로의 죽음이라는 끔찍한 소식은 한 시간 전에 전해졌다. 앨리
스는 바르두가 올케를 인질로 잡고 어퍼브루크 거리의 집을 나섰다
는 이야기를 들은 순간부터 이런 결과가 올 것을 두려워하며 걱정

했었다.

캐로에게 안 좋은 일이 있을지도 모른다는 예감이야 오래 전부터 있었지만 그래도 막상 닥치고 보니 감당하기 힘든 크나큰 충격이었다. 그녀는 침착을 되찾는 대로 사람을 시켜 캐로의 가까운 혈육인 웨이머스를 불러왔다.

불행하게도 자작은 아편 때문에 머리가 흐려진 나머지 충격적인 소식을 제대로 이해하는 데 더욱더 고충을 겪었다. 약에 취해 있지만 않았던들 상황이 좀 나았을 터였다. 웨이머스가 걷잡을 수 없이 계속 울어대자 앨리스는 그의 어깨를 잡고 마구 흔들어주고 싶은 충동을 느꼈다. 그는 뜻밖의 이 재앙을 해리보다도 훨씬 심각하게 받아들였다. 사실 세 살짜리 어린애가 죽음에 대해 제대로 알 턱이 없었다. 아마도 그것은 오히려 축복일지도 몰랐다.

한 시간 전인 다섯 시 경에 카일과 텔버트와 나머지 사람들이 축 처진 채 나이트 하우스로 돌아왔었다. 그들은 도망 중이던 이선 스태퍼드의 마차를 금세 따라잡았지만 이미 캐로가 그 안에서 죽어 있었고 바르두는 도망친 뒤였다는 이야기를 해 주었다. 그들은 스태퍼드를 치안감에게 넘기고 돌아왔다.

하지만 앨리스에게 있어 무엇보다도 고약했던 것은 캐로의 부음보다도 카일이 기수 없는 루시언의 검은 말을 끌고 나이트 하우스의 철문을 들어서던 모습이었다. 카일은 이스트 엔드의 어디쯤에서 루시언과 갈라졌냐고 말해 주었다. 이제 그녀는 바르두가 무감각하게 잔인한 짓을 저지를 수 있다는 것을 눈으로 직접 보았다. 그 프랑스인과 루시언 둘 다 모습을 감췄다는 사실이 그녀의 피를 얼음처럼 차갑게 식혔다.

루시언의 부하들은 말이 발견된 장소에서 그를 다시 한 번 찾아보겠다고 나간 뒤였다. 이번에는 마크도 루시언의 명령을 무시한 채 그들을 따라갔다. 역전의 용사인 대미언이 있으니 만큼 앨리스를 보호하는 데에 굳이 다른 도움이 필요 없기 때문이었다. 하지만 가이 포크스 데이의 불꽃놀이가 밤하늘을 수놓기 시작한 이래 그녀는 대미언이 조금…… 이상해졌다는 것을 눈치챘다. 그는 초조한 듯 가만히 있지 못하고 서성댔다. 앨리스는 멀리서 축포가 울려 퍼질 때마다 그가 펄쩍 뛸 듯이 놀라는 것을 알아챘다. 하지만 이해할 수가 없었다. 그 누구보다도 대포소리에 익숙한 사람을 꼽자면 역전의 용사인 대령 외에 달리 아무도 없을 텐데 말이다.

그녀는 일어나서 그에게로 한발 다가갔다.

"대미언, 괜찮으세요?"

그는 잠시 혼란스러운 듯 주위를 두리번거렸다.

그녀는 그에게로 다가갔다.

"자리에 앉는 게 좋을 것 같아요."

"아니…… 난…… 난 괜찮소. 실례하리다."

그는 웅얼거리더니 방에서 성큼 나가버렸다.

앨리스는 대미언이 사라진 방향을 곁눈질로 살폈다. 그가 정말로 괜찮은지 아직도 안심할 수가 없었다.

"웨이머스, 잠시 실례해도 될까요?"

"해리와 있을 테니까 괜찮아."

그는 훌쩍이며 말했다.

"외삼촌에게 오렴, 해리."

현관 입구 홀로 나간 그녀는 대미언이 계단 중간에 서 있는 것을 보았다. 그는 우두커니 서서 그녀 쪽으로 등을 돌린 채 바닥을 물끄러미 내려다볼 뿐이었다. 너무나 불안정해 보이는 그 모습을 보니 마치 금방이라도 고열 때문에 기절하는 게 아닐까 싶었다. 그녀는 그가 혹시 쓰러져 떨어질까 걱정되어 그의 뒤를 따라 계단을 뛰어올라갔다. 그녀의 발소리를 들은 그가 갑자기 비호 같은 속도로 휙 돌아섰다.

"다가오지 말아요!"

대미언이 험상궂게 외쳤다. 그는 미친 듯한 눈을 하고 헐떡이는 중이었다. 그리고 커다란 단검을 관절이 불거져 나올 정도로 꽉 움켜쥐고 있었다.

앨리스는 숨 넘어가는 소리를 내며 그 자리에 얼어붙었다.

그들은 서로를 응시했다. 그녀는 감히 움직일 엄두를 내지 못했다. 그의 눈에서 엿보이는 것은 하이드 파크에서 그녀에게 청혼했던 금욕적이고 자제력 강한 그 대령과 절대 동일인물이 아니었다.

"1킬로미터도 안 남았어. 서둘러, 졸병들. 막사를 이동시켜. 녀석들이 얼마 안 있어 덮쳐올 거야."

"누가 온다고요?"

그녀는 힘없는 목소리로 머뭇머뭇 물었다. 그의 눈에서 번득이는 광기를 보자 그녀의 얼굴이 창백해졌다.

"보나파르트가 온다고. 그 작자가 좀 전에 저 봉우리를 넘었어."

그는 단검으로 계단 위쪽을 가리키더니 입술에 손가락을 댔다.

"쥐 죽은 듯이 가만히 있어. 적당한 곳에 포병들을 배치해 두었거든."

앨리스가 미처 반응을 보이기도 전에 그는 포복 자세로 계단을 쓱쓱 올라갔다.

그녀는 충격을 받아 손으로 입을 가린 채 꼼짝도 않고 그 자리에 서 있었다. 세상에나.

오랫동안 그녀는 어찌할 바를 몰라 그 자리에 서 있기만 했다. 그러다가 위층 어디에선가 커다란 쨍그랑 소리가 울려 퍼지는 바람에 경악해서 펄쩍 뛰어올랐다. 마치 대령이 위층의 어느 방에 들어가 바리케이드를 쌓아 올리는 소리 같았다. 앨리스는 공포심 때문에 마구 뛰는 심장을 부여안고 황급히 계단을 내려와 나이트 하우스의 침착한 집사 월시 씨의 처소를 미친 듯이 찾아 헤맸다. 분명 월시 씨라면 어떻게 해야 할지 알고 있을 것이다. 하지만 그녀가 복도 끝에 있는 차분한 분위기의 공작 전용 서재를 들여다본 순간 갑자기 페그가 그녀의 이름을 부르며 외쳤다.

"몬테규 아가씨! 대미언 경! 저 남자를 말려주세요! 말려주세요!"

앨리스는 치맛자락을 들고 현관 입구로 황급히 내달렸다. 페그가 열린 현관문 옆에 서서 손가락질을 해 댔다.

"그 남자가 도련님을 데려갔어요! 서두르세요! 제가 말리려고 해 봤지만 그 남자는 도련님을 끌고……."

"바르두가요?"

앨리스가 외쳤다.

"아뇨, 웨이머스예요!"

차가운 밤하늘 아래로 뛰쳐나간 그녀의 귀에 해리의 울음소리가 들려왔다.

"웨이머스!"

앨리스는 격분해서 고함을 치며 그의 뒤를 쫓아 달렸다.

"대체 뭘 할 생각이에요?"

해리를 품에 안은 자작은 대기 중이던 자기 마차에 올라타려던 중이었다. 앨리스는 쏜살같이 달려가 해리를 그에게서 빼앗으려고 몸싸움을 벌였다.

"해리를 놔줘요!"

그녀는 해리의 울부짖는 고함소리와 천둥처럼 울리는 불꽃놀이 소리에 묻히지 않게 언성을 한껏 높이며 이를 악물었다.

"울지 마, 해리……."

"고모!"

아이는 그녀의 머리칼을 붙잡고 놓지 않으려 했지만 웨이머스가 해리의 손을 잡아뜯었다.

"해리를 돌려줘요!"

"내가 데려갈게, 앨리스! 캐로의 유언에 따른 거야. 난 해리의 법 적인 후견인이니까!"

그녀는 아연실색해서 그를 가만히 바라보았다. 거기까지는 생각 이 미치지 못했었지만 지금 생각해보니 그의 말이 옳았다.

순간 그녀는 사태를 깨닫고 어안이 벙벙해져 어찌해야 할지 알수가 없었다. 웨이머스는 그녀의 말을 들으려고도 하지 않았고 그녀에겐 계속 버틸 법적 근거가 없었다.

"이이이잉!"

해리가 울부짖으며 앨리스에게 손을 내밀었다. 아이는 히스테리를 일으키듯 패악을 부리며 악을 쓰고 손발을 버둥댔다.

앨리스는 젖 먹던 힘까지 짜내 다시 해리를 붙잡으려 했지만 웨이머스가 갑자기 태도를 바꿔 화를 버럭 내며 그녀의 손을 홱 떨쳐냈다. 그녀는 뒤로 비틀거리다가 치맛자락을 밟고 자갈길 도로에 엉덩방아를 찧었다.

"앨리스한텐 감정도 없어?"

웨이머스가 도끼눈을 뜨고 그녀에게 울부짖었다.

"난 오늘 누나를 잃었다고! 해리는 내게 남겨진 누나의 유일한 흔적이야! 자, 이제 실례하겠어. 난 해리를 데리고 집으로 돌아갈 테야."

그녀는 욕설을 퍼부으며 일어나려 했지만 곁눈질로 뭔가가 시야에 들어와 그쪽으로 주의가 쏠렸다. 그녀는 고개를 돌려 그린 파크 쪽을 흘끔 쳐다보았다. 그리고 다음 순간 그녀의 피가 싸늘하게 식었다.

폰 다네커, 아니 바르두가 연철 울타리 바로 바깥쪽에서 그린 파크를 등진 채 철 창살 너머로 그녀를 바라보며 서 있었다. 앨리스는 마비된 듯 그 자리에 얼어붙었다. 그녀의 시선이 그의 시선과 얽혀들었다. 그녀의 귓전에서 축제의 소음이 점점 잦아들었다. 시간이 멈췄다. 바르두는 소총을 들어올려 유연한 몸짓으로 그녀를 겨냥했다.

그 순간 그린 파크에서 백마를 탄 사람이 번개처럼 튀어나오자 그녀의 눈이 휘둥그레졌다. 마치 요란하게 타오르는 축제장의 화톳불에서 곧바로 튀어나온 사람 같았다.

루시언!

그는 전속력으로 달리는 말에서 뛰어내려 거구의 바르두를 땅에 넘어뜨렸다. 소총이 빗나가면서 총알이 아름드리 나무의 위쪽에 박히는 바람에 숨어 있던 한 무리의 새들이 깜짝 놀라 분개한 듯 짹짹대며 가지에서 날아올랐다.

여전히 해리를 꼭 붙들고 있던 웨이머스는 깜짝 놀라 욕설을 주워섬기더니 무슨 일이 일어났는지 보러 다가왔다. 하지만 앨리스는 발에서 뿌리라도 내린 듯 그 자리에 그대로 서서 두 사람의 싸움을 지켜보았다. 그녀의 모든 의식은 루시언에게만 집중되어 있었다. 그녀는 목숨을 건 사투가 될 것이라던 그의 말이 무슨 뜻이었는지 이제야 알 것 같았다.

그들은 보도 위를 뒹굴며 사나운 맹수처럼 싸웠다. 루시언이 바르두를 땅바닥에 패대기쳤다. 둘 다 자기들에게 마구 쏟아지는 소나기 같은 주먹질을 느끼지 못하는 것 같았다. 둘 다 주위에서 무슨 일이 일어나는지 전혀 의식하지 못하는 모양이었다. 그들의 집중력은 한치의 빈틈도 없었다. 루시언은 바르두를 깔아뭉개고 올라타더니 계속해서 얼굴을 구타했다. 그때 바르두가 손을 내밀어 루시언의 목덜미를 움켜쥐고 조르기 시작했다. 루시언은 열려 있던 바르두의 소총 케이스로 손을 내밀어 마구 더듬었고, 그동안 바르두는 계속해서 루시언의 생명을 쥐어짜고 있었다.

다음 순간, 소총 케이스를 더듬던 루시언의 손에는 총신에 꽂는 대검이 들려 있었다. 앨리스는 루시언의 팔이 크게 원을 그리는 것을 보고 숨 넘어가는 소리를 냈다. 그는 대검을 바르두의 가슴에 꼬챙이처럼 수직으로 박아 넣었다.

거구인 바르두의 손이 루시언의 목에서 스르르 떨어져 보도 위에 털썩 놓였을 때까지도 그녀는 아직 숨을 죽이고 있었다.

바르두가 죽은 것이다.

루시언은 미간을 닦으며 바르두의 가슴에 꽂힌 대검을 내버려둔 채 일어났다. 순간 그는 시체를 내려다보는 위치에 서서 가슴을 크게 들썩이고 있다가 다음 순간 빛나는 은색 눈을 들어 앨리스를 바라보았다.

그녀는 울음 섞인 비명을 지르며 철문으로 달려가 더듬더듬 문을 열어 그를 안으로 들였다. 눈물 때문에 앞이 거의 보이지 않았다. 그는 안으로 들어서자마자 그녀를 굳게 두 팔로 포옹하고 자신의 가슴으로 그녀의 머리를 감싸 안았다.

그녀는 더듬더듬 흐느끼며 온 힘을 다해 그를 끌어안았다.

"쉿. 이제 괜찮소."

그녀는 그의 심장이 격심한 활동의 여파로 인해 아직까지도 쾅쾅 뛰는 것을 느낄 수 있었다.

"살아서 왔군요."

그녀는 목멘 소리로 말하며 그를 올려다보았다.

"홀딱 젖었네요."

그는 그녀의 이마에 키스하고는 양손으로 그녀의 얼굴을 감싸고 지그시 들여다보았다. 그의 눈에서는 원초적인 승리의 기쁨이 격렬하게 불타고 있었다.

그녀는 그의 얼굴을 끌어당겨 키스했다. 누가 보고 있든 개의치 않았다. 그는 살아서 돌아왔고 그녀의 목숨을 구했다. 입술을 뗀 그녀는 그의 옷깃을 부여잡았다. 충격의 여파로 아직도 손이 벌벌 떨렸다.

"투시언, 웨이머스를 말려야 해요! 웨이머스가 해리를 데려가려 해요!"

"호오, 그래?"

그는 뼈만 앙상한 자작을 흘끔 곁눈질하더니 그녀를 놓아주고 자작 쪽으로 천천히 성큼성큼 다가가기 시작했다. 잔뜩 화가 난 듯한 루시언의 험악한 인상을 보자 부스스한 모습의 왜소한 남자는 그만 창백해졌다.

"뭐, 저기, 자네도 알겠지만…… 그냥 생각이 그렇다는 거지. 자, 애는 여기 있어. 여기 있으면 해리가 훌륭한 보살핌을 받을 수 있다는 거야 나도 확신해."

웨이머스는 잽싸게 해리를 앨리스의 품으로 돌려주었다.

"우리 강아지."

앨리스는 속삭이며 해리를 꼭 끌어안았다.

웨이머스는 공포에 질린 표정으로 루시언을 흘끔 쳐다보더니 자기 마차 쪽으로 슬슬 뒷걸음질을 쳤다. 그는 신경질적인 헛웃음소리를 냈다.

"아마 난 해리에게…… 지금 상황에선 최고의 후견인이 아닐지도 모르지. 물론 내 이름이 유언장에 있긴 하지만 해리가 좀더 행복해질 수 있다면야…… 그러니까, 나야 그저……."

그는 축 늘어진 바르두의 시체와 루시언을 번갈아 곁눈질하더니 침을 꿀꺽 삼켰다.

"……우리 조카에게 최선이 되는 길만을 원할 뿐이지. 가끔 해리를 보러 오겠어……."

"꺼져."

루시언이 잡아먹을 듯 으르렁댔다.

"그럴게!"

웨이머스는 마차에 냅다 올라타더니 빨리 이 자리를 뜨자고 마부에게 고함을 질러댔다.

앨리스는 해리를 꼭 끌어안고 진정시켰다. 웨이머스의 마차가 철문을 나서자 루시언은 침착하지만 강한 뿌듯함이 느껴지는 눈으로 그녀와 해리를 잠시 바라보았다. 앨리스는 경애와 감사의 마음을 눈에 담아 말없이 그를 마주보았다.

바르두를 물리친 것은 그 무엇보다도 어려운 일이었을지 모르지만 웨이머스에게서 해리를 되찾아 그녀에게 돌려줌으로써 그는 영원히 그녀의 영웅이 되었다. 그는 가까이 다가와 그녀와 해리를 한

꺼번에 끌어안았다. 그는 그녀와 해리의 이마에 번갈아 키스한 다음 속삭였다.

"울지 마, 꼬마."

"어쩔 수가 없을 거예요."

앨리스는 사과조로 말문을 열었다. 웨이머스는 해리를 빼앗아가기 위해 워낙에 혼이 나갈 정도로 겁을 주었던 것이다. 하지만 놀랍게도 해리는 루시언의 부드러운 말을 듣자 울음을 뚝 그쳤다.

해리는 눈을 깜박이고 손가락을 빨면서 루시언을 쳐다보았다. 앨리스는 해리가 루시언에게 안아달라는 듯 말없이 두 팔을 내밀자 놀라서 쳐다보았다.

"난 흠뻑 젖었단다, 해리."

아이는 다시 보채기 시작하며 더욱 끈질기게 루시언을 졸랐다. 회색 눈에 잠시나마 물기를 내비치더니 루시언은 뜻을 굽혀 해리를 조심조심 품에 안았다.

"들어가요."

앨리스는 아이와 남자에 대한 사랑에서 우러나온 눈물을 글썽이며 속삭였다.

루시언이 나머지 한쪽 팔을 그녀의 어깨에 둘렀다. 그들은 서로의 몸에 팔을 두른 채 따스한 불빛으로 감싸인 현관을 지나 집으로 향했다.

그때서야 앨리스는 걱정스러운 얼굴로 그를 바라보았다.

"루시언, 하마터면 잊을 뻔했어요…… 데미언이 뭔가 이상해요. 지금 2층에 있어요. 당신이 대미언을 도와줘야만 해요."

그는 귀엽다는 듯 해리의 관자놀이에 코를 비비고 있었지만 그녀의 말을 듣더니 동작을 멈추고 아이를 넘겨주며 걱정스럽다는 표정으로 그녀를 바라보았다.

"무슨 일이 있었는데?"

"나도 뭐가 뭔지 잘 모르겠어요. 불꽃놀이와 축포 때문에 데미언의 머릿속이 혼란해졌던 모양이에요. 자기가 다시 전쟁터로 돌아갔다고 생각하는 게 분명했어요.”

루시언은 그녀를 지그시 바라보았다. 그가 고개를 끄덕이며 집 안으로 들어가려는 순간 등 뒤의 거리에서 갑자기 요란한 말발굽 소리가 들려왔다.

“루시언 경!”

“저기 계시다!”

“경, 살아 계셨군요!”

마크와 나머지 청년 악동들이 철문으로 달려와 말에서 훌쩍 뛰어내렸다.

루시언은 그들에게 손을 흔들었지만 그녀는 대미언에게 가고 싶어하는 그의 간절한 심정을 알고 있었다.

“저 친구들에게 바르두의 시체를 보여주고 치안감에게 신고하라고 일러요. 절차는 마크가 알고 있소.”

앨리스는 끄덕였다. 그는 상체를 숙여 그녀의 볼에 입맞춘 다음 집으로 들어가 형을 도울 수 있을지 알아보러 계단을 올라갔다. 그녀는 해리의 등을 문질러주며 청년들이 다가오기를 기다렸다. 페그도 다가와 해리의 머리를 쓰다듬어 주더니 다음 순간 앨리스의 눈을 힐끔 들여다보았다.

“상한 연어라고요, 네?”

페그는 꾸짖는 듯한 시선으로 부드럽게 물었다.

불시에 깜짝 놀란 나머지 앨리스의 눈이 휘둥그레지면서 볼이 홍당무가 되었다. 하지만 페그가 다 안다는 듯이 웃으며 눈물을 보이자 앨리스는 입이 찢어져라 환한 미소를 지었다.

“아아, 유모. 난 그이를 정말 사랑해요.”

그녀는 목멘 소리로 고백했다.

“내 마음을 걷잡을 수가 없어요!”

“우리 귀여운 아가씨.”

페그는 부드러운 웃음소리를 냈다. 늙은 유모는 그녀와 해리를
포근히 끌어안았다.

"전 아가씨가 평생 제 짝을 못 만날 줄만 알고 걱정했었다고요."

루시언의 몸 속에서는 아직도 승리감과 격심한 분노의 여파가
몸 속에서 들끓으며 가라앉지 않고 있었다. 그는 어둠침침한 복도
를 지나 대미언의 방으로 향했다. 멍자국과 피투성이인데다 몹시
춥고 흠뻑 젖은 생쥐 꼴이었지만 그런 것은 하나도 느낄 수 없었
다. 내일이면 분명 몸살이 나겠지만 지금 현재는 고통과 아픔이 승
리의 열광적인 기쁨과 들뜸으로 고스란히 상쇄된 상태였다. 그는
앨리스와 해리가 이제 자신의 사람이란 것을 알고 있었고 그들을
떠맡을 준비도 충분히 되어 있었다.

지금 걱정되는 것은 전쟁의 상흔을 간직한 가엾은 쌍둥이 형뿐
이었다. 그는 대미언의 방문을 살짝 노크했다.

"디먼, 나야. 들어가도 돼?"

아무 대답이 없었으므로 루시언은 시험 삼아 문을 열어보았다.
잠겨 있지 않았다. 그는 조심스레 문을 열고 안을 들여다보았다.

방 안은 캄캄했다. 대미언은 벽에 등을 기대고 무릎을 세워 바닥
에 앉아 있었다. 무릎으로 팔꿈치를 받치고 양손으로 머리를 감싸
안은 자세였다. 그의 옆 방바닥에는 권총이 놓여 있었다. 루시언은
그 광경을 보고 피가 싸늘히 식는 것을 느꼈다. 루시언이 방으로
들어가 손만 뒤로 돌려 문을 닫았을 때에도 대미언은 전혀 움직이
거나 반응을 보이지 않았다. 그는 조심스럽게 방 안쪽으로 몇 걸음
을 옮겼다. 심지어 권총을 집어들어 탄환을 빼냈을 때에도 대미언
은 여전히 무반응이었다.

"괜찮아?"

대미언은 고개를 들지 않았다. 하지만 입을 여는 목소리는 낮고
깔깔했으며 고통스러운 기색이 고즈넉이 깔려 있었다.

“난 지금 제정신이 아니야.”

루시언은 형의 옆에 천천히 웅크리고 앉아 가만히 살펴보았다.

“대체 내가 어떻게 된 거지? 넌 나보다 똑똑하잖아, 루시언. 어떻게 해야 할지 말해 봐. 난 정신이 나갔어.”

“의사를 부르면 어떨까…….”

“싫어. 뭐 하러? 아편제나 받아서 상태를 가라앉히게? 벌써 해 봤어. 소용없었어. 약 기운이 없을 때보다 더 고약한 생각들이 머릿속에 꽉꽉 들어찰 뿐이야. 맙소사.”

그는 고개를 뒤로 젖혀 벽에 기댄 다음 녹초가 된 표정으로 눈을 감았다.

“언제부터 그랬던 거야?”

“좀 됐어.”

대미언은 한동안 침묵을 지켰다.

“내가 앞서 보냈던 사병들의 얼굴 하나하나가 눈앞에 보이는 거야. 자기들은 귀환하지 못했는데 왜 나만 무사히 돌아왔는지 알고 싶어하더군. 자기들은 죄다 스페인의 먼지구덩이 속에 묻혀 있는데 왜 나는 작위를 얻고 나라에서 감사 표시를 받는지도 말이지.”

루시언은 형의 말을 듣고 동요한 나머지 마른침을 꿀꺽 삼켰다.

대미언은 을씨년스러운 표정으로 동생을 바라보았다. 달빛이 거친 볼에 말라붙은 눈물 자국을 비춰주었다.

“날 어떻게 좀 해 줘. 내가 완전히 미쳐버린다면 내 비참한 목숨을 끊어 줘. 날 위해서 그렇게 해 줄 거지. 응? 방법 따윈 개의치 않아. 독약을 먹이든가 총으로 쏘든가 다 좋으니까 제발 수용소에는 넣지 말아 줘.”

“쉬잇.”

루시언은 형의 말허리를 자르고 형제의 애틋한 정을 담아 살짝 포옹했다. 그는 그런 상태로 한동안 있으면서 머릿속으로는 어린 시절을 더듬어 올라갔다. 그가 천식 발작으로 인해 공포에 질리면 대미언은 그런 동생을 위로해 주곤 했던 것이다.

그는 대미언과 고개를 맞대고서 괜찮다고 달래주었다.

"형이 왜 미쳐. 민간인의 생활에 다시금 적응하는 데 시간이 좀 걸리는 것뿐이야. 맙소사, 디먼, 형은 주요 전투마다 거의 모조리 참전했잖아. 그런 상황에서 완전히 말짱하기를 바라서는 안 돼. 그런 증세는 사라질 거야."

"네 말대로였으면 좋겠어."

"형 연대에서 부하들 몇 명을 좀 불러다 줄까? 셔브루크? 그 친구는 전부터 술을 좋아했잖아."

"세상에, 아냐. 내 이런 모습을 그 친구들에게 보이고 싶지 않아."

대미언은 낮은 한숨을 토해냈다.

"대체 내가 어쩌면 좋지?"

그는 절망으로 착 가라앉아 모든 감정이 메말라 버린 어조로 말했다.

"난 목표를 위해 매진했고 이제는 할 일이 끝났어. 더 이상 내가 할 줄 아는 일은 하나뿐이야. 사람 죽이는 일이지."

루시언은 대미언의 옆에 나란히 앉아 걱정스럽다는 듯 형의 얼굴을 지켜보았다.

"형은 어쩌면 한동안 런던을 떠나 있는 게 좋을지도 모르겠어. 어디 조용한 데라도 가 있으라고. 호크스클리프 홀에서 몇 주 동안 지내다보면 머리가 맑아지는 데도 도움이 될 거야."

"내가 누군가를 해치기 전에 말이지?"

대미언은 힘겹게 눈을 뜨고 냉소를 지으며 루시언을 바라보았다.

"걱정 마. 괜찮을 거야. 이젠 증상이 가라앉았어. 좀 누워야겠다."

그는 쓴웃음을 지으며 덧붙였다.

"겁줘서 미안하다고 몬테규 양에게 전해 줘."

"사과는 필요 없어. 앨리스는 그저 형에게 별일 없기만을 바랄 뿐이야. 나도 마찬가지고."

루시언은 고개를 저었다.

"세상에, 형. 이런 상태가 되었다고 무작정 포기하진 마. 내가 얼마나 겁이 났는데. 우리 둘은 쌍둥이 형제야. 뭔가가 잘못되었다는 걸 내가 진작에 눈치챘어야 했는데 잘못했어. 보통 때 같았으면 서로 다른 나라에 있다 해도 형 상태가 어떤지 알았을 텐데. 우리 둘 다 여기 런던에, 그것도 한 지붕 아래 살고 있었으면서도 난 전혀 몰랐어."

"너에게 알리고 싶지 않았어."

"나한테 화가 났기 때문에?"

"너한테 왜 화를 내겠어."

"뭐야?"

루시언은 캐물었다.

"날 끔찍한 문둥이 취급했잖아."

대미언의 시선이 그에게로 휘릭 날아왔다.

"그래. 그건 단순히 이…… 문제를 무시하고 싶어서였지. 하지만 네가 그렇게 내버려두지 않을 걸 난 알고 있었어. 어느 누구도 너에게는 무엇 하나 눈곱만큼도 숨길 수 없어. 곤란한 일이지."

"내가 군대를 제대한 것 때문에 나한테 감정이 있었던 게 아니라고? 진심이야?"

"당연하지, 루시언. 난 네가 제대를 해서 기뻤어. 만약 네가 수많은 전우들처럼 죽어버렸다면……."

대미언의 말꼬리가 흐려지면서 비통한 분위기가 서렸다.

루시언의 목소리는 낮았지만 벼락이라도 맞은 듯 깜짝 놀란 기색이었다. 그는 얼떨떨하다는 표정으로 고개를 저었다.

"난 형이 내가 고른 직업을 혐오하는 줄 알았어."

"어느 정도는 싫어하지. 지저분한 일이니까. 하지만 웰링턴 장군께서도 말씀하셨듯이 필요악인 거야. 툭 터놓고 시인하자면 난 그런 일 못해. 실력이 없거든. 정말이야, 루시언. 바다호스 전투 이후 양심의 소리에 따른 네 행동은 존경받아야만 해.”

깜짝 놀란 루시언은 나직이 웃음을 터뜨렸다.

“날 완전히 바보로 만들었군.”

“내가? 흠, 그거 잘됐네.”

대미언의 서글픈 미소가 사그라졌다.

“이제 연극은 끝났어.”

“뭐 걱정 마. 비밀은 단단히 지킬 테니까. 하지만 내 말 들어 봐. 형도 부하들 걱정일랑 이제 접고 당분간은 자기 몸 걱정이나 하도록 해. 대중들 생각과는 달리 형은 철인이 아니라고. 부끄러워 할 일이 아니야.”

“잘도 아니겠다. 너야 미친 사람이 아니니까 그런 말이 나오지. 어쨌든 네가 제정신을 차려서 앨리스와 결혼했으면 해. 그렇게 일편단심인 상대를 만나다니 넌 행운아야. 정말 순금 같은 아가씨더구나. 너도 알겠지만 앨리스는 내 청혼을 거절했어. 널 사랑한다고 딱 잘라 말하던데.”

루시언은 씩 웃으며 방문을 향해 터덜터덜 걸어갔다.

“그러고보니 생각났어. 내 신랑 들러리가 되어 줄 거지?”

대미언은 씁쓸한 표정을 동생에게 던졌다.

“네 결혼식에 미치광이가 참석해도 상관없다면야 기꺼이 하지.”

루시언은 잠시 문간에 멈춰 서서 안심시키려는 듯한 표정으로 형을 바라보았다.

“우리 모두 조금은 다 미친 상태야, 친구. 삶의 재미를 잃지 말라고. 필요한 게 있으면 언제든지 날 찾아 줘.”

“고맙다.”

그는 부드럽게 말했다.

루시언은 고개를 끄덕인 다음 방을 나왔다. 그는 승리의 기쁨을 음미하며 침실로 향했다. 문을 열고 보니 그의 어둠침침한 방에는 아늑하게 촛불이 밝혀져 있었고, 침대 시트의 네 귀퉁이도 얌전히 정리되어 있었다.

그리고 앨리스가 활활 타오르는 난롯가에서 기다리고 있었다. 얇은 면 속치마 외에는 거의 아무 것도 걸치지 않은 차림이었다. 상체를 숙여 김이 나는 목욕물을 휘젓는 그녀의 어깨에서 눈부시게 화려한 머리카락이 폭포수처럼 흘러내리고 있었다. 그가 대미언과 이야기를 나누는 동안 그녀가 그를 위해 목욕 준비를 갖춰 놓은 것이 분명했다.

호오, 남자로 태어나서 잘됐군, 그는 이렇게 생각하며 장난기 가득한 미소를 던지면서 손만 뒤로 돌려 소리나게 문을 닫고 잠갔다.

"이거, 이거, 기분 좋은 놀라움이로군."

"당신 방으로 안내해 달라고 했더니 이 집 집사가 충격을 받은 것 같더군요."

앨리스는 귀엽게 볼을 붉히며 골반께의 옷자락에 손을 닦았다.

"우리가 약혼한 사이라고 설명을 하긴 했지만 집사는, 그게, 미심쩍은 모양이었어요."

"그랬어?"

이렇게 그녀를 바라보고만 있으려니 그의 영혼 깊숙한 곳에서 사랑이 샘솟는 것이 느껴졌다. 그녀가 맨발로 그에게 자박자박 다가왔다. 그는 그녀의 눈을 사랑했다. 그녀의 미소를 사랑했다. 그녀의 뽀얗고 날씬한 팔을 사랑했다. 속치마의 끝자락에 휘감기는 가냘픈 발목을 사랑했다. 그는 서둘러서 다가오는 그녀의 물 흐르는 듯한 걸음걸이를, 길고 숱 많은 머리카락이 허리 근처에서 찰랑거리는 모습을 사랑했다. 가엾게도 그는 그녀의 노예였다.

그녀는 아직도 젖어 있는 그의 옷자락을 부여잡고 까치발을 하더니 그의 입술에 키스한 다음 아내답게 샅샅이 점검하는 눈길로 그를 훑어보았다. 샤르트르 대성당의 스테인드글라스 빛깔을 한 푸른 눈에는 싱싱하고도 열렬한 감정이 가득 차 있었다. 그 모습을 보자 그의 얼굴에 희미하게 미소가 떠올랐다.

"괜찮아요?"

그녀는 침착한 어조로 물었다.

"흠뻑 젖었어."

"그렇네요. 어쩌다 이랬어요? 강물에 빠졌어요?"

"그 비슷하지."

"이리 와요."

그녀는 그의 손을 잡고 침대로 이끌더니 모서리에 밀어 앉힌 다음 그의 허벅지 사이에 자리잡고 옷을 벗기기 시작했다.

"시간 낭비를 하지 않는구려, 레이디."

"당신이 감기 걸리지 않게 젖은 옷을 벗고 뜨거운 물에 목욕을 했으면 하거든요."

"같이 하지 않으면 싫은데."

물을 잔뜩 먹은 조끼 단추를 풀던 그녀는 귀엽게 얼굴을 붉히며 미소지었다.

"못할 이유가 없죠. 페그가 해리를 재우러 갔거든요. 그러니까 난 온전히 당신 독차지예요."

"몬테규 양, 그거야말로 바로 내게 있어 천국이군."

그는 미소지으며 그녀를 끌어안고 능숙하게 침대로 쓰러뜨렸다.

에필로그

그들은 베이징스토크 마을의 교회에서 특별 허가증을 받아 2주일 뒤에 결혼식을 올렸다. 앨리스의 단골 재봉사는 푸른 공단으로 된 웨딩드레스를 서둘러 만들었고 그동안 루시언은 그녀의 반지를 위해서 눈에 띄는 것 중 제일 호화찬란한 다이아몬드를 찾아 다녔다. 그 덕에 호크스클리프 공작은 레이디 제이신다와 칼라일 양과 함께 빈에서 돌아와 결혼식에 맞춰 올 수 있었다. 이제 나이트 집안 가족 중에서 말썽꾸러기인 잭 경만을 제외하고는 다들 글렌우드 파크의 응접실에 한데 모여 쾌활하게 떠들어대고 있었다.

앨리스는 새로 생긴 식구들이 한눈에 좋아지고 말았다.

아직 미혼인 루시언의 여동생 레이디 제이신다는 통통한 볼과 숱 많은 금발 곱슬머리를 지닌 아름답고 쾌활한 말괄량이였다. 그녀는 사교계에 데뷔하려면 내년까지 기다려야 했지만 앨리스가 보기에는 이미 이성에게 애교를 부리는 솜씨가 만만치 않아 결혼식에 초대받아 온 루시언의 다섯 부하들의 마음을 그 즉시 사로잡고 말았다.

레이디 제이신다의 말벗인 칼라일 양은 부끄럼쟁이에 진지하며 품위 있는 아가씨로 벽에 붙어 서 있다가 일손이 필요해질 때마다 즉각 달려나와 도움을 제공했다. 하지만 앨리스는 칼라일 양의 눈길에서 그녀가 금발의 앨릭 경을 걷잡을 수 없을 정도로 고통스럽게 짝사랑하고 있다는 것을 눈치챘다.

앨릭 경은 나이트 집안 남자들 가운데 막내로 나이가 아직 서른 전이었다. 앨릭은 멋쟁이에 바람둥이로 좋아하는 사람들에게는 장난을 쳐댔고, 싫은 사람들에게는 오만한 군주처럼 굴었다. 아도니스의 외모를 지닌 그였으므로 마음만 먹으면 그가 얻지 못할 것은 이 세상에 아무 것도 없었다.

바로 그때 해리가 새끼 고양이를 쫓아 거실로 달려 들어왔다. 루시언에게 설득 당한 앨리스가 런던 저택의 정원에 사는 떠돌이 고양이 중 새끼 한 마리를 키워도 좋다고 마침내 해리에게 허락했던 것이다. 고양이를 쫓는 해리의 턱 밑에서 커다란 공단 나비 넥타이가 달랑거렸다. 하지만 고양이는 소파 쪽으로 뛰어와 휘트비 씨의 다리에 기어올랐다. 노인은 비명을 질러 단숨에 루시언의 주의를 끌었다.

비둘기색 연미복을 우아하게 차려입은 새신랑은 형제들과 배를 잡고 한참을 웃은 뒤에야 고양이가 나이 드신 어른의 몸을 일정 한도 이상 더 올라타지 못하도록 조치했다. 그는 고양이의 목덜미를 휘어잡고 해리를 돌아보았다. 아이는 발을 동동 구르며 고양이를 돌려달라고 애원했다.

하지만 앨릭 경이 해리를 안아 올려 공중에 붕붕 띄우자 해리는 까르르 웃었고 앨릭이 거꾸로 받아 아래로 내려주자 신바람이 극에 달했다. 앨릭이 해리를 뒤쪽의 소파에 자상하게 앉히자 아이는 정신을 차리고 일어나더니 다시 앨릭에게로 달려가 또 한 번 공중에 띄워달라고 졸랐다.

"네가 그 고매한 정신 연령에 들어맞는 친구를 마침내 찾아낸 걸 보니 반갑구나, 앨릭."

큰형 로버트가 메마른 어조로 말했다.

주위에 있던 하객들은 모두가 쾌활하게 웃어댔다. 하지만 그때 루시언은 앨리스와 눈을 마주치는 데 성공한 뒤였다. 방 안의 끝과 끝에 각자 서 있던 그들은 그녀의 영혼에 불길을 당기는 시선을 교환했다. 그는 문 쪽을 남몰래 고갯짓으로 가리키더니 뭔가 묻듯 신중하게 눈썹을 치켜올렸다. 그녀는 대답으로 살짝 윙크를 보냈다.

잠시 후 그녀는 근처에 서서 잡담을 나누고 있던 여성 하객들에게 양해를 구하고 악당과 밀회를 하기 위해 몰래 자리를 빠져 나갔다.

<끝>